探偵《たんてい》チームKZ《カッズ》事件《じけん》ノート

かがやきの黒《くろ》アゲハは知《し》っている

藤本《ふじもと》ひとみ／原作
住滝《すみたき》 良《りょう》／文　駒形《こまがた》／絵

講談社 青い鳥文庫

もくじ

おもな
登場人物《とうじょうじんぶつ》
立花《たちばな》　彩《あや》
この物語《ものがたり》の主人公《しゅじんこう》。中学《ちゅうがく》1年生《ねんせい》。高校《こうこう》3年生《ねんせい》の兄《あに》と小学《しょうがく》2年生《ねんせい》の妹《いもうと》がいる。「国語《こくご》のエキスパート」。
美門《みかど》　翼《たすく》
鋭《するど》い嗅覚《きゅうかく》の持《も》ち主《ぬし》。一時期《いちじき》KZ《カッズ》を離《はな》れていたが、今《いま》は戻《もど》っている。彩《あや》と同《おな》じ中学《ちゅうがく》から開生中《かいせいちゅう》へ転校《てんこう》。
上杉《うえすぎ》 和典《かずのり》
知的《ちてき》でクール、ときには厳《きび》しい理論派《りろんは》。数学《すうがく》が得意《とくい》で「数《かず》の上杉《うえすぎ》」とよばれている。

小塚《こづか》 和彦《かずひこ》
おっとりした感《かん》じで優《やさ》しい。社会《しゃかい》と理科《りか》が得意《とくい》で「シャリ(社理《しゃり》)の小塚《こづか》」とよばれている。
黒木《くろき》 貴和《たかかず》
背《せ》が高《たか》くて、大人《おとな》っぽい。女《おんな》の子《こ》に優《やさ》しい王子様《おうじさま》だが、ミステリアスな一面《いちめん》も。「対人関係《たいじんかんけい》のエキスパート」。
七鬼《ななき》　忍《しのぶ》
彩《あや》の中学《ちゅうがく》の同級生《どうきゅうせい》。妖怪《ようかい》の血《ち》をひく一族《いちぞく》の末裔《まつえい》。IT《アイティー》の天才《てんさい》で、人工知能《じんこうちのう》の開発《かいはつ》を手《て》がける。
若武《わかたけ》 和臣《かずおみ》
サッカーチームKZ《カッズ》のエースストライカーであり、探偵《たんてい》チームKZ《カッズ》のリーダー。目立《めだ》つのが大好《だいす》き。

1　頭《あたま》がホヤとは

「我《わ》が親愛《しんあい》なるKZ《カッズ》セブンの諸君《しょくん》、」

若武《わかたけ》は、目《め》いっぱい気取《きど》ってそう言《い》った。

「今日《きょう》こうして集《あつ》まってもらったのは、他《ほか》でもない。」

それは、中間《ちゅうかん》テストの後《あと》の休《やす》みが始《はじ》まる1週間《しゅうかん》ほど前《まえ》の事《こと》。

若武《わかたけ》がKZ《カッズ》会議《かいぎ》の招集《しょうしゅう》をかけ、私《わたし》たちメンバーは、秀明《しゅうめい》ビルの最上階《さいじょうかい》にあるカフェテリアに集《しゅう》結《けつ》したんだ。

上杉君《うえすぎくん》と黒木君《くろきくん》、小塚君《こづかくん》、翼《たすく》、忍《しのぶ》、それに私《わたし》、若武《わかたけ》も入《い》れて全員《ぜんいん》で7人《にん》。

若武《わかたけ》は、KZ《カッズ》セブンと呼《よ》んで、悦《えつ》に入《い》っている。

「この休《やす》みに、KZ《カッズ》メンバーで合宿《がっしゅく》を行《おこな》おうと思《おも》っている。」

わっ、面白《おもしろ》そっ！

「目的《もくてき》は、調査《ちょうさ》能力《のうりょく》と団結力《だんけつりょく》の強化《きょうか》だ。」

やろう、やろう！

「この休《やす》みの予定《よてい》がもう決《き》まっている者《もの》、いたら手《て》を挙《あ》げろ。」

私《わたし》、なんにも入《はい》ってない、スケジュール真《ま》っ白《しろ》よ。

ニコニコしながら私《わたし》は、皆《みんな》を見回《みまわ》した。

その瞬間《しゅんかん》、全員《ぜんいん》がそろって、サッと手《て》を挙《あ》げるのが見《み》えたんだ。

げっ！

上杉君《うえすぎくん》も翼《たすく》も忍《しのぶ》も小塚君《こづかくん》も黒木君《くろきくん》も、なんの躊躇《ためら》いもなく、高々《たかだか》と挙手《きょしゅ》。

私《わたし》はアゼン、そしてションボリ・・・。

皆《みな》に予定《よてい》があるんだったら、合宿《がっしゅく》なんて成立《せいりつ》しない。

暇《ひま》なのって私《わたし》だけなのか、シクシクシク。

「なんだよ、おまえら、なんの用《よう》があんだ？」

若武《わかたけ》は自分《じぶん》の発案《はつあん》が拒否《きょひ》されたも同様《どうよう》だったので、すっごく不満《ふまん》そうだった。

「はっきり言《い》ってみろ。七鬼《ななき》からだ。」

忍《しのぶ》は、ちょっと息《いき》をついてから答《こた》える。

「俺《おれ》、領地《りょうち》の見回《みまわ》りがある。」

ぶっ！

「おまえの頭《あたま》の中《なか》は、江戸時代《えどじだい》か。」

上杉君《うえすぎくん》が信《しん》じられないというように目《め》を見開《みひら》いた。

「家来《けらい》を引《ひ》きつれて、馬《うま》で回《まわ》るとか、か？」

忍《しのぶ》は素直《すなお》にも、コクリと頷《うなず》く。

「まぁ、近《ちか》いな。」

えっ、ほんとなのぉ。

「七鬼一族《ななきいちぞく》は、鎌倉時代前後《かまくらじだいぜんご》から鳥羽《とば》を拠点《きょてん》に活動《かつどう》していた。その頃《ころ》は、志摩《しま》7人衆《にんしゅう》という地域《ちいき》連合《れんごう》に属《ぞく》していて、伊勢国司《いせのこくし》の麾下《きか》にあったんだ。戦国時代《せんごくじだい》になって、最強《さいきょう》と言《い》われる水軍《すいぐん》を抱《かか》えて信長《のぶなが》や秀吉《ひでよし》の下《もと》で働《はたら》き、江戸時代《えどじだい》の初《はじ》めには5万《まん》5000石《ごく》の大名《だいみょう》になった。」

う～む、その子孫《しそん》が今《いま》こうして目《め》の前《まえ》にいるわけね。

ちょっと感動《かんどう》するかも。

「徳川家《とくがわけ》には冷遇《れいぐう》されたものの、明治維新《めいじいしん》の際《さい》には、七鬼家《なきけ》を味方《みかた》に付《つ》けたいと考《かんが》えた新政府《しんせいふ》との間《あいだ》で、こういう交渉《こうしょう》が成立《せいりつ》した。七鬼家《なきけ》は200艘《そう》の持《も》ち船《ぶね》を国内《こくない》の色々《いろいろ》な港《みなと》に派遣《はけん》して沿岸《えんがん》や海上《かいじょう》の警護《けいご》を担《にな》う、その報酬《ほうしゅう》として各港近《かくこうちか》くの土地《とち》を譲《ゆず》り受《う》ける。時代《じだい》が移《うつ》って警備《けいび》は警察《けいさつ》の管轄《かんかつ》になったけど、土地《とち》は、七鬼家《なきけ》の領地《りょうち》として登記《とうき》されているから、そのまま七鬼家《なきけ》が持《も》っている。だから日本中《にほんじゅう》の沿岸《えんがん》に領地《りょうち》があるんだ。関東《かんとう》だと茅ヶ崎《ちがさき》、鎌倉《かまくら》、横浜《よこはま》、木更津《きさらづ》、銚子《ちょうし》なんか。」

すごいなぁ。

「七鬼家当主《なきけとうしゅ》は、年《ねん》に一度《いちど》はそれらを見《み》て回《まわ》らなけりゃならない事《こと》になっている。」

名家《めいか》の若様《わかさま》って大変《たいへん》なんだね。

「見《み》て回《まわ》って何《なに》すんでしょ。」

翼《たすく》が聞《き》くと、忍《しのぶ》は一瞬考《いっしゅんかんが》え込《こ》み、少《すこ》しして答《こた》えた。

「なんもしない。」

は？

「実際《じっさい》の管理《かんり》は、実家《じっか》の事務方《じむかた》がやってるんだ。俺《おれ》は現地《げんち》に住《す》んでる人《ひと》たちに顔《かお》を見《み》せるだけ。それで皆《みんな》、若殿《わかとの》はお元気《げんき》だ、これで七鬼家《なきけ》も安泰《あんたい》だ、って言《い》って安心《あんしん》する。」

それ、やっぱ江戸時代《えどじだい》の世界《せかい》だと思《おも》うよ。

「しょうがねーな。」

若武《わかたけ》は、両手《りょうて》でクチャクチャッと髪《かみ》を掻《か》き上《あ》げた。

「じゃ次《つぎ》、美門《みかど》は？」

翼《たすく》は軽《かる》く眉《まゆ》を上《あ》げる。

「俺《おれ》、北海道《ほっかいどう》の松前《まつまえ》に行《い》く予定《よてい》。」

あ、そこ、松前漬《まつまえづ》けで有名《ゆうめい》なとこだよね。

松前漬《まつまえづ》けは、コンブとかスルメ、カズノコなんかを調味料《ちょうみりょう》で漬《つ》けた郷土料理《きょうどりょうり》。

私《わたし》、大好《だいす》きだよ。

もしかして翼《たすく》、それを食《た》べに行《い》くとか？

「函館《はこだて》からバスも電車《でんしゃ》も直通便《ちょくつうびん》がなくて不便《ふべん》なんだ。4時間以上《じかんいじょう》かかる。」

上杉君《うえすぎくん》が忍《しのぶ》と顔《かお》を見合《みあ》わせた。

「東京《とうきょう》から『のぞみ』に乗《の》ったら、広島《ひろしま》まで行《い》けるぜ。」

忍《しのぶ》が溜《た》め息《いき》をつく。

「地方《ちほう》ってそんなもんだよ。俺《おれ》んち帰《かえ》る時《とき》も、東京名古屋《とうきょうなごや》の間《あいだ》は1時間《じかん》40分《ぷん》でスムースだけど、名古屋《なごや》から先《さき》は、距離的《きょりてき》には東京名古屋《とうきょうなごや》の半分以下《はんぶんいか》なのに、時間《じかん》は乗《の》り換《か》えも含《ふく》めてそれ以上《いじょう》かかるんだ。」

忍《しのぶ》の実家《じっか》は、三重県《みえけん》の鳥羽《とば》。

すごく海《うみ》がきれいで、真珠《しんじゅ》の養殖《ようしょく》が盛《さか》んなんだって。

行《い》ってみたいなぁ。

「そんなに不便《ふべん》な松前《まつまえ》に、なんで行《い》く気《き》になってんだ？」

若武《わかたけ》が聞《き》いたので、私《わたし》は思《おも》わず、松前漬《まつまえづ》けを食《た》べに行《い》く、と言《い》おうとした。

でもそれより早《はや》く、小塚君《こづかくん》が言《い》ったんだ。

「松前公園《まつまえこうえん》に桜《さくら》を見《み》に行《い》くんだよね。」

うっ！

「松前公園《まつまえこうえん》って、広大《こうだい》な敷地《しきち》に1万本《まんぼん》の桜《さくら》が植《う》えられてるんだ。250種《しゅ》もの品種《ひんしゅ》があって早咲《はやざ》き中咲《なかざ》き遅咲《おそざ》きと次々咲《つぎつぎさ》くから1か月以上《げついじょう》見《み》られるし、もし咲《さ》いてなくても、別《べつ》のきれいな花《はな》がたくさんある。松前城《まつまえじょう》の庭《にわ》だった所《ところ》だからね。」

小塚君《こづかくん》の話《はなし》を聞《き》いていて、私《わたし》はすごく恥《は》ずかしかった。

だって食《た》べ物《もの》の事《こと》しか思《おも》いつかなかったんだもの。

でもよかった、間一髪《かんいっぱつ》で松前漬《まつまえづ》けって言《い》わずにすんだ。

冷《ひ》や汗《あせ》を感《かん》じながら、私《わたし》は胸《むね》をなで下《お》ろした。

これからはもっと知的《ちてき》にならなくっちゃ！

「いや今回《こんかい》は、松前藩《まつまえはん》の歴史《れきし》を調《しら》べるんだ。」

翼《たすく》は、小塚君《こづかくん》と違《ちが》って、植物《しょくぶつ》には興味《きょうみ》がないらしい。

美少年《びしょうねん》だから、桜《さくら》の中《なか》に立《た》ってたら、すごく映《は》えると思《おも》うんだけどな。

「特《とく》に北前船《きたまえぶね》に興味《きょうみ》があって、今回《こんかい》は松前藩《まつまえはん》との関係《かんけい》を調《しら》べたい。」

え・・・北前船《きたまえぶね》って、なんだろ。

答《こた》えを求《もと》めて、私《わたし》はジイッと翼《たすく》を見《み》つめ、翼《たすく》はすぐそれに気《き》づいて説明《せつめい》してくれた。

「北前船《きたまえぶね》は、海運船《かいうんせん》の事《こと》なんだ。北海道《ほっかいどう》と大阪《おおさか》を結《むす》んで交易《こうえき》をしてて、江戸《えど》時代《じだい》は函館《はこだて》と江差《えさし》、それに松前《まつまえ》に寄港《きこう》していた。単《たん》に史料《しりょう》だけなら北海道大学《ほっかいどうだいがく》や国立国会図書館《こくりつこっかいとしょかん》のアーカイブにアクセスすればいいんだけど、実際《じっさい》に現地《げんち》を見《み》たくってさ。交通《こうつう》の便《べん》が悪《わる》いから、時間《じかん》がある時《とき》でないと行《い》けないし。」

翼《たすく》は、歴史《れきし》が好《す》きなんだよね。

日本史《にほんし》にも世界史《せかいし》にも詳《くわ》しいんだ。

「じゃ小塚《こづか》、」

若武《わかたけ》は、ますます不機嫌《ふきげん》になっていく。

「おまえは、なんの用《よう》なんだよ。」

小塚君《こづかくん》は、申《もう》し訳《わけ》なさそうに身《み》をすくめた。

「僕《ぼく》はチバニアンを見《み》に行《い》く予定《よてい》なんだ。」

え、それって、何《なに》?

「ああ、地磁気逆転地層《ちじきぎゃくてんちそう》か。」

黒木君《くろきくん》が言《い》い、上杉君《うえすぎくん》が感慨深《かんがいぶか》げな声《こえ》をもらす。

「快挙《かいきょ》だよな、アカデミックを代表《だいひょう》するといってもいい地質年代区分《ちしつねんだいくぶん》に、日本《にほん》の千葉《ちば》の名前《なまえ》がつくなんて。」

翼《たすく》も感嘆《かんたん》の息《いき》をついた。

「ジュラ紀《き》とか白亜紀《はくあき》と並《なら》ぶ名称《めいしょう》になったんでしょ。今後《こんご》、人類《じんるい》が存続《そんぞく》していく限《かぎ》りそう呼《よ》ばれ続《つづ》ける。世界中《せかいじゅう》の何億《なんおく》もの人間《にんげん》が、チバニアンって名前《なまえ》を口《くち》にするんだ。すげぇよ。」

若武《わかたけ》も、さっきまでの不機嫌《ふきげん》を吹《ふ》き飛《と》ばした。

「それ、どこで見《み》れんの?」

興味《きょうみ》をもった様子《ようす》だったので、小塚君《こづかくん》はうれしそうだった。

「市原市《いちはらし》の養老川沿《ようろうがわぞ》いの崖《がけ》がいいみたいだよ。」

忍《しのぶ》が残念《ざんねん》そうな表情《ひょうじょう》になる。

「千葉県《ちばけん》で発見《はっけん》されたんなら、うちの実家《じっか》の方《ほう》でも発見可能《はっけんかのう》な気《き》がする。もし見《み》つかったら、年《ねん》代区分名《だいくぶんめい》をチバ・トバニアンに変更《へんこう》してくれるかな。」

ああ私《わたし》には話《はなし》が見《み》えない、わからないっ！

誰《だれ》か教《おし》えて、チバニアンって何《なに》っ⁉

「アーヤが爆発《ばくはつ》しそうだぜ。」

黒木君《くろきくん》がクスクス笑《わら》い、小塚君《こづかくん》がこちらを見《み》た。

「地球《ちきゅう》は北極《ほっきょく》がＳ極《エスきょく》で、南極《なんきょく》がＮ極《エヌきょく》って事《こと》になってるよね。」

う・・・うん。

それは知《し》ってるけど、この話《はなし》とどーゆー関係《かんけい》が？

「でもＳ極《エスきょく》とＮ極《エヌきょく》って、今《いま》までに何度《なんど》か入《い》れ替《か》わってるんだ。」

えっ、そうなのっ⁉

ちっとも知《し》らなかった、永久《えいきゅう》に不動《ふどう》だとばっか思《おも》ってた。

「この動《うご》きをはっきりと残《のこ》している地層《ちそう》があってね、地磁気逆転地層《ちじきぎゃくてんちそう》と呼《よ》ばれている。」

それを聞《き》いて私《わたし》は、とても感心《かんしん》してしまった。

ＫＺ《カッズ》の記録係《きろくがかり》として色《いろ》んな苦労《くろう》をしている私《わたし》には、そういう記録《きろく》をきちんと残《のこ》している地層《ちそう》は、すごく偉《えら》いと思《おも》えたんだ。

地層《ちそう》、すごいなぁ。

「この地磁気逆転地層《ちじきぎゃくてんちそう》が千葉県《ちばけん》で発見《はっけん》された。それで国際地質科学連合《こくさいちしつかがくれんごう》が、調査《ちょうさ》に来《き》たんだ。その結果《けっか》、これを地質年代境界《ちしつねんだいきょうかい》の国際標準模式地《こくさいひょうじゅんもしきち》と認《みと》めた。それで名前《なまえ》を付《つ》ける事《こと》になってチバニアンと命名《めいめい》したんだ。ラテン語《ご》で千葉時代《ちばじだい》って意味《いみ》だよ。今《いま》まで名前《なまえ》の付《つ》いていなかった77万《まん》４０００年前《ねんまえ》から12万《まん》９０００年前《ねんまえ》の地質年代《ちしつねんだい》は、今後《こんご》そう呼《よ》ばれる事《こと》になったんだ。」

そうだったのかぁ。

歴史的《れきしてき》で国際的《こくさいてき》な出来事《できごと》だったんだね。

「俺《おれ》も見《み》に行《い》こうかな。」

すっかり乗《の》り気《き》になっている若武《わかたけ》に、上杉君《うえすぎくん》が冷《つめ》たい視線《しせん》を流《なが》す。

「こいつ、完全《かんぜん》に忘却《ぼうきゃく》してやがるな。」

え？

「頭開《あたまひら》いて見《み》たいくらいの完璧《かんぺき》さだ。記憶《きおく》の細胞《さいぼう》、オール死滅《しめつ》してんじゃないのか。」

若武《わかたけ》はムッとしたらしく、上杉君《うえすぎくん》をにらんだ。

「きさまっ、俺《おれ》が何《なに》を忘《わす》れてるって言《い》いたい・・・」

そこまで言《い》って、ハッと息《いき》を呑《の》む。

「いけねっ！」

え、何《なに》？

「この休《やす》み、サッカーＫＺ《カッズ》の遠征《えんせい》があったんだ。」

黒木君《くろきくん》が笑《わら》い出《だ》した。

「ようやく思《おも》い出《だ》したね。忘《わす》れたままＫＺ《カッズ》の合宿《がっしゅく》を決《き》めちまうんじゃないかって、ハラハラしてたよ。」

じゃ上杉君《うえすぎくん》と黒木君《くろきくん》の休《やす》みの予定《よてい》って、遠征《えんせい》なのかぁ。

「若武《わかたけ》の頭《あたま》、ホヤじゃねーの。」

皮肉《ひにく》な笑《え》みを浮《う》かべた上杉君《うえすぎくん》に、若武《わかたけ》はムッとした様子《ようす》だったけれど、私《わたし》は全然《ぜんぜん》意味《いみ》がわからず、小塚君《こづかくん》に救《すく》いを求《もと》めた。

「今《いま》の、頭《あたま》がホヤって何《なに》？」

小塚君《こづかくん》は、クスッと笑《わら》う。

「ホヤって、ホヤ綱《こう》に属《ぞく》する無脊椎動物《むせきついどうぶつ》だよ。初《はじ》めはオタマジャクシに似《に》てて、その後《ご》、変態《へんたい》して植物《しょくぶつ》みたいな外観《がいかん》になる。海《うみ》のパイナップルって呼《よ》ばれてるんだ。お寿司屋《すしや》さんで握《にぎ》り寿司《ずし》として出《だ》される事《こと》もあるよ。」

そう言《い》われてみれば、食《た》べた事《こと》あるかも。

「頭《あたま》がホヤっていうのは、脳《のう》がないって事《こと》だよ。ホヤは変態《へんたい》した後《あと》、自分《じぶん》の脳《のう》を食《た》べてしまうから脳《のう》がなくなるんだ。」

ひぇ！

「脳《のう》を持《も》っていると、たくさんの栄養《えいよう》が必要《ひつよう》になるだろ。変態《へんたい》したホヤは、ほぼ動《うご》かなくて同《おな》じ場所《ばしょ》にじっとしているだけだから、脳《のう》を使《つか》って考《かんが》える必要《ひつよう》がない。だから脳《のう》がいらないんだ。」

翼《たすく》が、ふっと溜《た》め息《いき》をついた。

「俺《おれ》、ホヤになりたいかも。」

忍《しのぶ》が同調《どうちょう》する。

「俺《おれ》も。色《いろ》んな事考《ことかんが》えずに済《す》むんなら、すっげぇ楽《らく》だ。」

まぁまぁ、考《かんが》えるのも楽《たの》しい事《こと》だと思《おも》うよ。

「サッカーKZ《カッズ》は、どこに遠征《えんせい》するの？」

小塚君《こづかくん》に聞《き》かれて若武《わかたけ》は、際《きわ》どい所《ところ》でぎりぎりセーフだったと言《い》いたげに大《おお》きな息《いき》をついた。

「北陸《ほくりく》。」

北陸《ほくりく》って、富山県《とやまけん》、石川県《いしかわけん》、福井県《ふくいけん》を指《さ》す地方名《ちほうめい》だよね。

あ、新潟《にいがた》も入《はい》るのかな。

「北陸《ほくりく》には、サッカー強豪校《きょうごうこう》が多《おお》い。北陸《ほくりく》といっても、主《おも》に金沢《かなざわ》だ。星稜《せいりょう》も金沢学院大学附属《かなざわがくいんだいがくふぞく》も、遊学館《ゆうがっかん》も、その他《た》の有名校《ゆうめいこう》も金沢《かなざわ》にある。で、俺《おれ》らの宿泊地《しゅくはくち》も金沢《かなざわ》が2泊《はく》なんだ。試合《しあい》をするのはKZ高等部《カッズこうとうぶ》のメンバーだけど、中等部《ちゅうとうぶ》も主力《しゅりょく》メンバーだけ遠征《えんせい》に参加《さんか》して、向《む》こうの高校《こうこう》付属中等部《ふぞくちゅうとうぶ》と練習試合《れんしゅうじあい》をする。まぁ見《み》てろって。総《そう》ナメにしてやるぜ。」

今《いま》まで合宿《がっしゅく》を忘却《ぼうきゃく》していたとは思《おも》えないほどたっぷりの自信《じしん》。

まぁ若武《わかたけ》はいつも強気《つよき》、パワフルで挑戦的《ちょうせんてき》なんだけどね。

「という事《こと》で、俺《おれ》と上杉《うえすぎ》、黒木《くろき》はサッカー遠征《えんせい》だ。」

じゃ予定《よてい》ないのって、やっぱり私《わたし》だけなんだ。

「なんだ、アーヤ、その顔《かお》は。」

若武《わかたけ》の言葉《ことば》で、皆《みんな》が私《わたし》の方《ほう》を見《み》た。

私《わたし》はあわてて目《め》を伏《ふ》せて表情《ひょうじょう》を隠《かく》したけれど、心《こころ》の中《なか》では叫《さけ》んでいた。

KZ合宿《カッズがっしゅく》、したかったんだよぉ！

「おまえだって、どうせ予定《よてい》が入《はい》ってて忙《いそが》しいんだろ？」

空《から》っぽなんだ、シクシクシク・・・。

2　詐欺師《さぎし》VS.《ブイエス》ブラック

「試合《しあい》や練習《れんしゅう》があるのは、昼間《ひるま》だけだ。」

そう言《い》い出《だ》したのは上杉君《うえすぎくん》だった。

「夜《よる》は空《あ》いてるんだから、その時間《じかん》にKZ《カッズ》合宿《がっしゅく》を入《い》れたら、どうよ。」

黒木君《くろきくん》が、あでやかなその目《め》に笑《え》みを含《ふく》む。

「いいんじゃない。加賀《かが》100万石《まんごく》の歴史《れきし》を持《も》つ金沢《かなざわ》で合宿《がっしゅく》っていうのも、なかなか趣《おもむき》があるよ。」

私《わたし》は話《はなし》の流《なが》れに希望《きぼう》を感《かん》じ、元気《げんき》を取《と》り戻《もど》した。

「問題《もんだい》は、全員《ぜんいん》が金沢《かなざわ》に集結《しゅうけつ》できるかどうか、だけどね。」

あ、私《わたし》、ママがオーケイしてくれないかも。

一瞬《いっしゅん》、心《こころ》をよぎった不安《ふあん》を、首《くび》を振《ふ》って振《ふ》り飛《と》ばす。

それについては後《あと》でなんとかしよう。

今《いま》はとにかく、この休《やす》みにKZ《カッズ》合宿《がっしゅく》をする事《こと》を決《き》めないと！

「多数決《たすうけつ》を採《と》ったら？」

私《わたし》がそう提案《ていあん》したのは、今《いま》まで会議《かいぎ》の時《とき》にはその方法《ほうほう》で色々《いろいろ》と決《き》めてきたし、今回《こんかい》は、多数決《たすうけつ》なら絶対《ぜったい》、合宿《がっしゅく》が決《き》まると考《かんが》えたからなんだ。

今《いま》の状態《じょうたい》だと、合宿賛成派《がっしゅくさんせいは》が上杉君《うえすぎくん》、黒木君《くろきくん》、そして発案者《はつあんしゃ》の若武《わかたけ》、で3票《ぴょう》。

そこに私《わたし》が加《くわ》われば、4票《ひょう》だから、過半数《かはんすう》！

合宿決定《がっしゅくけってい》だ、ふふっ！

「合宿《がっしゅく》が決《き》まっても、俺《おれ》、参加《さんか》できねーよ。」

忍《しのぶ》が憂鬱《ゆううつ》そうな声《こえ》で言《い》った。

「参加《さんか》したいけどさ、領地見回《りょうちみまわ》りがあるもん。フケたら実家《じっか》から怒《おこ》られるし。」

翼《たすく》も口《くち》を尖《とが》らせる。

「俺《おれ》、絶対《ぜったい》、松前《まつまえ》に行《い》きたい。何《なに》がなんでも断乎《だんこ》、行《い》く！　阻《はば》むヤツはブッとばす。」

小塚君《こづかくん》も、珍《めずら》しく強《つよ》く主張《しゅちょう》した。

「僕《ぼく》も、今《いま》のうちにチバニアンを見《み》ときたい。そのうち見学者《けんがくしゃ》が多《おお》くなって規制《きせい》される可能性《かのうせい》があるから、今《いま》しかないと思《おも》ってるんだ。見《み》られなくなったら生涯《しょうがい》、後悔《こうかい》する。」

黒木君《くろきくん》がふっと笑《わら》った。

「どうやら多数決《たすうけつ》で決《き》めて押《お》し切《き》ったら、かなり遺恨《いこん》が残《のこ》りそうだね。」

うーん、そうなのかぁ。

「ここは若武先生《わかたけせんせい》、うまくまとめろよ。リーダーだろ。」

「つうか、」

上杉君《うえすぎくん》が皮肉《ひにく》な微笑《びしょう》を浮《う》かべる。

「詐欺師《さぎし》じゃん。なんとかしろよ。」

若武《わかたけ》は怒《おこ》りもせず、反論《はんろん》もせずに真面目《まじめ》な顔《かお》で考《かんが》え込《こ》んでいたけれど、やがて忍《しのぶ》の方《ほう》に向《む》き直《なお》った。

「おまえんちの領地《りょうち》ってさ、北陸《ほくりく》にもあるんだろ。今回《こんかい》の見回《みまわ》り、そこにしとけば？」

忍《しのぶ》は視線《しせん》を天井《てんじょう》に上《あ》げた。

「えっと北陸《ほくりく》は、確《たし》か新潟《にいがた》と金沢《かなざわ》と敦賀《つるが》にある。」

おおっ！

「じゃ金沢《かなざわ》に泊《と》まってKZ《カッズ》合宿《がっしゅく》に出《で》て、空《あ》いた時間《じかん》に近《ちか》くの領地《りょうち》を回《まわ》ればいいじゃん。それで見《み》回《まわ》りした事《こと》になるだろ。」

忍《しのぶ》は納得《なっとく》したらしく、コクリと頷《うなず》いた。

「金沢《かなざわ》の南側《みなみがわ》には、白山《はくさん》があるんだ。修験者《しゅげんじゃ》にとっては憧《あこが》れの山《やま》だ。時間《じかん》が空《あ》いたら修行《しゅぎょう》しようと。すっげぇ楽《たの》しみ。」

よし、1人《ひとり》陥落《かんらく》だ。

「小塚《こづか》は、北陸《ほくりく》あたりに行《い》きたいとこ、ないのか？」

若武《わかたけ》に聞《き》かれて、小塚君《こづかくん》はニッコリ。

「福井《ふくい》にある恐竜博物館《きょうりゅうはくぶつかん》に行《い》きたい。何度《なんど》か行《い》ったんだけど、このところは足《あし》を踏《ふ》み入《い》れてないんだ。恐竜《きょうりゅう》の実物大全身骨格《じつぶつだいぜんしんこっかく》50体《たい》が展示《てんじ》されてるんだよ。」

うわぁ、恐竜《きょうりゅう》って1頭《とう》でも相当大《そうとうおお》きいのに、50頭《とう》も並《なら》んでたらすっごい迫力《はくりょく》だよね。

「図書室《としょしつ》も併設《へいせつ》されてて地質《ちしつ》に関《かん》する本《ほん》がそろってる。僕《ぼく》、何時間《なんじかん》でも過《す》ごせそう。」

上杉君《うえすぎくん》がポソッとつぶやく。

「中《なか》で、化石《かせき》になれるな。」

クスクス。

「じゃ小塚《こづか》は、チバニアン見学《けんがく》は次回《じかい》にして、今回《こんかい》の休《やす》みは福井《ふくい》に行《い》くんだ。金沢《かなざわ》と福井《ふくい》は通学《つうがく》範囲内《はんいない》、新幹線《しんかんせん》ならほぼ30分《ぷん》だ。七鬼《ななき》と同様《どうよう》、金沢《かなざわ》に泊《と》まってＫＺ《カッズ》合宿《がっしゅく》に参加《さんか》、俺《おれ》たち３人《にん》がサッカーしてる時《とき》に恐竜《きょうりゅう》とデートすればいい。」

小塚君《こづかくん》は、いく分後《ぶんうし》ろ髪《がみ》を引《ひ》かれる思《おも》いだったらしく、躊躇《ちゅうちょ》していたけれど、その内《うち》にしかたなさそうに同意《どうい》した。

「わかったよ。そうする。」

やった、2人目《ふたりめ》、落《お》ちた！

あとは、翼《たすく》だけだね。

「美門《みかど》は、北陸《ほくりく》に興味《きょうみ》ないのか？」

聞《き》かれた翼《たすく》は、ハッシと若武《わかたけ》をにらんだ。

「ないっ！」

あ、強硬姿勢《きょうこうしせい》。

「若武《わかたけ》、おまえなぁ、なんとか北陸《ほくりく》で話《はなし》をまとめたいようだが、そうはいかん。」

不敵《ふてき》な笑《わら》いを浮《う》かべたその顔《かお》は、まさしくブラック翼《たすく》！

「俺《おれ》は、松前《まつまえ》以外《いがい》のどこにも行《い》かない。」

詐欺師《さぎし》VS.《ブイエス》ブラック翼《たすく》って・・・どっちが強《つよ》いんだろ。

「丸《まる》め込《こ》もうと思《おも》っても、ダメだ。残念《ざんねん》だったな。」

若武《わかたけ》は何《なに》も言《い》わずに立《た》ち上《あ》がり、翼《たすく》の椅子《いす》の隣《となり》まで歩《あゆ》み寄《よ》った。

「なんだ、なんだよ、そばに来《く》んな。」

嫌《いや》がる翼《たすく》を無視《むし》し、いい事《こと》を教《おし》えてやると言《い》わんばかりに声《こえ》をひそめる。

「男《おとこ》は小《ちい》さな頃《ころ》は必《かなら》ず、2つのパターンの内《うち》のどちらかに属《ぞく》しているものなんだ。」

はぁ・・・。

「そのパターンというのは、昆虫《こんちゅう》と電車《でんしゃ》だ。つまり昆虫《こんちゅう》に興味《きょうみ》を持《も》つ派《は》と、電車《でんしゃ》に興味《きょうみ》を持《も》つ派《は》の二手《ふたて》に分《わ》かれる。」

え、そうなの。

「ちなみに小塚《こづか》は、昆虫派《こんちゅうは》だったらしい。」

ああ、それが今《いま》に続《つづ》いてるんだね。

「美門《みかど》は、なんとなく無機質《むきしつ》っぽいタイプだから、電車派《でんしゃは》だったんだろ？」

翼《たすく》は思《おも》い出《だ》すように頷《うなず》いた。

「速《はや》いのが好《す》きだったんだ、新幹線《しんかんせん》とかスカイライナーとか。フランス行《い》った時《とき》には、パリからお祖母《ばあ》ちゃんちまでTGV《テージェイベー》に乗《の》るのが楽《たの》しみだった。ちなみに日本人《にほんじん》はアナウンサーなんかでも平気《へいき》で、ティージーブイって言《い》うけど、あれは間違《まちが》ってる。テージェイベーだ。固有名詞《こゆうめいし》だから他《ほか》の呼《よ》び方《かた》はバツ。」

若武《わかたけ》が、翼《たすく》の肩《かた》を抱《だ》き寄《よ》せる。

「最近《さいきん》、敦賀《つるが》まで延長《えんちょう》した北陸新幹線《ほくりくしんかんせん》『かがやき』には、もう乗《の》ったのか?」

翼《たすく》は首《くび》を横《よこ》に振《ふ》った。

「まだだ。」

ああ美《うつく》しい!

茶《ちゃ》っぽくて癖《くせ》のない髪《かみ》がサラッと乱《みだ》れ、空中《くうちゅう》に散《ち》って、ゆっくりと頰《ほお》に降《ふ》りかかる。

「乗《の》りたいとは思《おも》ってるけど。まだ見《み》てもない。」

残念《ざんねん》そうな翼《たすく》の耳《みみ》に、若武《わかたけ》は唇《くちびる》を寄《よ》せ、甘《あま》やかな声《こえ》でささやく。

「相当《そうとう》いいらしいぞ。車両《しゃりょう》はE《イー》2系《けい》を基《もと》にしたE《イー》7・W《ダブリュー》7系《けい》だ。」

翼《たすく》は、ゾクッと背筋《せすじ》を震《ふる》わせた。

「な、カッコいいだろ。車体《しゃたい》は、鏡《かがみ》のような光沢《こうたく》を持《も》ってるらしい。」

翼《たすく》は再《ふたた》び、今度《こんど》はさっきよりも大《おお》きく身震《みぶる》いする。

「そんで先頭車両《せんとうしゃりょう》のノーズが、これまたいいんだ。きれいな曲線《きょくせん》を描《えが》いたワンモーションラインで、9・1メートル。」

翼《たすく》はゾクゾクが止《と》まらなくなったらしく、体中《からだじゅう》をプルプルと震《ふる》わせた。

「その上《うえ》、おまえにとっては天国《てんごく》もかくやと思《おも》われるような事《こと》があるんだ。それは匂《にお》いだ。まだ車両《しゃりょう》が新《あたら》しいから、独特《どくとく》のプラスティックのような匂《にお》いが漂《ただよ》ってるって話《はなし》だ。」

翼《たすく》の2つの目《め》は、もううっとり。

空中《くうちゅう》を浮遊《ふゆう》しているその様子《ようす》は、誰《だれ》が見《み》ても、陥落《かんらく》の一歩手前《いっぽてまえ》だった。

「な、たまらんだろ。東海道新幹線《とうかいどうしんかんせん》より揺《ゆ》れが少《すく》ない上《うえ》に、グリーン車《しゃ》よりランクが上《うえ》のグランクラスっていう特別車両《とくべつしゃりょう》があって、軽食《けいしょく》や飲《の》み物《もの》が無料《むりょう》だ。アテンダントがいて、優《やさ》しくサービスしてくれるんだ。乗《の》りたいだろ、北陸《ほくりく》に行《い》けば乗《の》れるんだぜ。」

その瞬間《しゅんかん》、翼《たすく》は強《つよ》く目《め》をつぶり、両手《りょうて》を拳《こぶし》に握《にぎ》りしめた。

「詐欺師《さぎし》の誘惑《ゆうわく》に乗《の》ってたまるか。」

おお巻《ま》き返《かえ》してる！

「俺《おれ》は、松前《まつまえ》に行《い》くんだ。」

若武《わかたけ》は、ふっと鼻《はな》で笑《わら》った。

「おまえが興味《きょうみ》を持《も》っている北前船《きたまえぶね》だが、それを200隻以上《せきいじょう》も所有《しょゆう》して手広《てびろ》く商売《しょうばい》をしていた海運業者《かいうんぎょうしゃ》、銭屋五兵衛《ぜにやごへえ》は、金沢《かなざわ》に住《す》んでたんだぜ。で、金沢《かなざわ》には、その記念館《きねんかん》ができている。北《きた》前船《まえぶね》に関係《かんけい》した色《いろ》んな史料《しりょう》が保管《ほかん》されてて、もちろん松前藩《まつまえはん》との商取引《しょうとりひき》や、その経済状況《けいざいじょうきょう》についいての貴重《きちょう》な記録《きろく》もあるらしい。」

翼《たすく》は固《かた》く閉《と》じていた目《め》をカッと見開《みひら》いた。

「俺《おれ》、金沢《かなざわ》、行《い》く。」

ああ、詐欺師《さぎし》の勝《か》ちだぁ。

「勝負《しょうぶ》あったね。」

黒木君《くろきくん》が笑《わら》い、上杉君《うえすぎくん》が物足《ものた》りないというようにつぶやいた。

「意外《いがい》と簡単《かんたん》にオチやがったな。」

翼《たすく》は、訴《うった》えるような目《め》を私《わたし》に向《む》ける。

「あんな事言《ことい》った、ひどい！」

その後頭部《こうとうぶ》を、上杉君《うえすぎくん》がペシッとぶった。

「甘《あま》えんじゃねーっ！」

忍《しのぶ》が、上杉君《うえすぎくん》と翼《たすく》を代《か》わる代《が》わる見《み》た。

「誰《だれ》にだって逆《さか》らえないものってあるじゃん。上杉《うえすぎ》だって数学《すうがく》の座標《ざひょう》とか、未解決《みかいけつ》のミレニアム問題《もんだい》とかを持《も》ち出《だ》されたら、罠《わな》だってわかっててても踏《ふ》み込《こ》まずにいられないだろ。」

上杉君《うえすぎくん》は軽《かる》く眉《まゆ》を上《あ》げた。

「まぁな。」

忍《しのぶ》は、それ見《み》ろというような微笑《びしょう》を浮《う》かべる。

「そこに付《つ》け込《こ》んだ若武《わかたけ》の作戦《さくせん》勝《が》ちだ。」

う〜む、さすが詐欺師《さぎし》、侮《あなど》りがたい！

「実力《じつりょく》の差《さ》だ。」

若武《わかたけ》は勝《か》ち誇《ほこ》り、胸《むね》を張《は》った。

「これで金沢《かなざわ》でのKZ《カッズ》合宿《がっしゅく》は決定《けってい》だ。記録係《きろくがかり》、ちゃんと書《か》いとけよ。」

はいはい。

「宿泊《しゅくはく》の心配《しんぱい》はいらん。サッカーKZ《カッズ》のメンバー用《よう》に提供《ていきょう》される高校《こうこう》の寮《りょう》に、ゲストルームがあって予約制《よやくせい》になってるんだ。おまえらの分《ぶん》を押《お》さえとく。各自《かくじ》の旅費《りょひ》、飲食費《いんしょくひ》は自己負担《じこふたん》。小《こ》遣《づか》いでなんとかしろ。」

私《わたし》はシャープペンをノックし、今《いま》までの経過《けいか》を書《か》き留《と》めながら考《かんが》えた。

旅費《りょひ》や飲食費《いんしょくひ》は、正月《しょうがつ》のおとし玉《だま》とか、誕生日《たんじょうび》にもらったお小遣《こづか》いなんかを貯金《ちょきん》してあるから、それを使《つか》えば大丈夫《だいじょうぶ》だけれど、問題《もんだい》はママの許可《きょか》なんだ。

行《い》ってもいいって言《い》ってくれるかなぁ。

なんか・・・ダメそう。

ママって、私《わたし》が言《い》い出《だ》す事《こと》にはほとんど反対《はんたい》するんだもの。

なんとか説得《せっとく》しないと。

でも、どうすればいいんだろう。

なんの予定《よてい》もないこの休《やす》み、家《いえ》でボンヤリしてるより、KZ《カッズ》の合宿《がっしゅく》に参加《さんか》して有意義《ゆういぎ》に過《す》ごしたい！

3　なんで私《わたし》だけ？

「アーヤ、浮《う》かない顔《かお》だね、どうしたの？」

黒木君《くろきくん》に聞《き》かれて、私《わたし》は事情《じじょう》を話《はな》した。

いいアイディアをもらえるかも知《し》れないって思《おも》って。

「皆《みんな》は、家族《かぞく》に反対《はんたい》されないの？」

若武《わかたけ》と忍《しのぶ》が、即答《そくとう》。

「俺《おれ》、1人暮《ひとりぐ》らしだから。」

「俺《おれ》も。」

あ、そうか。

「俺《おれ》は、自分《じぶん》が行動《こうどう》するのに、イチイチ許可《きょか》なんか取《と》らん。」

上杉君《うえすぎくん》は強硬派《きょうこうは》。

「出《で》かけるって予告《よこく》しておいて、その日《ひ》になったらスッと消《き》えるだけだ。」

そうなんだ・・・。

「僕《ぼく》は、細《こま》かいスケジュールまできちんと話《はな》すよ。」

小塚君《こづかくん》は、穏当《おんとう》な優等生《ゆうとうせい》。

「それで反対《はんたい》された事《こと》って、今《いま》までにないな。家族《かぞく》も一緒《いっしょ》に来《き》たがるから、それをあきらめさせるのがひと苦労《くろう》だけど。」

それはそれで、そーとー大変《たいへん》かもなぁ。

「俺《おれ》も話《はな》す。大抵《たいてい》の場合《ばあい》、好《す》きにしていいよって言《い》われる。」

翼《たすく》んちは、お祖父《じい》さんがアメリカ人《じん》で、お祖母《ばあ》さんとお父《とう》さんがフランス人《じん》、かなり自由《じゆう》な雰囲気《ふんいき》の家庭《かてい》なんだよね。

それが欧米風《おうべいふう》の教育《きょういく》なのかなぁ。

「えっとさ、」

黒木君《くろきくん》が口《くち》を開《ひら》いたので、私《わたし》は一瞬《いっしゅん》、期待《きたい》した。

今《いま》まで耳《みみ》にした事《こと》のない黒木家《くろきけ》の事情《じじょう》が、ここで聞《き》けるかも知《し》れないと思《おも》ったんだ。

ドキドキ、ワクワクしながら耳《みみ》を澄《す》ませていると、

「あれを使《つか》ったら、どう？」

黒木君《くろきくん》が指差《ゆびさ》したのは、カフェテリアの壁《かべ》に貼《は》られていた〈学力強化全国《がくりょくきょうかぜんこく》ゼミ〉のポスター

だった。

「ゼミに参加《さんか》するって言《い》えば、いいんじゃないかな。ポスターの下《した》の方《ほう》、見《み》てごらん。ゼミを開催《かいさい》する地方《ちほう》の教室名《きょうしつめい》が書《か》いてある。どこに申《もう》し込《こ》んでもいいんだ。金沢《かなざわ》もあるだろ。俺《おれ》たちがサッカーしたり、他《ほか》の連中《れんちゅう》が自分《じぶん》の趣味《しゅみ》を満喫《まんきつ》してる時間《じかん》に、アーヤはゼミに参加《さんか》すればいいよ。」

私《わたし》は、げっ、と思《おも》った。

私《わたし》だけが、勉強《べんきょう》っ!?

「それさぁ、」

上杉君《うえすぎくん》が異議《いぎ》を唱《とな》える。

「地元《じもと》のゼミに参加《さんか》しないで、わざわざ金沢《かなざわ》まで出《で》かける理由《りゆう》はなんだ、って突《つ》っ込《こ》まれるぜ。どう対応《たいおう》すんだ?」

黒木君《くろきくん》は問題《もんだい》にもならないと言《い》わんばかりに軽《かる》く答《こた》えた。

「休《やす》みの課題《かだい》に自由研究《じゆうけんきゅう》があるから、ゼミに参加《さんか》するついでに金沢《かなざわ》の伝統工芸《でんとうこうげい》を調《しら》べるつもりだ、って事《こと》にしとけばいいよ。宿泊《しゅくはく》には、秀明《しゅうめい》が現地《げんち》の高校《こうこう》の寮《りょう》を押《お》さえてるから、そこが使《つか》えるって言《い》うのも忘《わす》れないように。」

その時《とき》、私《わたし》は思《おも》ったのだった、黒木君《くろきくん》も若武《わかたけ》に負《ま》けないくらい詐欺師的思考《さぎしてきしこう》ができるのかも、って。

「それ、信憑性《しんぴょうせい》バッチリだよ。」

そう言《い》ったのは翼《たすく》だった。

「金沢《かなざわ》とその周辺《しゅうへん》は、日本屈指《にほんくっし》の伝統工芸地域《でんとうこうげいちいき》だ。」

小塚君《こづかくん》が私《わたし》を見《み》る。

「屈指《くっし》って？」

屈指《くっし》は、多《おお》くの中《なか》でも指《ゆび》を折《お》って数《かぞ》えるほど優《すぐ》れているって意味《いみ》。

指折《ゆびお》りの、とか、有数《ゆうすう》の、5本《ほん》の指《ゆび》に入《はい》るとかも、同《おな》じだよ。

「陶芸《とうげい》とか漆器《しっき》、金沢箔《かなざわはく》って呼《よ》ばれてる金箔技術《きんぱくぎじゅつ》、織物《おりもの》、染《そ》め物《もの》、象嵌《ぞうがん》なんかがある。」

スラスラと説明《せつめい》する翼《たすく》の声《こえ》の間《あいだ》を縫《ぬ》って、私《わたし》は小塚君《こづかくん》に〈屈指《くっし》〉の意味《いみ》を解説《かいせつ》した。

「よし、アーヤ、そうしろよ。」

若武《わかたけ》が自分《じぶん》の事《こと》のように決《き》めつける。

「これで全員《ぜんいん》、金沢《かなざわ》に集結《しゅうけつ》できるな。」

私《わたし》は自分《じぶん》だけがゼミを受《う》けなきゃならない事《こと》に不満《ふまん》だった。

でもよく考《かんが》えたら、ママを説得《せっとく》する口実《こうじつ》は確《たし》かに勉強《べんきょう》以外《いがい》になさそう。

それで渋々《しぶしぶ》ながら受《う》け入《い》れる事《こと》にしたんだ。

しかたがない、家《いえ》にずうっといるよりは、ゼミで勉強《べんきょう》するほうがましだ。

KZ会議《カッズかいぎ》にも出《で》られるんだし、元気《げんき》を出《だ》そうっと。

「サッカーKZ《カッズ》の遠征《えんせい》スケジュールは、金沢《かなざわ》で練習《れんしゅう》と調整《ちょうせい》。翌日《よくじつ》に試合《しあい》で、それ終《お》わったら敦賀《つるが》に移動《いどう》。」

若武《わかたけ》がテーブルに置《お》いたスマートフォンの画面《がめん》に目《め》をやれば、敦賀《つるが》と金沢《かなざわ》の距離《きょり》は、自動車道《じどうしゃどう》で134キロと書《か》かれていた。

「その日《ひ》は練習《れんしゅう》と調整《ちょうせい》で、明《あ》くる日《ひ》に試合《しあい》。それが終《お》わったら今度《こんど》は福井《ふくい》に移動《いどう》。明《あ》くる日《ひ》、試合《しあい》。終《お》わったら金沢《かなざわ》に戻《もど》って、もう1回試合《かいしあい》やって、その後《ご》、懇親会《こんしんかい》。翌日《よくじつ》に帰《かえ》ってくる。4泊《ぱく》5日《いつか》だ。」

結構《けっこう》きついね、スケジュール。

「これと、アーヤの参加《さんか》する〈学力強化全国《がくりょくきょうかぜんこく》ゼミ〉金沢教室《かなざわきょうしつ》のスケジュールを突《つ》き合《あ》わせてみて、空《あ》いてるとこにKZ合宿《カッズがっしゅく》を入《い》れる。小塚《こづか》と美門《みかど》、七鬼《ななき》の3人《にん》はKZ合宿《カッズがっしゅく》を優先《ゆうせん》し、個人行動《こじんこうどう》はスキ間時間《まじかん》に突《つ》っ込《こ》むんだ。」

3人《にん》がコクコク頷《うなず》いた。

「アーヤは、ゼミの予定《よてい》がわかったら、俺《おれ》に連絡《れんらく》してくれ。」

了解《りょうかい》！

＊

その日《ひ》、私《わたし》は、黒木君《くろきくん》のアドヴァイス通《どお》りにママに話《はな》した。

そしてママから、オーケイをもらったんだ。

わぁ、うまくいった！

そう思《おも》ったんだけれど、なんとっ、別《べつ》の問題《もんだい》が発生《はっせい》した。

それは小塚君《こづかくん》が、ひと苦労《くろう》だと言《い》っていた事《こと》で、それを聞《き》いていた時《とき》には、まさか自分《じぶん》の身《み》に同《おな》じ事《こと》が降《ふ》りかかってくるなんて思《おも》いもしなかった。

「あら金沢《かなざわ》なら、ママも行《い》きたいわ。ステキなとこよね。ついてこうかしら。」

あわわっ！

私《わたし》はあせり、心《こころ》の中《なか》で、小塚君《こづかくん》に電話《でんわ》してどんな手《て》を使《つか》えばいいのか聞《き》いてみるしかないと思《おも》いつつ、口《くち》ではアレコレとママを引《ひ》き留《と》めにかかった。

パパの仕事《しごと》で同伴《どうはん》のパーティがあるかも知《し》れない、とか、奈子《なこ》の学校《がっこう》でPTA《ピーティーエー》の行事《ぎょうじ》があったりしない？　とか。

「そうねぇ。ああヤダわ。好《す》きな時《とき》に好《す》きなとこに行《い》けないなんて奴隷《どれい》みたい。自由《じゆう》がほしい！」

思《おも》いっ切《き》りブツブツ言《い》いながらも、なんとかあきらめてくれて、ほっとした。

それで明《あ》くる日《ひ》、秀明《しゅうめい》の授業前《じゅぎょうまえ》に事務室《じむしつ》に行《い》って金沢教室《かなざわきょうしつ》での受講《じゅこう》を申《もう》し込《こ》んだんだ。

なぜ金沢教室《かなざわきょうしつ》なのか聞《き》かれるかも知《し》れないと思《おも》って、ドキドキしたけれど、何《なに》も言《い》わずにスンナリと受《う》け付《つ》けてくれた。

パソコンでダウンロードした金沢教室《かなざわきょうしつ》のスケジュールを渡《わた》され、教室《きょうしつ》に向《む》かうと、廊下《ろうか》で塾生《じゅくせい》たちが話《はな》しているのが聞《き》こえた。

「全国《ぜんこく》ゼミ、おまえって、どの教室《きょうしつ》で受《う》けんの？」

「俺《おれ》、ここ。近《ちか》いとこが楽《らく》だもん。」

「俺《おれ》、四谷《よつや》か吉祥寺《きちじょうじ》に行《い》く。東京《とうきょう》の方《ほう》がレベル高《たか》いんだ。いい講師《こうし》が集《あつ》まってるって。」

「え・・・じゃ俺《おれ》も東京《とうきょう》にしようっかな。」

「俺《おれ》なんか松本《まつもと》だよ。休《やす》みに家族《かぞく》で親戚《しんせき》んちに出《で》かけるんだ。その近《ちか》くに教室《きょうしつ》があるみたいだからさ。ついで感満載《かんまんさい》だけど、行《い》かないよりましだって親《おや》が言《い》うから。」

ここ以外《いがい》の教室《きょうしつ》で受《う》ける子《こ》って、私《わたし》だけじゃないんだ。

それでスンナリ通《とお》ったんだね。

納得《なっとく》しながら、私《わたし》は金沢教室《かなざわきょうしつ》のスケジュールに目《め》を通《とお》した。

全《ぜん》4日《よっか》で、午前中《ごぜんちゅう》2時間《じかん》、午後《ごご》2時間《じかん》、最終日《さいしゅうび》が総仕上《そうしあ》げとテストになっていた。

全体《ぜんたい》で3泊《ぱく》4日《よっか》、サッカーK《カッズ》Zの遠征《えんせい》より1日《にち》短《みじか》い。

教室《きょうしつ》は、金沢観光《かなざわかんこう》の定番《ていばん》、兼六園《けんろくえん》の近《ちか》くにある歴史博物館《れきしはくぶつかん》の中《なか》。

そこにはレンタルスペースがあって、秀明《しゅうめい》がその中《なか》の1つを借《か》りて教室《きょうしつ》にするらしかった。

私《わたし》は若武《わかたけ》に電話《でんわ》して、スケジュールを報告《ほうこく》。

若武《わかたけ》は、それとサッカーK《カッズ》Zの予定《よてい》を突《つ》き合《あ》わせ、合宿日程《がっしゅくにってい》を決《き》めた。

「サッカーK《カッズ》Zは、全行程《ぜんこうてい》を秀明《しゅうめい》バスで移動《いどう》だ。高等部《こうとうぶ》と中等部《ちゅうとうぶ》の一部《いちぶ》が2~3日前《にちまえ》に先発《せんぱつ》するけど、俺《おれ》と上杉《うえすぎ》、黒木《くろき》は練習試合《れんしゅうじあい》の前日《ぜんじつ》の朝《あさ》に金沢入《かなざわい》り。おまえたちは、その日《ひ》の一番早《いちばんはや》い『かがやき』に乗《の》れ。そしたら金沢《かなざわ》に9時前《じまえ》に着《つ》く。練習《れんしゅう》は午後《ごご》からだから、午前中《ごぜんちゅう》の時間《じかん》を使《つか》えるし、夜《よる》も使《つか》える。駅《えき》で待《ま》ってるからさ。」

わかった！

＊

私《わたし》は、すごく楽《たの》しみだった。

金沢《かなざわ》は、歴史《れきし》のある古都《こと》だし、情感《じょうかん》のありそうな街《まち》。

それに私《わたし》は今《いま》まで行《い》った事《こと》がなくて、興味津々《きょうみしんしん》だったんだ。

そこに着《つ》くまでの移動手段《いどうしゅだん》は、翼《たすく》が抵抗《ていこう》しきれなかったほど素晴《すば》らしい北陸新幹線《ほくりくしんかんせん》「かがやき」。

一体《いったい》どんな列車《れっしゃ》なんだろうと考《かんが》えて、毎日《まいにち》ワクワクしていた。

秀明《しゅうめい》からは、ゼミ用《よう》として数国英《すうこくえい》３教科《きょうか》のテキストが配付《はいふ》され、それぞれが分厚《ぶあつ》くて、持《も》つだけでも重《おも》いほど。

見《み》た時《とき》は、うわぁって思《おも》ったけれど、でもこれをこなせば、この分《ぶん》が全部《ぜんぶ》、頭《あたま》に入《はい》って実力《じつりょく》になるんだものね、頑張《がんば》るぞっ！

「『かがやき』の始発《しはつ》は、東京駅《とうきょうえき》を６時《じ》16分《ぷん》だよ。」

小塚君《こづかくん》が困《こま》ったような声《こえ》で電話《でんわ》をしてきた。

「でも新玉線《しんたません》の一番早《いちばんはや》いのに乗《の》っても、東京駅《とうきょうえき》に着《つ》くのは、この時間《じかん》ギリギリなんだ。新幹線《しんかんせん》ホームまで走《はし》ったとしても、とても間《ま》に合《あ》わないと思《おも》う。」

え・・・どうしよう⁉

「東京駅《とうきょうえき》まで車《くるま》を使《つか》うしかないよ。一緒《いっしょ》に行《い》くのは七鬼《なき》、美門《みかど》、アーヤと僕《ぼく》だから、誰《だれ》かの親《おや》に頼《たの》んで車《くるま》を出《だ》してもらおう。」

私《わたし》は・・・皆《みんな》と一緒《いっしょ》に行《い》く事《こと》をママに話《はな》してなかったので、頼《たの》める状況《じょうきょう》じゃなかった。

「うちは、たぶん無理《むり》。小塚君《こづかくん》ちは？」

小塚君《こづかくん》は、憂鬱《ゆううつ》そうな溜《た》め息《いき》をつく。

「叔母《おば》さんに言《い》えば、喜《よろこ》んで送《おく》ってくれると思《おも》うけどね。」

あ、よかった！

「でも・・・時間《じかん》が読《よ》めないんだ。」

は？

「ナビに目的地《もくてきち》を打《う》ち込《こ》んで、その通《とお》りに運転《うんてん》すればいいだけなのに、どんな時《とき》でも絶対間違《ぜったいまちが》うんだよ。ナビ使《つか》ってるのに、間違《まちが》わずに到着《とうちゃく》できた事《こと》が今《いま》まで一度《いちど》もない。間違《まちが》って、それを修《しゅう》正《せい》しようとしてまた間違《まちが》って、いつ到着《とうちゃく》できるか、まるっきりわからないんだ。」

それ、致命的《ちめいてき》だぁ。

始発《しはつ》の「かがやき」に乗《の》れる保証《ほしょう》がまるっきりないんだもの。

「美門《みかど》んちは、誰《だれ》が一緒《いっしょ》に住《す》んでるのか、イマイチよくわからないだろ。」

ん、そだね。

「となると、七鬼《なき》んちのＡＩ《エーアイ》車《しゃ》しかないよ。」

あれ、恐《こわ》いよっ！

確《たし》か「初恋《はつこい》は知《し》っている」の時《とき》に出番《でばん》があったけれど、公道《こうどう》に出《で》たら道路《どうろ》交通法《こうつうほう》違反《いはん》だって言《い》われた気《き》がする。

「困《こま》ったねぇ。若武《わかたけ》に言《い》って、駅集合《えきしゅうごう》の時間《じかん》を変更《へんこう》してもらおうか？」

それしかないね。

若武《わかたけ》たちは午後《ごご》から練習《れんしゅう》だから、午前中《ごぜんちゅう》の時間《じかん》を目《め》いっぱい確保《かくほ》しようとして始発《しはつ》って言《い》ったんだろうけど、乗《の》れなかったらどうしようもない。

「電話《でんわ》してみるよ。」

それで私《わたし》は、出発《しゅっぱつ》時間《じかん》が遅《おそ》くなるものとばかり思《おも》っていた。

ところがっ、小塚君《こづかくん》からかかってきた電話《でんわ》は、

「予定通《よていどお》りでオッケイになったよ。」

という事《こと》だった。

なんで？

「七鬼《なき》が領地《りょうち》の見回《みまわ》りをするって言《い》ってただろ。その見回《みまわ》りに、叔父《おじ》さんも同行《どうこう》して警護《けいご》するんだって。」

忍《しのぶ》は名家七鬼家《めいかななきけ》の若様《わかさま》、しかも直系《ちょっけい》の最後《さいご》の1人《ひとり》。

実家《じっか》のある鳥羽《とば》では厳重《げんじゅう》に守《まも》られている。

領地見回《りょうちみまわ》りに警護《けいご》する人《ひと》がついていくのは、ま、当然《とうぜん》かも。

「で、七鬼《なき》は、東京駅《とうきょうえき》まで叔父《おじ》さんの車《くるま》で行《い》く事《こと》になってるらしいんだ。事情《じじょう》を話《はな》したら、僕《ぼく》たちも一緒《いっしょ》に乗《の》せてってくれるって。」

おお、ラッキイ！

「『かがやき』の車両《しゃりょう》は、違《ちが》うみたいだけどね。」

え？

「七鬼家《なきけ》の若殿《わかとの》は、一般人《いっぱんじん》と一緒《いっしょ》の車両《しゃりょう》には乗《の》れないらしい。」

そうなんだ。

「グランクラスに乗《の》るみたいだよ。車両《しゃりょう》の一番端《いちばんはし》にあって1両《りょう》だけだから、車内通路《しゃないつうろ》を通過《つうか》する乗客《じょうきゃく》もいないし、座席《ざせき》も18席《せき》しかなくて警護《けいご》しやすいみたい。」

翼《たすく》、うらやましがるだろうなぁ。

「僕《ぼく》たちは普通車《ふつうしゃ》で、気楽《きらく》に行《い》けばいいよね。」

もちろんだよ。

「新玉駅《しんたまえき》で待《ま》ち合《あ》わせだって。時間《じかん》は東京駅《とうきょうえき》まで1時間半《じかんはん》を見《み》て、4時半《じはん》。ちょっと早《はや》いけど、遅《おく》れないでね。」

了解《りょうかい》っ！

4　求愛行動《きゅうあいこうどう》

当日《とうじつ》の朝《あさ》、私《わたし》は、間《ま》に合《あ》う時間《じかん》に家《いえ》を出《で》て、歩《ある》いて駅《えき》まで行《い》った。

自転車《じてんしゃ》で行《い》くと、金沢《かなざわ》に滞在《たいざい》する間《あいだ》、駐輪場《ちゅうりんじょう》に放置《ほうち》する事《こと》になるから心配《しんぱい》だったんだ。

改札《かいさつ》の前《まえ》には、もう小塚君《こづかくん》と翼《たすく》が来《き》ていた。

「あ、アーヤ、おはよ。」

小塚君《こづかくん》は肩《かた》からチェストバッグをかけ、足元《あしもと》にはいつもの黒《くろ》いナップザック。

翼《たすく》は、自分《じぶん》の前《まえ》に置《お》いた白《しろ》いキャリーケースの引《ひ》き手《て》を握《にぎ》っていた。

「七鬼《ななき》も、もうすぐ来《く》ると思《おも》うよ。さっき家《いえ》を出《で》るってメールがあったから。」

小塚君《こづかくん》が話《はな》している間《あいだ》、翼《たすく》は硬《かた》い顔《かお》で黙《だま》っていた。

それで気分《きぶん》でも悪《わる》いのかと思《おも》って聞《き》いてみたんだ。

「体調《たいちょう》、大丈夫《だいじょうぶ》？」

翼《たすく》は、心《こころ》の底《そこ》から吐《は》き出《だ》すような溜《た》め息《いき》をついた。

「あと2時間《じかん》足《た》らずで、憧《あこが》れの『かがやき』に乗《の》れると思《おも》うと、胸《むね》が締《し》め付《つ》けられるんだ。うれしいんだけど、苦《くる》しい。」

　う～む、マニア心理《しんり》、複雑《ふくざつ》だね。

「あ、七鬼《なぎき》が来《き》た！」

　小塚君《こづかくん》の指差《ゆびさ》す方向《ほうこう》を見《み》れば、大《おお》きなストライドで駅《えき》の階段《かいだん》を駆《か》け上《あ》がって姿《すがた》を見《み》せた忍《しのぶ》が、こっちに来《こ》いと手招《てまね》きしていた。

「行《い》こう。」

　私《わたし》たちが近寄《ちかよ》っていくと、忍《しのぶ》はクルッと背中《せなか》を向《む》け、階段《かいだん》を下《お》りていく。

　駅前《えきまえ》の車寄《くるまよ》せスペースには、大型《おおがた》の白《しろ》いワゴン車《しゃ》が停《と》まっていた。

「やぁ、」

　運転手《うんてんしゅ》さんの隣《となり》の席《せき》に座《すわ》っていた男性《だんせい》が窓《まど》を開《あ》けてニッコリする。

「忍《しのぶ》の叔父《おじ》の隆久《たかひさ》だ。よろしく。」

　私《わたし》たちは挨拶《あいさつ》し、車《くるま》に同乗《どうじょう》させてもらう事《こと》を感謝《かんしゃ》しながら後部座席《こうぶざせき》に乗《の》り込《こ》んだ。

　そこには革《かわ》を張《は》ったソファのようなシートがあり、コの字形《じがた》に並《なら》べられていた。

　真《ま》ん中《なか》には低《ひく》いテーブル、窓《まど》にはカーテンが閉《し》まっていて、まるで客間《きゃくま》みたい。

「君《きみ》たち、シートベルトをしてくれ。では出発《しゅっぱつ》だ。」

隆久《たかひさ》さんの声《こえ》と共《とも》に、車《くるま》は軽《かる》いエンジン音《おん》を上《あ》げて走《はし》り出《だ》し、ほとんど揺《ゆ》れないまま、やがて高速道路《こうそくどうろ》に入《はい》った。

「なんか飲《の》もうぜ。果物《くだもの》とか、チップスとか食《く》いもんもあるけど。」

テーブル脇《わき》の冷蔵庫《れいぞうこ》から、忍《しのぶ》が色々《いろいろ》と出《だ》してテーブルに並《なら》べる。

「俺《おれ》、なんもいらない。」

翼《たすく》に断《ことわ》られて、忍《しのぶ》は首《くび》を傾《かし》げた。

「腹《はら》いっぱいなのか？」

私《わたし》と小塚君《こづかくん》は、クスクス笑《わら》う。

「いっぱいなのは、胸《むね》みたいよ。」

忍《しのぶ》は、ますます訳《わけ》がわからないというような顔付《かおつ》きになった。

「『かがやき』に乗《の》れるからだよ。今《いま》まで機会《きかい》がなかったんだって。」

忍《しのぶ》は、ようやく翼《たすく》の気持《きも》ちを理解《りかい》したらしい。

「そっか。じゃせっかくだからグランクラスを体験《たいけん》したら、どう？　俺《おれ》の座席《ざせき》と交換《こうかん》してやるぜ。」

翼《たすく》は軽《かる》く眉《まゆ》を上《あ》げた。

「俺《おれ》が、グランクラスの席《せき》、取《と》ってないとでも思《おも》うのか？」

取《と》ったのっ⁉

「小遣《こづか》い、根《ね》こそぎ叩《はた》いた。」

そう言《い》いながら胸《むね》ポケットからチケットを出《だ》す。

「神《かみ》チケットだぜ。神々《こうごう》しいだろ。」

小塚君《こづかくん》が眉《まゆ》をひそめた。

「でも美門《みかど》、それ、グリーン券《けん》って書《か》いてあるよ。」

ほんとだ、間違《まちが》えてるよ、大変《たいへん》だ！

「いいんだ。」

翼《たすく》は動揺《どうよう》する様子《ようす》もない。

「発券機《はっけんき》の都合《つごう》で、グリーン券表示《けんひょうじ》になってるだけだ。金額《きんがく》がちゃんとグランクラスだから、大《だい》丈夫《じょうぶ》。」

へえ、そうなんだ。

「じゃ普通車《ふつうしゃ》に乗《の》るのは、僕《ぼく》とアーヤだけだね。」

なんか・・・ちょっと寂《さび》しいかも。

皆《みんな》でワイワイ話《はな》しながら楽《たの》しく行《い》こうと思《おも》ってたのにな。

この時《とき》は、そう思《おも》った。

けれど実際《じっさい》に乗《の》ってみたら、それどころじゃなかったんだ。

車内《しゃない》で予想外《よそうがい》のハプニングが起《お》きたものだから・・・。

＊

皆《みんな》で北陸新幹線《ほくりくしんかんせん》のホームまで行《い》き、「かがやき」が入《はい》ってくるのを待《ま》っていると、やがて青《あお》く長《なが》いフロントを輝《かがや》かせた「かがやき」が滑《すべ》りこむように到着《とうちゃく》した。

列車《れっしゃ》っていうよりも、近未来的《きんみらいてき》な乗《の》り物《もの》って雰囲気《ふんいき》で、ステキだった。

「じゃ金沢《かなざわ》に着《つ》いたら、ホームで合流《ごうりゅう》しよう。」

そう言《い》った小塚君《こづかくん》に、忍《しのぶ》は、隆久《たかひさ》さんから顔《かお》を背《そむ》けながら片目《かため》をつぶった。

「途中《とちゅう》で、そっち行《い》くよ。叔父《おじ》と話《はな》しててもつまらないし、美門《みかど》はどうせ『かがやき』に夢中《むちゅう》で、車内《しゃない》の画像撮《がぞうと》りまくってるに決《き》まってるもの。」

アリかもなぁ。

「じゃ後《あと》で。」

忍《しのぶ》は翼《たすく》の肩《かた》を抱《だ》き、グランクラスの車両《しゃりょう》に向《む》かう。

3人《にん》と別《わか》れた私《わたし》と小塚君《こづかくん》は、普通車《ふつうしゃ》の方《ほう》へ。

「アーヤ、切符見《きっぷみ》せて。」

私《わたし》は、パスケースから自分《じぶん》のチケットを出《だ》した。

それは私《わたし》が生《う》まれて初《はじ》めて1人《ひとり》で買《か》った、記念《きねん》すべき乗車券《じょうしゃけん》と特急券《とっきゅうけん》だった。

いつも使《つか》っている新玉駅《しんたまえき》は私鉄《してつ》だから、みどりの窓口《まどぐち》がない。

それで一番近《いちばんちか》いＪＲ《ジェーアール》の駅《えき》まで行《い》ったんだ。

指定席券売機《していせきけんばいき》もあったんだけれど、操作中《そうさちゅう》に迷《まよ》ったら相談《そうだん》する人《ひと》もいなくて困《こま》るから、対面販《たいめんはん》売《ばい》にした。

「ああこれ、通路側《つうろがわ》の席《せき》だね。僕《ぼく》のチケット窓際《まどぎわ》だから、よかったら交換《こうかん》しよう。左右《さゆう》の窓《まど》からは立山連峰《たてやまれんぽう》とか、日本海《にほんかい》とか見《み》えるから楽《たの》しいよ。」

わぁ、ありがとう。

「小塚君《こづかくん》は、窓《まど》の外《そと》の景色《けしき》を見《み》ないの？」

私《わたし》が聞《き》くと、小塚君《こづかくん》は自分《じぶん》のバッグをトンと叩《たた》いた。

「ゆっくり見《み》たい昆虫図鑑《こんちゅうずかん》をダウンロードしてきたんだ。金沢《かなざわ》に着《つ》くまでに読破《どくは》する予定《よてい》。」

熱心《ねっしん》だなぁ。

私《わたし》は小塚君《こづかくん》の切符《きっぷ》をもらって自分《じぶん》のを渡《わた》し、その席《せき》に向《む》かった。

車内《しゃない》は、あまり混《こ》んでいなくて、空《あ》いている所《ところ》も多《おお》い。

隣《となり》に男《おとこ》の人《ひと》とかが来《く》ると緊張《きんちょう》するな。

そう思《おも》っていたので、誰《だれ》もいなくてホッとした。

時間通《じかんどお》りに「かがやき」は東京駅《とうきょうえき》を出《で》て、氷《こおり》の上《うえ》でも滑《すべ》るように静《しず》かに走《はし》り、埼玉県《さいたまけん》、群馬《ぐんま》県《けん》、長野県《ながのけん》、新潟県《にいがたけん》の各駅《かくえき》を次々《つぎつぎ》と通過《つうか》した。

異変《いへん》が起《お》こったのは、富山県《とやまけん》に入《はい》ってすぐの事《こと》。

窓《まど》から外《そと》を見《み》ていた私《わたし》の耳《みみ》に、ざわめきが伝《つた》わってきたんだ。

座席《ざせき》から乗《の》り出《だ》し、こちらを見《み》ている乗客《じょうきゃく》もいる。

なんだろ。

そう思《おも》っている私《わたし》のすぐそばを、なんとっ！　大《おお》きな蝶《ちょう》が通《とお》り過《す》ぎた。

羽《はね》は紫色《むらさきいろ》に近《ちか》い黒《くろ》で艶《つや》があり、あざやかな模様《もよう》が入《はい》っている。

色的《いろてき》にはきれいだったんだけれど、私《わたし》、蝶《ちょう》はニガテ。

鱗粉《りんぷん》が散《ち》るし、トンボとかコガネムシなんかと違《ちが》って、胴体《どうたい》が柔《やわ》らかくって気持《きも》ち悪《わる》いんだもの。

臭《にお》いも嫌《いや》なんだ。

私《わたし》は息《いき》をつめ、蝶《ちょう》が自分《じぶん》に近寄《ちかよ》ったり、触《さわ》ったりしないように身《み》をすくめていた。

でも、どこからきたんだろう。

さっき停《と》まった駅《えき》で、乗《の》り降《お》りした乗客《じょうきゃく》に紛《まぎ》れて入《はい》り込《こ》んだのかなぁ。

私《わたし》のそばを通《とお》り過《す》ぎた蝶《ちょう》は、前《まえ》のドアに向《む》かい、小塚君《こづかくん》の座席《ざせき》の脇《わき》を通過《つうか》。

「小塚君《こづかくん》。」

私《わたし》が声《こえ》をかけると、小塚君《こづかくん》はタブレットから顔《かお》を上《あ》げ、蝶《ちょう》を見《み》つけた。

すぐ立《た》ち上《あ》がり、後《あと》をついていく。

きっと捕《つか》まえて、外《そと》に逃《に》がすつもりなんだ。

そう思《おも》って見《み》ていると、蝶《ちょう》はドアにさえぎられ、そのあたりをウロウロし始《はじ》めた。

おお、今《いま》がチャンスだ。

その時《とき》、ドアがサッと開《ひら》いて向《む》こうから忍《しのぶ》が入《はい》ってきたんだ。

蝶《ちょう》は忍《しのぶ》にぶつかりそうになり、その胸《むね》の前《まえ》でいったん静止《せいし》。

直後《ちょくご》、パタパタと上昇《じょうしょう》し、忍《しのぶ》の顔《かお》のそばへっ！

目《め》の位置《いち》まで上《あ》がっていって、そこで再《ふたた》び停止《ていし》、空中《くうちゅう》に釘付《くぎづ》け。

まるで見《み》つめ合《あ》っているようだった。

「蝶《ちょう》が空中《くうちゅう》で止《と》まるのは、」

小塚君《こづかくん》がつぶやく。

「蜜《みつ》を吸《す》う時《とき》と、求愛行動《きゅうあいこうどう》の時《とき》だけなんだ。」

そうなの。

「特《とく》に求愛行動《きゅうあいこうどう》の時《とき》は、長時間《ちょうじかん》にわたって空中《くうちゅう》で停止《ていし》する。」

じゃ、あの蝶《ちょう》って今《いま》、忍《しのぶ》にプロポーズしてるの？

もしかして窓《まど》の外《そと》から忍《しのぶ》を見《み》かけて、ひと目《め》ボレして乗《の》り込《こ》んできたとか？

まさか、ないよね、そんな事《こと》・・・。

そう思《おも》ったその時《とき》だった。

「あ！」

蝶《ちょう》の羽《はね》の動《うご》きがパタッと止《と》まり、そのままヒラッと落下《らっか》っ！

「わ、落《お》ちたっ！」

とっさに出《だ》した忍《しのぶ》の片手《かたて》に受《う》け止《と》められた。

「あ、よかった。」

ホッとする私《わたし》の前《まえ》で、忍《しのぶ》は静《しず》かに蝶《ちょう》を見下《みお》ろす。

「ひょっとして、ケイトか？」

へっ⁉

私《わたし》がキョトンとしていると、忍《しのぶ》はズボンの後《うし》ろポケットからスマートフォンを出《だ》し、片手《かたて》で操《そう》作《さ》してから耳《みみ》に当《あ》てた。

私《わたし》と小塚君《こづかくん》は、顔《かお》を見合《みあ》わせる。

「電話《でんわ》してるけど、なんなんだろ？」

「さぁ。」

忍《しのぶ》はしばらくそのまま耳《みみ》を傾《かたむ》けていたけれど、やがて苛立《いらだ》たしげにスマートフォンをポケットに差《さ》し込《こ》んだ。

「くっそ、出《で》ねぇ。」

片手《かたて》で長《なが》い髪《かみ》を掻《か》き上《あ》げ、その姿勢《しせい》のまま静止《せいし》。

「固《かた》まってるけど、なんなんだろ。」

「さぁ。」

私《わたし》が首《くび》を傾《かし》げた直後《ちょくご》、

「小塚《こづか》、これ、頼《たの》む。」

小塚君《こづかくん》に向《む》かって、掌《てのひら》の蝶《ちょう》を差《さ》し出《だ》した。

「逃《に》がしとけばいいの？」

忍《しのぶ》は、かすかに首《くび》を横《よこ》に振《ふ》る。

「もう死《し》んでる。」

え・・・かわいそ。

小塚君《こづかくん》は、ズボンの後《うし》ろポケットからティッシュを出《だ》し、そっと包《つつ》んで上着《うわぎ》の胸《むね》ポケットに入《い》れた。

「後《あと》で、どっかに埋《う》めておくよ。」

忍《しのぶ》は頷《うなず》き、身《み》をひるがえしてグランクラス車両《しゃりょう》に向《む》かう。

私《わたし》が見送《みおく》っていると、小塚君《こづかくん》が言《い》った。

「ついてってみよう。」

それで2人《ふたり》で後《あと》をつけたんだ。

サッと開《ひら》いたグランクラスのドアの向《む》こうは、クリーム色《いろ》の肘掛《ひじか》けソファみたいな座席《ざせき》が並《なら》ぶ高級感《こうきゅうかん》あふれる空間《くうかん》だった。

その一番手前《いちばんてまえ》の座席《ざせき》に隆久《たかひさ》さんが座《すわ》り、脚《あし》を組《く》んで、ワインのグラスを傾《かたむ》けている。

忍《しのぶ》は、その隣《となり》にドッカと腰《こし》を下《お》ろした。

「俺《おれ》、金沢《かなざわ》で降《お》りずに敦賀《つるが》まで行《い》く。今夜《こんや》は敦賀《つるが》泊《ど》まりだ。あそこの館《やかた》を手配《てはい》してくれ。護摩《ごま》の用意《ようい》も。」

隆久《たかひさ》さんは、持《も》っていたグラスを空《から》にして立《た》ち上《あ》がる。

「至急《しきゅう》、連絡《れんらく》を取《と》ってみるよ。」

座席《ざせき》ポケットに入《い》れていたスマートフォンを持《も》ち、私《わたし》たちの脇《わき》を通《とお》って急《いそ》いで出《で》ていった。

忍《しのぶ》は腕《うで》を組《く》み、座席《ざせき》シートにもたれかかって目《め》をつぶる。

わずかに眉根《まゆね》を寄《よ》せ、顔《かお》を曇《くも》らせて唇《くちびる》をきつく引《ひ》き結《むす》んでいた。

気《き》がかりでたまらないといったその表情《ひょうじょう》を見《み》て、私《わたし》は小塚君《こづかくん》とまたも顔《かお》を見合《みあ》わせる。

「なんなんだろ。」

「さぁ・・・」

声《こえ》をかけていいものかどうか迷《まよ》っていると、後方《こうほう》から足音《あしおと》が近《ちか》づいてきた。

「お客様《きゃくさま》、どうかなさいましたか？」

振《ふ》り向《む》けば、車内《しゃない》アテンダントの女性《じょせい》だった。

「ご用事《ようじ》でしたら承《うけたまわ》りますが。」

にこやかに微笑《ほほえ》まれ、小塚君《こづかくん》があわてて答《こた》える。

「いえ大丈夫《だいじょうぶ》です、なんでもありません。」

そう言《い》ってから、私《わたし》にささやいた。

「ここにいちゃいけないみたいだ。」

つまり遠回《とおまわ》しに、サッサと自分《じぶん》の席《せき》に帰《かえ》れって言《い》ってるのね。

「戻《もど》ろう。」

私《わたし》たちは急《いそ》いでグランクラスの車両《しゃりょう》から出《で》て、普通車《ふつうしゃ》に向《む》かった。

そして空《あ》いている席《せき》に座《すわ》って、それについて話《はな》し合《あ》ったんだ。

「ケイトって、人間《にんげん》だよね。電話《でんわ》かけてたから。」

そうだね、誰《だれ》かの名前《なまえ》なんだ。

で、そのケイトが電話《でんわ》に出《で》ないから、忍《しのぶ》はすごく心配《しんぱい》している。

でも誰《だれ》なんだろ、ケイトって。

前《まえ》に忍《しのぶ》から・・・確《たし》か「ブラック教室《きょうしつ》は知《し》っている」の時《とき》だったと思《おも》うけれど・・・久遠《くおん》っていう友人《ゆうじん》がいて、尊敬《そんけい》してるって聞《き》いた事《こと》がある。

忍《しのぶ》と同《おな》じく修験道《しゅげんどう》に励《はげ》んでいて、孔雀明王《くじゃくみょうおう》の呪法《じゅほう》を習得《しゅうとく》しているとか。

ケイトは、その人《ひと》のニックネームだとか・・・アリ？

いや待《ま》て、もっと別《べつ》の名前《なまえ》も聞《き》いたかも知《し》れない。

私《わたし》は、なんとかそれらを思《おも》い出《だ》そうと懸命《けんめい》になった。

ところが小塚君《こづかくん》はその時《とき》、全然別《ぜんぜんべつ》の事《こと》を考《かんが》えていたみたいだった。

「わからないのは、あの蝶《ちょう》との関係《かんけい》だね。あれは黒《くろ》アゲハっていう蝶《ちょう》だ。」

黒《くろ》アゲハ？

「チョウ目《もく》のアゲハチョウ科《か》アゲハチョウ属《ぞく》で、他《ほか》のアゲハに比《くら》べて尾状突起《びじょうとっき》が短《みじか》いからすぐ見《み》分《わ》けがつくんだ。」

へぇえ、私《わたし》、今《いま》までアゲハって黄色《きいろ》いのしか知《し》らなかった。

「黒《くろ》いアゲハもいるんだね。」

私《わたし》の言葉《ことば》に、小塚君《こづかくん》はちょっと笑《わら》った。

「僕《ぼく》が最初《さいしょ》に飼《か》った昆虫《こんちゅう》も、アゲハだったよ。」

そうなんだ。

「3歳《さい》くらいの時《とき》かな。叔母《おば》さんと散歩《さんぽ》してたら、道《みち》に幼虫《ようちゅう》が落《お》ちててね、叔母《おば》さんが言《い》うには、僕《ぼく》が、『これ、連《つ》れて帰《かえ》る』って言《い》い張《は》ってきかなかったんだって。」

かわいいなぁ。

「で、キャベツで育《そだ》ててたら、ドンドン成長《せいちょう》していって、僕《ぼく》の手《て》より大《おお》きくなって、最終的《さいしゅうてき》には15センチくらいになった、びっくり。」

そりゃ驚《おどろ》くよね。

「その後《ご》、羽化《うか》して25センチくらいのアゲハになったんだ。たぶんアレクサンドラトリバネアゲハだと思《おも》うんだけど、当時《とうじ》は確《たし》かめる事《こと》もできなかった。そっと窓《まど》から外《そと》に出《だ》して、飛《と》んでいくのを見送《みおく》ったんだよ。無事《ぶじ》を祈《いの》りながらね。」

アゲハは、幼年時代《ようねんじだい》の小塚君《こづかくん》の思《おも》い出《で》の蝶《ちょう》なんだね。

「さっき七鬼《ななき》は、黒《くろ》アゲハが落《お》ちた時《とき》、ひょっとして、って言《い》いながらケイトっていう名前《なまえ》を持《も》ち出《だ》しただろ。」

ん、そうだった。

「って事《こと》は、ケイトは黒《くろ》アゲハと関《かか》わりを持《も》ってる人物《じんぶつ》なんだ。」

ふむ、どーゆー関《かか》わりなんだろ。

「しかも七鬼《ななき》は、金沢《かなざわ》で下車《げしゃ》する予定《よてい》を変更《へんこう》して敦賀《つるが》まで行《い》くって言《い》い始《はじ》めてる。金沢《かなざわ》と敦賀《つるが》の間《あいだ》は、新幹線《しんかんせん》なら1時間弱《じかんじゃく》だけど、普通電車《ふつうでんしゃ》だと2時間《じかん》20分《ぷん》くらいかかるんだ。ケイトは、七鬼《ななき》にそうさせるだけの重要人物《じゅうようじんぶつ》なんだよ。」

う〜む、誰《だれ》？

5　既読《きどく》つかず

「本人《ほんにん》に聞《き》いてみるのが一番早《いちばんはや》くない？」

私《わたし》がそう言《い》うと、小塚君《こづかくん》も賛成《さんせい》し、さっそくスマートフォンを出《だ》して忍《しのぶ》に送《おく》る質問文《しつもんぶん》を作《つく》った。

「ケイトって誰《だれ》？　でいいかな。」

私《わたし》は思《おも》わず眉《まゆ》をひそめてしまった。

「単刀直入《たんとうちょくにゅう》すぎるよ。」

単刀直入《たんとうちょくにゅう》は、前置《まえお》きを省《はぶ》いて即《そく》、本論《ほんろん》に入《はい》る事《こと》。

1人《ひとり》で敵陣《てきじん》に切《き》り込《こ》むって事例《じれい》からきた言葉《ことば》だよ。

テストでは、単刀直入《たんとうちょくにゅう》の〈タン〉を、〈短《たん》〉って書《か》く間違《まちが》いが多《おお》いみたいだから気《き》を付《つ》けてね。

「さっき忍《しのぶ》は、それについて私《わたし》たちに全然《ぜんぜん》、説明《せつめい》しなかったもの。そんな余裕《よゆう》がなかったのかも知《し》れないけれど、言《い》いたくない訳《わけ》があるって事《こと》も考《かんが》えられるから、慎重《しんちょう》にしなくちゃ。」

小塚君《こづかくん》は頷《うなず》いたものの困《こま》った様子《ようす》だった。

「じゃなんて聞《き》けばいいの？」

私《わたし》は、ちょっと考《かん》えてから答《こた》えた。

「ここは直接《ちょくせつ》の表現《ひょうげん》を避《さ》けよう。敦賀《つるが》まで行《い》くって言《い》ってたけど、それ、若武《わかたけ》に言《い》っとこうか？で、どうかな？　そしたら何《なに》か返事《へんじ》があると思《おも》うから、そこから色々想像《いろいろそうぞう》できるよ。それでもわからなかったら、また考《かん》えよう。」

小塚君《こづかくん》は、私《わたし》の提案《ていあん》が気《き》に入《い》ったらしく、その通《とお》りにメッセージを作《つく》り、ＬＩＮＥ《ライン》で送《おく》った。

で、返事《へんじ》を待《ま》っていたんだけれど、いつまで経《た》っても来《こ》ないんだ。

そのうちに金沢《かなざわ》に着《つ》いてしまった。

「取《と》りあえず、降《お》りよう。」

小塚君《こづかくん》に言《い》われて、私《わたし》は急《いそ》いで自分《じぶん》の席《せき》まで行《い》き、荷物《にもつ》を持《も》ってドアに向《む》かった。

「さっきのＬＩＮＥ《ライン》に既読《きどく》がつかないんだ。」

小塚君《こづかくん》は顔《かお》をしかめる。

「つまり七鬼《ななき》は、あれを見《み》てないんだよ。」

そりゃ困《こま》ったね。

まだ動《うご》いている「かがやき」の窓《まど》の向《む》こうに、ホームと若武《わかたけ》や上杉君《うえすぎくん》、黒木君《くろきくん》の姿《すがた》が見《み》えてくる。

目《め》が合《あ》って、若武《わかたけ》はこっちを指差《ゆびさ》した。

「あ、いたっ！」

上杉君《うえすぎくん》と黒木君《くろきくん》が私《わたし》たちの方《ほう》を向《む》いた時《とき》には、列車《れっしゃ》は、スラッとその前《まえ》を通過《つうか》。

「金沢《かなざわ》、金沢《かなざわ》です。お降《お》りの方々《かたがた》はお忘《わす》れ物《もの》ございませんように。」

アナウンスを聞《き》きながらホームに降《お》りると、３人《にん》が駆《か》け寄《よ》ってきた。

「よっ、お疲《つか》れ！」

３人《にん》ともカジュアルな旅行服《りょこうふく》で、若武《わかたけ》は赤《あか》のパーカー、上杉君《うえすぎくん》は白《しろ》いサファリジャケット、黒《くろ》木君《きくん》は丈《たけ》の短《みじか》いトラベルコートで、それぞれによく似《に》あっていた。

３人《にん》を見《み》て、私《わたし》はなんとなく安心《あんしん》、気持《きも》ちが落《お》ち着《つ》いた。

「あれ、七鬼《ななき》と美門《みかど》は？」

わっ、翼《たすく》がいるって事《こと》、完全《かんぜん》に忘《わす》れてたっ！

私《わたし》はあせり、ホームを見渡《みわた》す。

でも、どこにも翼《たすく》の姿《すがた》はなかった。

もしかして降《お》りなかったとか？

「たぶん美門《みかど》は、降《お》りたくなかったんだよ。」

小塚君《こづかくん》が、「かがやき」の走《はし》り去《さ》ったレールを見《み》つめてつぶやいた。

「『かがやき』が気《き》に入《い》りすぎて、終点《しゅうてん》まで行《い》かずにいられない気持《きも》ちだったんじゃないかな。終点《しゅうてん》は敦賀《つるが》だよ。」

若武《わかたけ》が、ギンとその目《め》を光《ひか》らせる。

「だからって団体行動《だんたいこうどう》を乱《みだ》していいのか。許《ゆる》されんだろ。俺《おれ》は金沢駅《かなざわえき》で待《ま》ってるって言《い》ったんだぞ。しかも個人行動《こじんこうどう》は、スキ間時間《まじかん》に突《つ》っ込《こ》めとも言《い》っといた。」

翼《たすく》は、ほら、ラテン系《けい》だから、日本人《にほんじん》とは考《かんが》え方《かた》が違《ちが》うんだよ。

「七鬼《なな き》は、なんでいないんだ？」

上杉君《うえすぎくん》に聞《き》かれて、私《わたし》は事実《じじつ》をありのままに話《はな》した。

「黒《くろ》アゲハに出会《であ》って、それに関係《かんけい》しているケイトって人《ひと》と連絡《れんらく》が取《と》れないから、敦賀《つるが》まで行《い》く事《こと》にしたみたい。」

上杉君《うえすぎくん》はイラッとしたらしく、広《ひろ》げた10本《ぽん》の指《ゆび》をフルフルとわななかせた。

「今《いま》のは、KZ《カッズ》の言語担当者《げんごたんとうしゃ》の言葉《ことば》とは思《おも》えん。それどころか人間《にんげん》の言葉《ことば》とすら思《おも》えん。意味《いみ》が全《まった》く不明《ふめい》な事《こと》を、よく恥《は》ずかしげもなく堂々《どうどう》としゃべれるな。逆《ぎゃく》に感心《かんしん》する。」

だって、その通《とお》りなんだもの。

「じゃ2人《ふたり》とも敦賀《つるが》まで行《い》ったんだね。」

黒木君《くろきくん》が溜《た》め息《いき》をついた。

「若武先生《わかたけせんせい》、電話《でんわ》かけてみなよ。」

若武《わかたけ》はしかたなさそうにスマートフォンを取《と》り出《だ》す。

「全《まった》くもう、のっけからこれかよ。」

ブツブツ言《い》いながら電話《でんわ》をかけ、しばらく耳《みみ》に押《お》し当《あ》てていて、チッと舌打《したう》ちした。

「美門《みかど》のヤツ、出《で》やがらねぇ！」

もう一度《いちど》かけ直《なお》し、再《ふたた》び舌打《したう》ちした。

「七鬼《なぎ》もだ。あいつら、2人《ふたり》まとめて除名《じょめい》だ。」

苛立《いらだ》つ若武《わかたけ》に、小塚君《こづかくん》が溜《た》め息《いき》をつく。

「美門《みかど》は、乗《の》り心地《ごこち》や車内《しゃない》の匂《にお》いにうっとりしてるんだよ、きっと。」

私《わたし》は、翼《たすく》が高級感《こうきゅうかん》あふれるあのシートに身《み》を埋《う》め、寛《くつろ》いでいる様子《ようす》を想像《そうぞう》した。

ああ、まるで天使《てんし》の休日《きゅうじつ》、美《うつく》しいっ！

「けど七鬼《なぎ》の方《ほう》は、どうしたんだろ。」

う〜ん、こっちは相当気《そうとうき》がかりだよね。

「取《と》りあえず2人《ふたり》にメール打《う》っとけよ。」

上杉君《うえすぎくん》に言《い》われて、若武《わかたけ》は嫌《いや》な顔《かお》をした。

「しれっと命令《めいれい》してんじゃねーよ。そう思《おも》うんなら、おまえがやれ。」

上杉君《うえすぎくん》はムッとし、若武《わかたけ》をにらむ。

「きさま、金沢《かなざわ》での初戦《しょせん》を、今《いま》ここでやりたいのか？」

「おお望《のぞ》むところだ。」

額《ひたい》を突《つ》き付《つ》け合《あ》った2人《ふたり》を、黒木君《くろきくん》が肩《かた》で押《お》し分《わ》けながら片手《かたて》でメールを打《う》った。

「メールは送《おく》った。ここにいてもしょうがないから、とにかく宿泊予定《しゅくはくよてい》の学寮《がくりょう》まで移動《いどう》しよう。」

それで私《わたし》たちは、サッカーKZ《カッズ》のメンバーに提供《ていきょう》されるという高校《こうこう》の寮《りょう》を目指《めざ》したんだ。

駅《えき》からバスに乗《の》って南《みなみ》に向《む》かい、途中《とちゅう》で大《おお》きな公園《こうえん》の脇《わき》を通《とお》る。

そばには菱櫓《ひしやぐら》も見《み》えた。

「金沢城公園《かなざわじょうこうえん》と兼六園《けんろくえん》だ。観光《かんこう》の中心地《ちゅうしんち》だよ。」

そのあたりは観光客《かんこうきゃく》の姿《すがた》も多《おお》く、混雑《こんざつ》していたけれど、そこを過《す》ぎてしばらく行《い》くと、整備《せいび》された郊外《こうがい》という感《かん》じの地域《ちいき》が広《ひろ》がっていた。

金沢医療《かなざわいりょう》センターの前《まえ》にあるバス停《てい》で降《お》りる。

公共《こうきょう》の建物《たてもの》やホール、お寺《てら》、普通《ふつう》の民家《みんか》なんかが混在《こんざい》している静《しず》かな一角《いっかく》で、学寮《がくりょう》は、「金沢《かなざわ》くらしの博物館《はくぶつかん》」を囲《かこ》む杉林《すぎばやし》の中《なか》にあった。

最近建《さいきんた》てられたらしく、屋根《やね》や壁《かべ》が新《あたら》しい。

「ゼミが行《おこな》われる歴史博物館《れきしはくぶつかん》も、すぐ近《ちか》くだよ。」

そうなんだ、よかった。

「こっちに行《い》くと、金沢大学《かなざわだいがく》、旧四高《きゅうしこう》だ。」

あ、それ聞《き》いた事《こと》がある、今《いま》の東大《とうだい》が旧一高《きゅういちこう》、東北大《とうほくだい》が旧二高《きゅうにこう》、京都大《きょうとだい》が旧三高《きゅうさんこう》、熊本大《くまもとだい》が旧《きゅう》五高《ごこう》だよね。

確《たし》か夏目漱石《なつめそうせき》が、旧五高《きゅうごこう》の教師《きょうし》をしてたんだ。

「旧四高《きゅうしこう》の校風《こうふう》は、うちの学校《がっこう》に似《に》てる。『超然時習《ちょうぜんじしゅう》』、時宜《じぎ》に応《おう》じて学《まな》び何事《なにごと》にも動《どう》じない心身《しんしん》を養《やしな》う、って意味《いみ》だよ。」

へぇ開生《かいせい》の校風《こうふう》ってそうなんだ。

「黒木《くろき》さぁ、」

寮《りょう》の玄関《げんかん》を入《はい》ろうとしていた黒木君《くろきくん》に、小塚君《こづかくん》が声《こえ》をかける。

「美門《みかど》の部屋《へや》、どうすんの？」

黒木君《くろきくん》はちょっと考《かんが》えてから答《こた》えた。

「取《と》りあえず全員分《ぜんいんぶん》、記帳《きちょう》しとこう。」

ん、それがいいよ。

戻《もど》ってきた時《とき》、部屋《へや》がなかったら困《こま》るものね。

「今日中《きょうじゅう》に帰《かえ》るさ。」

上杉君《うえすぎくん》がそう言《い》い、皆《みな》が、ん？　という表情《ひょうじょう》になった。

「その根拠《こんきょ》は？」

黒木君《くろきくん》の質問《しつもん》に、上杉君《うえすぎくん》は涼《すず》しげな顔《かお》で答《こた》える。

「あいつ、『かがやき』が気《き》に入《い》ってんだろ。」

そうだよ、それで今《いま》、最高《さいこう》の気分《きぶん》なんだと思《おも》うな。

うっとりしてるのと、邪魔《じゃま》されたくないの両方《りょうほう》で、メールにも電話《でんわ》にも対応《たいおう》しないんだよ、きっと。

「たぶん美門《みかど》は敦賀《つるが》で降《お》りて、駅《えき》で次《つぎ》の東京行《とうきょうい》きの『かがやき』の切符《きっぷ》を買《か》う。で、ご機嫌《きげん》で東《とう》京《きょう》まで乗《の》っていき、次《つぎ》の敦賀行《つるがい》きの切符《きっぷ》を買《か》って、またも『かがやき』に乗《の》る。」

それ、いつまで続《つづ》くの？

「魔《ま》のエンドレス運動《うんどう》じゃん。」

うんざりしたように言《い》った若武《わかたけ》を、小塚君《こづかくん》がなだめた。

「そうでもないよ、金銭的限界《きんせんてきげんかい》ってものがあるもの。」

お小遣《こづか》い全部《ぜんぶ》、ほんとに投入《とうにゅう》する気《き》かなぁ。

「で、上杉先生《うえすぎせんせい》、どうやって今日中《きょうじゅう》に帰《かえ》らせるつもり？」

黒木君《くろきくん》に聞《き》かれ、上杉君《うえすぎくん》は、ごく簡単《かんたん》だと言《い》わんばかりに肩《かた》をすくめた。

「列車《れっしゃ》は、上《のぼ》りも下《くだ》りも必《かなら》ず金沢駅《かなざわえき》を通《とお》る。グランクラスは1両《りょう》だけで、敦賀《つるが》行《い》きなら先頭車《せんとうしゃ》両《りょう》、東京《とうきょう》行《い》きなら最後尾《さいこうび》だ。時刻表《じこくひょう》を確《たし》かめといて、列車《れっしゃ》がホームに入《はい》ってきたら即《そく》、乗《の》り込《こ》んで捕獲《ほかく》する。」

ああ、ほとんど人間扱《にんげんあつか》いされてない・・・。

「よし、それでいこう。」

若武《わかたけ》がスマートフォンを出《だ》し、検索《けんさく》を始《はじ》める。

「敦賀《つるが》に着《つ》いた美門《みかど》が乗《の》れる東京《とうきょう》行《い》きの一番早《いちばんはや》い『かがやき』は、15時《じ》4分《ぷん》だ。これは15時《じ》55分《ふん》に金沢《かなざわ》に停《と》まる。俺《おれ》たちサッカーKZ《カッズ》メンバーはちょうど練習中《れんしゅうちゅう》だから、小塚《こづか》とアーヤで美門《みかど》を引《ひ》きずり下《お》ろすんだ。わかったな。」

そう言《い》うなり身《み》をひるがえし、寮《りょう》の管理室《かんりしつ》に向《む》かった。

その後《うし》ろ姿《すがた》を見《み》ながら、私《わたし》は小塚君《こづかくん》と励《はげ》まし合《あ》う。

「頑張《がんば》るしかないね。」

「ん、きっとできるよ、頑張《がんば》れば。」

若武《わかたけ》は窓口《まどぐち》で書類《しょるい》をもらって引《ひ》き返《かえ》してくると、それを私《わたし》と小塚君《こづかくん》に差《さ》し出《だ》した。

「俺《おれ》たちは、サッカーＫＺ《カッズ》として記帳済《きちょうず》みだ。美門《みかど》の分《ぶん》は、代《か》わりに誰《だれ》か書《か》いとけ。」

私《わたし》が翼《たすく》の宿泊者台帳《しゅくはくしゃだいちょう》も書《か》き、小塚君《こづかくん》のと一緒《いっしょ》にして提出《ていしゅつ》、交換《こうかん》に部屋《へや》の鍵《かぎ》をもらった。

「美門《みかど》の鍵《かぎ》は、俺《おれ》が預《あず》かっとく。ゲストルームは３階《がい》だ。俺《おれ》たちメンバーは全員《ぜんいん》１階《かい》。地下《ちか》には、温泉《おんせん》が出《で》てる大浴場《だいよくじょう》があるぜ。」

わーいっ！

「アーヤ、何《なに》、喜《よろこ》んでんだ？」

え・・・だって温泉《おんせん》なんでしょ、好《す》きなんだ。

「おまえ、入《はい》る気《き》か？」

何《なに》か、いけない事《こと》でも？

「この高校《こうこう》は男子校《だんしこう》。当然《とうぜん》ながらここは男子寮《だんしりょう》だから、男風呂《おとこぶろ》しかない。そしてここに泊《と》まり込《こ》んでるサッカーKZ《カッズ》のメンバーも全員《ぜんいん》、男子《だんし》。それでもおまえ、温泉《おんせん》に入《はい》るのか？」

私《わたし》は、大浴場《だいよくじょう》のドアを開《あ》けたとたんに、その向《む》こうで入浴《にゅうよく》しているたくさんの男子《だんし》の裸《はだか》を想像《そうぞう》し、ポッと赤《あか》くなってしまった。

「どうやら状況《じょうきょう》がわかったようだな。」

わーん、入《はい》れないよぉ・・・。

「それじゃ今後《こんご》の予定《よてい》について話《はな》し合《あ》うから、荷物《にもつ》を置《お》いたら、4階《かい》のカンファレンスルームに集合《しゅうごう》だ。さっさとしろよ。」

6　クロロホルムで気絶《きぜつ》はアリか

３階《がい》のゲストルームは、６畳《じょう》くらいの広《ひろ》さで、庭《にわ》に面《めん》して窓《まど》があり、机《つくえ》が1つとベッド、ワードローブ、洗面台《せんめんだい》、トイレ、廊下《ろうか》にはシャワーブースがあった。

地下《ちか》にあるという温泉《おんせん》の大浴場《だいよくじょう》を考《かんが》えると、恨《うら》めしい気《き》がしたけれど、男子《だんし》ばっかりが入《はい》っているそこに行《い》けるはずもない。

いいもん、シャワー浴《あ》びとけば充分《じゅうぶん》だもん、フン。

私《わたし》は手《て》を洗《あら》い、持《も》ってきたボストンバッグから出《だ》した事件《じけん》ノートを持《も》って4階《かい》に向《む》かった。

そこはフロア全体《ぜんたい》が大小《だいしょう》の会議室《かいぎしつ》や研修室《けんしゅうしつ》になっていて、既《すで》に使用中《しようちゅう》の部屋《へや》もあり、中《なか》から声《こえ》が聞《き》こえてきていた。

廊下《ろうか》の向《む》こうで黒木君《くろきくん》が壁《かべ》に寄《よ》りかかり、スマートフォンを操作《そうさ》している。

私《わたし》に気《き》が付《つ》くと、ゆっくりと身《み》を起《お》こし、黙《だま》ったままドアを開《あ》けてくれた。

廊下《ろうか》で話《はな》したりすると、迷惑《めいわく》になるんだろうな。

そう思《おも》ったので、私《わたし》も、ちょっと頭《あたま》を下《さ》げただけで何《なに》も言《い》わなかった。

「状況《じょうきょう》はわかった。」

若武《わかたけ》の声《こえ》が響《ひび》く部屋《へや》の中《なか》には、もう皆《みんな》がそろっていた。

小塚君《こづかくん》が忍《しのぶ》の状況《じょうきょう》について説明《せつめい》したらしく、納得《なっとく》したような雰囲気《ふんいき》が広《ひろ》がっている。

「問題《もんだい》なのは、」

上杉君《うえすぎくん》が椅子《いす》の背《せ》にもたれながら両手《りょうて》を上《あ》げ、後頭部《こうとうぶ》で指《ゆび》を組《く》んだ。

「七鬼《ななき》がアゲハを見《み》て、ひょっとしてケイトかって言《い》ったって事《こと》か？」

そうだよ。

「それなら、考《かんが》えられるケースは、３つだけだろ。」

え・・・どーゆー３つ？

「そのアゲハが、ケイトって名前《なまえ》だったか、」

ないっ！

「そのアゲハの飼《か》い主《ぬし》が、ケイトって名前《なまえ》だったか、」

それもない、飼《か》い主《ぬし》なんかわからないもの。

「そのアゲハが、七鬼《ななき》の知《し》ってるケイトってヤツに似《に》てたか、の３つだ。」

それなら、あるかも知《し》れないけど・・・アゲハに似《に》てるって、一体《いったい》どんな顔《かお》？

私《わたし》が色々《いろいろ》な顔《かお》を思《おも》い浮《う》かべていると、若武《わかたけ》が勝《か》ち誇《ほこ》ったように言《い》った。

「問題《もんだい》は、そこじゃねーだろ。七鬼《ななき》が、妙《みょう》に深刻《しんこく》な反応《はんのう》をしたってとこが重要《じゅうよう》ポイントだ。リーダーとしての俺《おれ》のアンテナが、そのあたりでムズムズしてる。」

小塚君《こづかくん》が私《わたし》を見《み》た。

「アンテナって、ムズつくの？」

いや、アンテナっていう名詞《めいし》を受《う》けるのに相応《ふさわ》しい言葉《ことば》は、ピンときたとか、ビリッと震《ふる》えたとかだと思《おも》う。

ムズムズは副詞《ふくし》で、もどかしいとか、じれったいとか、あるいは虫《むし》がはい回《まわ》るような感《かん》じを表《あらわ》すから、アンテナにつなげて使《つか》うのは適正《てきせい》じゃないよ。

私《わたし》がそれを小塚君《こづかくん》に説明《せつめい》している間《あいだ》にも、若武《わかたけ》は止《と》めどなくやる気《き》を募《つの》らせ、きれいなその目《め》の光《ひかり》は強《つよ》くなる一方《いっぽう》だった。

「アーヤっ！」

はいっ？

「今《いま》のところ浮上《ふじょう》している謎《なぞ》を整理《せいり》してくれ。」

え、ここでそうくるんだ。

すごく急《きゅう》だったので、私《わたし》は戸惑《とまど》った。

でも、なんとか辻褄《つじつま》を付《つ》けなくっちゃと思《おも》って頑張《がんば》ったんだ。

あ・・辻褄《つじつま》というのは、物事《ものごと》の道理《どうり》や論理的《ろんりてき》なつながりの事《こと》で、〈辻《つじ》〉が着物《きもの》の縫《ぬ》い目《め》の縦《たて》と横《よこ》が合《あ》う部分《ぶぶん》を指《さ》し、〈褄《つま》〉が着物《きもの》の裾《すそ》の合《あ》わせ目《め》を指《さ》す。

で、両方合《りょうほうあ》わせて、筋道《すじみち》っていう意味《いみ》なんだ。

「そもそもの始《はじ》まりは、七鬼調査員《ななきちょうさいん》が、黒《くろ》アゲハと見《み》つめ合《あ》った事《こと》でした。」

皆《みんな》が一瞬《いっしゅん》、ブッと噴《ふ》き出《だ》しそうになる。

でもほんとにそうだったんだよ。

「その後《ご》、」

私《わたし》は、忍《しのぶ》がケイトという名前《なまえ》を出《だ》した事《こと》、その場《ば》で忍《しのぶ》はおそらくケイトと思《おも》われる相手《あいて》に電話《でんわ》を掛《か》けたものの通《つう》じなくて苛立《いらだ》っていた事《こと》、その後《ご》、敦賀《つるが》まで行《い》くと言《い》い出《だ》し、非常《ひじょう》に深刻《しんこく》な様《よう》子《す》だった事《こと》などを話《はな》した。

「現在《げんざい》、七鬼調査員《ななきちょうさいん》とは連絡《れんらく》が取《と》れず、どういう状況《じょうきょう》に置《お》かれているのか不明《ふめい》です、以上《いじょう》。」

私《わたし》の報告《ほうこく》が終《お》わると、若武《わかたけ》は満足《まんぞく》そうに口《くち》を開《ひら》いた。

「きっと七鬼《ななき》は今《いま》、連絡《れんらく》を取《と》れない状況《じょうきょう》に置《お》かれているのに違《ちが》いない。つまり拉致監禁《らちかんきん》されてるんだ。」

拉致監禁《らちかんきん》っ⁉

私《わたし》は、いきなり重大事件《じゅうだいじけん》の入《い》り口《ぐち》に立《た》たされたような気分《きぶん》になった。

私《わたし》ばかりじゃなく、皆《みんな》が息《いき》を詰《つ》め、部屋《へや》の中《なか》には深刻《しんこく》なムードが漂《ただよ》い始《はじ》める。

でも一体《いったい》、誰《だれ》が、忍《しのぶ》を拉致監禁《らちかんきん》？

「今回《こんかい》のＫＺ《カッズ》合宿《がっしゅく》の目的《もくてき》は、調査能力《ちょうさのうりょく》と団結力《だんけつりょく》の強化《きょうか》だった。この事件《じけん》は、それを養《やしな》うのにピッタリだ。よってこれを合宿《がっしゅく》の課題《かだい》として取《と》り上《あ》げる。アーヤっ！」

はい？

「調査《ちょうさ》すべき謎《なぞ》を列挙《れっきょ》してくれ。」

私《わたし》は、またもあわてて頭《あたま》の中《なか》を整理《せいり》し、発表《はっぴょう》した。

「謎《なぞ》1、黒《くろ》アゲハはなぜ七鬼調査員《ななきちょうさいん》と見《み》つめ合《あ》っていたのか、謎《なぞ》2、ケイトとは誰《だれ》なのか。謎《なぞ》3、ケイトと七鬼調査員《ななきちょうさいん》の関係《かんけい》、謎《なぞ》4、七鬼調査員《ななきちょうさいん》はなぜ敦賀《つるが》まで行《い》く気《き》になったのか、謎《なぞ》5、七鬼調査員《ななきちょうさいん》は今《いま》どうしているのか。以上《いじょう》5つです。」

若武《わかたけ》は大《おお》きく頷《うなず》く。

「よし、これを全員《ぜんいん》で分担《ぶんたん》、調査《ちょうさ》し、必《かなら》ず七鬼《ななき》を救出《きゅうしゅつ》する！」

あのぅ・・・拉致監禁《らちかんきん》って、決定事項《けっていじこう》なの？

ただ連絡《れんらく》をしてこないだけかも知《し》れないのに、確《たし》かめるとか、しなくていいのかなぁ。

「ちなみにこの事件名《じけんめい》は、」

頭《あたま》をひねり始《はじ》める若武《わかたけ》を見《み》て、私《わたし》はアワアワしてしまった。

このところ若武《わかたけ》が事件《じけん》に名前《なまえ》を付《つ》ける事《こと》が多《おお》くて、どれもダサかったんだ。

今回《こんかい》こそ同《おな》じ轍《てつ》を踏《ふ》みたくない！

なんとか若武《わかたけ》を阻止《そし》しようと考《かんが》えて、私《わたし》は急《いそ》いで口《くち》を開《ひら》いた。

「事件名《じけんめい》は、『かがやきの黒《くろ》アゲハ事件《じけん》』でどうでしょうか。」

すぐさま上杉君《うえすぎくん》が片手《かたて》を挙《あ》げた。

「異議《いぎ》なし。」

その速《はや》さを見《み》て、私《わたし》は思《おも》った、ああ上杉君《うえすぎくん》も、若武《わかたけ》のセンスのないネーミングに耐《た》えられないんだろうなって。

「それでいいよ。」

「僕《ぼく》も。」

黒木君《くろきくん》や小塚君《こづかくん》も同《おな》じ思《おも》いだったらしく、急《いそ》いで賛成《さんせい》したので、私《わたし》は即《そく》、ノートにそれを書《か》き入《い》れた。

若武《わかたけ》は、釈然《しゃくぜん》としないという表情《ひょうじょう》だったけれど、あっという間《ま》に賛成票《さんせいひょう》が集《あつ》まってしまったので、何《なに》も言《い》えないままだった、ほっ！

「では調査《ちょうさ》を分担《ぶんたん》する。俺《おれ》を含《ふく》むサッカーＫＺ《カッズ》メンバーの３人《にん》は、午後《ごご》は練習《れんしゅう》だから動《うご》けん。その分《ぶん》、時間《じかん》の空《あ》いてる小塚《こづか》とアーヤが働《はたら》くんだ。」

わかったよ。

「謎《なぞ》１は小塚《こづか》、アーヤだ。謎《なぞ》２と３は黒木《くろき》。これはコネを持《も》ってる黒木《くろき》にしかできんから、任《まか》せる。とにかく頑張《がんば》ってくれ。謎《なぞ》４と５は上杉《うえすぎ》と俺《おれ》。午後《ごご》は小塚《こづか》とアーヤが担当《たんとう》する。小塚《こづか》とアーヤは、美門《みかど》を捕獲《ほかく》する事《こと》も忘《わす》れんなよ。駅《えき》に15時《じ》55分《ふん》だ。」

忙《いそが》しいなぁ。

「各自《かくじ》、奮励努力《ふんれいどりょく》し、夕食時《ゆうしょくじ》に報告《ほうこく》できるようにするんだ。それじゃ解散《かいさん》っ！」

黒木君《くろきくん》が、サッと身《み》をひるがえして出《で》ていき、若武《わかたけ》は、上杉君《うえすぎくん》と調査《ちょうさ》の打《う》ち合《あ》わせに入《はい》ろうとして、こちらに目《め》を向《む》けた。

「小塚《こづか》、アーヤ、謎《なぞ》４と５は、午後《ごご》からおまえたちが引《ひ》き継《つ》ぐんだから、俺《おれ》と上杉《うえすぎ》の打《う》ち合《あ》わせに参加《さんか》しといてくれ。」

それで小塚君《こづかくん》と一緒《いっしょ》に、２人《ふたり》のいるテーブルに近寄《ちかよ》ったんだ。

「そもそも論《ろん》だけど、」

上杉君《うえすぎくん》が両肘《りょうひじ》をテーブルにつき、その中《なか》に頭《あたま》を抱《かか》え込《こ》むようにして言《い》った。

「拉致監禁《らちかんきん》って、マジかよ。」

まいったと言《い》わんばかりだった。

「ただ連絡《れんらく》してこないってだけじゃねーの。」

ん、私《わたし》もそう思《おも》ってるんだよね。

「若武《わかたけ》は、ただの連絡《れんらく》ミスより拉致監禁《らちかんきん》って考《かんが》えたいだけだろ。」

うん言《い》える、派手《はで》なのが好《す》きだから。

「決《き》めつける前《まえ》に確証《かくしょう》をつかむべきだと思《おも》わね？」

コクコク頷《うなず》く私《わたし》の隣《となり》で、小塚君《こづかくん》も大《おお》きくコクコクコク。

それで３対《たい》１で、話《はなし》は、忍《しのぶ》が拉致監禁《らちかんきん》されているかどうかについて確《たし》かめる方向《ほうこう》に向《む》かいそうだった。

ところがっ！

「おまえらっ！」

若武《わかたけ》がスックと立《た》ち上《あ》がり、大《おお》きな声《こえ》を張《は》り上《あ》げたんだ。

「そんな事《こと》してたら初動調査《しょどうちょうさ》が遅《おく》れるだろ。それで七鬼《ななき》の身《み》にもしもの事《こと》があったら、どーすんだよっ！」

うっ！

「誰《だれ》が責任《せきにん》を取《と》るんだ。ああもっと早《はや》く助《たす》けに向《む》かえばよかったって、一生後悔《いっしょうこうかい》する事《こと》になりたいのかっ！」

ううっ！

「調査《ちょうさ》というものは、万《まん》が一《いち》の事態《じたい》を想定《そうてい》に入《い》れてやるものだ。そうすれば何《なに》が起《お》こってもあわてずにすむんだ。」

まぁそうだよね・・・。

「ここは拉致監禁《らちかんきん》という最悪《さいあく》の線《せん》を頭《あたま》に入《い》れて動《うご》くべきだ、わかったな。」

う・・・ん。

押《お》し切《き》られる形《かたち》で私《わたし》と小塚君《こづかくん》が頷《うなず》く。

上杉君《うえすぎくん》は、大《おお》きな溜《た》め息《いき》をついた。

「若武《わかたけ》、おまえなぁ、」

そう言《い》いながら切《き》れ上《あ》がったその目《め》に、冷《ひ》ややかな光《ひかり》を瞬《また》かせる。

「そこの2人《ふたり》みたいに簡単《かんたん》に、俺《おれ》を丸《まる》め込《こ》めると思《おも》うのか。あいにく俺《おれ》は、そいつらと違《ちが》ってトロくねーんだよ。その気《き》になんかなるか。」

私《わたし》は、小塚君《こづかくん》と顔《かお》を見合《みあ》わせた。

「そこの2人《ふたり》って、」

「僕《ぼく》たちの事《こと》だよね。」

「そいつらと違《ちが》ってトロくねーって、つまり、」

「僕《ぼく》たちをトロいって言《い》ってるんだよね。」

「失礼《しつれい》じゃない？」

私《わたし》が声《こえ》を張《は》り上《あ》げると、小塚君《こづかくん》は小声《こごえ》になった。

「いや当《あ》たってるけど・・・」

肝心《かんじん》な所《ところ》で意見《いけん》が食《く》い違《ちが》ってしまったので、私《わたし》は意気消沈《いきしょうちん》・・・抗議《こうぎ》できなかった。

「そもそも七鬼《ななき》みたいな超人的《ちょうじんてき》なヤツを、誰《だれ》が拉致《らち》できるんだ、できねーだろーが。」

ん、相当鍛《そうとうきた》えてるもんねぇ。

「いや、できる。」

若武《わかたけ》は譲《ゆず》らなかった。

「10人《にん》くらいで取《と》り囲《かこ》んで、いきなりクロロホルムとか嗅《か》がせて、昏睡状態《こんすいじょうたい》にさせちまえば。」

上杉君《うえすぎくん》は鼻《はな》で笑《わら》う。

「クロロホルムで眠《ねむ》らせたり、意識《いしき》を失《うしな》わせたりするのは、科学的《かがくてき》に不可能《ふかのう》だ。」

え、そうなの？

本《ほん》とかドラマなんかじゃ、よく見《み》かけるけど。

「クロロホルムで眠《ねむ》らせるためには、ある程度《ていど》の量《りょう》が中枢神経《ちゅうすうしんけい》に到達《とうたつ》して、そこをマヒさせる必要《ひつよう》がある。ところがクロロホルムは血液《けつえき》に溶《と》けやすい。中枢神経《ちゅうすうしんけい》に達《たっ》する前《まえ》にかなりの量《りょう》が溶《と》けちまうんだ。よって神経《しんけい》をマヒさせる事《こと》は不可能《ふかのう》だ。大量《たいりょう》に摂取《せっしゅ》させれば脳《のう》まで行《い》くが、その場合《ばあい》、血圧《けつあつ》や心拍数《しんぱくすう》も低下《ていか》するから、気絶《きぜつ》だけじゃすまん。腎臓《じんぞう》にも障害《しょうがい》が出《で》るし、まず死亡《しぼう》だな。」

そうだったんだ、知《し》らなかったよ。

「御託《ごたく》を並《なら》べるな。」

若武《わかたけ》がテーブルを叩《たた》いて立《た》ち上《あ》がる。

「とにかく拉致《らち》だ、七鬼《ななき》は拉致《らち》されたんだ。」

あーあ、無理矢理《むりやり》そこに持《も》っていく気《き》だ。

「文句《もんく》があるなら、いつでも相手《あいて》になってやるぜ。」

上杉君《うえすぎくん》がスックと立《た》ち上《あ》がる。

「よし決着《けっちゃく》をつけてやる。表《おもて》に出《で》ろ。」

わぁ金沢《かなざわ》でも、やる気充分《きじゅうぶん》だ。

にらみ合《あ》って出《で》ていく2人《ふたり》を、私《わたし》は見送《みおく》った。

情熱《じょうねつ》、すごいなぁ・・・。

けど、翼《たすく》も忍《しのぶ》もいないこの状態《じょうたい》で、あの2人《ふたり》が対立《たいりつ》となったら、この先《さき》どうなるんだろう。

私《わたし》はすっかり憂鬱《ゆううつ》になり、ドヨンとしてしまった。

「あの2人《ふたり》は放《ほう》っておけばいいよ。」

小塚君《こづかくん》がニッコリして私《わたし》を見《み》る。

「僕《ぼく》らは、僕《ぼく》らにできるだけの事《こと》をしよう。」

私《わたし》はハッと我《われ》に返《かえ》り、強《つよ》く同意《どうい》しながら思《おも》った、小塚君《こづかくん》は偉《えら》いなって。

ひどく落《お》ち込《こ》むとか、腹《はら》を立《た》てるとか、そういうマイナスの気分《きぶん》の波《なみ》があまりなくて、いつも自分《じぶん》のやらなければならない事《こと》を忘《わす》れないいんだ。

私《わたし》なんか、何《なに》か起《お》こるとすぐ狼狽《うろた》えて、心《こころ》を全部《ぜんぶ》持《も》っていかれてしまうんだもの。

見習《みなら》わなくっちゃ。

よしこれからは、何《なに》があっても動揺《どうよう》しないぞ！

「僕《ぼく》らの課題《かだい》は、謎《なぞ》1、黒《くろ》アゲハはなぜ七鬼調査員《ななきちょうさいん》と見《み》つめ合《あ》っていたのか、だよ。」

7 数学《すうがく》に絶望《ぜつぼう》した

「それって、たまたまそうなったってだけじゃないのかな。飛《と》んでいこうとした黒《くろ》アゲハの前《まえ》に、七鬼《なぎ》が立《た》ちふさがったから、見《み》つめ合《あ》っているように見《み》えた。」

ん、それが正解《せいかい》かもなぁ。

「黒《くろ》アゲハが、七鬼《なぎ》に求愛行動《きゅうあいこうどう》を取《と》るなんて思《おも》えないしさ。」

取《と》ったら、恐《こわ》いよ。

「でも確《たし》かめる方法《ほうほう》がないよね。アゲハ、死《し》んじゃってるし。」

そうだねぇ・・・。

「つまり調査《ちょうさ》できないって事《こと》だよ。」

そうなるかぁ。

じゃ私《わたし》たちは課題《かだい》をやり遂《と》げられないし、会議《かいぎ》で報告《ほうこく》もできないんだね。

きっと若武《わかたけ》にバカにされるよ、くやしいなぁ。

なんとかならないかな。

調査不能《ちょうさふのう》を調査《ちょうさ》するには、・・・う～んっと！

私《わたし》は両手《りょうて》を拳《こぶし》に握《にぎ》り締《し》め、体中《からだじゅう》の力《ちから》を振《ふ》り絞《しぼ》ってググッと頭《あたま》に集《あつ》めた。

よし、とにかくこの事件《じけん》を完璧《かんぺき》に把握《はあく》するところから始《はじ》めよう。

そう考《かんが》えて、これまでの流《なが》れを全部《ぜんぶ》、事件《じけん》ノートに書《か》き出《だ》してみた。

それを改《あらた》めて確認《かくにん》して、そこから新《あたら》しい調査方法《ちょうさほうほう》を考《かんが》えようと思《おも》ったんだ。

自分《じぶん》の書《か》いたものを注視《ちゅうし》していて気《き》になったのは、やっぱり忍《しのぶ》の言葉《ことば》だった。

前《まえ》にも私《わたし》と小塚君《こづかくん》の間《あいだ》で話題《わだい》になったひと言《こと》だよ。

「ね、忍《しのぶ》は、ひょっとしてケイトか、って言《い》ってたよね。この言葉《ことば》の主語《しゅご》はケイトだと思《おも》うけど、述語《じゅつご》はなんだろう。忍《しのぶ》は、ケイトがなんだって言《い》おうとしたのかな。」

小塚君《こづかくん》は、樹々《きぎ》が茂《しげ》っている森《もり》の中《なか》をのぞき込《こ》むような表情《ひょうじょう》で、事件《じけん》ノートを見《み》つめた。

「こうやって全部《ぜんぶ》を見《み》ていると、今《いま》まで注意《ちゅうい》していなかった事《こと》がハッキリしてくる気《き》がするよね。アーヤ偉《えら》い。」

えへっ。

「この流《なが》れからして、僕《ぼく》が思《おも》い付《つ》くのは1つだけだよ。」

ふむ。

「七鬼《なき》は、あの黒《くろ》アゲハはひょっとしてケイトが送《おく》ってきたのか、って言《い》いたかったんだと思《おも》う。」

黒《くろ》アゲハを送《おく》ってきた？

「験力《げんりき》を持《も》ってる修験者《しゅげんじゃ》は、色《いろ》んな動物《どうぶつ》や昆虫《こんちゅう》を自由自在《じゆうじざい》に操《あやつ》る事《こと》ができるって聞《き》いた事《こと》があるんだ。」

そう言《い》われてみれば忍《しのぶ》も、「妖怪《ようかい》パソコンは知《し》っている」の中《なか》でスズメと会話《かいわ》してたよね。烏《からす》が情報《じょうほう》を伝《つた》えにきたり、ネズミやイタチなんかに聞《き》きこみをした事《こと》もあったし。

「ケイトっていうのは修験者《しゅげんじゃ》で、常日頃《つねひごろ》から連絡手段《れんらくしゅだん》に黒《くろ》アゲハを使《つか》ってるのかも知《し》れない。黒《くろ》アゲハは元々《もともと》、神《かみ》の使《つか》いって言《い》われてる蝶《ちょう》だしね。」

そうなんだ。

「その黒《くろ》アゲハが落《お》ちて死《し》んだから、七鬼《なき》は、ケイトの念力《ねんりき》が切《き》れたように感《かん》じたんだと思《おも》う。

それで、すぐ電話《でんわ》をかけた。ところが出《で》ない。不安《ふあん》を強《つよ》めた七鬼《なき》は、敦賀《つるが》に急行《きゅうこう》する事《こと》にした。

敦賀《つるが》には、ケイトに関係《かんけい》する何《なに》かがあるんだ。」

おお、話《はなし》が無理《むり》なくつながってきた、すごい！

「小塚君《こづかくん》、素晴《すば》らしい。」

私《わたし》は拍手《はくしゅ》をして小塚君《こづかくん》を称《たた》えた。

「きっとその通《とお》りだよ。」

小塚君《こづかくん》は、照《て》れたように小《ちい》さく笑《わら》う。

「上杉《うえすぎ》なんかは物理《ぶつり》に詳《くわ》しいから、よくこう言《い》うよね。この世《よ》から何《なに》かが消滅《しょうめつ》する時《とき》には、ものすごいエネルギーが出《で》るはずだって。」

ん、聞《き》いた事《こと》あるよ。

「でもそれは、物質《ぶっしつ》に限《かぎ》っての事《こと》だよ。色《いろ》んな思《おも》いとか感情《かんじょう》とか、つまり人《ひと》の心《こころ》の中《なか》にあるものが消《き》える時《とき》には、そんなエネルギーなんか出《で》ないし、人《ひと》の命《いのち》が消《き》える時《とき》も同《おな》じだ。」

小塚君《こづかくん》って、意外《いがい》に細《こま》かく物事《ものごと》を見《み》てるんだね、知《し》らなかったな。

「操《あやつ》ってる人間《にんげん》のエネルギーが切《き》れたら、操《あやつ》られてる動物《どうぶつ》や昆虫《こんちゅう》は死《し》ぬのかも知《し》れないね。上杉《うえすぎ》は絶対《ぜったい》、認《みと》めないだろうけど、その辺《へん》は修験《しゅげん》の世界《せかい》だから、その道《みち》のプロに聞《き》いてみないと。」

私《わたし》は深《ふか》ぁく頷《うなず》きながら、あの時《とき》の忍《しのぶ》の顔《かお》を思《おも》い出《だ》した。

かなり深刻《しんこく》な表情《ひょうじょう》だった。

今《いま》ごろ、ケイトと連絡《れんらく》を取《と》ろうと必死《ひっし》になっているのかも知《し》れない。

それで私《わたし》たちに報告《ほうこく》してる余裕《よゆう》がないんだ、きっと。

「ねぇアーヤ、僕《ぼく》たちは午後《ごご》の時間《じかん》も自由《じゆう》に使《つか》えるだろ。敦賀《つるが》までは新幹線《しんかんせん》で1時間弱《じかんじゃく》なんだ。行《い》ってみない？」

え・・・行《い》ってどうするの。

「七鬼《ななき》は、敦賀《つるが》の館《やかた》に泊《と》まるって言《い》ってただろ。」

ん、隆久《たかひさ》さんに手配《てはい》を頼《たの》んでたよね。

「そこを訪《たず》ねていけば、七鬼《ななき》が今《いま》どうしているのかわかるんじゃないかな。僕《ぼく》たちに割《わ》り振《ふ》られたのは、謎《なぞ》1の黒《くろ》アゲハの件《けん》だけだけれど、午後《ごご》からは謎《なぞ》4、謎《なぞ》5の調査《ちょうさ》も引《ひ》き受《う》けなけりゃならないんだし。」

謎《なぞ》4は、忍《しのぶ》が敦賀《つるが》まで行《い》く気《き》になった理由《りゆう》、謎《なぞ》5は、忍《しのぶ》が今《いま》どうしているのか、だった。

敦賀《つるが》の館《やかた》に行《い》けば、きっと色々《いろいろ》わかるはず。

忍本人《しのぶほんにん》がいるかも知《し》れないし、いなければ隆久《たかひさ》さんに聞《き》く事《こと》もできる。

「ケイトについても、敦賀《つるが》の館《やかた》の誰《だれ》かが知《し》ってるかも知《し》れない。もし七鬼《ななき》に会《あ》えれば、黒《くろ》アゲハと見《み》つめ合《あ》っていたのは、たまたまそうなっただけか、それとも理由《りゆう》があったのか、もはっきりすると思《おも》う。」

そっか。

「それに若武《わかたけ》が言《い》ってたように、七鬼《ななき》が拉致監禁《らちかんきん》されているとすれば、それは誘拐《ゆうかい》されたって事《こと》だろ。館《やかた》はすごい騒《さわ》ぎになってるはずだし、警察《けいさつ》も来《き》てるよ。ここでアレコレ想像《そうぞう》しているより、行《い》って見《み》た方《ほう》がずっと早《はや》くて確実《かくじつ》だと思《おも》う。」

私《わたし》はすぐさま同意《どうい》した。

「わかった、敦賀《つるが》に行《い》こう。」

そう言《い》ってから、翼《たすく》を捕獲《ほかく》しなければならない事《こと》に気《き》が付《つ》いたんだ。

「ね、翼《たすく》は？」

小塚君《こづかくん》は、なんの問題《もんだい》もないというように軽《かる》く答《こた》える。

「おそらく敦賀駅《つるがえき》のホームで、上《のぼ》りの『かがやき』に乗《の》るつもりで待機《たいき》してるよ。これから行《い》けば、駅《えき》で捕《つか》まえられると思《おも》うよ。」

よし、やるぞ！

「今《いま》の時間《じかん》で乗《の》れる敦賀《つるが》行《い》きの新幹線《しんかんせん》は、」

小塚君《こづかくん》はスマートフォンを出《だ》し、検索《けんさく》を始《はじ》めながら、時折《ときおり》、自分《じぶん》の腕時計《うでどけい》に視線《しせん》を流《なが》した。

「10時《じ》48分《ぷん》の『かがやき』か、11時《じ》5分《ふん》の『つるぎ』だ。急《いそ》いで駅《えき》まで行《い》こう。」

それで私《わたし》たちはカンファレンスルームを出《で》て、ここに来《き》た時《とき》と逆《ぎゃく》のルートをたどって駅《えき》に向《む》かったんだ。

なかなかバスが来《こ》ないと困《こま》るな、と思《おも》ったんだけれど、幸《さいわ》い、2～3分待《ぷんま》っただけで来《き》てくれた、ほっ！

バスの中《なか》でも小塚君《こづかくん》は、しきりに腕時計《うでどけい》に目《め》をやる。

「このままいけば、『かがやき』に間《ま》に合《あ》うかも知《し》れない。」

そう言《い》われたとたん、私《わたし》は、何《なに》がなんでも間《ま》に合《あ》ってみせるぞ！　という気《き》になった。

バスを降《お》りると、すぐ目《め》の前《まえ》が駅《えき》で、改札《かいさつ》の方《ほう》まで立派《りっぱ》なアーケードが続《つづ》いている。

私《わたし》は走《はし》り出《だ》しながら、片手《かたて》でポシェットを探《さぐ》ってお財布《さいふ》を出《だ》した。

「『かがやき』は全席指定《ぜんせきしてい》だよ。チケットを買《か》おう。」

小塚君《こづかくん》に言《い》われて、券売機《けんばいき》で指定券《していけん》と乗車券《じょうしゃけん》を買《か》った。

「アーヤ、あっちだ。」

電光掲示板《でんこうけいじばん》を素早《すばや》く読《よ》み取《と》った小塚君《こづかくん》が、左手方向《ひだりてほうこう》を指《さ》す。

「あと5分《ふん》あるから、走《はし》らなくても大丈夫《だいじょうぶ》だよ。」

え・・・5分《ふん》じゃ心配《しんぱい》だよ。

「取《と》りあえず走《はし》ろう！」

私《わたし》が先《さき》に立《た》つと、小塚君《こづかくん》もしかたなさそうについてきた。

階段《かいだん》を駆《か》け上《あ》がって、ホームに出《で》る。

間《ま》もなく目《め》の前《まえ》に、スウッと「かがやき」が走《はし》り込《こ》んできた。

まるで流《なが》れ下《くだ》る水《みず》みたいになめらかな走《はし》り方《かた》なんだ。

う～ん、惚《ほ》れ込《こ》む翼《たすく》の気持《きも》ちがわかるかも。

「あっ！」

後《うし》ろからやってきていた小塚君《こづかくん》が大声《おおごえ》を上《あ》げる。

「なんで？」

驚《おどろ》いて振《ふ》り返《かえ》れば、少《すこ》し先《さき》の車両《しゃりょう》に、なんと・・・上杉君《うえすぎくん》が乗《の》り込《こ》んでいくところだった。

私《わたし》も、目《め》が真《ま》ん丸《まる》っ！

だって上杉君《うえすぎくん》はサッカーKZ《カッズ》のメンバーだから、午後《ごご》から金沢《かなざわ》で練習《れんしゅう》があるはず。

これから1時間弱《じかんじゃく》かけて敦賀《つるが》まで行《い》ってたら、練習《れんしゅう》に間《ま》に合《あ》わないよ。

「間《ま》もなく発車《はっしゃ》いたします。お乗《の》りの方《かた》は、お続《つづ》きください。『かがやき』敦賀《つるが》行《い》き、発車《はっしゃ》いたします。」

小塚君《こづかくん》が私《わたし》の肩《かた》をつかむ。

「乗《の》ろう。車両《しゃりょう》の中《なか》で話《はな》せるよ。」

それであわてて乗車《じょうしゃ》した。

「この先《さき》だったよね。行《い》ってみよう。」

速《すみ》やかに金沢駅《かなざわえき》を離《はな》れる『かがやき』の通路《つうろ》を歩《ある》いていくと、連結部分《れんけつぶぶん》のドアが自動《じどう》で開《ひら》き、その脇《わき》の壁《かべ》に寄《よ》りかかっている上杉君《うえすぎくん》の姿《すがた》が見《み》えた。

「上杉《うえすぎ》、なんで乗《の》ってんの？」

上杉君《うえすぎくん》は、片手《かたて》を上《あ》げ、メガネの中央《ちゅうおう》を押《お》し上《あ》げた。

「敦賀《つるが》行《い》くから。」

だからぁ、なんで敦賀《つるが》行《い》くのよ。

練習《れんしゅう》はどーすんの⁉

「アーヤ、目《め》が三角《さんかく》になってる、恐《こわ》いよ。」

小塚君《こづかくん》に言《い》われ、私《わたし》はあわててニッコリした。

上杉君《うえすぎくん》は、アホかと言《い》わんばかりの冷《つめ》たい視線《しせん》を私《わたし》に向《む》ける。

「謎《なぞ》4、七鬼調査員《ななきちょうさいん》はなぜ敦賀《つるが》まで行《い》く気《き》になったのか、謎《なぞ》5、七鬼調査員《ななきちょうさいん》は今《いま》どうしているのか。この2つを調《しら》べるとなったら、敦賀《つるが》に行《い》くしかねーだろ。それよりおまえらは、なんで乗《の》ってんの？」

小塚君《こづかくん》が、ここに至《いた》った経緯《けいい》を説明《せつめい》し、それが終《お》わるのを待《ま》って、私《わたし》が聞《き》いた。

「若武《わかたけ》はどうしたの？　サッカーＫＺ《カッズ》の練習《れんしゅう》は？」

上杉君《うえすぎくん》は溜《た》め息《いき》をつく。

「さっき、俺《おれ》たちがモメてたの見《み》ただろ。」

うん、いつものパターンね。

「あの結果《けっか》、俺《おれ》、若武《わかたけ》と決定的《けっていてき》に決裂《けつれつ》した。」

げっ！

「お互《たが》い顔《かお》も見《み》たくない、声《こえ》も聞《き》きたくないって事《こと》になって、唯一《ゆいいつ》、意見《いけん》が一致《いっち》したのが、別行《べっこう》動《どう》を取《と》るって事《こと》だけだった。」

ああ・・・。

「で、若武《わかたけ》が、これからサッカーＫＺ《カッズ》の合宿《がっしゅく》ミーティングに参加《さんか》するって言《い》うから、俺《おれ》は謎《なぞ》４と５を調《しら》べる事《こと》にしたんだ。」

そうだったのかぁ。

「練習《れんしゅう》、出《で》ないの？」

私《わたし》が聞《き》くと、上杉君《うえすぎくん》は忌々《いまいま》しそうにつぶやいた。

「あいつと同《おな》じピッチを走《はし》りたくない。もちろんボールが飛《と》んできても、あいつへのアシストだったら、断乎《だんこ》、断《ことわ》る。」

そう言《い》ってから、ちょっと息《いき》をつく。

「って考《かんが》えてるヤツがメンバーの中《なか》にいたら、絶対《ぜったい》、勝《か》てんだろ。」

確《たし》かに。

「だから体調不良《たいちょうふりょう》で、病欠《びょうけつ》する方《ほう》がマシかと思《おも》ってさ。」

キッパリと言《い》った割《わり》には、残念《ざんねん》そうだった。

ほんとは練習《れんしゅう》に出《で》たいんだろうなぁ。

若武《わかたけ》に電話《でんわ》をかけて、上杉君《うえすぎくん》と仲直《なかなお》りするように言《い》おうか。

「明日《あした》は、若武《わかたけ》が病欠《びょうけつ》する事《こと》になってる。」

交代《こうたい》なのかぁ。

相当《そうとう》コジれたんだろうな。

だったら部外者《ぶがいしゃ》の私《わたし》が口《くち》を出《だ》してもダメかも。

そう考《かんが》えて黙《だま》り込《こ》んでいると、小塚君《こづかくん》が明《あか》るい声《こえ》で言《い》った。

「じゃ僕《ぼく》たち3人《にん》で行動《こうどう》できるね。よかった、心強《こころづよ》いよ。」

プラス思考《しこう》だなぁ。

私《わたし》みたいに考《かんが》え込《こ》んでヨドんでるより、その方《ほう》が前向《まえむ》きでいいのかも知《し》れない。

「おまえら、敦賀《つるが》でどう動《うご》く予定《よてい》？」

聞《き》かれて、私《わたし》は事件《じけん》ノートを出《だ》した。

「まず忍《しのぶ》の館《やかた》を訪《たず》ねるつもり。そこで忍《しのぶ》と会《あ》えるかも知《し》れないし、会《あ》えなくても隆久《たかひさ》さんに事情《じじょう》を聞《き》けるもの。駅《えき》で降《お》りたら近《ちか》くの交番《こうばん》に行《い》って、七鬼家《なな き け》の館《やかた》がどこにあるのか聞《き》こうと思《おも》っているんだけど。」

上杉君《うえすぎくん》は軽《かる》く頷《うなず》いた。

「俺《おれ》も同《おな》じ。」

同意《どうい》を得《え》て、私《わたし》と小塚君《こづかくん》は胸《むね》をなで下《お》ろした。

その時《とき》っ！

「ちょっと君《きみ》たち！」

きつい声《こえ》が飛《と》んできて、振《ふ》り返《かえ》れば、列車《れっしゃ》の通路《つうろ》を通《とお》って車掌《しゃしょう》さんが近《ちか》づいてくるところだった。

「この列車《れっしゃ》は全席指定《ぜんせきしてい》だ。座席指定券《ざせきしていけん》が必要《ひつよう》なんだけど、買《か》ってないの？」

私《わたし》は、指定料金《していりょうきん》を払《はら》った事《こと》を証明《しょうめい》するために、あわてて切符《きっぷ》を出《だ》した。

小塚君《こづかくん》も上杉君《うえすぎくん》も同《おな》じで、車掌《しゃしょう》さんは、それらに目《め》を通《とお》してから先《さき》の車両《しゃりょう》を指差《ゆびさ》した。

「だったら、ちゃんと自分《じぶん》の席《せき》に座《すわ》って。」

言《い》われた通《とお》りにしようとした私《わたし》の手《て》から、上杉君《うえすぎくん》がチケットをさらう。

小塚君《こづかくん》のチケットや自分《じぶん》の分《ぶん》も合《あ》わせて、車掌《しゃしょう》さんに差《さ》し出《だ》した。

「3席《せき》まとまって空《あ》いてる所《ところ》があったら、替《か》えてもらえませんか。」

車掌《しゃしょう》さんは、面倒《めんどう》そうな顔《かお》をしながらも調《しら》べてくれ、私《わたし》たちは並《なら》んだ席《せき》をもらう事《こと》ができた。

「アーヤ、窓際《まどぎわ》に座《すわ》っていいよ。」

小塚君《こづかくん》に言《い》われて、私《わたし》は上杉君《うえすぎくん》を見《み》た。

もしかして景色《けしき》を見《み》たいって言《い》うかも知《し》れないと思《おも》ったんだ。

私《わたし》の視線《しせん》に気《き》づいた上杉君《うえすぎくん》は、軽《かる》く首《くび》を横《よこ》に振《ふ》る。

それで私《わたし》は窓際《まどぎわ》の席《せき》に行《い》き、腰《こし》を下《お》ろした。

「上杉《うえすぎ》、隣《となり》にどうぞ。」

それで上杉君《うえすぎくん》が隣《となり》にきて、小塚君《こづかくん》が通路側《つうろがわ》に座《すわ》ったんだ。

でも、これといって話《はな》す事《こと》がなかったので、皆《みんな》で黙《だま》り込《こ》んでいた。

やがて小塚君《こづかくん》が視線《しせん》を上《あ》げ、窓《まど》の外《そと》の空《そら》を見上《みあ》げながらつぶやく。

「星《ほし》って、昼間《ひるま》も出《で》てるんだよ。ただ太陽《たいよう》の光《ひかり》が強《つよ》すぎて見《み》えないだけ。」

ああ、それ、砂原《すなはら》も言《い》ってたよ。

確《たし》か「七夕姫《たなばたひめ》は知《し》っている」の時《とき》だったと思《おも》ったな。

たとえ目《め》に見《み》えなくても、存在《そんざい》しているものはあるんだって。

「でも宇宙《うちゅう》は広《ひろ》いから、星《ほし》まではすごく遠《とお》いんだ。地球《ちきゅう》から一番近《いちばんちか》くにある月《つき》でも、38万《まん》キロメートルも離《はな》れてる。時速《じそく》３００キロの新幹線《しんかんせん》で行《い》ったら、53日《にち》くらいかかる計算《けいさん》だね。」

遠《とお》いなぁ。

「七夕《たなばた》になると注目《ちゅうもく》される織姫星《おりひめぼし》、こと座《ざ》のα星《アルファせい》ベガなんかは、地球《ちきゅう》から25光年《こうねん》のかなただ。1光年《こうねん》は、光《ひかり》が1年《ねん》かかって進《すす》む距離《きょり》の事《こと》で、だいたい９・５兆《ちょう》キロメートルくらいだよ。」

わぁ、気《き》が遠《とお》くなるほど遠距離《えんきょり》。

「光《ひかり》は、1秒《びょう》に約《やく》30万《まん》キロメートル進《すす》むんだけど、その光《ひかり》でもベガまでは25年《ねん》もかかる。つまり今《いま》、僕《ぼく》らが見《み》ているベガの光《ひかり》は、僕《ぼく》たちが生《う》まれるずっと前《まえ》にベガが放《はな》った光《ひかり》なんだ。そして今《いま》ベガが実際《じっさい》に放《はな》っている光《ひかり》が地球《ちきゅう》に届《とど》くのは、僕《ぼく》たちが38歳《さい》になった頃《ころ》だよ。」

そうなんだ、宇宙《うちゅう》って神秘《しんぴ》的《てき》だね。

でもそれより神秘《しんぴ》的《てき》なのは、こんな明《あか》るい空《そら》を見《み》ながらそんな事《こと》を考《かんが》えている小塚君《こづかくん》自身《じしん》かな。

そう思《おも》いながら私《わたし》は、上杉君《うえすぎくん》の方《ほう》を見《み》た。

こちらは、沈思黙考状態《ちんしもっこうじょうたい》。

シャープな線《せん》を描《えが》いた横顔《よこがお》が、とてもきれいだった。

何《なに》を考《かんが》えてるんだろうなぁ・・・。

そう思《おも》っていると、上杉君《うえすぎくん》がふっとこっちを見《み》た。

冷《つめ》たい光《ひかり》を浮《う》かべた2つの目《め》が、すぐそばにあって、私《わたし》はとてもあせってしまった。

「なんだ？」

うっ、近《ちか》いっ！

「えっと、何考《なにかんが》えてるのかって思《おも》って・・・」

消《き》え入《い》りそうな声《こえ》でそう言《い》うと、返《かえ》ってきた答《こた》えは、

「ソスウゼミについて。」

え・・・ゼミって、ゼミナールの略《りゃく》だよね。

研究発表《けんきゅうはっぴょう》や討論《とうろん》を行《おこな》う授業《じゅぎょう》の事《こと》で、講習会《こうしゅうかい》とか研修会《けんしゅうかい》とかって訳《やく》される場合《ばあい》もある。

でもソスウゼミなんてゼミ、秀明《しゅうめい》にあったっけ？

秀明《しゅうめい》じゃなくて、開生《かいせい》で開《ひら》かれてるんだろうか。

「アメリカでは、」

あ、アメリカなんだ。

「去年《きょねん》は、２２１年《ねん》ぶりの快挙《かいきょ》だった。大騒《おおさわ》ぎだったらしい。」

そんな久《ひさ》しぶりのゼミって、一体《いったい》、何《なに》？

「13年周期《ねんしゅうき》と17年周期《ねんしゅうき》の２つの集団《しゅうだん》が重《かさ》なったんだ。」

わからん・・・意味《いみ》がさっぱり理解不能《りかいふのう》。

「上杉《うえすぎ》、」

小塚君《こづかくん》が半《なか》ば笑《わら》いながら口《くち》を挟《はさ》んだ。

「アーヤの脳《のう》が空回《からまわ》りしてるよ。」

私《わたし》は、自分《じぶん》の頭《あたま》の中《なか》で右脳《うのう》や左脳《さのう》がクルクル回《まわ》っている様子《ようす》を想像《そうぞう》した。

ああ、目《め》が回《まわ》りそう・・・。

上杉君《うえすぎくん》は体《からだ》を前《まえ》に傾《かたむ》けると、開《ひら》いた両脚《りょうあし》の上《うえ》に両肘《りょうひじ》をつき、振《ふ》り返《かえ》るようにこちらを見《み》た。

「解説《かいせつ》してやる、いいか、よく聞《き》けよ。」

ううっ、またもや近《ちか》いっ！

「ソスウというのは、1とその数自身《かずじしん》でしか割《わ》れない自然数《しぜんすう》の事《こと》だ。〈要素《ようそ》〉の〈素《そ》〉に、〈数《かず》〉を付《つ》けて素数《そすう》と読《よ》む。」

あ、それは確《たし》か前《まえ》に聞《き》いた。

「素数《そすう》ゼミというのは、アメリカにだけいるセミ、カメムシ目《もく》の昆虫《こんちゅう》だ。」

あ、セミなのかぁ。

〈セ〉が濁音《だくおん》になっていたから、ゼミナールと間違《まちが》えたんだよ。

そう思《おも》いながら、前《まえ》にも同《おな》じ展開《てんかい》があった、と気《き》がついた。

確《たし》か「アイドル王子《おうじ》は知《し》っている」の時《とき》だ。

「羽化《うか》する間隔《かんかく》が13年《ねん》や17年《ねん》、つまり素数《そすう》だからそう呼《よ》ばれている。去年《きょねん》は、さっき言《い》ったみたいに、221年《ねん》ぶりに13年周期《ねんしゅうき》と17年周期《ねんしゅうき》の素数《そすう》ゼミの羽化《うか》が重《かさ》なったんだ。イリノイ州《しゅう》では、総数《そうすう》1兆匹《ちょうひき》が地上《ちじょう》に出《で》たと言《い》われている。」

すごっ、大量《たいりょう》！

「アメリカ、行《い》きたかった。」

そう言《い》って上杉君《うえすぎくん》は座席《ざせき》の背《せ》にもたれ込《こ》み、腕《うで》を組《く》んで目《め》を閉《と》じた。

「雨《あめ》のように降《ふ》る素数《そすう》ゼミの声《こえ》に埋《う》もれて、リーマン予想《よそう》の証明《しょうめい》に取《と》り組《く》みたかったんだ。」

う〜ん、私《わたし》にはちっともいいと思《おも》えないような事《こと》を、熱望《ねつぼう》している上杉君《うえすぎくん》も神秘的《しんぴてき》かもなぁ。

「最近《さいきん》、数学《すうがく》に絶望《ぜつぼう》してるから、そういう環境《かんきょう》で元気《げんき》を取《と》り戻《もど》したかった。」

え？

「１９３１年《ねん》に出《で》たゲーデルの『不完全性定理《ふかんぜんせいていり》』を読《よ》んだのが間違《まちが》いだった。」

はぁ・・・。

「最《もっと》も確実《かくじつ》な〈知《ち》〉は数学《すうがく》だと言《い》われてきたし、俺《おれ》もずっとそう思《おも》ってた。ところがゲーデルが、数学《すうがく》は完全《かんぜん》ではありえないって事《こと》を、数学的《すうがくてき》に証明《しょうめい》したんだ。」

うっ！

「それ読《よ》んで、すっげぇショックだった。数学《すうがく》は絶対《ぜったい》だって信《しん》じてたのに。」

そうだったんだ。

「もう信《しん》じられるものなんて何《なに》もない、そんな気分《きぶん》。」

本人《ほんにん》は目《め》をつぶったままだったし、なんといって慰《なぐさ》めていいかもわからなかったので、私《わたし》は黙《だま》っていた。

でも心《こころ》では思《おも》っていたんだ、ものすごく本気《ほんき》で数学《すうがく》に絶望《ぜつぼう》している上杉君《うえすぎくん》も・・・やっぱり神《しん》秘的《ぴてき》で魅力的《みりょくてき》だなって。

8　美男子《びなんし》と美形《びけい》でキッラキラ

「敦賀《つるが》、敦賀《つるが》、終点《しゅうてん》です。お忘《わす》れ物《もの》のないように。」

私《わたし》たち3人《にん》は、列車《れっしゃ》から降《お》り、ホームを通《とお》って改札口《かいさつぐち》の方《ほう》へ。

「あーっ、いやがったっ！」

途中《とちゅう》で上杉君《うえすぎくん》が声《こえ》を上《あ》げ、向《む》こう側《がわ》のベンチを指差《ゆびさ》した。

そこに翼《たすく》が座《すわ》っていたんだ。

何《なに》かを食《た》べている。

「何《なに》、食《く》ってんだろ。」

手《て》に持《も》っていたのは竹《たけ》の皮《かわ》みたいなもので、それを口《くち》に近《ちか》づけ、食《く》い千切《ちぎ》っていた。

「行《い》ってみようよ。」

私《わたし》たちはクルッと回《まわ》れ右《みぎ》をし、翼《たすく》がいるベンチに向《む》かう。

「やぁ美門《みかど》、久《ひさ》しぶりだな。」

上杉君《うえすぎくん》が思《おも》いっ切《き》り皮肉《ひにく》を込《こ》めてそう言《い》いながら手《て》を伸《の》ばし、翼《たすく》の食《た》べていた物《もの》を取《と》り上《あ》げた。

「なんだ、これ。」

よく見《み》れば、それはやっぱり竹《たけ》の皮《かわ》で、翼《たすく》が食《た》べていたのはその中《なか》に入《はい》っている黒《くろ》っぽくて薄《うす》い、ヒラッとしたものだった。

「敦賀《つるが》にある氣比神宮《けひじんぐう》の祭《まつ》りの名物《めいぶつ》、皮《かわ》ようかんだ。」

へえ、これって羊羹《ようかん》なんだ。

「帰《かえ》りの切符《きっぷ》買《か》うのに、いったん外《そと》に出《で》たら売店《ばいてん》に売《う》ってた。きっとご利益《りやく》があるはず。」

翼《たすく》は、上杉君《うえすぎくん》の手《て》から羊羹《ようかん》を取《と》り戻《もど》し、再《ふたた》び食《く》い千切《ちぎ》る。

「うまいぜ。」

モグモグと動《うご》いている翼《たすく》の小《ちい》さな口元《くちもと》を、小塚君《こづかくん》が羨《うらや》ましそうに見《み》た。

「僕《ぼく》も買《か》いたい。」

それで私《わたし》も思《おも》わず言《い》ってしまった。

「私《わたし》も、食《た》べたい。」

瞬間《しゅんかん》、上杉君《うえすぎくん》が、ギンとこちらをにらむ。

「後《あと》で、な！」

抑《おさ》えつけるように言《い》われて、私《わたし》たちは、シュン。

「さ、行《い》くぞ。美門《みかど》、おまえも来《こ》い。」

上杉君《うえすぎくん》が先《さき》に立《た》ち、翼《たすく》も素直《すなお》についてきて、私《わたし》たちは新《あたら》しい感《かん》じのする構内《こうない》を通過《つうか》した。

「このあたりは、去年《きょねん》の北陸新幹線敦賀開通《ほくりくしんかんせんつるがかいつう》の前《まえ》にできたばっかの部分《ぶぶん》だよね。」

小塚君《こづかくん》の説明《せつめい》を聞《き》きながら長《なが》い下《くだ》りエスカレーターに乗《の》った。

「敦賀《つるが》って土地名《とちめい》の由来《ゆらい》、知《し》ってる?」

私《わたし》が立《た》っているステップの後《うし》ろから翼《たすく》の声《こえ》が聞《き》こえる。

「このあたりは歴史《れきし》が古《ふる》くて、『日本書紀《にほんしょき》』にも出《で》てくるんだ。」

翼《たすく》は、歴史《れきし》ジャンルのエキスパート。

日本史《にほんし》から西洋史《せいようし》、アメリカ史《し》まで幅広《はばひろ》く知《し》っている。

「そこに御間城天皇《みまきのすめらみこと》、これは古墳時代《こふんじだい》に生《う》まれた第10代《だい》崇神天皇《すじんてんのう》の事《こと》なんだけど、その時代《じだい》に、額《ひたい》に角《つの》のある人間《にんげん》が朝鮮半島《ちょうせんはんとう》からこの地《ち》に渡《わた》ってきたので角鹿《つぬが》という地名《ちめい》がついた、との記述《きじゅつ》がある。それが今《いま》の敦賀《つるが》になったんだ。」

そうだったのか。

「南北朝時代《なんぼくちょうじだい》に後醍醐天皇《ごだいごてんのう》と足利尊氏《あしかがたかうじ》が争《あらそ》った時《とき》には、この敦賀《つるが》でも戦《たたか》いが繰《く》り広《ひろ》げられた。日《に》本海《ほんかい》に面《めん》して建《た》つ金崎城《かねがさきじょう》に、新田義貞《にったよしさだ》が2人《ふたり》の親王《しんのう》、美男子《びなんし》と言《い》われた尊良《たかよし》と、美形《びけい》と評判《ひょうばん》の恒《つね》良《よし》を連《つ》れて入城《にゅうじょう》したんだ。」

新田義貞《にったよしさだ》って、後醍醐天皇《ごだいごてんのう》が率《ひき》いた軍《ぐん》のリーダーの1人《ひとり》だよね。

おまけに美男子《びなんし》と美形《びけい》って・・・キッラキラだなぁ。

「武運拙《ぶうんつたな》く、金崎城《かねがさきじょう》は攻《せ》められて炎上《えんじょう》、300人余《にんあま》りの兵《へい》と尊良親王《たかよししんのう》はここで自刃《じじん》した。恒良親《つねよししん》王《のう》は捕縛《ほばく》されて京都《きょうと》に送《おく》られ、毒殺《どくさつ》だ。まだ15歳《さい》だった。昔《むかし》は数《かぞ》え年《どし》だから、今《いま》の年齢《ねんれい》に直《なお》すと13歳《さい》か14歳《さい》だ。」

私《わたし》たちとあまり変《か》わらない年《とし》だよね、かわいそうに。

「幕末《ばくまつ》になると、この敦賀《つるが》で天狗党《てんぐとう》が惨殺《ざんさつ》されてる。幕府《ばくふ》に物申《ものもう》そうとした水戸藩《みとはん》の藩士《はんし》たちが挙兵《きょへい》し、1000人《にん》の武装集団《ぶそうしゅうだん》を作《つく》って天狗党《てんぐとう》と呼《よ》ばれたんだ。各藩《かくはん》と戦《たたか》いながら京都《きょうと》を目指《めざ》して行軍《こうぐん》したんだけど、敦賀《つるが》で降伏《こうふく》、劣悪《れつあく》な環境《かんきょう》で幽閉《ゆうへい》されたあげくに斬首《ざんしゅ》された。」

歴史《れきし》って、残酷《ざんこく》な死《し》に満《み》ちてるよね。

やたらに殺《ころ》さないでほしいな。

「けど天狗党《てんぐとう》の中《なか》には、修験者《しゅげんじゃ》になって大正時代末期《たいしょうじだいまっき》まで生《い》き延《の》びたって強者《つわもの》もいる。」

う〜ん、人《ひと》それぞれに自分《じぶん》の運命《うんめい》を生《い》きたって事《こと》なのかなぁ。

「明治以降《めいじいこう》は、ここが外国《がいこく》への玄関《げんかん》の１つになっていた。東京《とうきょう》と敦賀《つるが》の間《あいだ》には欧亜国際連絡列車《おうあこくさいれんらくれっしゃ》が走《はし》って、敦賀港《つるがこう》から定期航路《ていきこうろ》でウラジオストックまで行《い》けたんだ。」

わぁ神戸《こうべ》や横浜《よこはま》みたいに、ハイカラな港町《みなとまち》だったんだね。

「港沿《みなとぞ》いには、その当時《とうじ》に使《つか》われていた倉庫群《そうこぐん》も残《のこ》ってるよ。」

私《わたし》たちの前《まえ》のステップに立《た》っていた小塚君《こづかくん》が、こちらを振《ふ》り仰《あお》ぐ。

「じゃ沿岸警備《えんがんけいび》に当《あ》たってたっていう七鬼家《なきけ》の館《やかた》も、その辺《へん》にあるかも知《し》れないね。」

ん、そうかも。

「小塚《こづか》、足元《あしもと》！　エスカレーター終《お》わってるぞ。」

上杉君《うえすぎくん》の注意《ちゅうい》も一瞬遅《いっしゅんおそ》く、小塚君《こづかくん》は派手《はで》に躓《つまず》いて、もうちょっとで前《まえ》の方《ほう》に溜《た》まっていた団体《だんたい》旅行《りょこう》の集団《しゅうだん》の中《なか》に飛《と》び込《こ》んでしまう所《ところ》だった、やれやれ。

改札口《かいさつぐち》は、エスカレーターの終点《しゅうてん》のすぐ前《まえ》。

そこから出《で》ると、目《め》の前《まえ》に駅前広場《えきまえひろば》が広《ひろ》がっていた。

バスやタクシーの発着所《はっちゃくじょ》があり、シェアサイクルも置《お》かれている。

観光案内所《かんこうあんないじょ》が目《め》に入《はい》ったので、そこで交番《こうばん》を聞《き》こうかと思《おも》っていると、上杉君《うえすぎくん》が右手《みぎて》を指《さ》した。

「あそこに駅前交番《えきまえこうばん》がある。俺《おれ》が聞《き》いてくるから、ここで待《ま》ってろ。」

その後《うし》ろ姿《すがた》を見送《みおく》っていると、バスの停留所《ていりゅうじょ》を見《み》ていた翼《たすく》がつぶやいた。

「俺《おれ》・・・バスって、いつもブスって読《よ》んじゃうんだ。だってBUS《ビーユーエス》だろ。」

ああ翼《たすく》はフランス語《ご》に親《した》しんでるから、ついローマ字《じ》読《よ》みになるんだよね。

「あ、メールだ。」

小塚君《こづかくん》が黒《くろ》いナップザックを開《あ》け、スマートフォンを出《だ》す。

「黒木《くろき》からだ。」

え・・・何《なに》かわかったのかな。

期待《きたい》を込《こ》めて見《み》つめていると、小塚君《こづかくん》が読《よ》み上《あ》げてくれた。

「ケイトのフルネームは、鷹羽恵斗《たかはけいと》、中《ちゅう》1。」

私《わたし》たちと同《おな》い年《どし》なんだ。

私《わたし》は急《いそ》いで事件《じけん》ノートを出《だ》し、謎《なぞ》2の下《した》に、その情報《じょうほう》を書《か》き入《い》れた。

よし、謎《なぞ》2が解《と》けたぞ。

「気比金崎神社《けひかなさきじんじゃ》の宮司《ぐうじ》の息子《むすこ》だ。」

そっか、修験者《しゅげんじゃ》でなくても神職《しんしょく》の息子《むすこ》なら、アゲハくらい飛《と》ばせるかも。

「今年《ことし》の敦賀《つるが》お練《ね》り祭《まつ》りで、恵斗《けいと》は白馬《はくば》に乗《の》って本殿《ほんでん》を参拝《さんぱい》し、太刀《たち》で注連縄《しめなわ》を切《き》る『社参《しゃさん》』役《やく》を務《つと》め、『神《かみ》の子《こ》』の名前《なまえ》を授《さず》かっている。」

わぁカッコいいな。

「その前年《ぜんねん》に『社参《しゃさん》』を務《つと》めたのが、七鬼《なき》だ。」

私《わたし》は、白馬《はくば》に乗《の》った忍《しのぶ》が、あの長《なが》い髪《かみ》をなびかせて悠然《ゆうぜん》と街《まち》を練《ね》り歩《ある》いたり、太刀《たち》を振《ふ》り下《お》ろして注連縄《しめなわ》を断《た》ち切《き》ったりする姿《すがた》を想像《そうぞう》した。

う、うっ、うっ、美《うつく》しい・・・。

「儀式《ぎしき》の引《ひ》き継《つ》ぎで２人《ふたり》は知《し》り合《あ》い、親《した》しくなったらしい。『神《かみ》の子《こ》』同士《どうし》は、神《かみ》の兄弟《きょうだい》として固《かた》い絆《きずな》を結《むす》ぶらしいよ。」

そうなんだ。

「この気比金崎神社《けひかなさきじんじゃ》の宮司《ぐうじ》、恵斗《けいと》の父親《ちちおや》は鷹羽勝一《たかはかついち》。敦賀《つるが》の有力者《ゆうりょくしゃ》で、宮司《ぐうじ》を務《つと》めながら気比《けひ》メンテナンスという会社《かいしゃ》を経営《けいえい》している。」

え・・・宮司《ぐうじ》って神主《かんぬし》さんでしょ。

神聖《しんせい》な職業《しょくぎょう》なのに、兼業《けんぎょう》アリなの？

不思議《ふしぎ》に思《おも》っている私《わたし》に気《き》づいた小塚君《こづかくん》が、ちょっと笑《わら》った。

「神社《じんじゃ》って経営《けいえい》が苦《くる》しいとこが多《おお》いんだよ。収入《しゅうにゅう》は、お賽銭《さいせん》がほとんどで、それだけでは社殿《しゃでん》を維持《いじ》できないから、農業《のうぎょう》をしたり、境内《けいだい》に駐車場《ちゅうしゃじょう》を作《つく》って貸《か》したり、中《なか》にはコンビニに勤《つと》めたり、ビラ配《くば》りのバイトをしている宮司《ぐうじ》もいるくらいなんだ。」

へぇえ、初《はじ》めて知《し》った。

「特《とく》に最近《さいきん》は、参拝《さんぱい》する人《ひと》の数自体《かずじたい》が減《へ》っていて、神社《じんじゃ》が消滅《しょうめつ》の危機《きき》に直面《ちょくめん》してるって言《い》われてる。活路《かつろ》を見出《みいだ》すために、これまでの神事以外《しんじいがい》に新《あたら》しい形《かたち》を模索《もさく》してる神社《じんじゃ》が多《おお》いよ。海洋散骨《かいようさんこつ》による神前葬《しんぜんそう》とかね。」

私《わたし》・・・神社《じんじゃ》の消滅《しょうめつ》なんて考《かんが》えてもみなかった。

それが実態《じったい》なんだね、宮司《ぐうじ》さんたちも大変《たいへん》なんだなぁ。

「えっと黒木《くろき》のメールに戻《もど》るよ。」

ん、ごめんね。

「この鷹羽家《たかはけ》と、敦賀港《つるがこう》を警護《けいご》していた七鬼家《なゝきけ》とは、先祖《せんぞ》の代《だい》からの古《ふる》い付《つ》き合《あ》いだ。」

謎《なぞ》3、ケイトと七鬼調査員《なゝきちょうさいん》の関係《かんけい》、そう書《か》かれた所《ところ》に、私《わたし》は、家同士《いえどうし》が親《した》しく本人《ほんにん》たちは友《とも》だち、と書《か》き込《こ》んだ。

よし、これで謎《なぞ》3も解決《かいけつ》だ！

「気比金崎神社《けひかなさきじんじゃ》の神使《しんし》は、黒《くろ》アゲハ。」

あっ、話《はなし》がつながってきた！

「神社《じんじゃ》の裏手《うらて》に、黒《くろ》アゲハが大量発生《たいりょうはっせい》する森《もり》があるらしい。」

そうだったんだ。

「ところが、10日《とおか》ほど前《まえ》、宮司《ぐうじ》の勝一氏《かついちし》は、神社《じんじゃ》の石段《いしだん》を転《ころ》げ落《お》ちて死亡《しぼう》。」

わっ、お気《き》の毒《どく》。

「突然《とつぜん》の事《こと》で、葬儀《そうぎ》の日程《にってい》もまだ決《き》まってないそうだ。取《と》りあえず気比《けひ》メンテナンスは、勝一氏《かついちし》の弟《おとうと》の勝二氏《かつじし》が社長《しゃちょう》に就《つ》いた。この会社《かいしゃ》には勝一氏《かついちし》の妻《つま》と妹《いもうと》も勤《つと》めているから同族経営《どうぞくけいえい》だね。」

えっと同族経営《どうぞくけいえい》っていうのは、確《たし》か、同《おな》じ血筋《ちすじ》の人《ひと》や婚姻関係《こんいんかんけい》にある人《ひと》などが中心《ちゅうしん》となって会《かい》社《しゃ》を経営《けいえい》している事《こと》、だと思《おも》ったな。

「宮司職《ぐうじしょく》の方《ほう》は、息子《むすこ》の恵斗《けいと》がまだ未成年《みせいねん》だから、新《あたら》しい宮司《ぐうじ》をどうするかが関係者《かんけいしゃ》の間《あいだ》で協議《きょうぎ》されている最中《さいちゅう》らしい。俺《おれ》の分担《ぶんたん》の謎《なぞ》2つについての調査《ちょうさ》は、以上《いじょう》。」

ん、いつもながら完璧《かんぺき》だよ、ごくろう様《さま》！

「これからサッカーKZ《カッズ》に合流《ごうりゅう》して調整《ちょうせい》、午後《ごご》は練習《れんしゅう》に参加《さんか》する、じゃね。」

そう言《い》いながら小塚君《こづかくん》は画面《がめん》から顔《かお》を上《あ》げ、首《くび》を傾《かし》げた。

「黒《くろ》アゲハは、一般的《いっぱんてき》に神《かみ》の使《つか》いって言《い》われてるけど、正式《せいしき》な神使《しんし》になれるのかな。神使《しんし》って獣《けもの》なんじゃないの。キツネとかシカとかサルとか。」

翼《たすく》が、軽《かる》く頭《かぶり》を振《ふ》る。

「確《たし》かに獣《けもの》が多《おお》いけど、それ限定《げんてい》って訳《わけ》じゃないよ。なんでもいいんだ。ちなみにこの敦賀市内《つるがしない》には、格式《かくしき》が高《たか》くてメッチャ有名《ゆうめい》な神社《じんじゃ》、氣比神宮《けひじんぐう》があるけど、そこの神使《しんし》はシラサギだ。」

へぇ。

「コイやカニ、カメなんかを神使《しんし》にしてる神《かみ》もいる。」

説明《せつめい》しながら翼《たすく》は、ズボンの後《うし》ろポケットから自分《じぶん》のスマートフォンを出《だ》し、検索《けんさく》を始《はじ》めた。

「ああ恵斗《けいと》の親《おや》が宮司《ぐうじ》やってる気比金崎神社《けひかなさきじんじゃ》って、ここだ。」

差《さ》し出《だ》された画面《がめん》には、敦賀市内《つるがしない》の地図《ちず》が表示《ひょうじ》されていた。

敦賀港《つるがこう》に面《めん》した緑地《りょくち》の中《なか》に、気比金崎神社《けひかなさきじんじゃ》を指《さ》す赤《あか》い旗《はた》が立《た》っている。

「七鬼《なきき》が敦賀《つるが》に来《き》たのは、鷹羽恵斗《たかはけいと》から送《おく》られてきたと思《おも》われる黒《くろ》アゲハが死《し》んで、心配《しんぱい》になったからだよ。」

ん、きっとそうだね。

よし、謎《なぞ》4も解《と》けた、順調《じゅんちょう》だなぁ。

残《のこ》るは、謎《なぞ》1、黒《くろ》アゲハはなぜ七鬼調査員《ななきちょうさいん》と見《み》つめ合《あ》っていたのか、と謎《なぞ》5、七鬼調査員《ななきちょうさいん》は今《いま》どうしているのか、の2つだけだ。

謎《なぞ》1については、ただそう見《み》えただけって感《かん》が強《つよ》いし、これから忍《しのぶ》の館《やかた》に行《い》けば、どうしてるかもわかるから、結構《けっこう》チャッチャと解決《かいけつ》しそうだよね、よかった。

「あ！」

地図《ちず》に見入《みい》ってた翼《たすく》が声《こえ》を上《あ》げる。

「旧敦賀港駅舎《きゅうつるがこうえきしゃ》の近《ちか》くに、北前船《きたまえぶね》のモニュメントがある。めっちゃ感動《かんどう》。」

いかにもうれしそうにニッコリする翼《たすく》は、とてもかわいらしかった。

「記念写真撮《きねんしゃしんと》ろっと。」

その頭《あたま》を、大《おお》きなストライドでツカツカと近寄《ちかよ》ってきた上杉君《うえすぎくん》が思《おも》いっ切《き》り小突《こづ》く。

「後《あと》で、な！」

翼《たすく》は片手《かたて》で頭《あたま》をなで、もう一方《いっぽう》の手《て》で上杉君《うえすぎくん》を指《さ》しながら、私《わたし》に目《め》を向《む》けた。

「こいつが殴《なぐ》った。こいつが俺《おれ》の頭《あたま》、パカッてやった。」

はいはい。

「上杉《うえすぎ》、交番《こうばん》で七鬼家《ななきけ》の館《やかた》の場所《ばしょ》、聞《き》いてきたんだろ。どこだって？」

小塚君《こづかくん》に聞《き》かれ、上杉君《うえすぎくん》は親指《おやゆび》を立《た》てて北《きた》に向《む》かっているメイン通《どお》りを指《さ》した。

「港《みなと》の近《ちか》くだ。」

やっぱり！

「行《い》こう。」

歩《ある》き出《だ》しながら振《ふ》り返《かえ》ると、翼《たすく》がブスッとしたまま立《た》ち止《ど》まっていた。

体《からだ》の脇《わき》に伸《の》ばした両手《りょうて》をキュッと拳《こぶし》に握《にぎ》り締《し》め、不動《ふどう》の構《かま》えで動《うご》きそうもない。

私《わたし》が気《き》にしていると、上杉君《うえすぎくん》が足《あし》も止《と》めずに吐《は》き捨《す》てた。

「放《ほ》っとけ。」

私《わたし》はちょっと迷《まよ》ったけれど、引《ひ》き返《かえ》し、翼《たすく》に片手《かたて》を出《だ》した。

「さ、行《い》こ。」

翼《たすく》はニッコリし、私《わたし》の手《て》をつかんで歩《ある》き出《だ》す。

そのままさっさと歩《ある》いて上杉君《うえすぎくん》に追《お》いついたんだけど、追《お》い抜《ぬ》きざま、翼《たすく》は人指《ひとさ》し指《ゆび》を目《め》の下《した》に当《あ》て、アカンベしたんだ。

「きっさまっ！」

叫《さけ》んで上杉君《うえすぎくん》は翼《たすく》に飛《と》び付《つ》き、ヘッドロックしながら頭《あたま》をポカポカッ！

「やったな、お返《かえ》しだっ！」

その応酬《おうしゅう》を、私《わたし》はアゼンとして見《み》ていたけれど、そのうちに、もういいやって気持《きも》ちになった。

キリがない、放《ほう》っておこう。

「小塚君《こづかくん》、港《みなと》まで先《さき》に行《い》こう。」

小塚君《こづかくん》は溜《た》め息《いき》をつきながら頷《うなず》いた。

「若武《わかたけ》がいなければケンカにならないと思《おも》ってたのに、やっぱりなってるね。」

みたいだよね。

「元凶《げんきょう》は上杉《うえすぎ》なのかな。それとも、いつも冷静《れいせい》な上杉《うえすぎ》をイラッとさせる若武《わかたけ》や美門《みかど》の方《ほう》を、元凶《げんきょう》と言《い》うべきかなぁ。」

う〜ん、どっちなんだろ・・・。

9　お籠《こ》もり

敦賀《つるが》の街《まち》のメイン通《どお》りは、駅前商店街《えきまえしょうてんがい》の間《あいだ》を通《とお》り、郵便局《ゆうびんきょく》の前《まえ》あたりから真《ま》っ直《す》ぐ北《きた》に向《む》かっていた。

その途中《とちゅう》、広《ひろ》い交差点《こうさてん》の向《む》こうに大《おお》きな赤《あか》い鳥居《とりい》が見《み》えてくる。

あ、ここが気比金崎神社《けひかなさきじんじゃ》かな、と思《おも》っていると、スマートフォンの地図《ちず》を見《み》ていた小塚君《こづかくん》が言《い》った。

「ここは氣比神宮《けひじんぐう》。北陸道《ほくりくどう》の総鎮守《そうちんじゅ》らしいよ。あの鳥居《とりい》は日本《にほん》3大木造鳥居《だいもくぞうとりい》の1つで、重要文化財《じゅうようぶんかざい》に指定《してい》されてる。佐渡《さど》で伐採《ばっさい》した榁樹《むろのき》で造《つく》られていて1645年建立《ねんこんりゅう》、一度《いちど》暴風《ぼうふう》で倒壊《とうかい》して再建《さいけん》されたみたいだ。」

翼《たすく》が、自分《じぶん》の出番《でばん》だと言《い》わんばかりに口《くち》を開《ひら》く。

「氣比神宮《けひじんぐう》は、192年《ねん》に仲哀天皇《ちゅうあいてんのう》の親謁《しんえつ》を賜《たまわ》っている。」

小塚君《こづかくん》が私《わたし》を見《み》た。

「親謁《しんえつ》って、何《なに》？」

あらゆる言葉《ことば》を皆《みんな》にわかりやすく説明《せつめい》するのは、私《わたし》の役目《やくめ》。

そのために、常日頃《つねひごろ》から知識《ちしき》を集《あつ》めて頭《あたま》に詰《つ》め込《こ》んでいるんだ。

大変《たいへん》だけど、それが自分《じぶん》に任《まか》された仕事《しごと》だと思《おも》うと、やりがいを感《かん》じる、頑張《がんば》れるんだよ。

「天皇《てんのう》が参拝《さんぱい》する事《こと》。すごくありがたいと言《い》われてるんだ。」

小塚君《こづかくん》が納得《なっとく》するのを待《ま》って、翼《たすく》が続《つづ》ける。

「以来《いらい》、朝廷《ちょうてい》の崇敬《すうけい》を得《え》て、伊勢神宮《いせじんぐう》と並《なら》ぶ四所宗廟《ししょそうびょう》の1つに数《かぞ》えられてるんだ。3人《にん》の命《みこと》と、1人《ひとり》の尊《みこと》、3人《にん》の天皇皇后《てんのうこうごう》を祭《まつ》っていて、主祭神《しゅさいじん》は伊奢沙別命《いざさわけのみこと》、海上安全《かいじょうあんぜん》や農漁業《のうぎょぎょう》を守《まも》る神《かみ》だ。」

ああ海《うみ》の近《ちか》くだから、そういう神様《かみさま》が必要《ひつよう》なんだよね、きっと。

「ここが、ほぼ道半《みちなか》ばだ。」

氣比神宮《けひじんぐう》の前《まえ》から商店街《しょうてんがい》を北上《ほくじょう》して、私《わたし》たちは敦賀湾《つるがわん》に面《めん》した港《みなと》に出《で》た。

翼《たすく》は北前船《きたまえぶね》のモニュメントを写真《しゃしん》に撮《と》ったり、小塚君《こづかくん》に頼《たの》んで自分《じぶん》も写《うつ》り込《こ》んだりしてうれし
そうだった。

「アーヤも一緒《いっしょ》に撮《と》ろう。」

いいけどね。

「観光《かんこう》かよ。」

上杉君《うえすぎくん》が舌打《したう》ちする。

「さっさと行《い》くぞ。」

その時《とき》、上杉君《うえすぎくん》のズボンの後《うし》ろポケットでスマートフォンが鳴《な》り出《だ》した。

上杉君《うえすぎくん》は、ちょっと体《からだ》を傾《かたむ》けて片手《かたて》をポケットに突《つ》っ込《こ》む。

「黒木《くろき》だ。しかもメールじゃなくて電話《でんわ》って・・・なんなんだ。」

スマートフォンを耳《みみ》に当《あ》てる上杉君《うえすぎくん》を見《み》て、小塚君《こづかくん》が不安《ふあん》そうにつぶやいた。

「なんだろ。」

私《わたし》も心配《しんぱい》になりながら耳《みみ》を澄《す》ませる。

上杉君《うえすぎくん》は次第《しだい》に厳《きび》しい表情《ひょうじょう》になっていき、やがて声《こえ》を上《あ》げた。

「ヤッべぇじゃん。」

私《わたし》は、小塚君《こづかくん》と顔《かお》を見合《みあ》わせる。

「何《なに》か起《お》こったみたいだね。」

「ん、なんだろ。」

あらゆる角度《かくど》からモニュメントの写真《しゃしん》を撮《と》り続《つづ》けている翼《たすく》を目《め》の端《はし》に映《うつ》しながら、私《わたし》が上杉君《うえすぎくん》の様子《ようす》をうかがっていると、やがて電話《でんわ》を切《き》った上杉君《うえすぎくん》が、ポツリとひと言《こと》。

「俺《おれ》、金沢《かなざわ》に帰《かえ》る。」

わっ、なんで⁉

「黒木《くろき》が寮《りょう》に戻《もど》ったら、早昼《はやひる》食《た》べてたサッカーKZ《カッズ》のメンバーが救急搬送《きゅうきゅうはんそう》されてるとこだったらしい。」

げっ！

「若武《わかたけ》も、だって。」

なぜっ、どーしてっ⁉

「原因《げんいん》は、今《いま》のところ不明《ふめい》だ。」

そんなっ！

「補欠《ほけつ》を入《い》れてもメンバーが足《た》りないから、俺《おれ》にも即《そく》、戻《もど》ってこいって言《い》ってる。ついでに美門《みかど》も連《つ》れてこいって。」

そう言《い》いながらツカツカと翼《たすく》に歩《あゆ》み寄《よ》り、その後《うし》ろ襟《えり》をむんずとつかんだ。

「おら、来《こ》い。」

引《ひ》きずるようにして、今来《いまき》た道《みち》を引《ひ》き返《かえ》し始《はじ》める。

翼《たすく》はたっぷりと写真《しゃしん》を撮《と》って満足《まんぞく》していたらしく、ご機嫌《きげん》なニコニコ顔《がお》でモニュメントに向《む》かってバイバイと手《て》を振《ふ》った。

「なんで翼《たすく》を連《つ》れていくの？」

私《わたし》が聞《き》くと、小塚君《こづかくん》はちょっと考《かんが》えてから答《こた》えた。

「たぶん向《む》こうのチームの了解《りょうかい》を取《と》って、臨時《りんじ》のメンバーとして入《い》れるんだよ。以前《いぜん》うちの学校《がっこう》の野球部《やきゅうぶ》で、試合《しあい》メンバーが足《た》りなくなった時《とき》、サッカー部員《ぶいん》を連《つ》れてきて入《い》れた事《こと》があったもの。」

そうなんだ。

「でも若武《わかたけ》どうしたんだろ、大丈夫《だいじょうぶ》かなぁ。」

私《わたし》がつぶやくと、小塚君《こづかくん》も心配《しんぱい》そうに頷《うなず》いた。

「昼《ひる》を食《た》べた後《あと》に倒《たお》れたとなったら、一番疑《いちばんうたが》わしいのは食中毒《しょくちゅうどく》だけど。」

食中毒《しょくちゅうどく》かぁ、なんか苦《くる》しそう・・・。

「すぐ病院《びょういん》に行《い》ったみたいだから、たぶん命《いのち》に別状《べつじょう》はないとは思《おも》うけどね。」

だといいけど。

「それより僕《ぼく》たち、これからどうしよう。」

そう言《い》われて私《わたし》はハッと、自分《じぶん》と小塚君《こづかくん》だけが、土地勘《とちかん》のないこの敦賀《つるが》に取《と》り残《のこ》されたという現実《げんじつ》に気《き》がついた。

「あのさぁ、」

かなり向《む》こうまで行《い》っていた上杉君《うえすぎくん》が振《ふ》り返《かえ》り、東《ひがし》の方向《ほうこう》を指《さ》す。

「あっちに行《い》くと気比金崎神社《けひかなさきじんじゃ》があって、七鬼《なき》の館《やかた》はその先《さき》だ。行《い》ってろよ。俺《おれ》はいったん金沢《かなざわ》に戻《もど》って、練習《れんしゅう》が終《お》わったら、また戻《もど》ってくるから。」

わぁ親切《しんせつ》、ありがとう！

「じゃ行《い》こう。」

私《わたし》と小塚君《こづかくん》は、敦賀湾《つるがわん》の岸壁《がんぺき》に沿《そ》って進《すす》んだ。

その道《みち》の突《つ》き当《あ》たりは広場《ひろば》で、そこから並木《なみき》のある坂道《さかみち》が始《はじ》まっていた。

坂《さか》の上《うえ》の方《ほう》に、社殿《しゃでん》らしい檜皮葺《ひわだぶ》きの屋根《やね》が見《み》えている。

「これは桜《さくら》の並木《なみき》だね。ソメイヨシノだ。樹齢《じゅれい》は30～40年《ねん》くらいかなぁ。」

見《み》ただけでわかるって、すごいな。

「蕾《つぼみ》が付《つ》いてればもっとはっきりするんだけど、枝《えだ》の長《なが》さや幹《みき》の太《ふと》さ、樹皮《じゅひ》の色《いろ》なんかで判断《はんだん》すると、人間《にんげん》なら働《はたら》き盛《ざか》りの中年後期《ちゅうねんこうき》って感《かん》じかな。」

その坂道《さかみち》の中《なか》ほどに神社《じんじゃ》があり、気比金崎神社《けひかなさきじんじゃ》と書《か》かれた門柱《もんちゅう》の向《む》こうに階段《かいだん》が続《つづ》いていた。

「あれが鷹羽恵斗《たかはけいと》の家《いえ》だよ。」

社殿《しゃでん》の奥《おく》の森《もり》の中《なか》に、建物《たてもの》の壁《かべ》が見《み》える。

「寄《よ》ってく？」

会《あ》ってみたい気《き》はした。

でもここで私《わたし》たちが訪《たず》ねても、向《む》こうはこちらを知《し》らないんだし、不審《ふしん》な目《め》で見《み》られるよね。

「先《さき》に忍《しのぶ》に会《あ》おう。」

小塚君《こづかくん》は、小《ちい》さな溜《た》め息《いき》をついた。

「会《あ》えるといいけどね。」

それを聞《き》いて、私《わたし》は急《きゅう》に、若武《わかたけ》が主張《しゅちょう》していた拉致監禁説《らちかんきんせつ》を思《おも》い出《だ》した。

館《やかた》まで行《い》ってみたら忍《しのぶ》はおらず、警察《けいさつ》やマスコミが押《お》しかけてて大騒《おおさわ》ぎの最中《さいちゅう》という可能性《かのうせい》もあるんだ。

うう〜、もう祈《いの》るしかない！

どうか忍《しのぶ》が無事《ぶじ》で、館《やかた》にいてくれますように!!

坂道《さかみち》を上《のぼ》りつめると、湾《わん》を見下《みお》ろす丘《おか》の上《うえ》に出《で》た。

整《ととの》えられた緑地《りょくち》の端《はし》に、「金崎城本丸跡《かねさきじょうほんまるあと》、月見御殿《つきみごてん》」と彫《ほ》られた石碑《せきひ》が建《た》っている。

「あそこだ！」

小塚君《こづかくん》が指差《ゆびさ》したのは、海《うみ》に突《つ》き出《だ》した岬《みさき》の先端《せんたん》に建《た》つ和風《わふう》の屋敷《やしき》。

「きっとあれだよ。このあたりにあるのは、あれ1軒《けん》だけだもの。」

佇《たたず》まいに品格《ひんかく》があり、なんともカッコいい館《やかた》だった。

でも周《まわ》りには樹々《きぎ》が茂《しげ》っていて、全貌《ぜんぼう》はわからない。

「行《い》ってみよう。」

近《ちか》づいていくと、その建物《たてもの》がとても大《おお》きいということがわかった。

半《なか》ば海《うみ》の上《うえ》に張《は》り出《だ》すように建《た》てられていて、その姿《すがた》が水《みず》に映《うつ》っている。

「大《おお》きいなぁ。部屋数《へやかず》だけでも、ハンパなく多《おお》そう。」

周囲《しゅうい》は石《いし》の塀《へい》で囲《かこ》まれ、所々《ところどころ》に警備員《けいびいん》が立《た》っていた。

「警備員《けいびいん》の数《かず》も、ハンパないね。いつもこんなにいるのかな。それとも七鬼《ななき》が誘拐《ゆうかい》されてるからかな。」

私《わたし》は不安《ふあん》に思《おも》いながら、取《と》りあえず玄関《げんかん》を探《さが》した。

でも、どこにあるのかちっともわからない。

ウロウロしているうちに警備員《けいびいん》に不審《ふしん》に思《おも》われ、呼《よ》び止《と》められてしまった。

「僕《ぼく》らは、七鬼忍君《ななきしのぶくん》のクラスメートです。忍君《しのぶくん》を訪《たず》ねてきたんですが、いますか。」

警備員《けいびいん》は私《わたし》たちの名前《なまえ》を聞《き》き、インカムでどこかと連絡《れんらく》を取《と》った後《あと》、こう答《こた》えた。

「若様《わかさま》は今《いま》、このお館《やかた》にいらっしゃる。」

私《わたし》は思《おも》わず小塚君《こづかくん》と手《て》を取《と》り合《あ》った。

「よかったね、拉致監禁《らちかんきん》でなくて。」

「ん、よかった！　忍《しのぶ》に聞《き》けば、残《のこ》りの謎《なぞ》1と謎《なぞ》5も解決《かいけつ》するよね。」

2人《ふたり》でホッと胸《むね》をなで下《お》ろしたその瞬間《しゅんかん》、

「しかし誰《だれ》ともお会《あ》いになれない。」

そんなぁ！

「なんでですか？」

小塚君《こづかくん》に聞《き》かれた警備員《けいびいん》は、門《もん》の向《む》こうに視線《しせん》を投《な》げた。

「清廉《せいれん》にお籠《こ》もりになっている。」

清廉《せいれん》って、何《なに》？

お籠《こ》もりって、何《なに》っ!?

「別《べつ》の日《ひ》に出直《でなお》してくれればお会《あ》いできるかも知《し》れんが、今日《きょう》は無理《むり》だ。」

と言《い》われても・・・そんなたびたびこんな遠《とお》くまで来《こ》られないよぉ。

「さ、引《ひ》き上《あ》げてくれ。」

シッシッと手《て》で追《お》い払《はら》われて、私《わたし》たちは来《き》た道《みち》を引《ひ》き返《かえ》すしかなかった。

「どうしよう・・・」

途方《とほう》に暮《く》れたものの、忍《しのぶ》がここにいるんだったら、会《あ》わずに帰《かえ》る訳《わけ》にはいかない。

なんとかして警備員《けいびいん》の目《め》をすり抜《ぬ》けるしかないかも。

そう考《かんが》えていた時《とき》、坂道《さかみち》を上《のぼ》ってきた1人《ひとり》の女子《じょし》が私《わたし》たちとすれ違《ちが》い、館《やかた》の方《ほう》に向《む》かっていった。

私《わたし》たちより1～2歳《さい》くらい上《うえ》で、長《なが》く伸《の》ばした髪《かみ》をカラーのヘアゴムでまとめている。

何気《なにげ》なく見《み》ていると、その子《こ》は警備員《けいびいん》と話《はなし》をし、なんとっ！　門《もん》から中《なか》に入《はい》っていった。

わっ、なんで!?

私《わたし》たちにはシッシッなのに、どーしてあの子《こ》には、どうぞどうぞ、なのよ。

私《わたし》はムッとし、素早《すばや》く引《ひ》き返《かえ》して警備員《けいびいん》に聞《き》いてみた。

「あの子《こ》は、若様《わかさま》がお呼《よ》びになったんだ。」

え？

「田原琴音《たはらことね》という女子中学生《じょしちゅうがくせい》が来《き》たら、別棟《べつむね》の控《ひか》えの間《ま》に通《とお》してくれ、とのご伝言《でんごん》を承《うけたまわ》っている。」

あの子《こ》って、田原琴音《たはらことね》なんだ。

「誰《だれ》なんだろう。」

小塚君《こづかくん》がつぶやき、私《わたし》を見《み》た。

「知《し》ってる？」

私《わたし》は首《くび》を横《よこ》に振《ふ》り、恨《うら》めしく思《おも》いながら田原琴音《たはらことね》が通《とお》っていった門《もん》を見《み》つめた。

忍《しのぶ》・・・なんであの子《こ》を待《ま》ってるの？

あの子《こ》だけ通《とお》して、どうして私《わたし》たちを入《い》れてくれないのよぉ。

「アーヤ、ションボリしないで。」

小塚君《こづかくん》がポンポンと肩《かた》を叩《たた》いた。

「あの子《こ》は、もしかしてケイトかも知《し》れないよ。」

え？

「僕《ぼく》の叔母《おば》さん、ケイト・スペードっていうNY《ニューヨーク》のブランドが好《す》きで、色《いろ》んなものをそれでそろえてるから、ケイトって呼《よ》ばれる事《こと》があるんだ。あの子《こ》も、ケイトってニックネームなのかも知《し》れない。」

まぁ、ありえない事《こと》じゃないけれど。

「そうじゃないとしても、この事件《じけん》に関係《かんけい》のある子《こ》だって事《こと》は、間違《まちが》いないよ。七鬼《ななき》は、すごく逼迫《ひっぱく》した様子《ようす》だった。そんな時《とき》に、全然関係《ぜんぜんかんけい》のない女子《じょし》を呼《よ》ぶなんて考《かんが》えられないもの。」

それはそうだけど・・・なんかくやしい。

私《わたし》がグジグジしていると、小塚君《こづかくん》はスマートフォンを出《だ》した。

「大丈夫《だいじょうぶ》、僕《ぼく》たちだって中《なか》に入《はい》れるよ。隆久《たかひさ》さんに連絡《れんらく》すればいいんだ。」

あ、その手《て》があるのを忘《わす》れてたっ！

私《わたし》は気《き》を取《と》り直《なお》し、電話《でんわ》をかける小塚君《こづかくん》をじいっと見《み》つめた。

どうかうまくいきますように！

「ああ隆久《たかひさ》さんですか？　小塚《こづか》です。忍君《しのぶくん》に会《あ》いに来《き》たんですが、清廉《せいれん》にお籠《こ》もりとかで会《あ》えないんです。なんとかなりませんか。」

息《いき》を詰《つ》め、ひたすら小塚君《こづかくん》の顔《かお》を見《み》ていると、やがてそれがパッと明《あか》るくなった。

「ありがとうございます。」

おおっ、うまくいったみたい、よかった。

「東側《ひがしがわ》の門《もん》ですね。わかりました。その前《まえ》まで行《い》きます。」

小塚君《こづかくん》は電話《でんわ》を切《き》り、空《そら》を仰《あお》いで太陽《たいよう》の位置《いち》を確《たし》かめると、右手《みぎて》の方向《ほうこう》を指《さ》した。

「こっちだ、行《い》こう。」

前《まえ》にも小塚君《こづかくん》は、天体《てんたい》の位置《いち》と時刻《じこく》から方向《ほうこう》を判断《はんだん》した事《こと》がある。

もし無人島《むじんとう》に流《なが》されても、絶対《ぜったい》サヴァイヴできるよね。

あ、サヴァイヴって、綴《つづ》りはｓｕｒｖｉｖｅ《エスユーアールブイアイブイイー》、生《い》き残《のこ》るって意味《いみ》だよ。

「ここが東《ひがし》の門《もん》だ。」

それはとても立派《りっぱ》な門《もん》だった。

「薬医門《やくいもん》だね。格調高《かくちょうたか》い門《もん》で、普通《ふつう》は正門《せいもん》にするんだ。それを脇門《わきもん》にしてるって・・・七鬼家《ななきけ》、すごいなぁ。」

小塚君《こづかくん》は感心《かんしん》していたけれど、私《わたし》が考《かんが》えていたのは、この門扉《もんぴ》は重《おも》すぎて1人《ひとり》じゃ開《あ》けられないだろうなって事《こと》だった。

1人《ひとり》で出入《ではい》りできないなんて、不便《ふべん》だよ。

「あ、開《ひら》く。」

重厚《じゅうこう》な音《おと》を立《た》てて門扉《もんぴ》が動《うご》き出《だ》し、そこからヒョイと隆久《たかひさ》さんが顔《かお》を出《だ》す。

「やぁ、いらっしゃい。」

誰《だれ》かが門《もん》を開《あ》けているのだろうと思《おも》いながら見《み》ると、隆久《たかひさ》さん本人《ほんにん》が門《もん》の内側《うちがわ》についているスイッチを押《お》していた。

あ、電動《でんどう》なのね。

「どうぞ入《はい》っていいよ。」

中《なか》は、広々《ひろびろ》とした和風庭園《わふうていえん》だった。

中央《ちゅうおう》に小川《おがわ》が流《なが》れていて、玄関《げんかん》へと続《つづ》いている。

隆久《たかひさ》さんは、その横《よこ》にある飛《と》び石《いし》を踏《ふ》んで建物《たてもの》の脇《わき》に回《まわ》った。

「この飛《と》び石《いし》、珍《めずら》しい色《いろ》ですね。敦賀《つるが》の特産《とくさん》ですか。」

小塚君《こづかくん》に聞《き》かれ、隆久《たかひさ》さんはちょっと考《かんが》え込《こ》む。

「なんて名前《なまえ》だったかな。戦国時代《せんごくじだい》に越前《えちぜん》を支配《しはい》していた朝倉家《あさくらけ》が初《はじ》めて庭《にわ》に使《つか》ったと言《い》われている海《うみ》の石《いし》で、えっと、ああ安島石《あんとういし》だ。」

そこから建物《たてもの》の裏手《うらて》に回《まわ》った。

目《め》の前《まえ》には大《おお》きな池《いけ》が広《ひろ》がっていて、その中《なか》にいくつかの島《しま》が作《つく》られている。

島《しま》には橋《はし》や灯籠《とうろう》、築山《つきやま》、小《ちい》さな庵《いおり》が点在《てんざい》していた。

「忍《しのぶ》は今《いま》、清廉《せいれん》っていう名前《なまえ》の小亭《しょうてい》に籠《こ》もって、祈禱《きとう》してるんだ。」

おお、そうなのか、現状《げんじょう》がわかったぞ。

私《わたし》は急《いそ》いで事件《じけん》ノートを開《ひら》いた。

謎《なぞ》5、七鬼調査員《ななきちょうさいん》は今《いま》どうしているのか、は、これで解《と》けた。

残《のこ》るは謎《なぞ》1、黒《くろ》アゲハはなぜ七鬼調査員《ななきちょうさいん》と見《み》つめ合《あ》っていたのか、のみ。

けど・・・なんか謎《なぞ》が解《と》けていくスッキリ感《かん》や、やった感《かん》がない。

なんで？

「あれが清廉《せいれん》だ。」

隆久《たかひさ》さんが指差《ゆびさ》したのは、京都《きょうと》の金閣寺《きんかくじ》の1階部分《かいぶぶん》だけのような、小《こ》ぎれいな建物《たてもの》だった。

池《いけ》の中央《ちゅうおう》の島《しま》にあり、そこまで太鼓橋《たいこばし》が続《つづ》いている。

「元《もと》は来客用《らいきゃくよう》の小亭《しょうてい》で、縦横《たてよこ》1・8メートルの立方体《りっぽうたい》だ。方一間寄棟造《ほういっけんよせむねづく》り柿葺《こけらぶ》き、という。池《いけ》に面《めん》して高床《たかゆか》を張《は》り、書院窓《しょいんまど》を設《もう》けてあるんだよ。総《そう》ケヤキ造《づく》りだ。」

建築費《けんちくひ》・・・高《たか》そう。

「去年《きょねん》、忍《しのぶ》が護摩《ごま》を焚《た》けるように屋根《やね》を改築《かいちく》、開閉《かいへい》システムを導入《どうにゅう》した。今《いま》、あの中《なか》で祈禱中《きとうちゅう》だ。さっき、ここに着《つ》くとすぐ、」

そう言《い》いながら隆久《たかひさ》さんは、池《いけ》の向《む》こう岸《ぎし》を指《さ》す。

そこは岩場《いわば》になっていて、音《おと》を立《た》てて滝《たき》が流《なが》れ落《お》ちていた。

「服《ふく》を全部《ぜんぶ》脱《ぬ》いで、素《す》っ裸《ぱだか》で滝《たき》に打《う》たれて、」

うわぁ・・・滝《たき》って打《う》たれると痛《いた》いんだよね。

「その後《ご》、白装束《しろしょうぞく》を身《み》に着《つ》けてね、」

私《わたし》は、「ヤバイ親友《しんゆう》は知《し》っている」の中《なか》で、忍《しのぶ》が白絹《しらぎぬ》の着物《きもの》を着《き》ていた事《こと》を思《おも》い出《だ》した。

さすが名門《めいもん》の血筋《ちすじ》だけあって、惚《ほ》れ惚《ぼ》れとするような高貴《こうき》さだった。

ステキだったんだよぉ。

「で、剣《けん》と法縄《ほうじょう》、蓮華《れんげ》、それから正絹《しょうけん》の白房《しろぶさ》の付《つ》いた縞黒檀《しまこくたん》の数珠《じゅず》を持《も》って、あそこに籠《こ》もった。」

それでＬＩＮＥ《ライン》も見《み》てないし、電話《でんわ》にも出《で》られなかったんだ。

「なんの祈禱《きとう》なのか、わかりますか？」

小塚君《こづかくん》に聞《き》かれて隆久《たかひさ》さんは首《くび》を横《よこ》に振《ふ》った。

「いや、皆目《かいもく》わからんね。」

なんか謎《なぞ》が増《ふ》えてる気《き》がする・・・。

「さっき田原琴音《たはらことね》って女《おんな》の子《こ》が忍君《しのぶくん》に会《あ》いにきたんですが、その子《こ》をご存《ぞん》じですか？」

隆久《たかひさ》さんは首《くび》を横《よこ》に振《ふ》りながら清廉《せいれん》の方《ほう》を手《て》で指《さ》した。

「よかったら、行《い》ってみれば？」

いいのっ⁉

「誰《だれ》も近《ちか》づけるな、って言《い》ってたけど、どうせ本人《ほんにん》にはわかりゃしないから構《かま》わないよ。」

ああ外見《がいけん》と違《ちが》って、ものすごく軽《かる》い人《ひと》・・・。

「ただし忍《しのぶ》に声《こえ》かけたり、邪魔《じゃま》したりしないようにね。精神統一《せいしんとういつ》が乱《みだ》れると、また最初《さいしょ》からやり直《なお》しだから、烈火《れっか》のごとく怒《おこ》ると思《おも》うよ。呪詛《じゅそ》かけられるかも。」

ゾクッ！

10 きれいな脚《あし》

「どうせ終《お》われば出《で》てくるんだから、清廉《せいれん》の外《そと》で待《ま》つんだね。」

私《わたし》は、恐《おそ》る恐《おそ》る聞《き》いてみた。

「いつ頃《ごろ》終《お》わるんですか？」

隆久《たかひさ》さんは、ちょっと眉根《まゆね》を寄《よ》せ、頭《あたま》の中《なか》で何《なに》やら数《かぞ》えていたようだったけれど、やがて答《こた》えた。

「今《いま》までの祈禱《きとう》だと、まぁ3日《みっか》くらいかな。」

ぐっ！

「たまに1週間《しゅうかん》くらいかかる事《こと》もある。」

ぐぐっ！

「その間中《あいだじゅう》、飲《の》まず食《く》わず眠《ねむ》らずだから、いつも終《お》わったとたんにぶっ倒《たお》れるんだけどね。」

カラカラと笑《わら》う隆久《たかひさ》さんの前《まえ》で、私《わたし》たちは冷《ひ》や汗《あせ》。

祈禱《きとう》って、ほとんど命《いのち》がけなんだなぁ。

「じゃ私《わたし》は本棟《ほんとう》に戻《もど》ってるよ。何《なに》かあったら、いつでも電話《でんわ》していいからね。」

隆久《たかひさ》さんは片手《かたて》を挙《あ》げ、本棟《ほんとう》の方《ほう》に帰《かえ》っていった。

「小塚君《こづかくん》、清廉《せいれん》のそばまで行《い》ってみよう。」

私《わたし》は小塚君《こづかくん》をうながし、清廉《せいれん》に通《つう》じる太鼓橋《たいこばし》に足《あし》を向《む》ける。

「祈禱《きとう》は、鷹羽恵斗《たかはけいと》に関係《かんけい》してるのかも知《し》れないよ。」

小塚君《こづかくん》の言葉《ことば》に、私《わたし》は頷《うなず》いた。

新幹線《しんかんせん》の中《なか》からの流《なが》れを考《かんが》えると、そうなるよね。

「でもその先《さき》が、ちっともわかんないんだけど。」

私《わたし》もだよ。

「あ、なんか聞《き》こえる。」

太鼓橋《たいこばし》を渡《わた》っている最中《さいちゅう》、物音《ものおと》が聞《き》こえ始《はじ》め、清廉《せいれん》の玄関前《げんかんまえ》まで行《い》くと、いっそう大《おお》きくなってきた。

「七鬼《なき》の声《こえ》だよ。呪文《じゅもん》を唱《とな》えてるんだ。」

耳《みみ》を澄《す》ませば、確《たし》かにお経《きょう》のような言葉《ことば》が聞《き》こえてくる。

意味《いみ》は全然《ぜんぜん》わからず、繰《く》り返《かえ》される奇妙《きみょう》な響《ひび》きの単語《たんご》は、不気味《ぶきみ》と言《い》えなくもなかった。

私《わたし》は、「アイドル王子《おうじ》は知《し》っている」の中《なか》で、印契《いんげい》を結《むす》んでいた忍《しのぶ》を思《おも》い浮《う》かべた。

指《ゆび》と指《ゆび》を複雑《ふくざつ》な形《かたち》に絡《から》ませて、それを離《はな》さないで次々《つぎつぎ》と変化《へんか》させていくんだ。

清廉《せいれん》の中《なか》からは、パチパチと木《き》がはじけるような音《おと》もしていて、屋根《やね》からはモクモクと煙《けむり》が上《のぼ》っている。

時折《ときおり》、炎《ほのお》の先《さき》も見《み》えた。

きっと火《ひ》を焚《た》きながら呪文《じゅもん》を唱《とな》え、印《いん》を結《むす》んでるんだ。

「3日間《みっかかん》から1週間《しゅうかん》、僕《ぼく》たち、ここで待《ま》つの？」

それは、ないっ！

と言《い》いたいところだけれど、声《こえ》かけたり邪魔《じゃま》したりするなって言《い》われてるし、待《ま》つ以外《いがい》の方《ほう》法《ほう》って、果《は》たしてあるのだろうか。

「僕《ぼく》、明日《あした》は恐竜博物館《きょうりゅうはくぶつかん》に行《い》こうと思《おも》ってたんだけど。」

あっ、私《わたし》も。明日《あした》からゼミが始《はじ》まるんだった。

「電話《でんわ》だ。」

小塚君《こづかくん》は黒《くろ》いナップザックを下《お》ろし、中《なか》からスマートフォンをつかみ出《だ》す。

「黒木《くろき》からだよ。」

もしかして何《なに》か新《あたら》しい情報《じょうほう》でも？

私《わたし》が聞《き》きたそうにしているのを見《み》て、小塚君《こづかくん》はスピーカーフォンにし、私《わたし》の方《ほう》に差《さ》し出《だ》した。

「僕《ぼく》です。どうかした？」

受話口《じゅわぐち》から黒木君《くろきくん》の声《こえ》が流《なが》れ出《で》る。

「明日《あした》からの、サッカーKZ《カッズ》の試合《しあい》は中止《ちゅうし》になった。」

そうなのっ⁉

「被害者《ひがいしゃ》が多《おお》くて、チームを立《た》て直《なお》せないらしい。美門《みかど》が補助《ほじょ》に入《はい》るって伝《つた》えたんだけど、美門《みかど》が入《はい》ればメインになるだろうから、それがHS《ハッズ》のメンバーじゃマズい、それよりは高等部《こうとうぶ》と同様《どうよう》に中止《ちゅうし》にしようって事《こと》で話《はなし》がまとまったみたいだ。合宿自体《がっしゅくじたい》の中止《ちゅうし》も検討《けんとう》されてるらしい。」

そうなんだ、大騒《おおさわ》ぎだよね。

「それで今《いま》、上杉《うえすぎ》に連絡《れんらく》して、すぐ引《ひ》き返《かえ》すように言《い》っといたよ。俺《おれ》も、若武《わかたけ》の様子見《ようすみ》たら、そっちに向《む》かうよ。じゃあね。」

私《わたし》たち、合流《ごうりゅう》できるんだ、よかった。

やっぱ心細《こころぼそ》いもの、皆《みんな》がそろってないと。

私《わたし》はホッとしながら、病院《びょういん》にいる若武《わかたけ》を思《おも》った。

「倒《たお》れた原因《げんいん》って、わかったのかな。」

小塚君《こづかくん》はハッとしたように背筋《せすじ》を伸《の》ばす。

「そういえば、それ聞《き》いてなかった。」

急《いそ》いでメールを作《つく》る小塚君《こづかくん》を見《み》ながら、私《わたし》はふっと思《おも》い付《つ》いた。

「ね、あの田原琴音《たはらことね》って子《こ》の事《こと》も、黒木君《くろきくん》に調《しら》べてもらわない？」

小塚君《こづかくん》は頷《うなず》きながらメール作《づく》りに励《はげ》み、それを送《おく》って待《ま》つ事《こと》、数分《すうふん》。

「返事《へんじ》が来《き》たよ。」

脇《わき》からのぞき込《こ》むと、返信《へんしん》の画面《がめん》には、こう書《か》かれていた。

「その子《こ》についてはこれから調査《ちょうさ》する。サッカーＫＺ《カッズ》の連中《れんちゅう》が倒《たお》れた原因《げんいん》は、レジオネラ属菌《ぞくきん》の感染症《かんせんしょう》らしい。」

レジオネラ属《ぞく》？

「そっかぁ。僕《ぼく》、食中毒《しょくちゅうどく》だろうと思《おも》ってたんだけど、レジオネラだったら、感染源《かんせんげん》はたぶん風呂《ふろ》場《ば》だ。地下《ちか》に温泉《おんせん》があるって言《い》ってたから、そこじゃないかな。」

あ、私《わたし》、入《はい》れなかったけど、よかったのかも。

「でもレジオネラ属菌《ぞくきん》って、普通《ふつう》、自然界《しぜんかい》のどこにでもいる菌《きん》なんだよ。」

そうなの。

「ただ管理《かんり》をしないと爆発的《ばくはつてき》に増《ふ》えるんだ。そういう汚染《おせん》された水《みず》がシャワーなんかで飛《と》び散《ち》ったり、その飛沫《ひまつ》を吸《す》い込《こ》んだりすると感染《かんせん》する。症状《しょうじょう》は、インフルエンザとほぼ同《おな》じだ。最悪《さいあく》、死《し》に至《いた》る事《こと》もあるけど。」

げっ！

「でも軽《かる》ければ、2日《ふつか》くらいで治《なお》るよ。」

どうか若武《わかたけ》が、軽《かる》くすみますように！

「それにしても感染《かんせん》してから発病《はつびょう》までには、2日《ふつか》から10日《とおか》ぐらいの潜伏期間《せんぷくきかん》があるはずなんだけど、若武《わかたけ》が来《き》たのは今日《きょう》だろ。症状《しょうじょう》が出《で》るのが早《はや》すぎるな。」

きっとはしゃいで温泉《おんせん》にもぐったりして、いっぱい菌《きん》を吸《す》い込《こ》んだんだよ、やりそうだもん。

「あ、隆久《たかひさ》さんからショートメッセージがきた。」

小塚君《こづかくん》は、手《て》に持《も》ったままだったスマートフォンを操作《そうさ》して読《よ》み上《あ》げる。

「もうお昼《ひる》だから、本棟《ほんとう》の方《ほう》に食事《しょくじ》を用意《ようい》するよ、いらっしゃい、だって。」

わーい、ありがとう！

「忍《しのぶ》の祈禱《きとう》は、まだまだ終《お》わりそうもないから、行《い》こっか。」

私《わたし》がそう言《い》った時《とき》、

「あっ！」

小塚君《こづかくん》が、ピクンと肩《かた》を緊張《きんちょう》させた。

「聞《き》こえなくなったよ。」

耳《みみ》を澄《す》ませれば、先《さき》ほどまで流《なが》れていた祈禱《きとう》の声《こえ》がピタリと止《や》み、あたりには静《しず》けさが漂《ただよ》い始《はじ》めていた。

「終《お》わったんだ。」

ああよかった、これで忍《しのぶ》に会《あ》える！

私《わたし》たちは微笑《ほほえ》み合《あ》い、祈禱《きとう》が予想《よそう》よりずっと早《はや》く終《お》わった事《こと》に心《こころ》から感謝《かんしゃ》した。

「忍《しのぶ》も一緒《いっしょ》に、皆《みんな》でお昼《ひる》を食《た》べるってのは、どう？」

小塚君《こづかくん》は、ニッコリした。

「いいね。でも、」

え？

「七鬼《ななき》にその力《ちから》があれば、だけど。」

そう言《い》いながら視線《しせん》を清廉《せいれん》の出入《でい》り口《ぐち》に向《む》ける。

ちょうど、その白木《しらき》の戸《と》が開《ひら》きかけたところで、中《なか》から忍《しのぶ》の姿《すがた》が半分《はんぶん》ほど見《み》えていた。

長《なが》い髪《かみ》を梳《す》き流《なが》し、白絹《しらぎぬ》の着物《きもの》の袖《そで》を緋色《ひいろ》の襷《たすき》で絡《から》げ上《あ》げ、片手《かたて》に剣《けん》を握《にぎ》っている。

ああやっと会《あ》えた！

そう思《おも》っている私《わたし》の前《まえ》で、忍《しのぶ》の大《おお》きな体《からだ》はグラッと傾《かたむ》き、戸《と》に手《て》をかけたものの支《ささ》えきれず、そのままドッと倒《たお》れ込《こ》んでしまった。

きゃあっ！

「七鬼《なき》、大丈夫《だいじょうぶ》？」

小塚君《こづかくん》が駆《か》け寄《よ》り、抱《だ》き起《お》こす。

私《わたし》も急《いそ》いでそばに寄《よ》った。

忍《しのぶ》の顔色《かおいろ》は真《ま》っ青《さお》で、薄《うす》い唇《くちびる》には血《ち》の気《け》がない。

きつく眉根《まゆね》を寄《よ》せ、目《め》を伏《ふ》せて荒《あら》い呼吸《こきゅう》を繰《く》り返《かえ》している様子《ようす》は、今《いま》にも死《し》んでしまいそうだった。

「気分悪《きぶんわる》いの？　医者《いしゃ》に行《い》く？」

小塚君《こづかくん》が聞《き》くと、忍《しのぶ》はかすかに首《くび》を振《ふ》った。

「いや、いい。」

あ、しゃべった、よかった！

「ちょっと力《ちから》を使《つか》い過《す》ぎただけだ。時間《じかん》の問題《もんだい》で治《なお》る。」

そういえば隆久《たかひさ》さんが、いつもぶっ倒《たお》れるって言《い》ってたっけ。

「今日《きょう》はまだいい方《ほう》だ。短時間《たんじかん》だったから。」

ここより、どっか安静《あんせい》にできる所《ところ》でゆっくり休《やす》んだ方《ほう》がいいんじゃないのかな。

といっても・・・私《わたし》と小塚君《こづかくん》の２人《ふたり》じゃ、忍《しのぶ》を移動《いどう》させられそうもない。

体《からだ》が大《おお》きい上《うえ》に、筋肉質《きんにくしつ》で重《おも》そうなんだもの。

警備員《けいびいん》が通《とお》りかかってくれるといいんだけどな。

そう思《おも》いながらアチコチ見回《みまわ》していて、私《わたし》は思《おも》わずっ！

「あーっ！」

大声《おおごえ》を上《あ》げてしまった。

だって庭《にわ》の植《う》え込《こ》みの間《あいだ》からチラホラ見《み》えている石《いし》の塀《へい》の上《うえ》を、翼《たすく》が歩《ある》いていくっ！

アゼンとしていると、塀《へい》の向《む》こう側《がわ》からヒョイッと飛《と》び上《あ》がってきたのは、なんと上杉君《うえすぎくん》っ!!

２人《ふたり》で何《なに》やら話《はな》し、綱渡《つなわた》りでもするかのようにバランスを取《と》りながら素早《すばや》く移動《いどう》していくんだ。

「小塚《こづかくん》君、あれ。」

私《わたし》が指差《ゆびさ》すと、小塚《こづかくん》君は忍《しのぶ》から目《め》を上《あ》げ、2人《ふたり》を見《み》つけた。

「もう戻《もど》ってきたんだ。早《はや》いね。もしかして駅《えき》で金沢《かなざわ》行《い》きの列車《れっしゃ》を待《ま》ってるとか、乗《の》ってたとしても隣《となり》の駅《えき》くらいまで行《い》った時《とき》に、黒木《くろき》から電話《でんわ》が入《はい》ったのかも。」

きっとそうだよ。

「それで引《ひ》き返《かえ》してきて、たぶん警備員《けいびいん》に追《お》いかえされて無断侵入《むだんしんにゅう》したんだ。」

2人《ふたり》はこちらに気《き》づかず、遠《とお》ざかっていく。

呼《よ》び止《と》めると、警備員《けいびいん》に聞《き》かれるかも知《し》れなかったから声《こえ》は出《だ》せなかった。

「行《い》っちゃうよ、どうしよう。」

私《わたし》がオロオロしていると、小塚《こづかくん》君が珍《めずら》しく自信《じしん》たっぷりな表情《ひょうじょう》で、スマートフォンを握《にぎ》りしめた。

「メールで連絡《れんらく》するよ。」

おお、その手《て》があったね。

「忍《しの》び込《こ》むに当《あ》たって、2人《ふたり》とも着信音消《ちゃくしんおんけ》してるはずだから、メール送《おく》っても警備員《けいびいん》には見《み》つからないと思《おも》う。」

私《わたし》・・・スマートフォンに馴染《なじ》んでないから、とっさの時《とき》にそれを使《つか》うって事《こと》に気《き》が回《まわ》らないんだ。

スマートフォンほしいな、買《か》ってくれないかなぁ。

そう思《おも》いながら顔《かお》を上《あ》げれば、塀《へい》の上《うえ》にはもう誰《だれ》の姿《すがた》もなかった。

「塀《へい》の内側《うちがわ》に降《お》りて東側《ひがしがわ》の門《もん》に来《こ》いって送信《そうしん》したから、もうじき現《あらわ》れるんじゃないかな。」

小塚君《こづかくん》の言葉《ことば》通《どお》り、間《ま》もなく翼《たすく》と上杉君《うえすぎくん》がそろってやってきた。

「あ、七鬼《なな き》、いるじゃん。倒《たお》れてるけど・・・」

「拉致監禁《らちかんきん》って言《い》い張《は》ったバカ、誰《だれ》だよ。」

小塚君《こづかくん》が、２人《ふたり》を代《か》わる代《が》わる見《み》る。

「これから昼食《ちゅうしょく》なんだけど、一緒《いっしょ》にどう？」

翼《たすく》が肩《かた》をすくめた。

「断《ことわ》る訳《わけ》ないでしょ。けど、その前《まえ》にこの七鬼《なな き》、なんとかしないと。」

皆《みんな》の視線《しせん》が忍《しのぶ》に集《あつ》まる。

横倒《よこだお》しになっていた忍《しのぶ》は、肘《ひじ》をついてゆっくりと起《お》き上《あ》がり、地面《じめん》に胡坐《あぐら》をかいた。

「大丈夫《だいじょうぶ》だ。」

着物《きもの》の裾《すそ》が乱《みだ》れ、きれいな脚《あし》が腿《もも》の付《つ》け根《ね》の方《ほう》まで見《み》えて、皆《みんな》の目《め》が釘付《くぎづ》けにっ！

私《わたし》はまぶしくて、思《おも》わず目《め》をつぶった。

ああ、ドッキンドッキン・・・。

「あのさぁ、」

上杉君《うえすぎくん》の声《こえ》が響《ひび》く。

「着物《きもの》の時《とき》の下着《したぎ》って、どうなってんの？」

そっと目《め》を開《ひら》くと、忍《しのぶ》が着物《きもの》の裾《すそ》を持《も》ち上《あ》げて、大《おお》きく左右《さゆう》に開《ひら》くところだった。

わっ！

「絹《きぬ》の褌《ふんどし》。」

ううっ！

「七鬼家《なきけ》じゃ、昔《むかし》から下着《したぎ》は絹《きぬ》と決《き》まってるんだ。」

翼《たすく》が、自分《じぶん》の出番《でばん》とばかりに口《くち》を開《ひら》く。

「七鬼《なき》んとこだけじゃなくて、武士《ぶし》は皆《みな》、そうだったんだ。旅先《たびさき》や街頭《がいとう》でいきなり襲《おそ》われたり、野垂《のた》れ死《じ》にしたりした場合《ばあい》でも、下着《したぎ》で身分《みぶん》がわかれば、武士《ぶし》に相応《ふさわ》しい待遇《たいぐう》を受《う》けられるからさ。」

すごいな、身分社会《みぶんしゃかい》。

「ストレッチャー借《か》りてこなくて、大丈夫《だいじょうぶ》？」

小塚君《こづかくん》に聞《き》かれ、忍《しのぶ》は両手《りょうて》で膝《ひざ》を打《う》ってすっくと立《た》ち上《あ》がった。

「もう全然《ぜんぜん》、正常《せいじょう》だ。」

さすが修験者《しゅげんじゃ》！

上杉君《うえすぎくん》が目《め》を丸《まる》くする。

「レジリエンス、抜群《ばつぐん》だな。」

えっとレジリエンスは、確《たし》かresilience《アールイーエスアイエルアイイーエヌシーイー》で、回復力《かいふくりょく》とか、適応力《てきおうりょく》の事《こと》。

精神的《せいしんてき》な強《つよ》さを指《さ》す事《こと》が多《おお》いんだよ。

「やっぱ修験道《しゅげんどう》で鍛《きた》えてるからか？」

忍《しのぶ》は、誇《ほこ》らかな笑《え》みを浮《う》かべた。

「かもな。さ、飯《めし》に行《い》こう。」

11　デザートはタルトタタン

忍《しのぶ》が私《わたし》たちを案内《あんない》してくれたのは、海《うみ》に張《は》り出《だ》した和室《わしつ》だった。

「ここは、『御月見の間《おつきみのま》』と呼《よ》ばれる部屋《へや》。東側《ひがしがわ》には、昇《のぼ》る月《つき》が見《み》られるように月見台《つきみだい》があり、西側《にしがわ》には海《うみ》に映《うつ》る月《つき》をながめられるように出書院《でしょいん》が設《もう》けられている。」

うーん、贅沢《ぜいたく》！

そんな部屋《へや》に運《はこ》ばれてくる昼食《ちゅうしょく》は、きっと和食《わしょく》のお弁当《べんとう》だろうと私《わたし》は思《おも》っていた。

ところがっ、なんとフランス料理《りょうり》！

テーブルと人数分《にんずうぶん》の椅子《いす》が用意《ようい》され、手書《てが》きのメニュウが配《くば》られた。

それによれば、前菜《ぜんさい》、スープ、魚料理《さかなりょうり》が２つ、チーズ、肉料理《にくりょうり》とサラダ、そしてデザートというフルコース。

美味《おい》しそうだけど、私《わたし》・・・テーブルマナー大丈夫《だいじょうぶ》かなぁ。

KZ《カッズ》メンバーは４人《にん》とも、戸惑《とまど》う事《こと》なく平然《へいぜん》としている。

私《わたし》も、なんとか頑張《がんば》ろうと覚悟《かくご》を固《かた》めた。

パパが時々《ときどき》、高級《こうきゅう》フレンチに連《つ》れていってくれるから大体《だいたい》のところはわかる、後《あと》は気合《きあい》だ。

いく分緊張《ぶんきんちょう》している私《わたし》に比《くら》べて、皆《みな》は余裕《よゆう》の構《かま》え。

いざ食事《しょくじ》が始《はじ》まると、なんの淀《よど》みもなくナイフとフォークを動《うご》かし、見《み》るからに優雅《ゆうが》だった。

特《とく》に翼《たすく》は、どんな音《おと》も立《た》てず、品《ひん》よく、淑《しと》やかに食《た》べる。

その手《て》つき、指捌《ゆびさば》きは、見惚《みと》れてしまうほど洗練《せんれん》されていた。

ステキ・・・かも。

「恵斗《けいと》の家《いえ》については、黒木《くろき》が調《しら》べた。」

上杉君《うえすぎくん》がそう言《い》いながら、私《わたし》の方《ほう》を見《み》る。

「立花《たちばな》、記録《きろく》してあるよな。」

もちろんだよ。

私《わたし》は事件《じけん》ノートを開《ひら》き、恵斗《けいと》の父親《ちちおや》は鷹羽勝一《たかはかついち》、気比金崎神社《けひかなさきじんじゃ》の宮司《ぐうじ》で気比《けひ》メンテナンスという会社《かいしゃ》を経営《けいえい》している、この神社《じんじゃ》の神使《しんし》は黒《くろ》アゲハ、神社《じんじゃ》の裏手《うらて》には黒《くろ》アゲハが大量発生《たいりょうはっせい》する森《もり》がある、10日《とおか》ほど前《まえ》に勝一氏《かついちし》は死亡《しぼう》し、会社《かいしゃ》は弟《おとうと》の勝二氏《かつじし》が継《つ》いだ、この会社《かいしゃ》は勝一氏《かついちし》の妻《つま》と妹《いもうと》も勤《つと》めている同族会社《どうぞくがいしゃ》。新《あたら》しい宮司《ぐうじ》をどうするかは協議中《きょうぎちゅう》である、という事《こと》を説明《せつめい》した。

「何《なに》か補足《ほそく》、あるか？」

上杉君《うえすぎくん》に聞《き》かれ、忍《しのぶ》はフォークとナイフを握《にぎ》ったまま首《くび》を横《よこ》に振《ふ》る。

「ない、完璧《かんぺき》。」

私《わたし》は記述《きじゅつ》のそばに、黒木調査員《くろきちょうさいん》による完璧《かんぺき》な調査《ちょうさ》と書《か》き入《い》れた。

「あ、メールだ。」

小塚君《こづかくん》があわててスプーンを置《お》き、テーブルの下《した》にあったナップザックからスマートフォンを出《だ》す。

「黒木《くろき》からだ。もうすぐそっちに着《つ》くけど、どうすればいいかって聞《き》いてきてるよ。」

上杉君《うえすぎくん》がウナギのワイン煮《に》を口《くち》に運《はこ》びながら、視線《しせん》だけを小塚君《こづかくん》から忍《しのぶ》に流《なが》した。

「館《やかた》に来《こ》いって言《い》っとけよ。七鬼《なきな》、友《とも》だちが来《く》るからって言《い》って叔父《おじ》さんに門《もん》を開《あ》けてもらえ。」

忍《しのぶ》は立《た》ち上《あ》がり、部屋《へや》の隅《すみ》に置《お》かれていた館内電話《かんないでんわ》で連絡《れんらく》を取《と》る。

その間《あいだ》に、白身魚《しろみざかな》のフライが出《で》た。

「叔父《おじ》が、ここに案内《あんない》してくれるって。」

忍《しのぶ》の声《こえ》に重《かさ》ねるように部屋《へや》の戸《と》が開《ひら》き、いく種《しゅ》ものチーズを載《の》せたワゴンが現《あらわ》れる。

「お好《す》きなのを切《き》り分《わ》けいたします。おっしゃってください。」

皆《みんな》が自分《じぶん》の好《この》みのチーズを言《い》い、切《き》ってもらった。

「俺《おれ》、ミモレットがいい。」

「僕《ぼく》、シェーブルとブルー、かな。」

「俺《おれ》はエダム。皮取《かわと》ってね。小塚《こづか》、おまえもエダムにしとけ。カロリー低《ひく》いぜ。」

「俺《おれ》、全種《ぜんしゅ》食《く》う。」

私《わたし》は、一番《いちばん》食《た》べやすそうなカマンベールにした。

他《ほか》のチーズの名前《なまえ》を、よく知《し》らなかったって事《こと》もあるんだけどね。

その後《あと》は、分厚《ぶあつ》いステーキとサラダ。

どのお皿《さら》の料理《りょうり》も美味《おい》しくて、私《わたし》は大満足《だいまんぞく》！

デザートはリンゴのパイ、タルトタタン。

「タルトタタンの正式名称《せいしきめいしょう》は、」

翼《たすく》がパイを引《ひ》っくり返《かえ》して切《き》り分《わ》け、リンゴの輪切《わぎ》りをこぼしもせずに上手《じょうず》に持《も》ち上《あ》げながら言《い》った。

「タルト・デ・ドゥモワゼル・タタンだ。発祥《はっしょう》はフランスのソローニュ地方《ちほう》。」

それって・・・前《まえ》に聞《き》いた気《き》がするけど、はっきりとは覚《おぼ》えてないな。

「俺《おれ》は、カスタードクリームを付《つ》けて食《く》うのが好《す》き。」

「それ、甘《あま》すぎじゃね？」

私《わたし》たちはワイワイと話《はな》しながら、楽《たの》しく食事《しょくじ》を進《すす》めた。

最後《さいご》に出《で》た小菓子《こがし》は、星《ほし》の形《かたち》のチョコレートと、アラザンで飾《かざ》られたきれいな色《いろ》のギモーヴで、とてもかわいかった。

「夕食《ゆうしょく》は、池《いけ》を見渡《みわた》せる『金砂子《きんすなご》の間《ま》』で和食《わしょく》を食《く》おう。カモを使《つか》った治部煮《じぶに》とか、地場《じば》のノドグロやゴリの刺身《さしみ》、車麩《くるまふ》の揚《あ》げ物《もの》なんかの加賀料理《かがりょうり》で、どう？」

わーい、楽《たの》しみっ！

ニコニコしながらチョコレートを口《くち》に運《はこ》んでいると、上杉君《うえすぎくん》に横目《よこめ》でにらまれた。

「観光《かんこう》かよ。」

うっ、きついな・・・。

「七鬼《なな き》に聞《き》かなくちゃならない事《こと》があったんだろ。」

あ、そうだった、謎《なぞ》の1だ。

私《わたし》は急《いそ》いで事件《じけん》ノートをテーブルに載《の》せた。

「謎《なぞ》1、黒《くろ》アゲハはなぜ七鬼調査員《なな き ちょう さ いん》と見《み》つめ合《あ》っていたのか。これについて忍《しのぶ》の話《はなし》を聞《き》きたいんだけど。」

忍《しのぶ》は持《も》ち上《あ》げていたコーヒーカップを下《さ》げ、カタンと音《おと》を立《た》ててソーサーに置《お》いた。

「あの時《とき》は、念《ねん》を集中《しゅうちゅう》させて、アゲハと会話《かいわ》しようとしてたんだ。黒《くろ》アゲハは、気比金崎神社《けひかなさきじんじゃ》の神使《しんし》だから、たぶん恵斗《けいと》が、俺《おれ》に何《なに》かを知《し》らせようとして送《おく》ってきたんだろうって思《おも》って。昨日《きのう》、電話《でんわ》した時《とき》に、あの時間《じかん》の『かがやき』で行《い》くって言《い》っといたから。」

私《わたし》は小塚君《こづかくん》と頷《うなず》き合《あ》う。

やっぱりそうだったんだね。

「会話《かいわ》するっていっても、向《む》こうが言葉《ことば》をしゃべる訳《わけ》じゃない。こっちが神経《しんけい》を研《と》ぎ澄《す》まして、気配《けはい》を感知《かんち》して読《よ》み解《と》くんだ。」

私《わたし》は、謎《なぞ》1、黒《くろ》アゲハはなぜ七鬼調査員《ななきちょうさいん》と見《み》つめ合《あ》っていたのか、の下《した》に、黒《くろ》アゲハは友人恵《ゆうじんけい》斗《と》からの使者《ししゃ》と思《おも》われる、七鬼調査員《なな き ちょう さ いん》に伝《つた》えたい事《こと》があったらしい、と書《か》き入《い》れた。

これで5つの謎《なぞ》は全部《ぜんぶ》、解《と》けた事《こと》になる。

でも全然《ぜんぜん》、解決《かいけつ》した気《き》がしないのは、私《わたし》だけ？

そもそもこれって、一体《いったい》なんの事件《じけん》なのよ。

「それをやってる最中《さいちゅう》に、死《し》なれちまった。きっと俺《おれ》を捜《さが》して色《いろ》んなとこを彷徨《さまよ》ってて、あそこで力尽《ちからつ》きたんだ。」

やっぱ、なんか、かわいそう。

「神使《しんし》を送《おく》ってきたのは、恵斗本人《けいとほんにん》が知《し》らせに来《こ》られない状況《じょうきょう》だからだ。」

そう言《い》いながら忍《しのぶ》は、青《あお》ざめて見《み》えるほど真剣《しんけん》な表情《ひょうじょう》になった。

「それで急《いそ》いで恵斗《けいと》の家《いえ》に駆《か》けつけたんだ。気比金崎神社《けひかなさきじんじゃ》だ。けど恵斗《けいと》はいなかった。おまけに誰《だれ》も、恵斗《けいと》がどこに行《い》ったのかを知《し》らないんだ。皆《みんな》から聞《き》いた話《はなし》を合《あ》わせると、昨日《きのう》の夕方《ゆうがた》から姿《すがた》が見《み》えないらしい。それで恵斗《けいと》が普段《ふだん》よく行《い》く場所《ばしょ》とか、友人《ゆうじん》の家《いえ》なんかを当《あ》たったんだけど、どこにもいなかった。夕方以降《ゆうがたいこう》は、誰《だれ》も見《み》てないんだ。」

それ・・・行方不明《ゆくえふめい》って事《こと》だよね。

いきなり事件性《じけんせい》がクローズアップされ、私《わたし》は息《いき》を呑《の》んだ。

大変《たいへん》だ、恵斗君《けいとくん》を捜《さが》さなくちゃ！

「誰《だれ》にも話《はな》してない秘密《ひみつ》の場所《ばしょ》とかに引《ひ》きこもってるんじゃないの。七鬼《なき》、聞《き》いてない？」

翼《たすく》の言葉《ことば》に、忍《しのぶ》は首《くび》を横《よこ》に振《ふ》る。

「恵斗《けいと》とは、ほとんどＡＩ《エーアイ》の事《こと》ばっか話《はな》してたから。」

ああＡＩ友《エーアイとも》だちだった訳《わけ》ね。

「で、急《いそ》いでこの館《やかた》に入《はい》って、護摩《ごま》を焚《た》いたんだ。恵斗《けいと》を呼《よ》び出《だ》して居場所《いばしょ》を聞《き》こうと思《おも》って。」

そうだったのか。

「七鬼《なき》さぁ、」

上杉君《うえすぎくん》が、切《き》れ上《あ》がった2つの目《め》に冷《ひ》ややかな光《ひかり》をきらめかせる。

「恵斗《けいと》との電話《でんわ》で、何《なに》かヤバい事《こと》が起《お》こりそうな雰囲気《ふんいき》を感《かん》じてた訳《わけ》？」

忍《しのぶ》は、はっきりと頷《うなず》いた。


「そうだ。」

それは何《なに》つ、具体的《ぐたいてき》に言《い》って！

全員《ぜんいん》の視線《しせん》を集《あつ》め、忍《しのぶ》が口《くち》を開《ひら》こうとしたその時《とき》っ！

「待《ま》たせたな。」

声《こえ》と共《とも》に襖《ふすま》が開《ひら》き、驚《おどろ》いた事《こと》に、若武《わかたけ》が踏《ふ》み込《こ》んできた。

後《うし》ろから黒木君《くろきくん》がついてくる。

「なんで、ここで若武《わかたけ》？」

「病院《びょういん》じゃなかったのか!?」

アゼンとする私《わたし》たちの前《まえ》で、若武《わかたけ》はツカツカとテーブルに近寄《ちかよ》ってきて、両手《りょうて》をついた。

「サッカーKZ《カッズ》集団感染《しゅうだんかんせん》の原因《げんいん》は、大浴場《だいよくじょう》のレジオネラ属菌《ぞくきん》らしい。」

ああ黒木君《くろきくん》のメール通《どお》りだ。

「俺《おれ》にも症状《しょうじょう》が出《で》て、一緒《いっしょ》に救急搬送《きゅうきゅうはんそう》されたんだけど、検査《けんさ》の結果《けっか》、俺《おれ》だけ感染《かんせん》してなかった。」

なんでっ!?

「ただの風邪《かぜ》だったんだ。」

私《わたし》は、自分《じぶん》のお皿《さら》のそばに転《ころ》がっていたナプキンリングを、若武《わかたけ》に向《む》かって投《な》げつけたくなってしまった。

だって、アホくさすぎるっ！

心配《しんぱい》してたのに、ただの風邪《かぜ》で、しかも今《いま》まで連絡《れんらく》もしてこないなんて。

きっと上杉君《うえすぎくん》だって、腹《はら》を立《た》てているに違《ちが》いない。

そう思《おも》いながら私《わたし》は、そっと上杉君《うえすぎくん》の様子《ようす》を見《み》た。

いつも通《どお》りの無表情《むひょうじょう》だったけれど、心《こころ》の中《なか》はきっと、嵐《あらし》の海《うみ》のように波立《なみだ》っているに違《ちが》いない。

「おかしいと思《おも》ってたんだよ。」

小塚君《こづかくん》が苦笑《にがわら》いした。

「潜伏期間《せんぷくきかん》が短《みじか》すぎるもの。」

私《わたし》は、ハラハラしながら上杉君《うえすぎくん》の表情《ひょうじょう》をうかがった。

きっと今《いま》に爆発《ばくはつ》し、矢《や》のように鋭《するど》い皮肉《ひにく》を若武《わかたけ》に向《む》かって飛《と》ばすに決《き》まっている。

そう思《おも》っていると、やがて上杉君《うえすぎくん》が口《くち》を開《ひら》いた。

「あの、さ、」

来《き》たっ！

胸《むね》をドキドキさせる私《わたし》の前《まえ》で、上杉君《うえすぎくん》は一瞬《いっしゅん》、言《い》い淀《よど》み、それからポツリとひと言《こと》。

「よかったな、ただの風邪《かぜ》で収《おさ》まって。」

へっ⁉

意表《いひょう》を突《つ》かれたのは私《わたし》だけではなかったらしく、皆《みな》が言葉《ことば》を失《うしな》った。

特《とく》に若武本人《わかたけほんにん》はアゼンとしたようで、しばし沈黙《ちんもく》。

その後《ご》、目《め》を伏《ふ》せて、今《いま》まで見《み》せた事《こと》がないような神妙《しんみょう》な顔《かお》で答《こた》えた。

「ありがと。」

その素直《すなお》さに、またまた皆《みんな》が面食《めんく》らう。

その場《ば》はシ〜ンとし、いつになく真面目《まじめ》な空気《くうき》が広《ひろ》がった。

それで私《わたし》は、なんだかおかしくなってしまったのだった。

２人《ふたり》が、あまりにも健気《けなげ》でしおらしかったし、それを見《み》て引《ひ》きぎみになっている自分《じぶん》たちも滑稽《こっけい》だったし。

で、ぷっと噴《ふ》き出《だ》してしまった。

すると小塚君《こづかくん》も笑《わら》い出《だ》し、翼《たすく》や黒木君《くろきくん》が続《つづ》く。

部屋《へや》の中《なか》はすっかり和《なご》やかな雰囲気《ふんいき》になり、若武《わかたけ》や上杉君《うえすぎくん》も引《ひ》き込《こ》まれたらしく、いつもの表情《ひょうじょう》を取《と》り戻《もど》した。

「練習《れんしゅう》は中止《ちゅうし》になったし、」

若武《わかたけ》が勢《いきお》いよく言《い》った。

「寮《りょう》に保健所《ほけんじょ》が入《はい》って検査《けんさ》を行《おこな》うらしくって、大浴場《だいよくじょう》はもちろん廊下《ろうか》のシャワーも使《つか》えないんで、合宿自体《がっしゅくじたい》も中止《ちゅうし》、解散《かいさん》が決《き》まった。」

そうなんだ。

「今日《きょう》、帰《かえ》りのバスが出《で》るらしい。皆《みんな》、どうせ来《き》たんだから観光《かんこう》していきたいようだったけど、風呂《ふろ》ナシの寮《りょう》じゃ泊《と》まる気《き》になれないし、ホテルじゃ金《かね》がかかる。涙《なみだ》を呑《の》んでトンボ返《がえ》りなんだ。けど俺《おれ》たち探偵《たんてい》チームＫＺ《カッズ》には事件《じけん》があるし、こんな広《ひろ》い館《やかた》もある。七鬼《ななき》、俺《おれ》たちの部屋《へや》、用意《ようい》してくれよ。」

忍《しのぶ》は素直《すなお》に立《た》ち上《あ》がり、館内電話《かんないでんわ》を取《と》り上《あ》げた。

「友人《ゆうじん》が6人《にん》、ここに泊《と》まる事《こと》になった。準備《じゅんび》を頼《たの》む。」

それだけ言《い》って、アッサリ電話《でんわ》を切《き》る。

「承《うけたまわ》りましたって返事《へんじ》してたから、大丈夫《だいじょうぶ》だと思《おも》う。」

もしこれが私《わたし》んちで、6人《にん》もが急《きゅう》に泊《と》まるなんて事《こと》になったら、ママはきっとわめき散《ち》らすに違《ちが》いない。

そもそも6人《にん》も泊《と》まれるようなスペース自体《じたい》がないし。

う〜む、シミジミと七鬼家《なきけ》の豊《ゆた》かさを感《かん》じる。

「よし、これでじっくり事件《じけん》に取《と》り組《く》めるぞ。アーヤっ！」

はい？

「ここまでの流《なが》れを整理《せいり》してくれ。あっとその前《まえ》に、七鬼《なき》、俺《おれ》と黒木《くろき》に椅子《いす》を。」

忍《しのぶ》が立《た》ち上《あ》がり、またも館内電話《かんないでんわ》を取《と》り上《あ》げる。

それを見《み》ながら若武《わかたけ》は、小塚君《こづかくん》のお皿《さら》に残《のこ》っていたギモーヴをつかみ上《あ》げ、あっという間《ま》に口《くち》の中《なか》に放《ほう》り込《こ》んだ。

「ついでに俺《おれ》たちの昼飯《ひるめし》も頼《たの》むぜ。」

モグモグしている若武《わかたけ》を、小塚君《こづかくん》はじいっと見《み》つめ、とても悲《かな》しそうだった。

きっとあれは、最後《さいご》に食《た》べようと思《おも》って残《のこ》しといた、お気《き》に入《い》りのギモーヴだったのに違《ちが》いない。

「若武《わかたけ》、あなたの昼食《ちゅうしょく》が来《き》たら、小菓子《こがし》のギモーヴ、小塚君《こづかくん》にあげなさいよね。」

私《わたし》はそう言《い》ったけれど、結局《けっきょく》、小塚君《こづかくん》はギモーヴを食《た》べる事《こと》ができなかった。

なぜなら私《わたし》たちの昼食《ちゅうしょく》を作《つく》ったシェフが、その後《ご》お昼休《ひるやす》みに入《はい》ってしまったとかで、若武《わかたけ》と黒木君《くろきくん》には、隆久《たかひさ》さんのお手製《てせい》だという、ものすごく不格好《ぶかっこう》なオニギリが与《あた》えられただけだったんだ。

「俺《おれ》は男《おとこ》だ、食《た》べ物《もの》に不平《ふへい》は言《い》わん。食《た》べられさえすればいい。」

若武《わかたけ》は、持《も》ち込《こ》まれた椅子《いす》に座《すわ》り、オニギリを片手《かたて》に私《わたし》を見《み》た。

「さっさと発表《はっぴょう》しろよ。」

ハイハイ。

私《わたし》は事件《じけん》ノートを引《ひ》っくり返《かえ》し、今《いま》までの流《なが》れに目《め》を通《とお》した。

「えっと、『かがやきの黒《くろ》アゲハ事件《じけん》』として最初《さいしょ》に設定《せってい》した5つの謎《なぞ》は、すべて解決《かいけつ》しています。」

若武《わかたけ》は、呆気《あっけ》にとられたような顔付《かおつ》きになる。

「じゃこの事件《じけん》、終《お》わってるじゃないか。」

私《わたし》はキッパリと首《くび》を横《よこ》に振《ふ》った。

「謎《なぞ》は解《と》けていますが、代《か》わりに大《おお》きな問題《もんだい》が出《で》てきています。それは、この『かがやきの黒《くろ》アゲハ事件《じけん》』は、一体《いったい》、なんの事件《じけん》だったのかという事《こと》です。」

若武《わかたけ》は、理解不能《りかいふのう》だと言《い》いたげな表情《ひょうじょう》で、クチャクチャッと髪《かみ》を掻《か》き上《あ》げた。

「今《いま》さら、ややっこしい事《こと》、言《い》い出《だ》すなよ。」

まぁ私《わたし》も、そうは思《おも》うけどね・・・でも今回《こんかい》は事件《じけん》の肝心《かんじん》な所《ところ》が見《み》えないまま、若武《わかたけ》が、忍《しのぶ》は拉致監禁《らちかんきん》されたんだって言《い》い張《は》ったから、皆《みな》でそっちに向《む》かって走《はし》ったんだよ。

で、5つの謎《なぞ》が解《と》けて、忍《しのぶ》の拉致監禁《らちかんきん》については解決《かいけつ》した。

だから最初《さいしょ》に設定《せってい》した事件《じけん》としては、確《たし》かに終《お》わってるんだ。

事件《じけん》というよりは、ただの間違《まちが》いだったんだけどね。

残《のこ》っているのは、最《もっと》も大事《だいじ》な部分《ぶぶん》、つまり中核《ちゅうかく》。

「この『かがやきの黒《くろ》アゲハ事件《じけん》』は、設定《せってい》し直《なお》す必要《ひつよう》があります。七鬼調査員《ななきちょうさいん》が拉致監禁《らちかんきん》されているというのは間違《まちが》いだったし、黒《くろ》アゲハを遣《つか》わしたと思《おも》われる七鬼調査員《ななきちょうさいん》の友人《ゆうじん》、鷹羽恵斗《たかはけいと》が行方不明《ゆくえふめい》となっているからです。これについては七鬼調査員《ななきちょうさいん》が事情《じじょう》を知《し》っていると思《おも》われるので、まず話《はなし》を聞《き》き、それに基《もと》づいて新《あら》たに謎《なぞ》を設《もう》けた後《あと》、解決《かいけつ》に向《む》かって力《ちから》を尽《つ》くせば鷹羽恵斗《たかはけいと》を見《み》つけ出《だ》せるのではないかと考《かんが》えます。」

私《わたし》の声《こえ》に重《かさ》ねるように、皆《みんな》の手《て》が挙《あ》がった。

「賛成《さんせい》。」

「異議《いぎ》なし。」

おお全員《ぜんいん》だっ！

なんと・・・若武《わかたけ》まで、しっかり手《て》を挙《あ》げていた。

それで皆《みんな》が、なんだ、こいつ、と言《い》いたげな目《め》を若武《わかたけ》に向《む》けたんだ。

けど若武《わかたけ》は、蛙《かえる》の面《つら》に水《みず》。

蛙《かえる》の面《つら》に水《みず》というのは、少《すこ》しも動《どう》じないって諺《ことわざ》だよ。

どんな扱《あつか》いをされても平気《へいき》でいるから図々《ずうずう》しいとか、あきれ返《かえ》るっていうニュアンスも、多少《たしょう》入《はい》っている。

同《おな》じ意味《いみ》の言葉《ことば》だと、馬《うま》の耳《みみ》に念仏《ねんぶつ》、暖簾《のれん》に腕押《うでお》し、糠《ぬか》に釘《くぎ》、なんかがあるかな。

「そもそも拉致監禁《らちかんきん》なんて言《い》い出《だ》して、調査《ちょうさ》をミスリードしたのは、誰《だれ》なんだ。」

冷凍光線《れいとうこうせん》のような上杉君《うえすぎくん》の視線《しせん》を受《う》けながら、若武《わかたけ》は、コホンと咳払《せきばら》いした。

「では、七鬼《ななき》の話《はなし》を聞《き》こう。」

あ、誤魔化《ごまか》したっ！

私《わたし》がにらんでいると、黒木君《くろきくん》がなだめるような微笑《ほほえ》みをこちらに向《む》けた。

「その前《まえ》に、俺《おれ》が頼《たの》まれてた田原琴音《たはらことね》の調査《ちょうさ》だけどね、だいたいの所《ところ》がわかったよ。」

それは、とても重大《じゅうだい》な報告《ほうこく》のように思《おも》われたので、私《わたし》はきちんとメモしなければならず、しかたなく若武《わかたけ》をにらむのをあきらめた。

「田原琴音《たはらことね》の母親《ははおや》、満智子《まちこ》は死《し》んだ宮司《ぐうじ》、鷹羽勝一《たかはかついち》の妹《いもうと》だ。」

あ、気比《けひ》メンテナンスに勤《つと》めてるって人《ひと》だよね。

「夫《おっと》とは離婚《りこん》、子供《こども》が2人《ふたり》いて、それが琴音《ことね》とその兄《あに》、この2人《ふたり》は恵斗《けいと》の従兄妹《いとこ》に当《あ》たる。」

人物《じんぶつ》が多《おお》くなってきたので、私《わたし》はノートに系図《けいず》を書《か》いておく事《こと》にした。

まず宮司《ぐうじ》〈鷹羽勝一《たかはかついち》〉の名前《なまえ》を書《か》き、そこから横《よこ》に線《せん》を伸《の》ばして〈妻《つま》〉。

その2人《ふたり》の間《あいだ》から縦《たて》に線《せん》を引《ひ》いて、〈息子《むすこ》・恵斗《けいと》〉。

次《つぎ》に〈鷹羽勝一《たかはかついち》〉の隣《となり》に〈弟《おとうと》・勝二《かつじ》〉と〈妹《いもうと》・田原満智子《たはらまちこ》〉と書《か》いた。

そして満智子《まちこ》から横《よこ》に線《せん》を書《か》いて〈夫《おっと》〉、その線《せん》にバツを入《い》れて離婚《りこん》と書《か》き添《そ》える。

その2人《ふたり》の間《あいだ》から縦《たて》に線《せん》を引《ひ》いて、〈兄《あに》〉と〈琴音《ことね》〉。

「最近《さいきん》の恵斗《けいと》の様子《ようす》を聞《き》こうと思《おも》って、琴音《ことね》を呼《よ》んどいたんだ。気比金崎神社《けひかなさきじんじゃ》の境内《けいだい》には、代々《だいだい》の宮司《ぐうじ》が住《す》む家《いえ》があるんだけど、」

翼《たすく》が素早《すばや》く割《わ》り込《こ》んだ。

「社家《しゃけ》だね。」

小塚君《こづかくん》が私《わたし》を見《み》る。

「社家《しゃけ》って？」

私《わたし》は、早《はや》く忍《しのぶ》の話《はなし》の先《さき》を聞《き》きたかったので、簡単《かんたん》に説明《せつめい》した。

「神職《しんしょく》を世襲《せしゅう》する家柄《いえがら》や、その神主《かんぬし》の事《こと》。」

小塚君《こづかくん》は、意外《いがい》そうな顔《かお》をする。

「へぇそうなんだ。言葉《ことば》って、音《おと》から意味《いみ》が想像《そうぞう》できるものが結構《けっこう》あるけど、社家《しゃけ》はできにくいね。なんだろうって思《おも》うよ。」

私《わたし》は適当《てきとう》に頷《うなず》いてから、忍《しのぶ》に向《む》かって先《さき》を話《はな》すようにうながした。

「恵斗《けいと》は、その社家《しゃけ》の家《いえ》に住《す》んでる。で、同《おな》じ敷地内《しきちない》にある離《はな》れに、田原一家《たはらいっか》が暮《く》らしてるんだ。」

お隣《となり》さんだったら、色々《いろいろ》と詳《くわ》しいはずだよね。

「琴音《ことね》は今《いま》、別棟《べつむね》の控《ひか》えの間《ま》に来《き》ている。」

参考人《さんこうにん》として、後《あと》で話《はなし》を聞《き》きたいな。

でもその前《まえ》に、まず忍《しのぶ》に話《はな》してもらわなくっちゃ。

「では七鬼《ななき》、今回《こんかい》の事情《じじょう》を話《はな》してくれ。」

若武《わかたけ》の声《こえ》を聞《き》きながら、私《わたし》はシャープペンを握《にぎ》りしめた。

「その前《まえ》にさぁ、」

今度《こんど》は上杉君《うえすぎくん》が口《くち》を開《ひら》き、私《わたし》は思《おも》わず、えーい、横槍《よこやり》を入《い》れるな！　と叫《さけ》びそうになってしまった。

横槍《よこやり》を入《い》れるっていうのは、横《よこ》から口《くち》を出《だ》すという意味《いみ》で、第三者《だいさんしゃ》が干渉《かんしょう》する事《こと》。

差《さ》し出口《でぐち》を挟《はさ》むとか、嘴《くちばし》を入《い》れる、ともいうけどね。

「アーヤ、シャープペンの芯《しん》、バキバキ折《お》るんじゃない。」

あ、つい、イラッとしちゃって。

だって肝心《かんじん》の話《はなし》が始《はじ》まるって時《とき》に、さっきは黒木君《くろきくん》が遮《さえぎ》り、次《つぎ》に翼《たすく》、さらに小塚君《こづかくん》、そして今《こん》度《ど》は上杉君《うえすぎくん》まで。

一体《いったい》いつになったら、事件《じけん》の全貌《ぜんぼう》を聞《き》けるんだよぉ・・・。

でも私《わたし》がそう言《い》ったら、上杉君《うえすぎくん》がものすごく冷《つめ》たい目《め》でこっちを見《み》るに違《ちが》いなかったから、なんとか自分《じぶん》をなだめたんだ。

落《お》ち着《つ》け、私《わたし》、落《お》ち着《つ》くんだ、どぅどぅどぅ。

「七鬼《なぎ》、さっきの祈禱《きとう》の結果《けっか》、どうだったんだ？」

上杉君《うえすぎくん》のその言葉《ことば》に、私《わたし》はハッとした。

あ、そういえばそうだ。

行方不明《ゆくえふめい》の恵斗君《けいとくん》がどこにいるのかわかれば、事件《じけん》の解決《かいけつ》は早《はや》くなるんだ。

ああ上杉君《うえすぎくん》、正《ただ》しい横槍《よこやり》だったね、ごめん。

「恵斗《けいと》と話《はな》せた訳《わけ》？」

忍《しのぶ》は目《め》を伏《ふ》せ、首《くび》を横《よこ》に振《ふ》った。

「恵斗《けいと》の念《ねん》をとらえられないんだ、かすか過《す》ぎて。」

え・・・それ、どーいう事《こと》？

「たぶん生命力《せいめいりょく》が弱《よわ》くなってるんだと思《おも》う。」

大変《たいへん》だ、早《はや》く見《み》つけないと。

「近《ちか》くにいるって事《こと》までは、わかったんだけど。」

とっさに若武《わかたけ》が立《た》ち上《あ》がり、身《み》をかがめて椅子《いす》の下《した》をのぞき込《こ》んだ。

「おらんぞ。」

あのねぇ、〈近《ちか》く〉という言葉《ことば》は主観的《しゅかんてき》なものなんだよ。

それを発《はっ》した本人《ほんにん》の感覚《かんかく》によって違《ちが》ってくるんだ。

そう言《い》おうとした私《わたし》の前《まえ》で、小塚君《こづかくん》が閉口《へいこう》したような顔《かお》で口《くち》を開《ひら》く。

「若武《わかたけ》・・・よく聞《き》いてね。例《たと》えば野生《やせい》のクマにとっては、近《ちか》いというと、半径《はんけい》100メートルから300メートルの範囲内《はんいない》の事《こと》だよ。」

若武《わかたけ》は忌々《いまいま》しそうに立《た》ち上《あ》がった。

「近《ちか》くにいるって言《い》ったのは七鬼《ななき》だ。クマじゃねーだろ。」

忍《しのぶ》が溜《た》め息《いき》をつく。

「修験者《しゅげんじゃ》が使《つか》う場合《ばあい》は、ほぼ10里以内《りいない》だ。」

えっと、里《り》というのは確《たし》か昔《むかし》の単位《たんい》で、キロメートルに直《なお》すと、えっと・・・。

シャープペンを握《にぎ》りしめたまま私《わたし》がモタモタしていると、上杉君《うえすぎくん》が素早《すばや》くつぶやいた。

「1里《り》は、尺貫法《しゃっかんほう》の長《なが》さの単位《たんい》。ほぼ4キロ弱《じゃく》。」

ありがとう。

数字《すうじ》をメモしておきたかったので、私《わたし》はすぐ計算《けいさん》してみた。

すると10里《り》は、なんと40キロ弱《じゃく》！

どこが近《ちか》いんだよぉ・・・。

「尺貫法《しゃっかんほう》は、」

若武《わかたけ》が言《い》わずにいられないといった表情《ひょうじょう》で口《くち》を出《だ》す。

「現在《げんざい》は、計量法第《けいりょうほうだい》8条《じょう》および第《だい》173条《じょう》で取引《とりひき》や証明《しょうめい》での使用《しよう》を禁止《きんし》されている。違反《いはん》すると、50万以下《まんいか》の罰金《ばっきん》。」

はいはい。

「では七鬼《ななき》、」

若武《わかたけ》が3度目《どめ》となるセリフを口《くち》にしかかったので、私《わたし》は筆記《ひっき》する体勢《たいせい》を取《と》りながら、今度《こんど》こそ邪魔《じゃま》が入《はい》らないように皆《みんな》をにらみ回《まわ》した。

誰《だれ》も何《なに》も言《い》うんじゃないぞ、言《い》ったら怒《おこ》るからね。

「おまえの話《はなし》を聞《き》こう。」

私《わたし》のにらみがきいたのか、皆《みな》は大人《おとな》しく、忍《しのぶ》の話《はなし》に耳《みみ》を傾《かたむ》けた。

12　切《き》れた電話《でんわ》

「昨日《きのう》の事《こと》だ。」

そう言《い》いながら忍《しのぶ》は、両腕《りょううで》をテーブルに置《お》き、指《ゆび》を組《く》み合《あ》わせた。

長《なが》いんだよね、指《ゆび》。

爪《つめ》も幅《はば》が細《ほそ》くて、縦長《たてなが》で、すごくきれいなんだ。

手《て》入《い》れしてるのかなぁ。

私《わたし》は思《おも》わず両手《りょうて》を握《にぎ》り、なんの手《て》入《い》れもしてない自分《じぶん》の爪《つめ》を隠《かく》してしまった。

「恵斗《けいと》から電話《でんわ》がかかってきたんだ。あいつ結構《けっこう》、寂《さび》しがり屋《や》で、用事《ようじ》がなくても時々《ときどき》、電話《でんわ》してくるから。俺《おれ》たち神《かみ》の兄弟《きょうだい》だし。」

ふむ。

「最初《さいしょ》は普通《ふつう》にダべってたんだけど、そのうちに明日《あした》金沢《かなざわ》に来《く》るんだよなって言《い》われた。前《まえ》にその話《はなし》をした事《こと》があったんだ。」

ふむふむ。

「『かがやき』の金沢着《かなざわちゃく》の時刻《じこく》を話《はな》すと、僕《ぼく》と会《あ》う時間《じかん》を取《と》ってくれ、見《み》てもらいたい物《もの》があるんだ、って言《い》うんで、オーケイして、何《なに》？　って聞《き》いたら、その答《こた》えが、たぶんマジ、」

マジ？

「そこでいきなり電話《でんわ》が切《き》れたんだ。いつも途中《とちゅう》で切《き》るようなヤツじゃないのに。」

むっ、事件《じけん》の予感《よかん》！

「で、こっちからかけ直《なお》したんだけど、つながらない。電源《でんげん》が入《はい》っていないか、電波《でんぱ》の届《とど》かない所《ところ》にいるか、ってガイダンスが流《なが》れるばっかだった。ついさっきまで電話《でんわ》してたのに。」

むむっ、ますます怪《あや》しいムード。

「それっきりだ。まるで音信不通《おんしんふつう》。今朝《けさ》も何度《なんど》か電話《でんわ》して、『かがやき』の中《なか》からもかけたんだけど、てんでダメ。で祈禱《きとう》したら、この近《ちか》くにいるって事《こと》だけはわかった。」

ほぼ半径《はんけい》40キロ以内《いない》だったよね、全然近《ぜんぜんちか》くないし・・・。

「俺《おれ》から話《はな》せる事《こと》は、それで全部《ぜんぶ》。」

ああ情報《じょうほう》が少《すく》ない。

「たぶんマジ、って言葉《ことば》、謎《なぞ》だね。」

小塚君《こづかくん》が首《くび》を傾《かし》げた。

「マジって、僕《ぼく》らが普通《ふつう》に使《つか》ってる〈マジ〉の事《こと》だよね。」

きっとそうだよ、本当《ほんとう》とか、本気《ほんき》、真剣《しんけん》って意味《いみ》で、真面目《まじめ》っていう言葉《ことば》の最初《さいしょ》と2番目《ばんめ》の文字《もじ》を取《と》ったという説《せつ》もある。

今回《こんかい》の場合《ばあい》、それに〈たぶん〉が付《つ》いていたから、高《たか》い確率《かくりつ》で本当《ほんとう》とか、たぶん本気《ほんき》って意味《いみ》になるんだろうけど、はて・・・？

「何《なに》がマジなんだろ？」

う〜む、わからないな。

「簡単《かんたん》だ。」

若武《わかたけ》が、こんな事《こと》も理解《りかい》できないのかと言《い》わんばかりの自信《じしん》たっぷりの顔《かお》で、全員《ぜんいん》を見回《みまわ》す。

「話《はなし》の流《なが》れからして、恵斗《けいと》が七鬼《ななき》に見《み》せたかった物《もの》、それが〈たぶんマジ〉、なんだ。」

上杉君《うえすぎくん》が、呆《あき》れたような目《め》を若武《わかたけ》に向《む》けた。

「だから、その〈たぶんマジ〉って、なんなんだ。」

若武《わかたけ》は説明《せつめい》するつもりだったらしく、口《くち》を開《ひら》きかけ、ハッと気《き》が付《つ》いたように息《いき》を呑《の》んだ。

「よく考《かんが》えたら、まるっきりわからん。」

さっきは随分《ずいぶん》、偉《えら》そうにしてたくせに、ふん。

「はっきりしてるのは、」

忍《しのぶ》が体《からだ》を起《お》こしながら、両腕《りょううで》を頭《あたま》の後《うし》ろで組《く》んだ。

「恵斗《けいと》は俺《おれ》に何《なに》かを見《み》せたかった、って事《こと》だけだ。」

となると、〈たぶんマジ〉の後《うし》ろには、その物《もの》の名前《なまえ》が続《つづ》くはずだったんだよね。

「現状《げんじょう》じゃ特定《とくてい》は無理《むり》だね。手《て》がかりが少《すく》なすぎる。」

そう言《い》った黒木君《くろきくん》に、翼《たすく》が言《い》わずもがなの笑顔《えがお》を向《む》けた。

「ここは、田原琴音《たはらことね》の出番《でばん》でしょ。」

そうだね、恵斗君《けいとくん》について色々話《いろいろはな》してもらえば、そこから〈たぶんマジ〉の手《て》がかりが出《で》てくるかも。

「ちょっと待《ま》て。」

上杉君《うえすぎくん》が片手《かたて》をテーブルに乗《の》せる。

「皆《みんな》、普通《ふつう》にスルーしてっけどさ、」

それでいいのかと言《い》いたげに、人指《ひとさ》し指《ゆび》でトントンとテーブルを叩《たた》いた。

「恵斗《けいと》がどこにもいないんだったら、警察《けいさつ》に届《とど》けないとマズいんじゃないのか。七鬼《なき》が話《はな》した状況《じょうきょう》を考《かんが》えれば、ただの行方不明《ゆくえふめい》っていうより、特異行方不明《とくいゆくえふめい》だぜ。」

小塚君《こづかくん》が私《わたし》を見《み》る。

「特異行方不明《とくいゆくえふめい》って？」

それは法律用語《ほうりつようご》で、そのジャンルは、私《わたし》もあまり詳《くわ》しくなかった。

なので、私《わたし》たちはそろって若武《わかたけ》の方《ほう》に目《め》をやったんだ。

なんといっても法律《ほうりつ》のエキスパートだから。

若武《わかたけ》は得意満面《とくいまんめん》、意気揚々《いきようよう》と説明《せつめい》する。

「特異行方不明《とくいゆくえふめい》というのは、直前《ちょくぜん》の行動《こうどう》などに照《て》らして身体《しんたい》や生命《せいめい》に危険《きけん》が及《およ》ぶ恐《おそ》れのある行方《ゆくえ》不明《ふめい》の事《こと》だ。国家公安委員会規則第《こっかこうあんいいんかいきそくだい》13号《ごう》により、行方不明者《ゆくえふめいしゃ》に係《かか》る届《とど》け出《で》を受《う》けた警察署長《けいさつしょちょう》が判《はん》断《だん》する。」

そうなんだ。

「ちなみに今回《こんかい》の場合《ばあい》、行方不明者届《ゆくえふめいしゃとどけ》を出《だ》せるのは、恵斗《けいと》の母親《ははおや》か、あるいは親族《しんぞく》の誰《だれ》かだ。」

黒木君《くろきくん》が苦笑《くしょう》した。

「警察《けいさつ》には、あまりいいイメージないから、俺《おれ》としては関《かか》わりたくないね。」

同感《どうかん》！

威張《いば》ってるし、私《わたし》たちを子供扱《こどもあつか》いして邪魔《じゃま》にするわりには、自分《じぶん》たちは結構《けっこう》トロいし、私《わたし》たちの手柄《てがら》を横取《よこど》りするんだもの。

「俺《おれ》も警察《けいさつ》は嫌《きら》いだ。」

若武《わかたけ》がキッパリと言《い》った。

「届《とど》けを出《だ》すかどうかは家族《かぞく》に任《まか》せといて、俺《おれ》たちは、この事件《じけん》を追《お》おう。今《いま》のところ、謎《なぞ》は4つだ。謎《なぞ》1、恵斗《けいと》の言《い》い残《のこ》した〈たぶんマジ〉の意味《いみ》は何《なに》か。謎《なぞ》2、恵斗《けいと》の電話《でんわ》はなぜ途中《とちゅう》で切《き》れたのか。謎《なぞ》3、恵斗《けいと》は何《なに》を見《み》せようとしていたのか。謎《なぞ》4、恵斗《けいと》は今《いま》どこにいるのか。」

私《わたし》は、セッセセッセと、それをメモした。

「拉致監禁《らちかんきん》されてるのかも知《し》れないな。」

若武《わかたけ》がそう言《い》ったとたん、上杉君《うえすぎくん》がものすごく嫌《いや》な顔《かお》をした。

「またかよ。」

私《わたし》も同《おな》じ気持《きも》ちだった。

だって、ちょっと前《まえ》に若武《わかたけ》が主張《しゅちょう》した忍《しのぶ》の拉致監禁説《らちかんきんせつ》には、相当振《そうとうふ》り回《まわ》されたんだもの。

「とにかく控《ひか》えの間《ま》で待《ま》っている田原琴音《たはらことね》に会《あ》ってくる。」

忍《しのぶ》が、カタンと椅子《いす》の音《おと》をさせて立《た》ち上《あ》がった。

「そしたら謎《なぞ》のいくつかは、解決《かいけつ》するかも知《し》れない。」

それを聞《き》きながら私《わたし》は思《おも》ったんだ、謎《なぞ》は増《ふ》えるかも知《し》れないって。

だって今《いま》までずっとそうだった。

謎《なぞ》って、調査《ちょうさ》が進《すす》むにつれて自然増殖《しぜんぞうしょく》するものなんだ。

「話《はなし》を聞《き》いたらすぐ戻《もど》るから、ゆっくりしててくれ。」

忍《しのぶ》は館内電話《かんないでんわ》を取《と》り上《あ》げ、田原琴音《たはらことね》を御座《ござ》の間《ま》に移動《いどう》させてくれるよう頼《たの》んでから、部屋《へや》を出《で》ていった。

その後《うし》ろを、若武《わかたけ》がこっそりついていき、やがて戻《もど》ってくる。

「御座《ござ》の間《ま》は、廊下《ろうか》の突《つ》き当《あ》たりだ。」

きれいな2つの目《め》に、鋭《するど》い光《ひかり》を瞬《また》かせながら私《わたし》たちを見回《みまわ》す。

「七鬼《ななき》1人《ひとり》じゃ心許《こころもと》ない。なにしろ、あいつは天然《てんねん》だ。大事《だいじ》な事《こと》をスルーしたり、突拍子《とっぴょうし》もない事《こと》を言《い》い出《だ》したりしかねん。」

うむ、言《い》える。

「皆《みな》で手分《てわ》けして、御座《ござ》の間《ま》での会話《かいわ》を立《た》ち聞《ぎ》きしよう。そんで総合的《そうごうてき》に判断《はんだん》するんだ。部屋《へや》の内部《ないぶ》は、こうなってる。」

若武《わかたけ》はスマートフォンを出《だ》し、胸《むね》に差《さ》していたスタイラスペンを引《ひ》き抜《ぬ》いて、画面《がめん》に見取《みと》り図《ず》を描《か》いた。

「部屋《へや》の東《ひがし》と南《みなみ》、西《にし》の3方向《ほうこう》は障子《しょうじ》、残《のこ》りの1方向《ほうこう》は板戸《いたど》。部屋《へや》の中《なか》の設《しつら》えは、床《とこ》の間《ま》、出書《でしょ》院《いん》、脇棚《わきだな》と地袋《じぶくろ》だけだ。これらの裏手《うらて》は納戸《なんど》。」

翼《たすく》がスマートフォンの上《うえ》に身《み》を乗《の》り出《だ》す。

「へえ、数寄屋造《すきやづく》りだ。」

押《お》し入《い》れとか、ないのね。

「よって、身《み》を隠《かく》して話《はなし》を聞《き》ける場所《ばしょ》は天井裏《てんじょううら》、それと板戸《いたど》の後《うし》ろだけだ。障子《しょうじ》だと影《かげ》が映《うつ》るからな。体重《たいじゅう》の軽《かる》い俺《おれ》と上杉《うえすぎ》が天井《てんじょう》に上《のぼ》る。美門《みかど》は板戸《いたど》の裏《うら》にひそんで匂《にお》いをチェックだ。小塚《こづか》は、その補助《ほじょ》。黒木《くろき》とアーヤは見張《みは》りだ。誰《だれ》かが近《ちか》づいたらうまく追《お》い払《はら》え。」

わかった、頑張《がんば》るよ。

「行《い》くぞっ！」

若武《わかたけ》の号令《ごうれい》で、私《わたし》たちは御月見《おつきみ》の間《ま》を出《で》て、池《いけ》に面《めん》した廊下沿《ろうかぞ》いに歩《ある》いた。

その突《つ》き当《あ》たりが御座《ござ》の間《ま》の板戸《いたど》で、廊下《ろうか》はそこから左《ひだり》に曲《ま》がり、池《いけ》に沿《そ》って続《つづ》いている。

若武《わかたけ》は、板戸《いたど》が開《ひら》く事《こと》を確認《かくにん》してから翼《たすく》と小塚君《こづかくん》を振《ふ》り返《かえ》った。

「この向《む》こうが御座《ござ》の間《ま》だ。まだ七鬼《なきき》だけしかいない。田原琴音《たはらことね》が来《き》て話《はなし》が始《はじ》まったら、板戸《いたど》を少《すこ》し開《あ》けろ。」

2人《ふたり》が頷《うなず》くのを確認《かくにん》してから、私《わたし》の方《ほう》を向《む》く。

「黒木《くろき》とアーヤは、ここで美門《みかど》と小塚《こづか》が見《み》つからないように見張《みは》る。」

若武《わかたけ》の言葉《ことば》が終《お》わるやいなや、向《む》こうから足音《あしおと》が近《ちか》づいてきた。

角《かど》の柱《はしら》からそっとのぞいて見《み》れば、中年男性《ちゅうねんだんせい》に案内《あんない》されて田原琴音《たはらことね》が御座《ござ》の間《ま》に入《はい》っていくところだった。

いく分《ぶん》、緊張《きんちょう》しているように見《み》える。

その男性《だんせい》は部屋《へや》に入《はい》らず引《ひ》き返《かえ》していき、黒木君《くろきくん》がささやいた。

「俺《おれ》は、あっちの端《はし》で向《む》こうから来《く》る人間《にんげん》を見張《みは》る。アーヤは、御月見《おつきみ》の間《ま》の方《ほう》から来《く》る人間《にんげん》をチェックしてくれ。」

頷《うなず》く私《わたし》のそばで、若武《わかたけ》が親指《おやゆび》を立《た》て、庭《にわ》の松《まつ》を指《さ》す。

「上杉《うえすぎ》、あれ使《つか》おうぜ。いい枝《えだ》ぶりじゃん。」

上杉君《うえすぎくん》は無言《むごん》でそれに飛《と》び付《つ》き、ぶら下《さ》がると、体《からだ》を巻《ま》き上《あ》げて枝《えだ》の上《うえ》に立《た》ち上《あ》がった。

そのまま枝《えだ》を歩《ある》いていき、屋根《やね》の矢切《やぎ》りの近《ちか》くまで移動《いどう》すると、両手《りょうて》を伸《の》ばしてそこに嵌《は》まっていた格子《こうし》を外《はず》す。

中《なか》をのぞいてから、こちらに向《む》かってV《ブイ》サインを出《だ》した。

「お、入《はい》れそうだな。じゃ行《い》ってくる。」

若武《わかたけ》は私《わたし》にウィンクし、両手《りょうて》で松《まつ》によじ登《のぼ》る。

あっという間《ま》に上杉君《うえすぎくん》の近《ちか》くまで行《い》き、そこから2人《ふたり》で屋根《やね》の中《なか》に入《はい》っていった。

う〜ん、あざやかっ！

皆《みんな》、いつもカッコいいな。

私《わたし》も、あんなふうになりたい、どうしたらなれるんだろう。

やっぱ運動神経《うんどうしんけい》や反射神経《はんしゃしんけい》を鍛《きた》えるところからかな。

あ、その前《まえ》に筋肉《きんにく》のトレーニングだろうか。

あれこれと考《かんが》えていると、御座《ござ》の間《ま》から、忍《しのぶ》の声《こえ》が聞《き》こえた。

「呼《よ》び出《だ》して悪《わる》かったな。恵斗《けいと》について聞《き》きたいんだ。」

板戸《いたど》1枚隔《まいへだ》てた向《む》こうで話《はな》しているから、御月見《おつきみ》の間《ま》の近《ちか》くにいた私《わたし》にまで話《はなし》が筒抜《つつぬ》けっ！

鍵《かぎ》もかかっていないから、入《はい》ろうと思《おも》えば勝手《かって》に入《はい》っていけるし。

昔《むかし》の日本家屋《にほんかおく》って、プライバシーがまるで保護《ほご》されてなかったんだなぁ。

「昨日《きのう》、電話《でんわ》してたら切《き》れて、その後《ご》、連絡《れんらく》がつかないんだ。恵斗《けいと》がどうしてるのか、知《し》ってる

か。」

田原琴音《たはらことね》の声《こえ》がした。

「私《わたし》が最後《さいご》に会《あ》ったのは、昨日《きのう》の夕方《ゆうがた》、学校《がっこう》から帰《かえ》った時《とき》です。恵斗君《けいとくん》が家《いえ》から出《で》てくるところに出《で》くわしました。」

声《こえ》は硬《かた》い。

「ボディバッグをかけていて、1人《ひとり》でどこかに出《で》かける様子《ようす》でした。すれ違《ちが》った時《とき》に軽《かる》く挨拶《あいさつ》した程度《ていど》で、それ以降《いこう》は見《み》かけていません。」

忍《しのぶ》の声《こえ》が鋭《するど》くなる。

「今朝《けさ》は？」

「今朝《けさ》もです。最後《さいご》に見《み》たのは昨日《きのう》だって、今言《いまい》ったはずですけど。」

結構《けっこう》きつい言《い》い方《かた》だった。

でも忍《しのぶ》は天然《てんねん》、気《き》にもしない。

「恵斗《けいと》の行《い》く先《さき》に、心当《こころあ》たりは？」

「ありません。」

「恵斗《けいと》の友人《ゆうじん》の連絡先《れんらくさき》を教《おし》えてくれ。」

「私《わたし》は知《し》りません、学年違《がくねんちが》うし。」

あっさり答《こた》えて、琴音《ことね》さんは畳《たたみ》の音《おと》をさせた。

「私《わたし》がお話《はな》しできるのは、そのくらいです。もう帰《かえ》ってもいいですか？」

忍《しのぶ》は、かすかな笑《わら》い声《ごえ》を立《た》てた。

「まぁそう急《いそ》ぐな。座《すわ》れよ。恵斗《けいと》の家族《かぞく》について教《おし》えてくれ。」

琴音《ことね》さんは、まるでやる気《き》のなさそうな口調《くちょう》で説明《せつめい》を始《はじ》める。

「恵斗君《けいとくん》の父親《ちちおや》は宮司《ぐうじ》だった勝一《かついち》さんで、10日《とおか》ほど前《まえ》に事故死《じこし》しました。母親《ははおや》は典子《のりこ》さん、子供《こども》は恵斗君《けいとくん》1人《ひとり》、以上《いじょう》です。」

ああ簡単《かんたん》すぎる。

「両親《りょうしん》に、兄弟姉妹《きょうだいしまい》はいる？　それぞれの性格《せいかく》は？」

おっ、食《く》い下《さ》がった！

忍《しのぶ》、頑張《がんば》れ!!

「亡《な》くなった勝一《かついち》さんは、とても頭《あたま》がよく、鋭《するど》い人《ひと》でした。32代《だい》も続《つづ》く気比金崎神社《けひかなさきじんじゃ》の宮司《ぐうじ》なのでプライドが高《たか》く、家族《かぞく》や親族《しんぞく》にも厳《きび》しく当《あ》たったり、氏子《うじこ》の人《ひと》たちを見下《みくだ》したりする事《こと》もありました。妻《つま》の典子《のりこ》さんは大人《おとな》しい人《ひと》です。勝一《かついち》さんには弟《おとうと》と妹《いもうと》がいて、弟《おとうと》は勝二《かつじ》さんといい、勝一《かついち》さんの死後《しご》、気比《けひ》メンテナンスを継《つ》いでいます。妹《いもうと》は私《わたし》の母《はは》の満智子《まちこ》で、のんびり屋《や》です。一人息子《ひとりむすこ》の恵斗君《けいとくん》は成績《せいせき》がよく、明《あか》るくてスポーツもできる人気者《にんきもの》ですが、同級生《どうきゅうせい》の中《なか》には嫉妬《しっと》している子《こ》もいるようです。」

私《わたし》は、それらをしっかり書《か》き留《と》めた。

「恵斗《けいと》が最近《さいきん》、大事《だいじ》にしていた物《もの》や、関心《かんしん》を持《も》っていた物《もの》を知《し》っているか。」

「知《し》りません。」

「恵斗《けいと》がいなくなってひと晩《ばん》が過《す》ぎているが、行方不明者届《ゆくえふめいしゃとどけ》は出《だ》したのか。」

「今朝《けさ》、典子《のりこ》さんが警察《けいさつ》に行《い》くと言《い》っていましたから、出《だ》したと思《おも》います。もういいですか。用《よう》事《じ》があるので帰《かえ》りたいんですが。」

「わかった。ありがとう。」

最後《さいご》まで琴音《ことね》さんは硬《かた》い口調《くちょう》を崩《くず》さず、忍《しのぶ》の感謝《かんしゃ》の言葉《ことば》に返事《へんじ》もせずに出《で》ていった。

ふぅ、ハードな女子《じょし》。

そう思《おも》いながら見送《みおく》っていると、やがて忍《しのぶ》が板戸《いたど》を開《あ》け放《はな》ち、廊下《ろうか》に出《で》てきた。

部屋《へや》の中《なか》では、天井《てんじょう》の隅《すみ》の板《いた》を開《あ》けた上杉君《うえすぎくん》と若武《わかたけ》が、次々《つぎつぎ》と飛《と》び降《お》りてくる。

板戸《いたど》の脇《わき》にいた翼《たすく》と小塚君《こづかくん》や、廊下《ろうか》の端《はし》にいた黒木君《くろきくん》も戻《もど》ってきた。

「美門《みかど》、田原琴音《たはらことね》の匂《にお》い覚《おぼ》えたか？」

若武《わかたけ》に聞《き》かれて、翼《たすく》はV《ブイ》サイン。

「バッチリ。」

若武《わかたけ》は、よし、というように頷《うなず》きながらも、落胆《らくたん》した息《いき》をついた。

「ショボい内容《ないよう》だったよな。皆《みな》で張《は》り込《こ》むほどの事《こと》はなかった。」

上杉君《うえすぎくん》も珍《めずら》しく若武《わかたけ》に同意《どうい》する。

「おまけに取《と》り付《つ》く島《しま》もないほど無愛想《ぶあいそ》な女《おんな》だった。」

忍《しのぶ》が唇《くちびる》の両端《りょうたん》を下《さ》げた。

「あいつ、何《なに》か隠《かく》してるぜ。」

え・・・。

13　謎《なぞ》が増《ふ》えていく

「目付《めつ》きや声《こえ》が不自然《ふしぜん》で、気持《きも》ちを抑《おさ》え付《つ》けている感《かん》じがアリアリだった。」

鋭《するど》いなぁ、私《わたし》、全然《ぜんぜん》わからなかった。

ハードな子《こ》のように感《かん》じたのは、そのせいかも知《し》れない。

私《わたし》は、事件《じけん》ノートにメモした琴音《ことね》さんの話《はなし》を読《よ》み返《かえ》した。

恵斗君《けいとくん》が夕方《ゆうがた》、外出《がいしゅつ》した事《こと》、事故死《じこし》した恵斗君《けいとくん》の父親勝一《ちちおやかついち》はプライドが高《たか》く、家族《かぞく》や親族《しんぞく》には厳《きび》しく、他人《たにん》をバカにしていた事《こと》、その妻典子《つまのりこ》は大人《おとな》しく、息子《むすこ》の恵斗君《けいとくん》は人気者《にんきもの》だが嫉妬《しっと》されている、勝一《かついち》の弟《おとうと》の勝二《かつじ》は気比《けひ》メンテナンスの社長《しゃちょう》になっており、妹《いもうと》は琴音《ことね》さんの母《はは》でのんびり屋《や》、典子《のりこ》は今朝警察《けさけいさつ》に行《い》くと言《い》っていた、それが話《はなし》の全容《ぜんよう》だった。

これら以外《いがい》に琴音《ことね》さんは何《なに》かを知《し》っていて、隠《かく》してるんだね。

「それ、謎《なぞ》5だな。」

若武《わかたけ》は、そこにメモしろというように人指《ひとさ》し指《ゆび》で私《わたし》の持《も》っているノートを指《さ》した。

「琴音《ことね》は何《なに》を隠《かく》しているのか、そしてその理由《りゆう》は何《なに》か。」

ああやっぱり謎《なぞ》が増《ふ》えていく。

「恵斗《けいと》は、夕方《ゆうがた》になってどこに出《で》かけたんだろう。」

小塚君《こづかくん》の疑問《ぎもん》に、翼《たすく》が肩《かた》をすくめた。

「友《とも》だちの誰《だれ》かと約束《やくそく》してたんじゃないの。」

私《わたし》は、ノートをめくりながら言《い》った。

「以前《いぜん》の七鬼調査員《ななきちょうさいん》の発言《はつげん》に、友人《ゆうじん》の家《いえ》を当《あ》たったけれど、どこにもいなかったし、誰《だれ》も姿《すがた》を見《み》てない、というのがあります。」

若武《わかたけ》が、ギンと翼《たすく》をにらみ付《つ》けた。

「メンバーの話《はなし》をよく聞《き》いてろよ。」

翼《たすく》は癪《しゃく》にさわったらしく、フンと横《よこ》を向《む》く。

すねた感《かん》じが、ちょっとかわいかった、ふふっ。

「七鬼《ななき》が自分《じぶん》で直接《ちょくせつ》、確認《かくにん》したのは、」

上杉君《うえすぎくん》が腕《うで》を組《く》み、壁《かべ》に寄《よ》りかかる。

「恵斗《けいと》がいない、家族《かぞく》の誰《だれ》も行《い》き先《さき》を知《し》らない、昨日《きのう》の夕方《ゆうがた》から姿《すがた》が見《み》えず、普段《ふだん》よく行《い》く場所《ばしょ》や友人《ゆうじん》の家《いえ》にもいないって事《こと》だけだろ。それらは琴音《ことね》が言《い》っていた、恵斗《けいと》が夕方《ゆうがた》1人《ひとり》で出《で》かけたってのとは、別《べつ》の事《こと》だ。」

うっ、観察《かんさつ》が細《こま》かいっ！

「恵斗《けいと》が１人《ひとり》で外出《がいしゅつ》した、というのは、はたして真実《しんじつ》か⁉」

上杉君《うえすぎくん》の目《め》には、澄《す》んだ光《ひかり》が浮《う》かんでいた。

まるで夜《よる》の湖面《こめん》に映《うつ》っている月《つき》みたいに静《しず》かに揺《ゆ》れていて、とてもきれいだった。

「何《なに》かを隠《かく》してる琴音《ことね》が、自分《じぶん》の目的《もくてき》のために、七鬼《なき》をミスリードしようとしてそう言《い》った可能《かのう》性《せい》があるだろ。」

思《おも》わず見惚《みと》れていると、小塚君《こづかくん》がこっちを見《み》た。

「ミスリードって、さっきも出《で》てたけど、何《なに》？」

ミスリードは、間違《まちが》いという意味《いみ》の〈ミス〉と、導《みちび》くという意味《いみ》の〈リード〉を合《あ》わせた言葉《ことば》で、間違《まちが》った方向《ほうこう》に向《む》かわせるって事《こと》だよ。

「ミスリードっていうのはね、」

説明《せつめい》しようとしている私《わたし》の声《こえ》を、押《お》しつぶすように若武《わかたけ》が怒鳴《どな》った。

「小塚《こづか》うるさい。今《いま》はそういう話《はなし》じゃないだろ。後《あと》にしろ。」

それで小塚君《こづかくん》はシュンとし、黙《だま》り込《こ》んでしまったのだった。

何《なに》よっ、ちょっとくらい横《よこ》にそれたっていいじゃないの。

「琴音《ことね》が何《なに》かを隠《かく》してるとすると、その言葉《ことば》全体《ぜんたい》が疑《うたが》わしくなるよな。」

若武《わかたけ》は、イライラしていた。

「せっかく事情《じじょう》がつかめてきたとこなのに、振《ふ》り出《だ》しかよ。」

黒木君《くろきくん》がなだめるような笑《え》みを浮《う》かべる。

「まぁ全部《ぜんぶ》が全部《ぜんぶ》、嘘《うそ》って事《こと》もないだろうから、基本情報《きほんじょうほう》としておいて、裏《うら》を取《と》りながら進《すす》めればいいよ。恵斗《けいと》の外出《がいしゅつ》については、謎《なぞ》6を立《た》てよう。恵斗《けいと》は本当《ほんとう》に1人《ひとり》で外出《がいしゅつ》したのか、したとすればどこに行《い》ったのか、だ。」

ああ、また増《ふ》えた。

イラッとする私《わたし》の前《まえ》で忍《しのぶ》が館内電話《かんないでんわ》の方《ほう》に歩《ある》いていくと、その電話台《でんわだい》の下《した》からノートパソコンを出《だ》し、何《なに》やら打《う》ち込《こ》み始《はじ》めた。

何《なに》やってんだろ?

「恵斗《けいと》の学校関係者《がっこうかんけいしゃ》も調《しら》べた方《ほう》がいいな。琴音《ことね》の話《はなし》によれば、恵斗《けいと》は同級生《どうきゅうせい》の嫉妬《しっと》を買《か》っていたって事《こと》だ。これは犯罪《はんざい》の動機《どうき》になる。誰《だれ》が、どういう理由《りゆう》で恵斗《けいと》に嫉妬《しっと》していたのか、恵斗《けいと》がいなくなった時間《じかん》に、そいつのアリバイはあるのか、だ。」

私《わたし》は、ノートに謎《なぞ》7、と書《か》いた。

学校《がっこう》では誰《だれ》が、どういう理由《りゆう》で恵斗《けいと》に嫉妬《しっと》していたのか、恵斗《けいと》がいなくなった時間《じかん》に、その人《じん》物《ぶつ》のアリバイはあるのか。

「もっと言《い》えば、だ。」

上杉君《うえすぎくん》が広《ひろ》げた片手《かたて》の中指《なかゆび》で、メガネの中央《ちゅうおう》を持《も》ち上《あ》げる。

「家族《かぞく》や親族《しんぞく》に厳《きび》しく、他人《たにん》をバカにしていたという恵斗《けいと》の父勝一《ちちかついち》は、家庭《かてい》の内外《ないがい》で恨みを買《か》っていた可能性《かのうせい》がある。10日《とおか》ほど前《まえ》に死《し》んでいるが、果《は》たして本当《ほんとう》に事故死《じこし》なのか。」

げっ、それもなのっ！

「家族《かぞく》や親族間《しんぞくかん》、つまり妻《つま》の典子《のりこ》や弟《おとうと》の勝二《かつじ》、妹《いもうと》の満智子《まちこ》との間《あいだ》でなんらかのトラブルがあったとか、氏子《うじこ》との間《あいだ》でもめ事《ごと》が起《お》きていたとか色々考《いろいろかんが》えられる。謎《なぞ》8だ、恵斗《けいと》の父《ちち》で宮司《ぐうじ》だった勝一《かついち》は、本当《ほんとう》に事故死《じこし》なのか。」

ああ、増《ふ》えるばっか。

「殺《ころ》されたとしたら、その死《し》によって気比《けひ》メンテナンスの社長《しゃちょう》の地位《ちい》を手《て》に入《い》れた弟《おとうと》の勝二《かつじ》に動機《どうき》があるでしょ。」

翼《たすく》がそう言《い》ったので、私《わたし》は謎《なぞ》8のそばにそれを書《か》き添《そ》えた。

黒木君《くろきくん》がクスクス笑《わら》う。

「アーヤ、うんざりしてるね。」

あ、顔《かお》に出《で》てたんだ。

あわてた私《わたし》が両手《りょうて》で頬《ほお》を覆《おお》うと、黒木君《くろきくん》は笑《え》みを広《ひろ》げた。

「悪《わる》いけど、俺《おれ》から、謎《なぞ》を1つ追加《ついか》だ。」

わーん、まだあるんだぁ・・・。

「さっき寮《りょう》に戻《もど》ったら、あそこの風呂場《ふろば》の出入《でい》り口《ぐち》に、施設管理業者《しせつかんりぎょうしゃ》の名前《なまえ》が貼《は》り出《だ》してあった。気比《けひ》メンテナンスだ。」

わっ！

「今《いま》は弟《おとうと》の勝二《かつじ》が社長《しゃちょう》だけど、レジオネラ感染《かんせん》を出《だ》すようじゃ、きちんとした管理《かんり》をしているとは思《おも》えない。小塚《こづか》、感染予防《かんせんよぼう》について説明《せつめい》してくれよ。」

小塚君《こづかくん》が頷《うなず》き、口《くち》を開《ひら》く。

「レジオネラ属菌《ぞくきん》の感染《かんせん》を防《ふせ》ぐためには、水道配管《すいどうはいかん》や設備《せつび》の点検《てんけん》が必須《ひっす》で、それに加《くわ》えて、感染《かんせん》源《げん》となる浴槽《よくそう》の側面《そくめん》や配管《はいかん》に付《つ》くバイオフィルムを取《と》りのぞかないとダメなんだ。さらに60度《ど》で5分《ふん》の殺菌《さっきん》が必要《ひつよう》。」

若武《わかたけ》が、自分《じぶん》を忘《わす》れるなと言《い》わんばかりに声《こえ》を張《は》り上《あ》げた。

「浴場《よくじょう》は、１９４８年《ねん》に成立《せいりつ》した公衆浴場法《こうしゅうよくじょうほう》に基《もと》づく都道府県《とどうふけん》の条例《じょうれい》により、湯船《ゆぶね》の湯《ゆ》の入《い》れ換《か》え時期《じき》が定《さだ》められている。循環式浴槽《じゅんかんしきよくそう》におけるレジオネラ症防止対策《しょうぼうしたいさく》マニュアルについては、健衛発第《けんえいはつだい》95号《ごう》だ。」

小塚君《こづかくん》から若武《わかたけ》へと渡《わた》った話《はなし》を、最後《さいご》に黒木君《くろきくん》が引《ひ》き取《と》ってまとめた。

「今回《こんかい》の感染《かんせん》から見《み》て、気比《けひ》メンテナンスはきちんとした維持管理《いじかんり》をしていなかったのに違《ちが》いない。謎《なぞ》9、弟勝二《おとうとかつじ》が社長《しゃちょう》になった気比《けひ》メンテナンス社内《しゃない》は、どんな様子《ようす》なのか、だ。」

あっという間《ま》に9つにもなった謎《なぞ》を見《み》つめて、私《わたし》は溜《た》め息《いき》。

うう、多《おお》い・・・。

「あのさ、」

電話台《でんわだい》の前《まえ》から忍《しのぶ》がこちらを振《ふ》り返《かえ》った。

「今《いま》、警察《けいさつ》のコンピュータに侵入《しんにゅう》して記録《きろく》の閲覧《えつらん》してたんだけど、」

うっ、犯罪行為《はんざいこうい》っ！

「恵斗《けいと》の行方不明者届《ゆくえふめいしゃとどけ》、出《で》てないぜ。」

げっ！

「面白《おもしろ》くなってきたじゃん。」

若武《わかたけ》がニヤッと笑《わら》う。

「謎《なぞ》10、恵斗《けいと》の母親典子《ははおやのりこ》は、警察《けいさつ》に行《い》きながらなぜ息子《むすこ》の行方不明者届《ゆくえふめいしゃとどけ》を出《だ》さなかったのか、だ。」

ああ、10個《こ》になっちゃった、シクシクシク。

「よし、任務《にんむ》を割《わ》り振《ふ》るぞ。」

若武《わかたけ》は、とてもうれしそうだった。

事件《じけん》が派手《はで》になったり、複雑《ふくざつ》になったりすればするほど、やる気《き》が出《で》るんだ。

時々《ときどき》は、わざと派手《はで》にしたりもするし・・・。

「恵斗《けいと》が行方不明《ゆくえふめい》になった理由《りゆう》に関連《かんれん》する謎《なぞ》1、謎《なぞ》2、謎《なぞ》3、それに謎《なぞ》7は、七鬼《ななき》と上杉《うえすぎ》、小塚《こづか》が担当《たんとう》する。学校《がっこう》に行《い》って友人《ゆうじん》を当《あ》たり、恵斗《けいと》の最近《さいきん》の様子《ようす》を探《さぐ》るんだ。」

忍《しのぶ》が目《め》をパチパチさせた。

「ガッコ、今《いま》、休《やす》みだぜ。」

若武《わかたけ》は手《て》を伸《の》ばし、忍《しのぶ》の後頭部《こうとうぶ》をスコーンと張《は》り倒《たお》す。

「部活《ぶかつ》くらいやってんだろ。もぐり込《こ》め。」

忍《しのぶ》は頭《あたま》をなでながら、小塚君《こづかくん》と顔《かお》を見合《みあ》わせた。

「もぐり込《こ》める？」

「無理《むり》だよ。他所者《よそもの》だから目立《めだ》ちすぎる。」

忍《しのぶ》は頷《うなず》き、若武《わかたけ》の方《ほう》を見《み》た。

「無理《むり》だって言《い》ってるけど。」

若武《わかたけ》は、噛《か》みつかんばかりにガウッと口《くち》を開《あ》ける。

「イチイチ俺《おれ》に報告《ほうこく》すんな。黙《だま》って工夫《くふう》しろ。」

口《くち》をつぐんだ忍《しのぶ》を見《み》て、上杉君《うえすぎくん》が言《い》った。

「謎《なぞ》1、2、3、7は、俺《おれ》と小塚《こづか》でやる。七鬼《ななき》には祈禱《きとう》させとけよ。信《しん》じる者《もの》は救《すく》われるだ。」

小塚君《こづかくん》が興味深《きょうみぶか》げな表情《ひょうじょう》になる。

「祈禱《きとう》で、延命《えんめい》できるの？」

忍《しのぶ》はキッパリ首《くび》を横《よこ》に振《ふ》った。

「できない。」

できないんだぁ・・・。

「けど、気《き》を送《おく》る事《こと》はできる。後《あと》は本人《ほんにん》の頑張《がんば》り次第《しだい》だ。」

じゃやっぱり祈禱《きとう》した方《ほう》がいいね。

「よし、」

若武《わかたけ》が踏《ふ》み切《き》るように言《い》った。

「謎《なぞ》1、2、3、7は、上杉《うえすぎ》と小塚《こづか》。七鬼《ななき》は祈禱《きとう》の続行《ぞっこう》だ。謎《なぞ》4、恵斗《けいと》の行方《ゆくえ》については美門《みかど》。七鬼《ななき》から恵斗《けいと》の匂《にお》いの付《つ》いたものを借《か》り、それを記憶《きおく》した後《あと》で鷹羽家《たかはけ》に行《い》って、そこから足取《あしど》りを追《お》う。ついでに謎《なぞ》6、恵斗《けいと》は本当《ほんとう》に1人《ひとり》で外出《がいしゅつ》したのか、したとすればどこに行《い》ったのか、についてもやっとけ。琴音《ことね》に関係《かんけい》する謎《なぞ》5は、アーヤだ。」

わっ！

「同性《どうせい》の方《ほう》が警戒《けいかい》されないだろ。」

まぁそうだけど、苦手《にがて》だなぁ、ああいうタイプ。

「謎《なぞ》8、謎《なぞ》9、謎《なぞ》10は、黒木《くろき》と俺《おれ》だ。死《し》んだ宮司《ぐうじ》の身辺《しんぺん》と事故死《じこし》の状況《じょうきょう》、気比《けひ》メンテナンス、および妻典子《つまのりこ》を調《しら》べる。」

役目《やくめ》の割《わ》り振《ふ》りを終《お》えて、若武《わかたけ》はグルッと私《わたし》たちを見回《みまわ》した。

「今回《こんかい》は、いつもと違《ちが》って土地勘《とちかん》のない場所《ばしょ》での調査《ちょうさ》だ。充分気《じゅうぶんき》を付《つ》けて当《あ》たってくれ。夕飯《ゆうはん》までに結果《けっか》を出《だ》し、早急《さっきゅう》に恵斗《けいと》を救出《きゅうしゅつ》するんだ。」

そこまで言《い》い、ふっと笑《え》みを浮《う》かべる。

「ここは首都圏《しゅとけん》じゃないから事件《じけん》も少《すく》ないはずだ。KZ《カッズ》が恵斗《けいと》の救出《きゅうしゅつ》に成功《せいこう》すれば、この辺《へん》のテレビ局《きょく》が集《あつ》まってきて相当派手《そうとうはで》に放映《ほうえい》されるぞ。ああようやく念願《ねんがん》のテレビ出演《しゅつえん》が叶《かな》うんだ！」

私《わたし》たちは、顔《かお》を見合《みあ》わせた。

若武《わかたけ》ってば・・・いつも同《おな》じ夢《ゆめ》を見《み》てる。

「じゃ健闘《けんとう》を祈《いの》る。」

そう言《い》いながら若武《わかたけ》はゆるんだ頬《ほお》を引《ひ》き締《し》め、リーダーらしい表情《ひょうじょう》になった。

さっきは我欲《がよく》と野望《やぼう》に溺《おぼ》れてて、今《いま》になってようやく使命感《しめいかん》を取《と》り戻《もど》したらしい、やれやれ。

「諸君《しょくん》、かかれっ！」

皆《みんな》が、それぞれに打《う》ち合《あ》わせを始《はじ》める。

私《わたし》は1人《ひとり》での調査《ちょうさ》だったから、話《はな》す相手《あいて》もなく、琴音《ことね》さんの硬《かた》い口調《くちょう》を思《おも》い出《だ》して気後《きおく》れしながら、ともかくもその場《ば》を後《あと》にした。

琴音《ことね》さんと私《わたし》には、接点《せってん》がまるでない。

近付《ちかづ》くには、家《いえ》を訪《たず》ねるしかない気《き》がするけれど、行《い》っても、素直《すなお》に打《う》ち明《あ》けてくれるだろうか。

いや、それ以前《いぜん》に、果《は》たして会《あ》ってくれるのだろうか。

怪《あや》しまれないように、自然《しぜん》な口実《こうじつ》を見《み》つけないとダメかも。

そう考《かんが》えていて、ハッとした。

明日《あした》からは、私《わたし》・・・ゼミに参加《さんか》しなくちゃならないんだった。

場所《ばしょ》は、金沢市内《かなざわしない》。

泊《と》まる所《ところ》はこの館《やかた》しかないから、毎日《まいにち》、敦賀《つるが》と金沢《かなざわ》を往復《おうふく》する事《こと》になる。

電車代《でんしゃだい》、とても足《た》りないよ、どーしようっ⁉

「アーヤ、真《ま》っ青《さお》だね。」

飛《と》んできた声《こえ》の方《ほう》を振《ふ》り向《む》けば、階段《かいだん》の踊《おど》り場《ば》で黒木君《くろきくん》が足《あし》を止《と》め、こちらを仰《あお》いでいた。

「ゼミの事《こと》だろ。」

うっ、鋭《するど》い！

「受《う》けるように勧《すす》めたのは俺《おれ》だから、責任《せきにん》は取《と》るよ。ちょっと待《ま》ってて。」

そう言《い》ってどこかに電話《でんわ》をかけ、しばし話《はな》していたけれど、やがてスマートフォンを耳《みみ》から離《はな》し、小《ちい》さく笑《わら》った。

「七鬼《なきき》が館《やかた》の運転手《うんてんしゅ》に、車《くるま》で送迎《そうげい》するよう言《い》っとくってさ。」

わーい、よかった！

「ありがと。」

そう言《い》うと、黒木君《くろきくん》は軽《かる》く片手《かたて》を挙《あ》げ、何《なに》も言《い》わずに階段《かいだん》を下《お》りていった。

気《き》にしててくれたんだ、優《やさ》しいなぁ。

KZ《カッズ》メンバーの中《なか》では黒木君《くろきくん》が一番《いちばん》、気配《きくば》りができるんだ。

私《わたし》も見習《みなら》わなくっちゃ。

よし、元気《げんき》を出《だ》して調査《ちょうさ》に向《む》かうぞ。

琴音《ことね》さんを攻略《こうりゃく》するんだ！

14　ゲームにハマる

忍《しのぶ》の館《やかた》を出《で》て、私《わたし》は、真《ま》っ直《す》ぐ気《け》比《ひ》金崎神社《かなさきじんじゃ》に向《む》かった。

恵斗君《けいとくん》の家《いえ》の離《はな》れに住《す》んでいるという田原琴音《たはらことね》さんに会《あ》うつもりだったんだ。

まず自己紹介《じこしょうかい》して秀明《しゅうめい》のゼミに来《き》ていると話《はな》し、クラスメートの忍《しのぶ》が、行方不明《ゆくえふめい》の恵斗君《けいとくん》を心《しん》配《ぱい》していると伝《つた》えて、詳《くわ》しい事《こと》を聞《き》こうと思《おも》った。

忍《しのぶ》の質問《しつもん》とほぼ同《おな》じだけれど、琴音《ことね》さんは何《なに》かを隠《かく》しながら答《こた》えていたみたいだから、もう一《いち》度《ど》聞《き》き直《なお》せば、違《ちが》う答《こた》えが返《かえ》ってきたり、前《まえ》と矛盾《むじゅん》した事《こと》を話《はな》すかも知《し》れない。

そしたらそこから突《つ》っ込《こ》めば、新《あたら》しい事実《じじつ》が見《み》えてくる可能性《かのうせい》がある！

私《わたし》は、さっき歩《ある》いた桜並木《さくらなみき》を逆《ぎゃく》にたどって気《け》比《ひ》金崎神社《かなさきじんじゃ》まで行《い》き、門《もん》を入《はい》り、階段《かいだん》を上《のぼ》った。

参道《さんどう》に沿《そ》って木々《きぎ》が茂《しげ》り、突《つ》き当《あ》たりに拝殿《はいでん》と本殿《ほんでん》があって、その他《ほか》にもいくつかの小《ちい》さな社《しゃ》殿《でん》や、お堂《どう》なんかが並《なら》んでいる。

本殿《ほんでん》の裏側《うらがわ》は、こんもりとした森《もり》。

その中《なか》に、古《ふる》くて大《おお》きな和式《わしき》の家《いえ》が見《み》える。

これが恵斗君《けいとくん》の家《いえ》だね。

田原琴音《たはらことね》さんはその離《はな》れに住《す》んでいるって事《こと》だから・・・こっちかな。

森《もり》の中《なか》を進《すす》んでいくと、やがて木造《もくぞう》の2階建《かいだ》てが見《み》えた。

玄関前《げんかんまえ》に立《た》って、田原《たはら》と書《か》かれた表札《ひょうさつ》を確《たし》かめる。


よし、行《い》くぞ！

私《わたし》は大《おお》きく息《いき》を吸《す》い込《こ》み、玄関《げんかん》のチャイムを鳴《な》らそうと指《ゆび》を伸《の》ばした。


そのとたんっ！


「いつまでやってんだ、いい加減《かげん》にしろよっ！」

男子《だんし》の怒鳴《どな》り声《ごえ》と共《とも》に、その家《いえ》の窓《まど》からポーンと何《なに》かが飛《と》び出《だ》してきた。

空中《くうちゅう》を飛《と》んだそれは、私《わたし》の足元《あしもと》に落下《らっか》。

拾《ひろ》い上《あ》げて見《み》れば、スマートフォンだった。

ゲーム中《ちゅう》だったらしくて、キャラクターがピコピコ動《うご》いている。

「何《なに》すんだよ。いいとこまでいってたのに。」

男性《だんせい》の声《こえ》が上《あ》がり、窓《まど》から顔《かお》が出《で》た。

真面目《まじめ》そうで、どことなく気《き》の弱《よわ》い感《かん》じのする40代《だい》くらいの男《おとこ》の人《ひと》だった。

キョロキョロとあたりを見回《みまわ》していて、私《わたし》に気《き》づく。

「あっ、それ、僕《ぼく》のだからね。」

私《わたし》はあわてて窓辺《まどべ》に近寄《ちかよ》った。

「どうぞ。」

差《さ》し出《だ》すと、その男性《だんせい》が受《う》け取《と》るより先《さき》に、脇《わき》からヌッと伸《の》びてきた手《て》がそれをつかんだ。

「預《あず》かっとくよ。」

そう言《い》ったのは、高校生《こうこうせい》くらいの男子《だんし》だった。

どことなく琴音《ことね》さんに似《に》ている。

「ゲームばっかやってないで、会社《かいしゃ》に行《い》ったらどうなんだ。」

「返《かえ》してくれ。それがないとダメなんだよ。返《かえ》してくれよ。」

窓辺《まどべ》でモメている2人《ふたり》の前《まえ》で、私《わたし》は事件《じけん》ノートを開《ひら》いた。

えっと、この家《いえ》は田原家《たはらけ》だから、ここに住《す》んでいるのは、琴音《ことね》さんとその兄《あに》、それに母親《ははおや》のはず。

年齢《ねんれい》と性別《せいべつ》から見《み》て、高校生《こうこうせい》は琴音《ことね》さんの兄《あに》で、あの男《おとこ》の人《ひと》は離婚《りこん》した父親《ちちおや》とか？

「宏《ひろし》ちゃん、返《かえ》してくれよ。頼《たの》むよ。」

私《わたし》は、家系図《かけいず》の中《なか》の、琴音《ことね》の兄《あに》の所《ところ》に〈宏《ひろし》〉と書《か》き込《こ》んだ。

「おじさん、ちょっとは考《かんが》えたらどうなんだ。」

わっ、おじさんなんだ。

つまり、あの人《ひと》は死《し》んだ勝一《かついち》の弟《おとうと》で、満智子《まちこ》の兄《あに》の勝二《かつじ》さんって事《こと》になる。

確《たし》か、気比《けひ》メンテナンスの社長《しゃちょう》のはず。

翼《たすく》は、勝一《かついち》の死《し》が殺人《さつじん》なら、その会社《かいしゃ》を手《て》に入《い》れた勝二《かつじ》は殺害《さつがい》の動機《どうき》を持《も》っているって言《い》ってたけど。

私《わたし》は目《め》を上《あ》げ、窓《まど》の向《む》こうにいる勝二《かつじ》さんを見《み》つめた。

どう見《み》ても大人《おとな》しくて、気《き》が弱《よわ》そう。

人《ひと》を殺《ころ》すような大胆《だいたん》な行動《こうどう》に出《で》るタイプには見《み》えないなぁ。

「いい年《とし》をして家《いえ》でゴロゴロしてばっかりなんて、みっともないと思《おも》わないのか。」

え・・・もしかして勝二《かつじ》さんは、この家《いえ》に同居《どうきょ》してるの？

「ゲーム依存症《いぞんしょう》なんて、最低《さいてい》だ。」

「僕《ぼく》は依存症《いぞんしょう》じゃない。さ、返《かえ》してくれ。」

言《い》い争《あらそ》う2人《ふたり》を見《み》ながら、私《わたし》は、交《か》わされている言葉《ことば》や様子《ようす》を、カキカキカキッ！

勝二《かつじ》さん本人《ほんにん》は否定《ひてい》してるけど、会社《かいしゃ》に行《い》かずに家《いえ》でゴロゴロしてゲームばかりやってると
なったら、ほぼ依存症《いぞんしょう》かも。

大人《おとな》でも、そんなふうになるんだ、知《し》らなかったな。

「気比《けひ》メンテナンスの社長《しゃちょう》なんだろ。出勤《しゅっきん》しろよ。」

「君《きみ》こそ、学校《がっこう》に行《い》かなくていいのか。」

「残念《ざんねん》。今《いま》、休《やす》みだし。」

「とにかく返《かえ》せよ。」

ついに2人《ふたり》はつかみ合《あ》いを始《はじ》める。

私《わたし》が、仲裁《ちゅうさい》に入《はい》るべきか、いや忍《しの》び込《こ》んでるも同然《どうぜん》なんだからマズい、などと考《かんが》えていると、
道路《どうろ》の方《ほう》で車《くるま》の停《と》まる音《おと》がした。

「どうもありがと。」

そう言《い》いながら中年女性《ちゅうねんじょせい》がタクシーから降《お》り、門《もん》を入《はい》ってくる。

両手《りょうて》に大《おお》きなペーパーバッグを3つずつ、合計《ごうけい》6つも下《さ》げていた。

あんなにいっぱい、何《なに》買《か》ったんだろ。

女性《じょせい》は玄関《げんかん》を入《はい》ろうとして、言《い》い争《あらそ》っている2人《ふたり》の声《こえ》を聞《き》き付《つ》け、立《た》ちすくむ。

「あら宏《ひろし》がいるのね。ヤバいな、タイミング最悪《さいあく》。」

そのまま玄関《げんかん》を入《はい》らず、右手《みぎて》の庭《にわ》の方《ほう》に歩《ある》き始《はじ》めた。

こっそり後《あと》をつけ、立《た》ち木《き》の後《うし》ろに隠《かく》れて様子《ようす》を見《み》る。

女性《じょせい》は庭《にわ》の隅《すみ》にある物置《ものおき》の戸《と》を開《あ》け、そこに6個《こ》のペーパーバッグを押《お》し込《こ》んだ。

「見《み》つかるとうるさいからなぁ。取《と》りあえず、こうしときましょ。」

そうつぶやきながら戸《と》を閉《し》めかけた時《とき》、

「母《かあ》さんっ！」

家《いえ》のサッシが開《ひら》き、そこに宏《ひろし》さんが仁王立《におうだ》ちっ！

「今《いま》、何隠《なにかく》してたんだよ。」

母《かあ》さんって事《こと》は、この人《ひと》、満智子《まちこ》さんなんだ。

「いえ別《べつ》に、何《なに》も隠《かく》してないわよ。」

半《なか》ば開《ひら》いている戸《と》の前《まえ》に立《た》ちふさがり、誤魔化《ごまか》すように笑《わら》う満智子《まちこ》さんを見《み》て、宏《ひろし》さんは怒《いか》りも露《あらわ》に庭《にわ》に飛《と》び降《お》り、裸足《はだし》のままツカツカと歩《あゆ》み寄《よ》ってきた。

腕《うで》で満智子《まちこ》さんの体《からだ》をどけると、物置《ものおき》の戸《と》に手《て》をかけ、勢《いきお》いよく全開《ぜんかい》にっ！

そこからペーパーバッグが崩《くず》れ落《お》ちてくる。

「これは、なんなんだよ。」

満智子《まちこ》さんは真《ま》っ青《さお》、宏《ひろし》さんは怒《いか》り度《ど》マックス状態《じょうたい》。

「あんたなぁっ！」

怒声《どせい》を浴《あ》びた満智子《まちこ》さんは身《み》を震《ふる》わせ、ギュッと目《め》をつぶっている。

怯《おび》えているみたいで、私《わたし》はかわいそうになった。

放《ほう》っておけなくて、思《おも》わず木陰《こかげ》から進《すす》み出《で》る。

「それ、私《わたし》のです。満智子《まちこ》さんに持《も》ってもらってたんです。」

宏《ひろし》さんは、こちらを振《ふ》り返《かえ》った。

「あんた、誰《だれ》だよ。」

真正面《ましょうめん》から見《み》ると、暗《くら》い感《かん》じの目《め》の中《なか》に鋭《するど》い光《ひかり》があり、頬《ほお》の線《せん》なんかも削《そ》げたようにシャープで、かなり恐《こわ》かった。

私《わたし》はなんとか信憑性《しんぴょうせい》のある理由《りゆう》を考《かんが》え出《だ》そうと、もう必死《ひっし》。

「観光客《かんこうきゃく》です。」

ここは気比金崎神社《けひかなさきじんじゃ》の敷地続《しきちつづ》きで、柵《さく》はない。

観光客《かんこうきゃく》が紛《まぎ》れ込《こ》む事《こと》もよくあるに違《ちが》いないと思《おも》ったから。

「街《まち》で買《か》い物《もの》して、ホテルに帰《かえ》ろうとしてここまで来《き》たんですけど、重《おも》くなってしまって、道《みち》にしゃがみこんでいたら、満智子《まちこ》さんが通《とお》りかかって、うちの神社《じんじゃ》がすぐそこだから休《やす》んでいきなさいって声《こえ》をかけてくれたんです。」

宏《ひろし》さんは、バカにしたような目付《めつ》きになった。

「ホテルに帰《かえ》ろうとしたんだって？　このあたりにゃホテルなんかないぜ。」

うっ！

「取《と》って付《つ》けたようなデタラメ言《い》いやがって。」

私《わたし》は内心《ないしん》、大《おお》あわて！

冷《ひ》や汗淋漓《あせりんり》、滝《たき》のようっ!!

言葉《ことば》を見《み》つけられずにいると、宏《ひろし》さんは薄《うす》ら笑《わら》いを浮《う》かべた。

「化《ば》けの皮《かわ》がはがれたな。教《おし》えてやろうか、このあたりにあるのはなぁ、神社《じんじゃ》と七鬼家《ななきけ》の館《やかた》くらいなんだよ。」

瞬間《しゅんかん》、私《わたし》の胸《むね》では、希望《きぼう》がキラリンッ！

ああ助《たす》かった!!

「私《わたし》、七鬼家《ななきけ》の客《きゃく》なんです。」

満智子《まちこ》さんは、驚《おどろ》いたように2〜3歩下《ぽさ》がった。

「そういえば商店街《しょうてんがい》の人《ひと》が、今日《きょう》はお館《やかた》に誰《だれ》かがいらしてるらしいって話《はな》してたけど、まぁ、あなただったんですか。」

家《いえ》の中《なか》にいた勝二《かつじ》さんも、声《こえ》を聞《き》きつけたのか玄関《げんかん》から出《で》てくる。

「七鬼家関係《ななきけかんけい》の方《かた》なら、失礼《しつれい》があっちゃならないぞ。」

さすが名家《めいか》の力《ちから》、すごいっ！

「さっきはホテル、今度《こんど》は七鬼家《ななきけ》か。」

宏《ひろし》さんは、全《まった》く信《しん》じようとしなかった。

「適当《てきとう》な事言《ことい》ってんじゃねーよ。」

私《わたし》は事件《じけん》ノートを開《ひら》き、そこに書《か》いてあった忍《しのぶ》の携帯番号《けいたいばんごう》に目《め》をやった。

「じゃ七鬼家《ななきけ》に電話《でんわ》して聞《き》いてみてください。立花彩《たちばなあや》が泊《と》まっているかって。番号《ばんごう》は、」

そう言《い》いながら、言葉《ことば》に詰《つ》まる。

だって今《いま》、忍《しのぶ》は祈禱中《きとうちゅう》。

集中《しゅうちゅう》を乱《みだ》したら、マズい。

それで若武《わかたけ》の番号《ばんごう》を教《おし》える事《こと》にしたんだ。

宏《ひろし》さんはポケットからスマートフォンを出《だ》し、私《わたし》の言《い》う数字《すうじ》を打《う》ち込《こ》んで耳《みみ》に当《あ》てた。

ところが、すぐに手《て》を下《お》ろし、こちらをジロッ。

「電源《でんげん》、切《き》れてるぜ。」

あ、調査中《ちょうさちゅう》だから切《き》ってるんだ。

「それなら一緒《いっしょ》に泊《と》まっている別《べつ》の人《ひと》にかけてください。番号《ばんごう》は、」

私《わたし》は上杉君《うえすぎくん》の番号《ばんごう》を口《くち》にした。

でも上杉君《うえすぎくん》も切《き》ってて、しかたなく翼《たすく》、小塚君《こづかくん》、黒木君《くろきくん》と次々《つぎつぎ》に言《い》ってみたけど、皆《みんな》、切《き》っていた、わーん！

「てめぇ、時間稼《じかんかせ》ぎしてやがるな。」

違《ちが》うっ！

「うちの敷地《しきち》に勝手《かって》に入《はい》りこみやがって。警察《けいさつ》に突《つ》き出《だ》してやる。今《いま》パトカー呼《よ》ぶからな。」

電話《でんわ》をかけようとする宏《ひろし》さんを見《み》て、私《わたし》は切羽《せっぱ》つまり、しかたなく忍《しのぶ》の祈禱《きとう》を邪魔《じゃま》する決意《けつい》をした。

「じゃ後《あと》1回《かい》だけ、かけてみてください。」

もし忍《しのぶ》も電源《でんげん》を切《き》っていたら・・・もう大人《おとな》しく警察《けいさつ》に行《い》くしかないと思《おも》いながら。

「お願《ねが》いします。」

宏《ひろし》さんは不機嫌《ふきげん》な顔《かお》でスマートフォンのアイコンをタップし、耳《みみ》に当《あ》てていたけれど、やがて意外《いがい》そうな表情《ひょうじょう》になった。

「七鬼《ななき》か？」

わっ、つながったんだ、よかった。

「俺《おれ》は田原宏《たはらひろし》だ。おまえんとこの客《きゃく》を名乗《なの》る立花彩《たちばなあや》ってガキが、俺《おれ》んちに入《はい》り込《こ》んでやがんだよ。」

話《はな》している声《こえ》を聞《き》きながら、忍《しのぶ》の返事《へんじ》を想像《そうぞう》していると、やがて宏《ひろし》さんがスマートフォンをこっちに差《さ》し出《だ》した。

「代《か》われってさ。」

え・・・。

戸惑《とまど》いながら手《て》を伸《の》ばし、スマートフォンを耳《みみ》に当《あ》てる。

「代《か》わりました、」

そこまで言《い》ったとたん、忍《しのぶ》の大声《おおごえ》っ！

「どーした、何《なに》があったんだ、大丈夫《だいじょうぶ》かっ!?」

えっと、たいした事《こと》は起《お》きてないけど・・・。

「今《いま》すぐ、そっちに誰《だれ》かをやる。動《うご》かずに待《ま》て。いいなっ！」

ブツンと電話《でんわ》が切《き》れて、ものの３～４分《ぷん》、自動車《じどうしゃ》のブレーキ音《おん》がしたかと思《おも》うと、割《わ》れんばかりの大音声《だいおんじょう》。

「七鬼家《なきけ》のものだ。入《はい》るぞ。」

隆久《たかひさ》さんが門《もん》からズカズカと入《はい》りこんできて、その場《ば》に突《つ》っ立《た》ち、あたりをにらみ回《まわ》した。

「うちの客人《きゃくじん》がこちらにお世話《せわ》になっているそうだが、何《なに》か迷惑《めいわく》でもかけたのか⁉」

声《こえ》はすごむようで、態度《たいど》はかなり居丈高《いたけだか》。

私《わたし》はハラハラしたけれど、勝二《かつじ》さんも満智子《まちこ》さんも平身低頭《へいしんていとう》するばかりだった。

「いえ、とんでもない。そんな事《こと》はございません。」

「うちの息子《むすこ》がちょっと誤解《ごかい》しただけで・・・」

隆久《たかひさ》さんはギロッと宏《ひろし》さんをにらむ。

宏《ひろし》さんは言《い》い訳《わけ》でもするかのようにつぶやいた。

「別《べつ》に・・・何《なに》かしたって言《い》った訳《わけ》じゃねーし。」

隆久《たかひさ》さんは大《おお》きく頷《うなず》いた。

「そうか、では引《ひ》き取《と》らせてもらうが、それでいいな。」

そう言《い》うなり、私《わたし》の方《ほう》を向《む》いてニッコリ。

「じゃ帰《かえ》ろうか。」

私《わたし》の背中《せなか》に腕《うで》を回《まわ》し、門《もん》の方《ほう》へと誘《さそ》った。

「忍《しのぶ》が心配《しんぱい》して、すぐ行《い》ってくれって言《い》うからさ、駆《か》け付《つ》けてきたんだよ。」

わぁ忍《しのぶ》、ありがとう。

ホッとしながら私《わたし》は、隆久《たかひさ》さんと一緒《いっしょ》に歩《ある》き出《だ》した。

そのとたんっ！

「立花《たちばな》さん、買《か》い物袋《ものぶくろ》をお忘《わす》れですよ。」

ギクッ！

振《ふ》り返《かえ》れば、勝二《かつじ》さんが両手《りょうて》に全部《ぜんぶ》の袋《ふくろ》を持《も》ち、こちらに差《さ》し出《だ》していた。

「あなたのですよね。」

う・・・どうしよう!?

今《いま》さら私《わたし》のじゃないとは言《い》えない。

けど自分《じぶん》のもんじゃないから、持《も》って帰《かえ》る訳《わけ》にもいかない。

かといって、置《お》いていったら、すべては元《もと》の木阿弥《もくあみ》、宏《ひろし》さんはまた満智子《まちこ》さんを怒鳴《どな》りつけるに決《き》まっている。

「たくさん買《か》ったんだね。」

事情《じじょう》を知《し》らない隆久《たかひさ》さんは、とっても呑気《のんき》。

「車《くるま》に載《の》せるけど、座席《ざせき》がいい？　それともトランクでも大丈夫《だいじょうぶ》？」

それで私《わたし》はハッと、いい方法《ほうほう》を思《おも》いついた。

「満智子《まちこ》さん、」

勝二《かつじ》さんの後方《こうほう》にいる満智子《まちこ》さんに目配《めくば》せする。

「私《わたし》の買《か》い物《もの》を持《も》ってくれてありがとうございます。お礼《れい》がしたいので、一緒《いっしょ》に来《き》てください。」

15　ひょっとして死霊《しりょう》

隆久《たかひさ》さんが運転《うんてん》する車《くるま》の中《なか》で、満智子《まちこ》さんはとても肩身《かたみ》が狭《せま》そうだった。

うつむいていて何《なに》も言《い》わないので、私《わたし》は軽《かる》く聞《き》いてみた。

「勝二《かつじ》さんは、田原家《たはらけ》に同居《どうきょ》しているんですか？」

満智子《まちこ》さんは頷《うなず》く。

「あの人《ひと》は学生時代《がくせいじだい》からゲームばかりしていて、学校《がっこう》は退学《たいがく》、定職《ていしょく》にもつかず、結婚《けっこん》もしていません。長兄《ちょうけい》の勝一《かついち》からは、バカとかトロいとか怒《おこ》られてばかりで、ある時《とき》ついに家《いえ》から追《お》い出《だ》されて、私《わたし》の所《ところ》に転《ころ》がり込《こ》んできたんです。他《ほか》に行《い》く所《ところ》もなく、お金《かね》がない事《こと》もわかっているので、私《わたし》も、出《で》ていけとは言《い》えなくて。」

そういう事情《じじょう》なのかぁ。

けどゲームって、大人《おとな》が夢中《むちゅう》になるほど面白《おもしろ》いものなのかなぁ。

KZ《カッズ》メンバーもよくゲームしてるけど・・・後《あと》で聞《き》いてみよっと。

「さっきはありがとうございました。息子《むすこ》に怒《おこ》られなくて助《たす》かりました。」

満智子《まちこ》さんの口《くち》からその話《はなし》が出《で》たので、私《わたし》はあの時《とき》、疑問《ぎもん》に思《おも》った事《こと》を尋《たず》ねてみた。

「宏《ひろし》さんは、なんだってあんなに怒《おこ》ったんですか。お母《かあ》さんが買《か》い物《もの》をしてくるのって、そんなに変《か》わった事《こと》じゃないと思《おも》いますけど。普通《ふつう》でしょう？」

満智子《まちこ》さんは黙《だま》り込《こ》み、答《こた》えなかった。

そのうちに車《くるま》は、七鬼《なきき》の館《やかた》に到着《とうちゃく》。

隆久《たかひさ》さんは、ホッとしたようにドアを開《あ》けた。

「いやぁ忍《しのぶ》が急《いそ》げって言《い》うものだからね、運転手《うんてんしゅ》を呼《よ》び出《だ》してる時間《じかん》がなくて私《わたし》が運転《うんてん》したんだけど、ハンドルを握《にぎ》るのなんて、まぁなんん十年《じゅうねん》ぶりだろ。アクセルとブレーキの位置《いち》も忘《わす》れてたよ。」

恐《こわ》っ！

「せっかくここまで来《き》たんだから、田原《たはら》さん、お茶《ちゃ》でも上《あ》がっていってください。今《いま》、用意《ようい》させますから。」

隆久《たかひさ》さんは機嫌《きげん》よく言《い》い、車《くるま》から降《お》ろした６つのペーパーバッグを玄関《げんかん》に置《お》いて、中《なか》に入《はい》っていった。

「いえ、私《わたし》はここで失礼《しつれい》します。」

満智子《まちこ》さんは、しきりに遠慮《えんりょ》する。

「では、これで。」

頭《あたま》を下《さ》げ、何《なに》も持《も》たずに帰《かえ》っていこうとした。

「あの、この買《か》い物《もの》は？」

私《わたし》が聞《き》くと、あっさりした答《こた》えが返《かえ》ってくる。

「こちらで処分《しょぶん》していただいて結構《けっこう》です。」

は？

はあっ⁉

「元々《もともと》、それほどほしい訳《わけ》じゃなかったし。」

「なんとなく買《か》ってしまっただけなんで、もういりません。」

はああっ⁉

私《わたし》の脳内《のうない》は、大混乱《だいこんらん》っ！

ほしくもない物《もの》を買《か》って、しかも捨《す》てるも同然《どうぜん》に手放《てばな》そうとするその気持《きも》ちが理解不能《りかいふのう》っ‼

「では失礼《しつれい》します。」

帰《かえ》っていく満智子《まちこ》さんを追《お》いかけ、引《ひ》き留《と》めて、詳《くわ》しい説明《せつめい》を聞《き》こうとしていると、そこに、

「お母《かあ》さんっ！」

坂《さか》の下《した》の方《ほう》から琴音《ことね》さんが走《はし》ってきた。

「今《いま》、兄《にい》さんから、お館《やかた》に行《い》ったたって聞《き》いたから、迎《むか》えに来《き》たんだ。」

そう言《い》いながら足《あし》を止《と》め、冷《つめ》たい目《め》を私《わたし》に向《む》ける。

何《なに》かマズい事《こと》でももらしたんじゃないかと疑《うたが》っている様子《ようす》だった。

「帰《かえ》ろう。私《わたし》、バイトの時間《じかん》だから、首《くび》のメイク手伝《てつだ》ってほしいんだ。」

え・・・バイトに行《い》く娘《むすめ》に、母親《ははおや》が首《くび》のメイクをするって・・・何《なに》？

「ああごめんね。じゃ帰《かえ》りましょう。」

２人《ふたり》で帰《かえ》っていくのを、私《わたし》はボーゼンと見送《みおく》った。

謎《なぞ》が多《おお》すぎて、ついていけない、シクシクシク。

でも、２人《ふたり》の後《うし》ろ姿《すがた》が消《き》える頃《ころ》になって、ハッと気《き》が付《つ》いたんだ。

後《あと》をつけていって田原家《たはらけ》の前《まえ》で見張《みは》っていれば、アルバイトに行《い》く琴音《ことね》さんが出《で》てくるはず。

それを見《み》れば様子《ようす》がわかって、謎《なぞ》が１つ減《へ》るっ！

よし、やるぞ。

私《わたし》は田原家《たはらけ》に向《む》かって猛然《もうぜん》ダッシュ、その門《もん》で待《ま》ち構《かま》えた。

やがて満智子《まちこ》さんが玄関《げんかん》から出《で》てきて、停《と》めてある車《くるま》に入《はい》り、エンジンをかける。

木立《こだち》の陰《かげ》に身《み》をひそめていると、再《ふたた》び玄関《げんかん》の戸《と》が開《ひら》き、今度《こんど》は琴音《ことね》さんが出《で》てきた。

普段着《ふだんぎ》らしい服装《ふくそう》だったけれど、襟《えり》から出《で》ている首《くび》だけが、異様《いよう》に真《ま》っ白《しろ》っ！

片手《かたて》にはバッグ、もう一方《いっぽう》の手《て》には、丸《まる》く平《ひら》たい物《もの》を下《さ》げている。

丸《まる》い輪《わ》に茶色《ちゃいろ》の革《かわ》を張《は》ったようなもので、正体不明《しょうたいふめい》。

私《わたし》が判断《はんだん》に迷《まよ》っているうちに琴音《ことね》さんを乗《の》せた車《くるま》は、あっという間《ま》に走《はし》り去《さ》った。

後《あと》に残《のこ》るは、いくつもの謎《なぞ》。

なんでほしくもない物《もの》を買《か》ったの、あの首《くび》は何《なに》、あの丸《まる》い物《もの》は何《なに》、一体《いったい》なんのバイトなの？

謎《なぞ》が増《ふ》えてる、わーんっ！

私《わたし》は絶望《ぜつぼう》し、その場《ば》にしゃがみ込《こ》んでしまった。

そもそも謎《なぞ》5の答《こた》えだって見《み》つかってないっていうのに、考《かんが》えてもみなかった新《あたら》しい謎《なぞ》が、わんさかっ！

ああ、どうしよう⁉

膝《ひざ》を抱《かか》えて俯《うつむ》いたり、空《そら》を仰《あお》いだりしていたものの、いい考《かんが》えも浮《う》かばず時間《じかん》が過《す》ぎていくばかり。

でも、なんとかしなくっちゃ。

今回《こんかい》、私《わたし》は1人《ひとり》きりのチームなんだ。

私《わたし》が結果《けっか》を出《だ》さないと、調査《ちょうさ》は前《まえ》に進《すす》まないし、KZ会議《カッズかいぎ》で成果《せいか》を報告《ほうこく》できなかったら、バカにされる。


とにかくやるしかないんだ！

そう考《かんが》えて意思《いし》を固《かた》めていると、ガラッと玄関《げんかん》の戸《と》が開《ひら》き、宏《ひろし》さんが姿《すがた》を見《み》せた。

あわてて門柱《もんちゅう》の陰《かげ》に隠《かく》れた私《わたし》の前《まえ》を、宏《ひろし》さんは自転車《じてんしゃ》に乗《の》って通過《つうか》、どこかへ出《で》ていく。

私《わたし》は、田原家《たはらけ》を振《ふ》り返《かえ》った。

満智子《まちこ》さんも琴音《ことね》さんも宏《ひろし》さんも外出中《がいしゅつちゅう》。

となると、今《いま》あの家《いえ》にいるのは、勝二《かつじ》さんだけ。

優《やさ》しそうな人《ひと》だったから、なんとか話《はなし》を聞《き》き出《だ》せるかも。

私《わたし》は立《た》ち上《あ》がり、真《ま》っ直《す》ぐ玄関《げんかん》へ！

やるぞ、結果《けっか》を出《だ》してやる!!

「ごめんください。」

引《ひ》き戸《ど》を開《あ》けると、中《なか》からはパチパチ、ヒューヒュー、チャリン、ピコーンというような音《おと》や短《みじか》い音楽《おんがく》が流《なが》れてきていた。

ゲームやってるんだ。

「ごめんください、勝二《かつじ》さんいますよね。勝二《かつじ》さん、勝二《かつじ》さん、」

声《こえ》が嗄《か》れるほど連呼《れんこ》していると、やがて音《おと》が止《や》み、勝二《かつじ》さんが姿《すがた》を見《み》せた、ハアハアゼイゼイ。

「ああ、さっきの子《こ》か。何《なに》か用《よう》？」

聞《き》き出《だ》したいのは、謎《なぞ》5の答《こた》えだった。

けれど、いきなりそこに迫《せま》っても無理《むり》だろうと思《おも》い、今出《いまで》ていった2人《ふたり》の話《はなし》から始《はじ》める事《こと》にした。

「家《いえ》の前《まえ》で、満智子《まちこ》さんが運転《うんてん》する車《くるま》とすれ違《ちが》ったんですけど、琴音《ことね》さん、お出《で》かけですか？」

勝二《かつじ》さんは人《ひと》のよさそうな、和《なご》やかな顔《かお》で答《こた》える。

「ん、アルバイトだよ。芸妓《げいぎ》やってんだ。」

はて、芸妓《げいぎ》とは？

私《わたし》がキョトンとしていると、勝二《かつじ》さんはおかしそうに笑《わら》った。

「まぁ小学生《しょうがくせい》じゃ、わからないよね。」

むっ、中学生《ちゅうがくせい》ですけど。

「宴会《えんかい》で踊《おど》りを踊《おど》ったり、酒《さけ》を注《つ》いだりして客《きゃく》をもてなす仕事《しごと》だよ。」

そう言《い》いながら片手《かたて》を首《くび》に当《あ》てて撫《な》でてみせた。

「真《ま》っ白《しろ》に塗《ぬ》ってたろ。あれで日本髪《にほんがみ》の鬘《かつら》かぶって着物《きもの》を着《き》るんだ。」

へぇえ。

「顔《かお》の化粧《けしょう》は自分《じぶん》でするんだけど、首《くび》の後《うし》ろをW《ダブリュー》字形《じがた》に塗《ぬ》るのは1人《ひとり》じゃできないからさ。いつも自宅《じたく》でやってくんだ。」

そうだったのか。

「太鼓《たいこ》も持《も》ってただろ。ほら、丸《まる》いヤツ。」

あれって太鼓《たいこ》だったのぉ！

「金沢芸妓《かなざわげいぎ》の芸《げい》の1つで、お座敷太鼓《ざしきだいこ》っていうんだ。いい音《おと》を出《だ》すのは難《むずか》しいらしくて、毎日持《まいにちも》ち帰《かえ》って練習《れんしゅう》してるよ。もっとも琴音《ことね》ちゃんはバイトだから、お姐《ねえ》さんたちの後《うし》ろで色《いろ》んな事《こと》を補助《ほじょ》してるだけだけどね。」

ああ謎《なぞ》が解《と》けていく。

私《わたし》は喜色満面《きしょくまんめん》、大喜《おおよろこ》びっ！

「でも、この話《はなし》は内緒《ないしょ》にしといてくれよね。お館《やかた》に来《き》てる人《ひと》だし、この街《まち》の誰《だれ》とも無関係《むかんけい》だから何《なに》を話《はな》しても大丈夫《だいじょうぶ》って思《おも》って、つい言《い》っちゃったんだけど、琴音《ことね》ちゃんはまだ中《ちゅう》3で、バイトできない歳《とし》なんだ。芸妓《げいぎ》は時給《じきゅう》がいいからって、年齢《ねんれい》を誤魔化《ごまか》して雇《やと》ってもらってる。僕《ぼく》がモラした事《こと》がわかったら、すごく怒《おこ》るからさ。」

謎《なぞ》5、琴音《ことね》は何《なに》を隠《かく》しているのか、そしてその理由《りゆう》は何《なに》か、の答《こた》えは、きっとこれだ、やった!

よし、琴音《ことね》さんの謎《なぞ》については明《あき》らかになったぞ。

後《あと》は、満智子《まちこ》さんに関係《かんけい》する謎《なぞ》だけだ。

私《わたし》は勢《いきお》い込《こ》んで身《み》を乗《の》り出《だ》した。

「わかりました。色々話《いろいろはな》していただいたので、私《わたし》も本当《ほんとう》の事《こと》をお話《はな》しします。実《じつ》はさっきの買《か》い物《もの》は、私《わたし》のじゃなくて満智子《まちこ》さんのなんです。」

勝二《かつじ》さんは、大《おお》きな溜《た》め息《いき》をついた。

「やっぱり! そうじゃないかと思《おも》ってたんだ。で、本人《ほんにん》は、いらないとか言《い》ってんだろ。」

知《し》ってるんだ。

もしかして、いつもそういうパターンだとか?

「困《こま》ったもんだよなぁ。」

腕組《うでぐ》みをし、首《くび》を傾《かし》げた勝二《かつじ》さんに、私《わたし》は尋《たず》ねた。

「なんで満智子《まちこ》さんは、ほしくもない物《もの》を買《か》ってくるんですか？」

勝二《かつじ》さんは眉根《まゆね》を寄《よ》せる。

「宏君《ひろしくん》が、いくら怒《おこ》っても止《と》まらないみたいだから、たぶん買《か》い物依存症《ものいぞんしょう》ってヤツじゃないかな。」

買《か》い物依存症《ものいぞんしょう》？

「買《か》いたい物《もの》がある訳《わけ》じゃなくて、買《か》うって事自体《ことじたい》が楽《たの》しいんだ。で、やめられない。」

はぁ・・・。

「最初《さいしょ》はクレジットカードに付《つ》いてるショッピング枠《わく》で買《か》ってたみたいだけど、買《か》いすぎて支払《しはら》いができなくなって、今度《こんど》はキャッシング枠《わく》を使《つか》ってそれを払《はら》ってるから、自転車操業《じてんしゃそうぎょう》みたいなもので借金《しゃっきん》が増《ふ》える一方《いっぽう》なんだ。まぁ僕《ぼく》も、人《ひと》の事《こと》は言《い》えないけど。」

恥《は》ずかしそうに頭《あたま》を掻《か》く勝二《かつじ》さんを見《み》ながら、私《わたし》は、宏《ひろし》さんがゲーム依存症《いぞんしょう》だと言《い》っていた事《こと》を思《おも》い出《だ》した。

大人《おとな》がそれほどゲームに夢中《むちゅう》になるなんて・・・なんで？

「あの・・・本当《ほんとう》にゲーム依存症《いぞんしょう》なんですか？」

思《おも》い切《き》って聞《き》くと、勝二《かつじ》さんは苦笑《にがわら》い。

「まぁね。僕《ぼく》も、口《くち》ではそうじゃないって言《い》ってるけど、本当《ほんとう》はそうだと思《おも》ってる。」

傷《きず》ついている様子《ようす》も、怒《おこ》っている様子《ようす》もなかったので、私《わたし》は踏《ふ》み込《こ》んでみた。

「ゲームって、そんなに面白《おもしろ》いんですか？」

勝二《かつじ》さんは、考《かんが》え込《こ》むような表情《ひょうじょう》になる。

「ゲームは、まぁ面白《おもしろ》いよ。でも・・・」

そこで言葉《ことば》を途切《とぎ》れさせ、しばらく考《かんが》えていて、こう言《い》った。

「ゲームの問題《もんだい》じゃなくて、ゲームをしないでいる事自体《ことじたい》が苦痛《くつう》なんだ。だからやってしまう。」

う〜む、わかるような、わからないような・・・。

「借金《しゃっきん》もしてるし。」

え・・・ゲームで借金《しゃっきん》？

「ま、ここで話《はな》すのもなんだから、家《いえ》の中《なか》に入《はい》らない？　お茶《ちゃ》くらい入《い》れるよ。」

＊

誘《さそ》われて、私《わたし》は家《いえ》の中《なか》に入《はい》った。

「満智子《まちこ》が優《やさ》しくて、よくしてくれるから、つい甘《あま》えて、この家《いえ》に置《お》いてもらってるんだけどね、本当《ほんとう》はなんとかしなくちゃって思《おも》ってはいるんだよ。けど、さっき言《い》ったみたいに借金《しゃっきん》があって、身動《みうご》きが取《と》れないんだ。」

そう言《い》いながら勝二《かつじ》さんは廊下《ろうか》を歩《ある》いていく。

途中《とちゅう》で右手《みぎて》にダイニングが見《み》えたんだけれど、その前《まえ》を通《とお》り過《す》ぎて突《つ》き当《あ》たりまで行《い》くと、ドアをノックして開《あ》けた。

「お館様《やかたさま》のところのお客人《きゃくじん》に、お茶《ちゃ》をお出《だ》しします。」

中《なか》からはなんの返事《へんじ》もなく、勝二《かつじ》さんはドアを閉《し》める。

私《わたし》は首《くび》を傾《かし》げた。

この家《いえ》にいるのは、満智子《まちこ》さんと宏《ひろし》さん、琴音《ことね》さん、それに勝二《かつじ》さんのはず。

満智子《まちこ》さんも宏《ひろし》さんも琴音《ことね》さんも今《いま》、出《で》かけていて、勝二《かつじ》さんは私《わたし》の目《め》の前《まえ》にいる。

だったらこの部屋《へや》・・・誰《だれ》がいるのっ⁉

ひょっとして死霊《しりょう》とか、あるいは物《もの》の怪《け》？

一瞬《いっしゅん》、背筋《せすじ》がゾクッ、顔《かお》が強《こわ》ばってしまった。

勝二《かつじ》さんはそれに気《き》づき、笑《わら》いながら引《ひ》き返《かえ》してさっき通《とお》り過《す》ぎたダイニングに入《はい》っていく。

「あそこは、死《し》んだ兄勝一《あにかついち》の部屋《へや》だったんだ。」

やっ、やっぱり死霊《しりょう》だっ！

「兄《あに》が住《す》んでたのは隣《となり》の母屋《おもや》なんだけど、こっちにも部屋《へや》を持《も》っててね、僕《ぼく》も満智子《まちこ》も、この家《いえ》に誰《だれ》かを上《あ》げたり、ここで何《なに》かをしたりする時《とき》には必《かなら》ず許可《きょか》を取《と》ってたから、クセになっちゃってさ。それに死《し》んだなんて、まだ思《おも》えないし。」

それだけなのかぁ・・・ほ！

私《わたし》は胸《むね》をなで下《お》ろしながら、何《なに》かするたびに許可《きょか》を取《と》らなきゃならない生活《せいかつ》は、すっごく大変《たいへん》なんじゃないかと思《おも》った。

相当《そうとう》ストレスフルだよね。

死《し》んだ勝一《かついち》さんは、家族《かぞく》や親族《しんぞく》に厳《きび》しかったって琴音《ことね》さんが言《い》ってたけど、そういう事《こと》だったんだ。

「あ、そこ、座《すわ》って。」

勝二《かつじ》さんはお茶《ちゃ》の用意《ようい》をしながら、私《わたし》に椅子《いす》を勧《すす》める。

「この家《いえ》も、母屋《おもや》と同《おな》じく兄《あに》のものでね、満智子《まちこ》が離婚《りこん》して住《す》む所《ところ》がなかった時《とき》に、ここを借《か》りて、その後《ご》、僕《ぼく》が転《ころ》がり込《こ》んだんだ。兄《あに》は死《し》んでしまったけれど、まだ遺産相続《いさんそうぞく》の手続《てつづ》きをしてなくってさ。」

私《わたし》は座《すわ》り、出《だ》してもらったお茶《ちゃ》に手《て》を伸《の》ばしながら、さっき疑問《ぎもん》に思《おも》った事《こと》を口《くち》にした。

「ゲームで借金《しゃっきん》ってお話《はなし》でしたけど、」

勝二《かつじ》さんは、自嘲的《じちょうてき》な笑《え》みを浮《う》かべる。

「いやぁ面目《めんぼく》ない。有料《ゆうりょう》ガチャっていうのがあってね、金《かね》を払《はら》うと特別《とくべつ》なアイテムを手《て》に入《い》れられるんだ。銃《じゅう》とか戦闘服《せんとうふく》とか。派手《はで》なアイテムを持《も》ってると、仲間内《なかまうち》で注目《ちゅうもく》されるし尊敬《そんけい》されるる。」

そうなんだ。

「でも金《かね》を払《はら》っても、自分《じぶん》のほしいアイテムが手《て》に入《はい》るとは限《かぎ》らないんだ。クジ引《び》きみたいなものだからね。2~3万円使《まんえんつか》った頃《ころ》だったかな、出現率《しゅつげんりつ》がすごく低《ひく》いアイテムが手《て》に入《はい》って、それを装備《そうび》したら自分《じぶん》のキャラがめっちゃカッコよくなって、皆《みんな》にすごいって言《い》われたんだ。それから夢中《むちゅう》になってさ。」

ハマったんだね。

「もう400万《まん》くらい使《つか》ったかな。借金《しゃっきん》は150万《まん》くらい。」

うっ！

「琴音《ことね》ちゃんが、割《わり》がいいって理由《りゆう》で芸妓《げいぎ》のバイトを始《はじ》めたのも、僕《ぼく》と満智子《まちこ》の借金《しゃっきん》を返《かえ》すためなんだ。」

うわっ、琴音《ことね》さんって意外《いがい》に献身的《けんしんてき》なんだね。

「僕《ぼく》も満智子《まちこ》も、やめたいとは思《おも》ってるんだけどね、なかなか思《おも》い通《どお》りにいかなくってさ。」

勝二《かつじ》さんは、哀《かな》しげな顔《かお》で口《くち》をつぐむ。

私《わたし》は、何《なに》か役《やく》に立《た》てるような事《こと》を言《い》ってあげたいと思《おも》い、考《かんが》えていてハッと思《おも》いついた。

「気比《けひ》メンテナンスを経営《けいえい》していた勝一《かついち》さんが亡《な》くなって、勝二《かつじ》さんは社長《しゃちょう》になったんでしょう。そしたらお給料《きゅうりょう》が入《はい》ってくるんじゃないですか。」

勝二《かつじ》さんは困《こま》ったように笑《わら》いながら首《くび》を横《よこ》に振《ふ》る。

「僕《ぼく》に社長《しゃちょう》なんか務《つと》まらないよ。今《いま》までまるっきり経験《けいけん》がないんだからさ。会社《かいしゃ》に行《い》く気《き》にもなれない、行《い》こうと考《かんが》えただけで憂鬱《ゆううつ》になって、玄関《げんかん》から足《あし》が動《うご》かなくなるんだ。」

私《わたし》は、目《め》をパチパチ。

「じゃ気比《けひ》メンテナンスには、一度《いちど》も行《い》ってないんですか。」

勝二《かつじ》さんはあっさり頷《うなず》く。

「ん、行《い》ってない。」

つまり気比《けひ》メンテナンスは、放置《ほうち》されてるんだ。

これが謎《なぞ》9、弟勝二《おとうとかつじ》が社長《しゃちょう》になった気比《けひ》メンテナンス社内《しゃない》は、どんな様子《ようす》なのか、の実態《じったい》なんだね。

経営責任者《けいえいせきにんしゃ》の社長《しゃちょう》が指揮《しき》を執《と》っていないから、会社《かいしゃ》がきちんと動《うご》かない。

あの寮《りょう》の大浴場《だいよくじょう》で起《お》こったような事態《じたい》に発展《はってん》したのは、そのせいだ。

「それ、マズいんじゃないですか？」

私《わたし》の言葉《ことば》に、勝二《かつじ》さんは哀《かな》しそうに頬《ほお》をゆがめ、両手《りょうて》で頭《あたま》を抱《かか》えた。

「責《せ》めないでくれよ。なんだか宏君《ひろしくん》みたいだな。わかってるんだ。わかってるんだけど、どうしても行《い》けないいんだよ。」

そのまま項垂《うなだ》れ、黙《だま》り込《こ》んでしまった。

私《わたし》はアゼンとしながら、その弱々《よわよわ》しい姿《すがた》を見《み》ていた。

「あら兄《にい》さん、ゲームしてないの珍《めずら》しいわね。」

声《こえ》と共《とも》に満智子《まちこ》さんがダイニングに入《はい》ってきて、手《て》にしていた自動車《じどうしゃ》の鍵《かぎ》を壁《かべ》のフックにかけた。

「私《わたし》にもお茶《ちゃ》くれる？」

勝二《かつじ》さんは、あわてて顔《かお》を上《あ》げる。

「ご苦労様《くろうさま》、今《いま》入れるよ。」

私《わたし》は、忍《しのぶ》の館《やかた》の玄関《げんかん》に置《お》きっぱなしになっているペーパーバッグを思《おも》い出《だ》し、満智子《まちこ》さんの方《ほう》を見《み》た。

「あの買《か》い物《もの》、もしいらないんだったら、お店《みせ》に返《かえ》したらどうでしょう。そうすればお金《かね》も戻《もど》ってくるし。」

満智子《まちこ》さんは深《ふか》い溜《た》め息《いき》をつく。

「そういう面倒《めんどう》くさい事《こと》は、嫌《いや》なのよね。」

あ、そう・・・。

「それに返《かえ》しに店《みせ》に行《い》ったら、また買《か》いたくなってしまうもの。」

ああ魔《ま》のエンドレス運動《うんどう》だぁ・・・。

勝二《かつじ》さんがちょっと笑《わら》う。

「ゲームの世界《せかい》じゃ、それ、無限《むげん》ループっていうんだよ。」

ゲーム用語《ようご》って、違《ちが》う国《くに》の言葉《ことば》みたいだなぁ。

「必要《ひつよう》なものじゃないから本当《ほんとう》はいらないのよね。でも店員《てんいん》に丁寧《ていねい》に対応《たいおう》されてると、すっごく気分《きぶん》がいいのよ。とても幸《しあわ》せな感《かん》じがするの。で、ついつい買《か》ってしまう。」

そう言《い》いながら眉《まゆ》をひそめる。

「宏《ひろし》にも怒《おこ》られるし、お金《かね》の事《こと》で琴音《ことね》にも迷惑《めいわく》かけてるから後悔《こうかい》はしてるんだけど、止《や》めるのは無理《むり》。」

勝二《かつじ》さんがお茶《ちゃ》を持《も》ってきて、満智子《まちこ》さんの前《まえ》に置《お》いた。

「その辺《へん》は、僕《ぼく》と同《おな》じだよね。」

2人《ふたり》は頷《うなず》き合《あ》い、困《こま》ったような微笑《びしょう》をかわす。

その時《とき》、私《わたし》はふっと思《おも》ったのだった、この兄妹《きょうだい》、なんでそろってこういう状態《じょうたい》になったんだろうって。

原因《げんいん》は？

16　ダンゴムシ依存症《いぞんしょう》

「夕食《ゆうしょく》は『金砂子《きんすなご》の間《ま》』で、5時半《じはん》からだって。」

調査《ちょうさ》を終《お》えた私《わたし》が館《やかた》に帰《かえ》ると、先《さき》に戻《もど》っていた小塚君《こづかくん》がそう言《い》った。

「すごくきれいな部屋《へや》だよ。ちょっと来《き》てみて。」

小塚君《こづかくん》についていくと、それは池《いけ》に面《めん》して縁側《えんがわ》のある12畳《じょう》ほどの和室《わしつ》だった。

壁《かべ》に金砂子《きんすなご》が鏤《ちりば》められていて、その輝《かがや》きで部屋全体《へやぜんたい》がキラキラしているんだ、とてもステキ。

「金沢《かなざわ》には金細工《きんざいく》の伝統《でんとう》があって、色《いろ》んな技術《ぎじゅつ》が伝《つた》わってるからね。」

世界《せかい》に誇《ほこ》れるよね、日本《にほん》の工芸《こうげい》。

休《やす》みの課題研究《かだいけんきゅう》、やっぱり黒木君《くろきくん》が言《い》ってたように、金沢《かなざわ》の伝統工芸《でんとうこうげい》にしようかな。

「調査《ちょうさ》、うまくいった？」

小塚君《こづかくん》に聞《き》かれて、私《わたし》は大《おお》きく頷《うなず》いた。

「もちろん！」

小塚君《こづかくん》は、ちょっと視線《しせん》を落《お》とす。

「僕《ぼく》たち、てんでダメだったんだ。」

え・・・珍《めずら》しいね。

「きっと若武《わかたけ》にバカにされるだろうなぁ。上杉《うえすぎ》なんかもう不貞腐《ふてくさ》れちゃってるよ。」

そう言《い》いながら庭《にわ》の方《ほう》に視線《しせん》を流《なが》す。

池《いけ》の脇《わき》に大《おお》きな蹲《つくばい》が置《お》いてあり、上杉君《うえすぎくん》がその縁《ふち》に腰《こし》かけてこちらに背中《せなか》を向《む》けていた。

励《はげ》ましてあげたいなぁ。

でも真《ま》っ向《こう》から、元気出《げんきだ》してね、とか言《い》っても、ケッ、て言《い》われるか、無視《むし》されるだけだよね。

私《わたし》はちょっと考《かんが》え、上杉君《うえすぎくん》が能力《のうりょく》を充分《じゅうぶん》に発揮《はっき》できるような質問《しつもん》を持《も》ちかけてみればいいんじゃないかと思《おも》いついた。

それに答《こた》えながら元気《げんき》になってくれるかも。

上杉君《うえすぎくん》は、数学《すうがく》と心理《しんり》・医学関係《いがくかんけい》のエキスパート。

私《わたし》はちょうど田原家《たはらけ》で、依存症《いぞんしょう》について疑問《ぎもん》を持《も》ったばかりだった。

「上杉君《うえすぎくん》に聞《き》きたい事《こと》があったんだ。行《い》ってくるね。小塚君《こづかくん》も一緒《いっしょ》に聞《き》かない？」

小塚君《こづかくん》が同意《どうい》したので、私《わたし》たちはそろって上杉君《うえすぎくん》のそばまで行《い》った。

「上杉君《うえすぎくん》」

私《わたし》が呼《よ》びかけると、上杉君《うえすぎくん》はうるさそうにソッポを向《む》いたものの、それでも、

「なんだよ。」

と返《かえ》してくれた。

「依存症《いぞんしょう》について知《し》りたいんだけど、教《おし》えてくれない？」

上杉君《うえすぎくん》は横《よこ》を向《む》いたまま答《こた》える。

「依存症《いぞんしょう》というのは、特定《とくてい》の物質《ぶっしつ》や行為《こうい》に執着《しゅうちゃく》し、生活《せいかつ》に支障《ししょう》が出《で》ても止《や》められない状態《じょうたい》の事《こと》。病気《びょうき》の一種《いっしゅ》。」

簡潔《かんけつ》だなぁ。

私《わたし》は、冷《ひ》ややかな感《かん》じのする上杉君《うえすぎくん》の横顔《よこがお》を見《み》ながらさらに聞《き》いた。

「どうして、そうなるの？」

考《かんが》えるまでもない簡単《かんたん》な質問《しつもん》だったらしく、上杉君《うえすぎくん》の返事《へんじ》はとても早《はや》かった。

「快《こころよ》さや幸福《こうふく》を感《かん》じると、脳内《のうない》でドーパミンが分泌《ぶんぴつ》される。ドーパミンは、神経伝達物質《しんけいでんたつぶっしつ》の一種《いっしゅ》だ。快感《かいかん》や幸福感《こうふくかん》を与《あた》える物質《ぶっしつ》で、幸《しあわ》せホルモンとも呼《よ》ばれている。だがそれに慣《な》れてしまうと、次第《しだい》により強《つよ》い快《こころよ》さや幸福《こうふく》を求《もと》めるようになり、それを繰《く》り返《かえ》していると脳《のう》の神経回路《しんけいかいろ》が

変化《へんか》していく。」

ぞっ！

「脳《のう》が変化《へんか》すると、自己《じこ》コントロールが不可能《ふかのう》になり、症状《しょうじょう》は加速《かそく》して悪化《あっか》の一途《いっと》をたどる。」

小塚君《こづかくん》が溜《た》め息《いき》をついた。

「つまり止《や》められなくなるんだね。僕《ぼく》も、ダンゴムシの観察《かんさつ》してた時《とき》、あまりにも幸《しあわ》せで、止《や》められなくなった事《こと》があるよ。」

ダンゴムシで幸《しあわ》せを感《かん》じられるのは、小塚君《こづかくん》くらいだよね。

でもそれって・・・ダンゴムシ依存症《いぞんしょう》？

「依存症《いぞんしょう》は、誰《だれ》でもなりうる病気《びょうき》だ。特《とく》に真面目《まじめ》なヤツや1人《ひとり》で頑張《がんば》るヤツ、気《き》の弱《よわ》いヤツが陥《おちい》りやすい。」

ああ勝二《かつじ》さんも満智子《まちこ》さんも、真面目《まじめ》で大人《おとな》しい感《かん》じだったからなぁ。

「小塚《こづか》なんか、なりやすいぜ。」

そう言《い》いながら上杉君《うえすぎくん》はようやく気分《きぶん》が落《お》ち着《つ》いてきたらしく、蹲《つくばい》の縁《ふち》に片手《かたて》をついて飛《と》び降《お》り、私《わたし》たちの前《まえ》にスックと立《た》った。

「気《き》を付《つ》けろよ。」

小塚君《こづかくん》が深々《ふかぶか》と頷《うなず》くのを見《み》て、上杉君《うえすぎくん》は私《わたし》に目《め》を向《む》ける。

「立花《たちばな》も、なりやすいかもな。」

そうなのっ⁉

「依存症《いぞんしょう》のタイプは、2通《ふたとお》りあって、1つは物《もの》への依存《いぞん》。もう1つは行為《こうい》への依存《いぞん》だ。物《もの》への依存《ぞん》というのは、アルコールや薬物《やくぶつ》みたいに、そのものを求《もと》める。行為《こうい》への依存《いぞん》は、世界保健機関《せかいほけんきかん》の分類《ぶんるい》によれば嗜癖行動症《しへきこうどうしょう》に属《ぞく》していて、ギャンブルとか買《か》い物《もの》とかの行動《こうどう》に依存《いぞん》する。」

あ、勝二《かつじ》さんも満智子《まちこ》さんも、そっちだ。

「原因《げんいん》は、何《なに》？」

小塚君《こづかくん》が聞《き》くと、上杉君《うえすぎくん》はちょっと息《いき》をついた。

「色々《いろいろ》だ。劣等感《れっとうかん》や自己肯定感《じここうていかん》の低《ひく》さが原因《げんいん》になる事《こと》もあるし、現実《げんじつ》に問題《もんだい》を抱《かか》えているとか、ストレスがあるとか、あるいはそれらの複合《ふくごう》って場合《ばあい》もある。」

単純《たんじゅん》じゃないんだね。

私《わたし》は、勝二《かつじ》さんの言葉《ことば》を思《おも》い出《だ》しながら聞《き》いてみた。

「ゲームをしないでいる事《こと》が苦痛《くつう》だから、やってしまうって言《い》ってる人《ひと》がいたんだけど、それってどういう意味《いみ》？」

上杉君《うえすぎくん》は、スラリと答《こた》える。

「ゲームへの依存《いぞん》は、学術的《がくじゅつてき》にはゲーム障害《しょうがい》と呼《よ》ばれてる。現実《げんじつ》が苦《くる》しくて、ゲームの仮想空間《かそうくうかん》の方《ほう》が安心《あんしん》できるし、自分《じぶん》の存在価値《そんざいかち》を確《たし》かめられるから依存《いぞん》するんだ。ゲームを止《や》めると現実《げんじつ》に戻《もど》らなければならなくなるから、ゲーム自体《じたい》をやりたい訳《わけ》じゃないけどやらざるを得《え》ないって意味《いみ》だろ。」

そうなのか、それはそれで気《き》の毒《どく》かもなぁ。

「それって、今回《こんかい》の立花《たちばな》の調査《ちょうさ》にどう関係《かんけい》あんの？」

上杉君《うえすぎくん》に聞《き》かれて、私《わたし》は、ハッとした。

私《わたし》の調査《ちょうさ》は、謎《なぞ》5、琴音《ことね》は何《なに》を隠《かく》しているのか、そしてその理由《りゆう》は何《なに》か。

琴音《ことね》さんが隠《かく》しているのは、こっそりアルバイトをしている事《こと》、その理由《りゆう》は、アルバイトが禁《きん》止《し》されているからだった。

勝二《かつじ》さんや満智子《まちこ》さんの病気《びょうき》も隠《かく》したいのかも知《し》れないけれど、それは琴音《ことね》さん自身《じしん》の事《こと》じゃない。

だから私《わたし》は、依存症《いぞんしょう》について調《しら》べる必要《ひつよう》はないんだ。

それなのに結構《けっこう》、時間《じかん》をかけて、踏《ふ》み込《こ》んでしまっていた。

上杉君《うえすぎくん》に話《はな》せば、余計《よけい》な事《こと》やってんなよって怒《おこ》られるかも知《し》れない。

私《わたし》は、ドキドキしながら上杉君《うえすぎくん》の様子《ようす》をうかがい、できれば話《はな》さずにすませたいと思《おも》った。

「返事《へんじ》は？」

催促《さいそく》されてしかたなく、ギュッと目《め》をつぶって言《い》った。

「なんの関係《かんけい》もないんだ。ちょっと気《き》になっただけ・・・ごめんなさい。」

呆気《あっけ》に取《と》られたような声《こえ》が響《ひび》く。

「何《なに》、謝《あやま》ってんだ？」

目《め》を開《あ》けると、上杉君《うえすぎくん》がマジマジとこちらを見《み》つめていた。

「訳《わけ》わかんねーし。」

そう言《い》いながらクスッと笑《わら》う。

その微笑《びしょう》のきれいだった事《こと》っ！

私《わたし》は一瞬《いっしゅん》、見惚《みと》れてしまった。

透明感《とうめいかん》があって、シャープで、知性的《ちせいてき》な感《かん》じのする微笑《ほほえ》みだったんだ。

こんなにステキな笑《わら》い方《かた》をするなんて、今《いま》まで気《き》づかなかったな。

「そろそろ夕食《ゆうしょく》の時間《じかん》だよ。」

小塚君《こづかくん》が腕時計《うでどけい》を見《み》ながら言《い》った。

「続《つづ》きは『金砂子《きんすなご》の間《ま》』で話《はな》したら、どう？」

17　消《き》えたのか

『金砂子《きんすなご》の間《ま》』に行《い》ってみると、まだ準備中《じゅんびちゅう》で、隣《となり》の『櫛形《くしがた》の間《ま》』で待《ま》つように言《い》われたので、私《わたし》たちはそっちに移動《いどう》した。

池《いけ》に面《めん》した障子《しょうじ》が開《ひら》いていて、とても明《あか》るい部屋《へや》の中央《ちゅうおう》に座卓《ざたく》が置《お》かれ、その上《うえ》にお茶《ちゃ》、周《まわ》りには座布団《ざぶとん》が敷《し》かれていて、そのうちの1枚《まい》に翼《たすく》が座《すわ》っていた。

「あ、帰《かえ》ってたの？」

私《わたし》が声《こえ》をかけると、ゆっくりとこっちを振《ふ》り向《む》きながら、そのままコロンと横倒《よこだお》しになる。

「俺《おれ》、もう死《し》んでる。」

ダルマ落《お》としのダルマさんみたいで、とてもかわいかった。

「頭《あたま》の天辺《てっぺん》から足《あし》の先《さき》まで、疲労《ひろう》がいっぱい。」

確《たし》か謎《なぞ》4、恵斗《けいと》は今《いま》どこにいるのか、謎《なぞ》6、恵斗《けいと》は本当《ほんとう》に1人《ひとり》で外出《がいしゅつ》したのか、したとすればどこに行《い》ったのか、を調査《ちょうさ》してたんだよね、ご苦労様《くろうさま》。

「うまくいった？」

小塚君《こづかくん》が聞《き》くと、翼《たすく》は横《よこ》になったまま、ふっと考《かんが》え込《こ》んだ。

「いったような、いかないような・・・」

どっちなのよ。

「お、もう皆《みんな》、帰《かえ》ってるじゃん。」

襖《ふすま》を開《あ》けて若武《わかたけ》と黒木君《くろきくん》が入《はい》ってきて座布団《ざぶとん》に腰《こし》を下《お》ろした。

「後《あと》は、七鬼《ななき》だけだな。」

私《わたし》は池《いけ》の向《む》こうに見《み》える清廉《せいれん》に目《め》をやる。

「祈禱《きとう》だから、時間通《じかんどお》りにゃ終《お》わらんだろ。」

上杉君《うえすぎくん》の言葉《ことば》に、若武《わかたけ》は大《おお》きく頷《うなず》いた。

「じゃ七鬼《ななき》は放《ほ》っといて、このメンバーでKZ会議《カッズかいぎ》を始《はじ》めよう。アーヤっ。」

はいっ？

「各自《かくじ》が調査《ちょうさ》した謎《なぞ》について、確認《かくにん》だ。メンバー別《べつ》に1つずつ読《よ》み上《あ》げてくれ。」

私《わたし》は、大急《おおいそ》ぎで事件《じけん》ノートをめくった。

「えっと上杉《うえすぎ》、小塚両調査員《こづかりょうちょうさいん》が学校《がっこう》の友人《ゆうじん》を当《あ》たり、謎《なぞ》1、恵斗《けいと》の言《い》い残《のこ》した〈たぶんマジ〉の意味《いみ》は何《なに》か、謎《なぞ》2、恵斗《けいと》の電話《でんわ》はなぜ途中《とちゅう》で切《き》れたのか、謎《なぞ》3、恵斗《けいと》は何《なに》を見《み》せようとしていたのか、と、謎《なぞ》7、学校《がっこう》では誰《だれ》が、どういう理由《りゆう》で恵斗《けいと》に嫉妬《しっと》していたのか、恵斗《けいと》がいなくなった時間《じかん》に、その人物《じんぶつ》のアリバイはあるのか、を調査《ちょうさ》する事《こと》になっています。」

若武《わかたけ》は頷《うなず》き、上杉君《うえすぎくん》の方《ほう》を見《み》る。

「結果《けっか》を報告《ほうこく》してくれ。」

上杉君《うえすぎくん》は小塚君《こづかくん》に目《め》をやり、やれと言《い》わんばかりに顎《あご》をわずかに上《あ》げた。

小塚君《こづかくん》はしかたなさそうに立《た》ち上《あ》がる。

「報告《ほうこく》できるような結果《けっか》は、出《で》ていません。」

若武《わかたけ》はムッとしたらしく顔《かお》をしかめた。

「出《で》てない？　なんだそれは。今《いま》まで何《なに》をやってた、遊《あそ》んでたのか。」

小塚君《こづかくん》は困《こま》ったように首《くび》を縮《ちぢ》める。

「調査《ちょうさ》はしたよ。恵斗《けいと》が、金沢《かなざわ》の私立松枝高校付属松枝中学《しりつまつがえこうこうふぞくまつがえちゅうがく》に通《かよ》ってるって事《こと》も確《たし》かめた。進学《しんがく》校《こう》だよ。このあたりから通《かよ》ってる生徒《せいと》は珍《めずら》しいみたいだけど。でも松枝中学《まつがえちゅうがく》に入《はい》りこめなかったんだ。」

そりゃ無理《むり》もないよ、他所者《よそもの》の私《わたし》たちにはハードル高《たか》いもの。

「そもそもこれって、」

上杉君《うえすぎくん》が、批判《ひはん》を込《こ》めた目《め》で若武《わかたけ》を見《み》る。

「黒木《くろき》の守備範囲《しゅびはんい》じゃねーの。」

あ、人間関係《にんげんかんけい》から調《しら》べを進《すす》めていくとなったら、確《たし》かに黒木君《くろきくん》の役目《やくめ》だよね。

「なんだ、おまえ、」

若武《わかたけ》がスックと立《た》ち上《あ》がる。

「俺《おれ》の采配《さいはい》が間違《まちが》ってたって言《い》いたいのか。」

上杉君《うえすぎくん》も立《た》った。

「当《あ》たり！　よくわかったじゃん。」

「きっさま、リーダーにケンカ売《う》る気《き》か。表《おもて》に出《で》ろ。」

「よし吠《ほ》え面《づら》かかせてやる、来《こ》い。」

2人《ふたり》でにらみ合《あ》ったまま出《で》ていった。

「あーあ行《い》っちゃったよ。どうする？」

小塚君《こづかくん》に言《い》われて、私《わたし》はノートに視線《しせん》を落《お》とした。

「続《つづ》けよう。」

こういう事《こと》は、よくあるから経験値《けいけんち》は積《つ》んでいる。

それに私《わたし》、動揺《どうよう》しないようにしようって決心《けっしん》したんだもの。

今《いま》までのパターンでは、翼《たすく》が進行役《しんこうやく》を代行《だいこう》し、議事《ぎじ》を進《すす》めているうちに2人《ふたり》とも戻《もど》ってくるんだ。

「ここは若武《わかたけ》の代《か》わりに、」

翼《たすく》、と言《い》いかけ、目《め》をやれば、翼《たすく》は座布団《ざぶとん》にコロンと横《よこ》になったまま。

目《め》をつぶっていて無反応《むはんのう》だった。

これ・・・ちょっと休《やす》ませてやらないと、ダメかも。

「じゃ先《さき》に私《わたし》が、調査結果《ちょうさけっか》を報告《ほうこく》します。」

そう言《い》いながら事件《じけん》ノートに視線《しせん》を走《はし》らせた。

「私《わたし》の調査《ちょうさ》は、謎《なぞ》5、琴音《ことね》は何《なに》を隠《かく》しているのか、そしてその理由《りゆう》は何《なに》か、についてです。調《しら》べた結果《けっか》、田原琴音《たはらことね》はアルバイトをしている事《こと》がわかりました。中学生《ちゅうがくせい》のアルバイトは禁止《きんし》されているため、知《し》られる事《こと》を恐《おそ》れて秘密《ひみつ》にしているようです、以上《いじょう》。」

私《わたし》が報告《ほうこく》を終《お》えると、黒木君《くろきくん》が体《からだ》を傾《かたむ》け、ズボンの後《うし》ろポケットに差《さ》し込《こ》んであったスマートフォンを引《ひ》き出《だ》しながら言《い》った。

「じゃ、俺《おれ》のチームの報告《ほうこく》に移《うつ》ってもいい？」

もちろんだよ、お願《ねが》いします。

「気比《けひ》メンテナンスでは、新社長《しんしゃちょう》になった勝二氏《かつじし》が出勤《しゅっきん》せず、実質的《じっしつてき》に社長《しゃちょう》が不在状態《ふざいじょうたい》のため、社内《しゃない》が混乱《こんらん》しているって話《はなし》だ。」

私《わたし》は、弱々《よわよわ》しかった勝二《かつじ》さんの表情《ひょうじょう》を思《おも》い出《だ》した。

いい人《ひと》みたいだけど、気《き》が弱《よわ》いっていうか、自信《じしん》がないっていうか、現実《げんじつ》に向《む》き合《あ》うだけの力《ちから》を持《も》てないっていうか・・・ゲームに逃《に》げてるんだ。

勝二《かつじ》さん自身《じしん》もわかってるらしいけど、それでも直《なお》せない。

根《ね》が深《ふか》いのかもなぁ。

「加《くわ》えて元社長《もとしゃちょう》の勝一氏《かついちし》は1人《ひとり》で会社《かいしゃ》の金《かね》を管理《かんり》しており、金《かね》を動《うご》かすには社長決裁《しゃちょうけっさい》が必要《ひつよう》なシステムになっている。ところが新社長《しんしゃちょう》が出勤《しゅっきん》してこないので、金《かね》が下《お》ろせない。日々雇《ひびやと》いのバイトへの賃金支払《ちんぎんしはら》いが滞《とどこお》って、人材《じんざい》が確保《かくほ》できてないらしい。」

そりゃバイト料《りょう》もらえない会社《かいしゃ》じゃ、誰《だれ》も働《はたら》かないと思《おも》うよ。

「人手《ひとで》が足《た》りず、会社《かいしゃ》の業務《ぎょうむ》に支障《ししょう》が出《で》ている。寮《りょう》の浴場《よくじょう》でレジオネラ感染《かんせん》が起《お》こったのも、そのせいだろうね。今《いま》、保健所《ほけんじょ》が立《た》ち入《い》り検査《けんさ》をしてるよ。」

そうなんだ。

「もう1つ、謎《なぞ》10、恵斗《けいと》の母親典子《ははおやのりこ》は、警察《けいさつ》に行《い》きながらなぜ息子《むすこ》の行方不明者届《ゆくえふめいしゃとどけ》を出《だ》さなかったのか、については、典子氏《のりこし》は警察《けいさつ》の受付《うけつけ》で眩暈《めまい》に襲《おそ》われ、救急車《きゅうきゅうしゃ》で病院《びょういん》に搬送《はんそう》されている。その後《あと》は手当《てあ》てを受《う》けて、そのまま自宅《じたく》に戻《もど》ったらしい。」

そうだったのか。

私《わたし》は謎《なぞ》10の欄《らん》の下《した》に、本人《ほんにん》が病気《びょうき》のため届《とど》けを出《だ》せなかったと書《か》き入《い》れた。

これで謎《なぞ》9と謎《なぞ》10は解決《かいけつ》だ。

「それ以降《いこう》、寝付《ねつ》いてるみたいだ。で、いまもって届《とど》けを出《だ》せていない。」

病気《びょうき》じゃ無理《むり》だよ。

家族《かぞく》の誰《だれ》かが、代《か》わって出《だ》せばいいのに。

そう思《おも》いながら私《わたし》は、事件《じけん》ノートに書《か》いてある鷹羽家《たかはけ》の家系図《かけいず》を見《み》た。

現在《げんざい》の鷹羽家《たかはけ》は3人《にん》、死《し》んだ勝一《かついち》さんと行方不明《ゆくえふめい》の恵斗君《けいとくん》、それに典子《のりこ》さんだから、う〜ん、これじゃ誰《だれ》も届《とど》けを出《だ》せないな。

隣《となり》に親戚《しんせき》の田原家《たはらけ》があるけれど、ここも恵斗君《けいとくん》の叔父叔母《おじおば》の2人《ふたり》が依存症《いぞんしょう》だから、無理《むり》かも。

「母親典子氏《ははおやのりこし》は、10日《とおか》ほど前《まえ》の夫《おっと》の突然《とつぜん》の死《し》で、ダメージを受《う》けてたとか？」

小塚君《こづかくん》の言葉《ことば》に、私《わたし》が納得《なっとく》していると、黒木君《くろきくん》は軽《かる》く首《くび》を横《よこ》に振《ふ》った。

「いや違《ちが》う。典子氏《のりこし》は以前《いぜん》から病気《びょうき》がちで、自宅近《じたくちか》くの心療内科《しんりょうないか》に通《かよ》ってたんだ。」

小塚君《こづかくん》が私《わたし》を見《み》る。

「心療内科《しんりょうないか》って、何《なに》を診《み》てくれるの？」

えっと、これはほんとなら上杉君《うえすぎくん》の専門《せんもん》なんだけど、今《いま》はいないし、まぁ私《わたし》でも言葉《ことば》の説明《せつめい》くらいはできるかも。

「心療内科《しんりょうないか》は、精神的《せいしんてき》な要因《よういん》で体《からだ》が不調《ふちょう》になっている人《ひと》を治療《ちりょう》してくれる所《ところ》で、」

そこまで言《い》った時《とき》、シャッと襖《ふすま》が開《ひら》き、上杉君《うえすぎくん》が姿《すがた》を見《み》せた。

あ、戻《もど》った、よかった！

「心療内科《しんりょうないか》は、」

私《わたし》たちの話《はなし》が聞《き》こえていたらしく、答《こた》えるように言《い》いながら畳《たたみ》に片手《かたて》をつき、腰《こし》を下《お》ろして胡坐《あぐら》をかく。

「ストレスからくる様々《さまざま》な症状《しょうじょう》を扱《あつか》っている。つまり典子《のりこ》は、心因性《しんいんせい》の疾患《しっかん》で日常生活《にちじょうせいかつ》に支障《ししょう》を抱《かか》えてたって事《こと》だ。」

両手《りょうて》で両足首《りょうあしくび》をつかみ、そこに体重《たいじゅう》をかけながら黒木君《くろきくん》に目《め》をやった。

「いつから通《かよ》ってんの？」

スマートフォンで記録《きろく》を調《しら》べていた黒木君《くろきくん》が、画面《がめん》を見《み》たままで答《こた》える。

「結婚後《けっこんご》すぐの発病《はつびょう》みたいだから、かなり前《まえ》だね。」

上杉君《うえすぎくん》の目《め》に、冴《さ》えた光《ひかり》が灯《とも》る。

見《み》えないものを見通《みとお》そうとするかのように、静《しず》かに鋭《するど》く瞬《またた》いていた。

何《なに》を考《かんが》えているんだろう。

そう思《おも》いながら私《わたし》は、水晶《すいしょう》みたいなその輝《かがや》きの美《うつく》しさに見惚《みと》れていた。

「待《ま》たせたな。」

ザッと襖《ふすま》を開《あ》けて若武《わかたけ》が入《はい》ってくる。

「会議《かいぎ》を続《つづ》けるぞ。」

私《わたし》たちは、顔《かお》を見合《みあ》わせた。

さっきから続《つづ》けてるんだけどね。

「アーヤ、これまでの状況《じょうきょう》を説明《せつめい》してくれ。」

むっ・・・勝手《かって》に出《で》ていって、勝手《かって》に戻《もど》ってきた揚《あ》げ句《く》に、説明《せつめい》しろだとぉぉ・・・。

「おいアーヤ、シャープの芯《しん》、バキバキ折《お》んじゃない。」

イラだってんのよ、あなたのせいでっ！

「若武《わかたけ》、取《と》りあえず黙《だま》ってろ。」

黒木君《くろきくん》が言《い》い、あでやかなその目《め》に笑《え》みを含《ふく》んで私《わたし》を見《み》た。

「アーヤも、落《お》ち着《つ》いて。」

う・・・ん、ごめん。

「俺《おれ》が報告《ほうこく》できるのは、今《いま》のところ以上《いじょう》だ。じゃ残《のこ》ってる美門《みかど》の報告《ほうこく》を聞《き》こう。アーヤ、美門《みかど》の調査《ちょうさ》について確認《かくにん》を。」

私《わたし》は深呼吸《しんこきゅう》し、気持《きも》ちを鎮《しず》めてからノートの記録《きろく》を読《よ》み上《あ》げた。

「美門調査員《みかどちょうさいん》の調査《ちょうさ》は、謎《なぞ》4、恵斗《けいと》は今《いま》どこにいるのか、と謎《なぞ》6、恵斗《けいと》は本当《ほんとう》に1人《ひとり》で外出《がいしゅつ》したのか、したとすればどこに行《い》ったのか、についてです。報告《ほうこく》をどうぞ。」

翼《たすく》はピコンと体《からだ》を起《お》こし、座布団《ざぶとん》の上《うえ》に畏《かしこ》まった。

「恵斗《けいと》の匂《にお》いの付《つ》いた物《もの》がないと調査《ちょうさ》できないから、祈禱《きとう》に入《はい》ろうとしていた七鬼《なき》を捕《つか》まえて聞《き》いたんだ。そしたら何《なに》も持《も》ってないって言《い》うから、なんとかしてくれって頼《たの》んだら、しばらく考《かんが》えてて、敦賀《つるが》お練《ね》り祭《まつ》りの時《とき》に使《つか》った太刀《たち》なら恵斗《けいと》が握《にぎ》ってたから匂《にお》いが付《つ》いてるはずだって。」

ふむ。

「それでお練《ね》り祭《まつ》り保存会《ほぞんかい》に電話《でんわ》してもらって、祭《まつ》り用具《ようぐ》を収納展示《しゅうのうてんじ》してる会館《かいかん》から借《か》り出《だ》したんだけど、」

翼《たすく》は言葉《ことば》を切《き》り、大《おお》きな息《いき》をついた。

「デカいんだぜ。刃渡《はわた》りが2メートルくらいあった。」

わっ、それ、どうやって持《も》ち上《あ》げるんだろ。

「しかたないから床《ゆか》に置《お》いといて、その周《まわ》りを歩《ある》き回《まわ》って匂《にお》いを分別《ぶんべつ》したんだ。いろんな人間《にんげん》の匂《にお》いが付《つ》いてるから、七鬼《ななき》から恵斗《けいと》の特徴《とくちょう》を聞《き》いて、それらしきものを判別《はんべつ》して覚《おぼ》えた。それだけでもうグッタリ。」

そりゃ大変《たいへん》だったね。

「で、七鬼《ななき》と一緒《いっしょ》に恵斗《けいと》の家《いえ》に行《い》って、そこから恵斗《けいと》の匂《にお》いを追《お》う事《こと》にしたんだけど、よく考《かんが》えたら、家《いえ》まで来《き》てるんなら部屋《へや》を見《み》せてもらえば、匂《にお》いの付《つ》いてるもんはたくさんあるじゃん。そう言《い》ったら、七鬼《ななき》のヤツ、そっか、思《おも》いつかなかったよって。」

ああ天然《てんねん》・・・。

「それで、疲《つか》れ倍増《ばいぞう》。」

ご苦労《くろう》さん。

「でも、ま、恵斗《けいと》の匂《にお》いがはっきり特定《とくてい》できたから、そこから跡《あと》をたどった。一番最近《いちばんさいきん》の匂《にお》いを追《お》ったんだ。」

ああ住《す》んでる家《いえ》の中《なか》だから、毎日《まいにち》、色《いろ》んな所《ところ》に匂《にお》いが付《つ》くよね。

その中《なか》から最近《さいきん》のだけ嗅《か》ぎ分《わ》けて追《お》うなんて・・・考《かんが》えただけでも疲《つか》れそう。

翼君《たすくくん》、よくやった！

「ところが家《いえ》の中《なか》はあちこち歩《ある》いてるんだけど、門《もん》の前《まえ》の道路《どうろ》や木立《こだち》に匂《にお》いが残《のこ》ってない。このところ雨《あめ》は降《ふ》っていないって話《はなし》だから、匂《にお》いが流《なが》れた訳《わけ》でもない。となると、恵斗《けいと》は門《もん》から外《そと》に出《で》てないって事《こと》になる。」

門《もん》から出《で》てないっ⁉

「じゃ、」

小塚君《こづかくん》が驚《おどろ》きを含《ふく》んだ声《こえ》で言《い》った。

「1人《ひとり》で出《で》ていったのを見《み》たっていう琴音《ことね》の話《はなし》は、嘘《うそ》だったんだね。」

私《わたし》は頷《うなず》きながら、謎《なぞ》6、恵斗《けいと》は本当《ほんとう》に1人《ひとり》で外出《がいしゅつ》したのか、したとすればどこに行《い》ったのか、の部分《ぶぶん》に、実《じつ》は家《いえ》から出《で》ていないと書《か》き込《こ》んだ。

これが謎《なぞ》6の結論《けつろん》だった。

「門《もん》から出《で》ていないって事《こと》は、家《いえ》の中《なか》か庭《にわ》、つまり敷地内《しきちない》にいるって事《こと》でしょ。」

翼《たすく》は畏《かしこ》まっていた膝《ひざ》を崩《くず》し、片脚《かたあし》を立《た》てて抱《かか》え込《こ》む。

「で、敷地内《しきちない》を隈《くま》なく全《ぜ》〜部《んぶ》、見《み》て回《まわ》ったんだけど、どこにもいなかった。鷹羽家《たかはけ》には使用人《しようにん》が数人《すうにん》いるし、すぐそばにある気比金崎神社《けひかなさきじんじゃ》の関係者《かんけいしゃ》もよく出入《ではい》りしている。俺《おれ》も調査中《ちょうさちゅう》に色《いろ》んな人間《にんげん》とすれ違《ちが》った。もし恵斗《けいと》が敷地内《しきちない》にいれば、彼《かれ》らの誰《だれ》かが気《き》づいているはずだ。ところが誰《だれ》も姿《すがた》を見《み》ていない。要《よう》するに恵斗《けいと》は消《き》えたんだ。」

消《き》えたっ!?

「他《ほか》に考《かん》えようがないでしょ。神《かみ》の子《こ》だから、神《かみ》に召《め》されたのかも。」

そんなぁ・・・。

18　光《ひかり》のような言葉《ことば》

「これで俺《おれ》の調査《ちょうさ》は終《お》わり。これ以上《いじょう》どうしようもない。」

私《わたし》たちは黙《だま》り込《こ》んだ。

10個《こ》ある謎《なぞ》の内《うち》、４つまでは解決《かいけつ》していた。

でもそれらからは、恵斗君《けいとくん》の行方《ゆくえ》がわかるような手《て》がかりは出《で》てきていない。

この先《さき》、どこからどうやって調《しら》べていけばいいのか、全《まった》くわからない状態《じょうたい》に突入《とつにゅう》してしまっていた。

部屋《へや》の中《なか》に重《おも》い空気《くうき》が立《た》ち込《こ》め、若武《わかたけ》がつぶやく。

「行《い》き詰《づ》まったな。」

ん、どうしよう。

「これ、ＫＺ《カッズ》初《はつ》の未解決事件《みかいけつじけん》になるかもな。」

私《わたし》は、目《め》の前《まえ》が暗《くら》くなるような気《き》がした。

そんな事《こと》・・・ないよ、たぶんない、ないと思《おも》う、ないといいな、ないんじゃないかな、ほんとにない？

次第《しだい》に自信《じしん》がなくなってきて、泣《な》き出《だ》したいような気持《きも》ちだった。

「そんな事《こと》ねーよ。」

上杉君《うえすぎくん》の声《こえ》が、はっきりと響《ひび》く。

「突破《とっぱ》できるとこがあるじゃん。」

その言葉《ことば》が光《ひかり》のように胸《むね》に射《さ》し込《こ》んできて、キラキラと輝《かがや》き立《た》ち、暗《くら》かった私《わたし》の心《こころ》を明《あか》るく照《て》らしてくれた。

若武《わかたけ》が身《み》を乗《の》り出《だ》す。

「どこだ？」

私《わたし》も言《い》わずにいられなかった。

「どーやるのっ⁉」

小塚君《こづかくん》も黒木君《くろきくん》も翼《たすく》も色《いろ》めき立《た》ったけれど、どうすればそんな事《こと》ができるのか誰《だれ》にもわからなかった。

「言《い》えよ、上杉《うえすぎ》。」

上杉君《うえすぎくん》は、涼《すず》しげなその目《め》に凜《りん》とした光《ひかり》をきらめかせる。

「謎《なぞ》5だ。解《と》き方《かた》が間違《まちが》ってたんだ。」

えっ⁉

それは私《わたし》の担当《たんとう》だった。

あせりながら、私《わたし》はアタフタとノートをめくった。

謎《なぞ》5の下《した》には、琴音《ことね》が隠《かく》しているのは禁止《きんし》されているバイトをしていた事《こと》、と書《か》いてある。

これ、事実《じじつ》だよ、どこが間違《まちが》ってるの？

「確《たし》かに琴音《ことね》は、バイトの件《けん》を隠《かく》していた。けどそれだけだったら、恵斗《けいと》が1人《ひとり》で出《で》ていったなんて嘘《うそ》を言《い》う必要《ひつよう》はなかったはずだ。」

あっ！

「琴音《ことね》は、バイト以外《いがい》に何《なに》か隠《かく》している。だからそういう嘘《うそ》を言《い》わなければならなかったんだ。それこそが今回《こんかい》の事件《じけん》につながるものだ。謎《なぞ》5の真《しん》の答《こた》えは、まだ出《で》てないんだ。」

ああそうか！

私《わたし》は急《いそ》いで謎《なぞ》5の下《した》に書《か》いた答《こた》えを消《け》した。

反省《はんせい》しよう、反省《はんせい》。

「よし琴音《ことね》を追及《ついきゅう》しよう。本当《ほんとう》の事《こと》を吐《は》かせるんだ。」

勢《いきお》いづいた若武《わかたけ》は、私《わたし》たちを見回《みまわ》し、黒木君《くろきくん》に目《め》を留《と》める。

「女《おんな》をたらし込《こ》む事《こと》にかけては、黒木《くろき》、おまえの右《みぎ》に出《で》る者《もの》はいない。」

変《へん》なほめ方《かた》・・・。

「琴音《ことね》に接近《せっきん》して情報《じょうほう》を取《と》るんだ。チームを組《く》み直《なお》すぞ。」

その時《とき》、障子《しょうじ》の向《む》こうから女性《じょせい》の声《こえ》がした。

「お夕食《ゆうしょく》の用意《ようい》が整《ととの》いました。『金砂子《きんすなご》の間《ま》』のお座敷《ざしき》にお出《で》ましくださいませ。」

若武《わかたけ》がすっくと立《た》ち上《あ》がる。

「やった、飯《めし》だ。取《と》りあえず行《い》こうぜ。食《く》いながら話《はな》そう。」

それで全員一丸《ぜんいんいちがん》となり、かなりの勢《いきお》いで「金砂子《きんすなご》の間《ま》」に突入《とつにゅう》した。

私《わたし》もだよ、えへっ。

「金砂子《きんすなご》の間《ま》」には、KZ《カッズ》の人数分《にんずうぶん》のお膳《ぜん》が置《お》いてあり、1人1人《ひとりひとり》がその前《まえ》に座《すわ》れるように座布《ざぶ》団《とん》が敷《し》かれていた。

お膳《ぜん》は黒《くろ》い漆塗《うるしぬ》りで、金《きん》で蝶《ちょう》の絵《え》が描《か》いてある。

「沈金《ちんきん》だ。」

翼《たすく》が惚《ほ》れ惚《ぼ》れとながめながら言《い》った。

「石川県《いしかわけん》の伝統工芸《でんとうこうげい》で、漆塗《うるしぬ》りの表面《ひょうめん》に模様《もよう》や絵《え》を彫《ほ》ってから、金箔《きんぱく》や金粉《きんぷん》を埋《う》め込《こ》んであるんだ。」

へえ、とっても繊細《せんさい》できれいだね。

「なんか・・・江戸時代《えどじだい》にタイムリープした気《き》がするな。」

若武《わかたけ》は部屋《へや》の中《なか》を見回《みまわ》し、床《とこ》の間《ま》を背《せ》にしている座布団《ざぶとん》にドッカと腰《こし》を下《お》ろす。

「ここが上座《かみざ》、リーダーの席《せき》だ。すべての料理《りょうり》も飲《の》み物《もの》も、ここに真《ま》っ先《さき》に配《くば》られるはず。」

いいけどね、ふん。

「ちなみに末座《まつざ》は、出入《でい》り口《ぐち》の近《ちか》くだ。一番格下《いちばんかくした》の席《せき》。」

その近《ちか》くにいた小塚君《こづかくん》がニッコリする。

「僕《ぼく》、ここでいいよ。」

ああ控《ひか》え目《め》、おまけに謙虚《けんきょ》・・・若武《わかたけ》に見習《みなら》わせたいなぁ。

「各自《かくじ》、好《す》きなとこに座《すわ》っていいぞ。」

私《わたし》はどこでもよかったので、自分《じぶん》が立《た》っていたすぐそばのお膳《ぜん》の前《まえ》に敷《し》かれた座布団《ざぶとん》に腰《こし》を下《お》ろした。

お膳《ぜん》の上《うえ》には箸《はし》と、畳《たた》んだ和紙《わし》が置《お》かれていて、そこに「お品書《しなが》き」と書《か》かれている。

開《ひら》いてみれば、先付《さきづ》け（加賀《かが》れんこんの蓮蒸《はすむ》し、金時草《きんじそう》と二塚《ふたつか》からしなのお浸《ひた》し、身欠《みが》きニシンの大根寿司《だいこんずし》）、お作《つく》り（ノドグロ、ゴリ）、焼《や》き物《もの》（加能《かのう》ガニ）、煮物《にもの》（治部煮《じぶに》）、揚《あ》げ物《もの》（能登《のと》ふぐ）、蒸《む》し物《もの》（タイの唐蒸《からむ》し）、酢《す》の物《もの》（白《しろ》エビと加賀太《かがふと》きゅうり）、ごはん（カニ雑炊《ぞうすい》）、氷菓《ひょうか》、と並《なら》んでいる。

わぁ、9つもある、楽《たの》しみっ！

「この地方《ちほう》の名産《めいさん》ばっかだね。」

小塚君《こづかくん》に言《い》われて、私《わたし》はちょっと赤面《せきめん》。

名産《めいさん》を知《し》らなかった事《こと》も、数《かず》ばかりに気《き》を取《と》られていた事《こと》も・・・反省《はんせい》、反省《はんせい》。

「どうやって琴音《ことね》に接近《せっきん》する？」

若武《わかたけ》に聞《き》かれ、黒木君《くろきくん》は問題《もんだい》ないというようにサラッと答《こた》えた。

「たぶん偶然接近遭遇《ぐうぜんせっきんそうぐう》、だね。バイトの行《い》き帰《かえ》りとかを待《ま》ち伏《ぶ》せて、声《こえ》かけるよ。」

余裕《よゆう》だなぁ。

「母親《ははおや》が買《か》ってきた物《もの》が、ここの玄関先《げんかんさき》に置《お》いてあるって聞《き》いたけど。」

翼《たすく》に言《い》われて、私《わたし》は頷《うなず》いた。

隆久《たかひさ》さんが車《くるま》から降《お》ろし、玄関《げんかん》に置《お》いてそのままになっている。

どこに持《も》っていけばいいのかわからなかったんだ。

「あれを口実《こうじつ》に使《つか》えば、黒木《くろき》でなくても琴音《ことね》に接近《せっきん》できるよ。おまえのかーちゃんの買《か》い物《もの》を預《あず》かってんだけど、どうする？　って言《い》えばいいんだ。」

あ、そうだね。

「じゃアーヤに頼《たの》もうかな。黒木《くろき》には学校《がっこう》に入《はい》りこんでもらいたいからさ。」

私《わたし》は、オーケイしようとしてハッと思《おも》い出《だ》した。

明日《あした》から、ゼミがあるんだった、動《うご》けないよ。

「あのぅ、私《わたし》は金沢《かなざわ》でゼミを、」

そう言《い》い出《だ》したとたん、素晴《すば》らしくいい事《こと》を思《おも》いついた。

「私《わたし》、明日《あした》からゼミに時間《じかん》を取《と》られますが、調査可能《ちょうさかのう》です！」

大《おお》きな声《こえ》で言《い》いながら頭《あたま》に浮《う》かんだアイディアを口《くち》にする。

「ゼミの受講生《じゅこうせい》のほとんどは、この地方《ちほう》の中学校《ちゅうがっこう》の生徒《せいと》のはず。中《なか》には恵斗君《けいとくん》と同《おな》じ学校《がっこう》の生徒《せいと》もいると思《おも》われるので、なんとかつながりを付《つ》けて情報《じょうほう》を収集《しゅうしゅう》します。」

黒木君《くろきくん》が笑《え》みを浮《う》かべ、拍手《はくしゅ》をする。

「期待《きたい》してるよ。」

うん、頑張《がんば》るっ！

「失礼《しつれい》します。」

障子《しょうじ》が開《ひら》き、数人《すうにん》の女性《じょせい》がお盆《ぼん》を手《て》にして入《はい》ってくる。

「先付《さきづ》けの小鉢《こばち》をお持《も》ちしました。」

私《わたし》たちは一気《いっき》に緊張《きんちょう》、口《くち》をつぐんでお膳《ぜん》に向《む》き直《なお》った。

女性《じょせい》は、各《かく》お膳《ぜん》に小鉢《こばち》を3つずつ配《くば》って立《た》ち去《さ》っていく。

3つの小《ちい》さな鉢《はち》は、どれも白地《しろじ》で、その上《うえ》に赤《あか》や黄《き》、紫《むらさき》、緑《みどり》、濃紺《のうこん》の絵《え》の具《ぐ》で扇《おうぎ》の模様《もよう》が描《えが》かれていた。

「ふむ、これが加賀《かが》れんこんの蓮蒸《はすむ》し、金時草《きんじそう》と二塚《ふたつか》からしなのお浸《ひた》し、身欠《みが》きニシンの大根寿《だいこんず》司《し》か。」

言《い》うが早《はや》いか若武《わかたけ》は、それぞれをたったひと口《くち》で完食《かんしょく》。

「量的《りょうてき》には、イマイチだな。」

あのねえ、あなたには、味《あじ》を楽《たの》しもうって気持《きも》ちはないのっ！

「この小鉢《こばち》の扇模様《おうぎもよう》の色《いろ》は、加賀友禅《かがゆうぜん》で昔《むかし》から使《つか》われてる伝統的《でんとうてき》な色《いろ》だよ。」

翼《たすく》が教《おし》えてくれた。

「加賀五彩《かがごさい》って言《い》われてる。臙脂《えんじ》、黄土《おうど》、草《くさ》、藍《あい》、古代紫《こだいむらさき》の5色《しょく》。」

そう言《い》われて改《あらた》めて見《み》ると、どの色《いろ》にも独特《どくとく》の深《ふか》みがあって、床《ゆか》しい感《かん》じがした。

あ、床《ゆか》しいって、上品《じょうひん》で心《こころ》が惹《ひ》き付《つ》けられるって意味《いみ》だよ。

奥床《おくゆか》しいというのも同義語《どうぎご》。

昔《むかし》からある言葉《ことば》で、源氏物語《げんじものがたり》なんかにも出《で》てきてるんだ。

「失礼《しつれい》します、お作《つく》りをお持《も》ちしました。」

再《ふた》び入《はい》ってきた女性《じょせい》たちが、ノドグロとゴリの刺身《さしみ》の載《の》った皿《さら》を配《くば》っていたその時《とき》っ！

「わかった！」

叫《さけ》び声《ごえ》と共《とも》に、忍《しのぶ》が飛《と》び込《こ》んできた。

「恵斗《けいと》の居所《いどころ》がつかめたぜ。」

紫色《むらさきいろ》の2つの瞳《ひとみ》には人《ひと》を射《い》るような炯々《けいけい》とした光《ひかり》があったけれど、護摩祈禱《ごまきとう》の炎《ほのお》に炙《あぶ》られたらしく、乱《みだ》れた髪《かみ》がまつわる頰《ほお》から首《くび》にかけては真《ま》っ赤《か》に焼《や》けただれていて、見《み》るも無残《むざん》だった。

私《わたし》たちは皆《みな》、ボーゼン。

「おい、それ、手当《てあ》てしねーとヤベェぜ。」

そうだよっ！

「後《あと》でいい。」

忍《しのぶ》はうるさそうに首《くび》を横《よこ》に振《ふ》った。

「恵斗《けいと》は、滝《たき》のそばにいるんだ。」

皆《みな》がいっせいに自分《じぶん》のスマートフォンを出《だ》し、検索《けんさく》を始《はじ》める。

始《はじ》められなかったのは私《わたし》だけ・・・だって持《も》ってないんだもの、スマートフォン、しくしくしく。

「滝《たき》って、ここだね。」

私《わたし》の隣《となり》にいた黒木君《くろきくん》がスマートフォンに表示《ひょうじ》した気比金崎神社《けひかなさきじんじゃ》の境内図《けいだいず》を見《み》せてくれた。

黒《くろ》い大鳥居《おおとりい》をくぐってすぐの左手《ひだりて》に社務所《しゃむしょ》があり、そこから本殿《ほんでん》の方《ほう》に向《む》かって続《つづ》く石垣《いしがき》の途《と》中《ちゅう》から滝《たき》が流《なが》れ落《お》ちている。

「神社側《じんじゃがわ》の説明《せつめい》によれば、西暦《せいれき》702年《ねん》、合祀《ごうし》された祭神《さいじん》のための社殿《しゃでん》を修営中《しゅうえいちゅう》、突如《とつじょ》として石《いし》垣《がき》から地下水《ちかすい》が噴《ふ》き出《だ》し、滝《たき》になったと伝《つた》えられている、らしいよ。」

説明書《せつめいが》きを読《よ》み上《あ》げた黒木君《くろきくん》に、忍《しのぶ》が頷《うなず》いた。

「恵斗《けいと》の気配《けはい》は依然《いぜん》としてかすかだけど、それに交《ま》じって水音《みずおと》が聞《き》こえるんだ。だが川《かわ》でも泉《いずみ》でもない。音《おと》の感《かん》じからして滝《たき》だ。」

私《わたし》は、つくづくと画面《がめん》を見回《みまわ》した。

滝《たき》が流《なが》れ出《で》ている石垣《いしがき》の前面《ぜんめん》は、玉石《たまいし》が敷《し》かれた境内《けいだい》。

その後《うし》ろは、広々《ひろびろ》とした森《もり》。

この滝《たき》の音《おと》が聞《き》こえる範囲内《はんいない》に恵斗君《けいとくん》がいるとすれば、境内《けいだい》の方《ほう》なら人目《ひとめ》に付《つ》くから、誰《だれ》かが見《み》かけているはず。

でも誰《だれ》も姿《すがた》を見《み》てないんだから、きっと森《もり》の中《なか》だ。

「この森《もり》が、黒《くろ》アゲハが大量発生《たいりょうはっせい》するっていう森《もり》だね。」

黒木君《くろきくん》が言《い》うのを聞《き》いて私《わたし》は、「かがやき」の中《なか》で見《み》た黒《くろ》アゲハを思《おも》い出《だ》した。

たぶん恵斗《けいと》が送《おく》ってきたんだろうと忍《しのぶ》は言《い》っていた。

そうだとしたら、恵斗君《けいとくん》はやっぱりこの森《もり》の中《なか》にいる気《き》がするんだけど・・・そう思《おも》うのは私《わたし》だけ？

「よし、森《もり》も含《ふく》めて滝《たき》の周辺《しゅうへん》を捜索《そうさく》だ！」

若武《わかたけ》が、手《て》に持《も》っていた箸《はし》をパシッとお膳《ぜん》に置《お》いた。

「出《で》かけるぞ。」

え、食《た》べてる途中《とちゅう》で？

そうは思《おも》ったんだけれど、火傷《やけど》をしながら頑張《がんば》っていた忍《しのぶ》を見《み》ると、それどころではなさそうな気《き》がしてきて、言《い》えなかった。

「七鬼《ななき》、夕飯《ゆうめし》は帰《かえ》ってから食《く》うって言《い》って、取《と》りあえず片付《かたづ》けといてもらえ。」

叫《さけ》んで出《で》ていこうとした若武《わかたけ》の後《うし》ろで、翼《たすく》が立《た》ち上《あ》がる。

「俺《おれ》が前《まえ》に言《い》ったでしょ、恵斗《けいと》は家《いえ》から出《で》てないって。聞《き》いてなかったのか。」

あ、そういえばそうだっけ。

「あの家《いえ》の中《なか》にいるはずなのに姿《すがた》がない、つまり消《き》えたんだ。滝《たき》の周辺《しゅうへん》なんかにいやしない。くだらん捜索《そうさく》なんてやってないで、さっさとチームを組《く》み直《なお》して琴音《ことね》の調査《ちょうさ》にかかろうぜ。」

出入《でい》り口《ぐち》の近《ちか》くにいた忍《しのぶ》が、ツカツカと歩《あゆ》み寄《よ》ってくる。

「俺《おれ》が間違《まちが》ってるって言《い》うのか。」

突《つ》き詰《つ》めるようなきつい光《ひかり》を浮《う》かべた目《め》で翼《たすく》を見《み》すえる様子《ようす》は、いつもの忍《しのぶ》とは全然《ぜんぜん》違《ちが》っていた。

「俺《おれ》の祈禱《きとう》に間違《まちが》いなんか、ねーよ。」

翼《たすく》は、ふふんと冷笑《れいしょう》する。

「俺《おれ》の鼻《はな》にも間違《まちが》いはない。」

2人《ふたり》はにらみ合《あ》い、殺気立《さっきだ》った。

額《ひたい》がくっつきそうなほどの至近距離《しきんきょり》で見《み》つめ合《あ》ったまま、ピクリとも動《うご》かない。

私《わたし》はアタフタしてしまった。

この2人《ふたり》の対立《たいりつ》は、KZ《カッズ》始《はじ》まって以来《いらい》、一度《いちど》も起《お》こった事《こと》がなかったから対処法《たいしょほう》がわからなかったんだ。

19　KZ《カッズ》離脱《りだつ》？

「若武《わかたけ》、決《けつ》、採《と》れよ。」

上杉君《うえすぎくん》が冷《ひ》ややかな眼差《まなざし》を2人《ふたり》に注《そそ》ぐ。

「このままじゃ動《うご》きが取《と》れんだろ。」

確《たし》かに。

「ちなみに俺《おれ》は、美門《みかど》を支持《しじ》する。」

え？

「美門《みかど》の嗅覚《きゅうかく》は科学的《かがくてき》に証明《しょうめい》できるものだし、事実《じじつ》これまでに何度《なんど》も成果《せいか》を上《あ》げてきた。」

翼《たすく》が、コクコクと何度《なんど》も頷《うなず》く。

確《たし》かに、いつもヘトヘトになるまで頑張《がんば》ってきたよね。

「それに対《たい》して七鬼《ななき》の祈禱《きとう》は、イマイチ科学的根拠《かがくてきこんきょ》に欠《か》けてる。使《つか》えねぇ。」

いかにも上杉君《うえすぎくん》らしい冷静《れいせい》な判断《はんだん》だったけれど、私《わたし》は、忍《しのぶ》がかわいそうになってしまった。

だって火傷《やけど》までしながら一生懸命《いっしょうけんめい》に祈禱《きとう》して、ようやく手《て》に入《い》れた情報《じょうほう》を否定《ひてい》されるなんて。

同時《どうじ》に、すごく心配《しんぱい》になったんだ。

使《つか》えないと言《い》われた忍《しのぶ》が、一体《いったい》どんな気持《きも》ちでいるか。

こっそり忍《しのぶ》の方《ほう》を見《み》る。

案《あん》の定《じょう》、菫色《すみれいろ》のその瞳《ひとみ》は影《かげ》を深《ふか》め、ほとんど漆黒《しっこく》といってもいいくらいの闇色《やみいろ》になっていた。

「俺《おれ》の力《ちから》に科学的根拠《かがくてきこんきょ》がなくて使《つか》えないんなら、」

そう言《い》いながら忍《しのぶ》は、暗《くら》い輝《かがや》きを浮《う》かべた目《め》を伏《ふ》せる。

「俺《おれ》は、なんのためにKZ《カッズ》にいるんだ。」

あっ、存在意義《そんざいいぎ》が揺《ゆ》らぎ始《はじ》めてる・・・。

「いても、意味《いみ》ないじゃないか。」


これはマズい！

「俺《おれ》、KZ《カッズ》抜《ぬ》ける。」

うわぁ、なんとかしなくちゃ!!

私《わたし》が言葉《ことば》を探《さが》していると、若武《わかたけ》が素早《すばや》く言《い》った。

「七鬼《ななき》は、IT関係《アイティーかんけい》に強《つよ》い。KZ《カッズ》としては、そっちを期待《きたい》してるんだ。」

うっ、微妙《びみょう》な慰《なぐさ》め方《かた》。

ＩＴ能力《アイティーのうりょく》に関《かん》してはほめてるけど、祈禱《きとう》や心霊関係《しんれいかんけい》については、上杉君《うえすぎくん》の〈使《つか》えねぇ〉発言《はつげん》をほぼ踏襲《とうしゅう》、継承《けいしょう》してるもの。

私《わたし》はハラハラしながら忍《しのぶ》を見《み》つめた。

どうか傷《きず》つかないで！

「七鬼《ななき》の心霊関係《しんれいかんけい》の力《ちから》は、これまで何度《なんど》か調査《ちょうさ》の役《やく》に立《た》ってきたよ。」

そう言《い》ったのは小塚君《こづかくん》だった。

「使《つか》えないなんて事《こと》ないと思《おも》う。」

私《わたし》が全身《ぜんしん》で頷《うなず》いていると、若武《わかたけ》が皆《みんな》を見回《みまわ》した。

「よし、決《けつ》を採《と》る。俺《おれ》は美門《みかど》の意見《いけん》に賛成《さんせい》だ。」

私《わたし》は急《いそ》いで自分《じぶん》の気持《きも》ちを口《くち》にした。

「私《わたし》は、忍《しのぶ》を支持《しじ》します。」

小塚君《こづかくん》も口《くち》を開《ひら》く。

「僕《ぼく》も、七鬼《ななき》の調査方針《ちょうさほうしん》に同意《どうい》するよ。」

おお、２対《たい》２だ。

残《のこ》るは黒木君《くろきくん》だけだった。

その意見次第《いけんしだい》で、今後《こんご》の調査方向《ちょうさほうこう》が決《き》まるという局面《きょくめん》、私《わたし》たちの視線《しせん》は黒木君《くろきくん》に集中《しゅうちゅう》っ！

黒木君《くろきくん》はちょっと笑《わら》った。

「両方《りょうほう》やれば？」

へ？

「2チームに分《わ》かれるんだ。若武《わかたけ》と上杉《うえすぎ》、美門《みかど》の3人《にん》は、琴音《ことね》の調査《ちょうさ》にかかる。小塚《こづか》とアーヤ、七鬼《なきな》の3人《にん》は、滝《たき》の周辺《しゅうへん》を捜索《そうさく》する。どちらかが成果《せいか》を上《あ》げ、恵斗《けいと》を見《み》つけられれば成功《せいこう》、って事《こと》で。」

はっきりシロクロつけず、誰《だれ》も傷《きず》つけないままに話《はなし》を先《さき》に進《すす》めるやり方《かた》は、う〜ん、やっぱり黒木君《くろきくん》だ、私《わたし》たちには発想《はっそう》できない。

「美門《みかど》も七鬼《ななき》も、それでいいだろ？」

2人《ふたり》は顔《かお》を見合《みあ》わせ、いささか不満《ふまん》げな様子《ようす》ながらも賛成《さんせい》した。

「まぁいいよ。」

「俺《おれ》も。」

忍《しのぶ》の離脱《りだつ》をまぬがれ、なんとかまとまって、私《わたし》はホッ！

「けど滝周辺《たきしゅうへん》の調査《ちょうさ》は、もう暗《くら》くて無理《むり》だし、明日《あした》になったらアーヤはゼミがあるんだろ。」

あ、そうだった。

「ゼミで情報収集《じょうほうしゅうしゅう》するとなると、滝《たき》の調査《ちょうさ》はしてられないね。」

わーん、どうしよう⁉

「アーヤの代《か》わりに俺《おれ》が滝周辺《たきしゅうへん》の調査《ちょうさ》に入《はい》るよ。アーヤは、恵斗《けいと》と同《おな》じ学校《がっこう》の受講生《じゅこうせい》を見《み》つけて接近《せっきん》、情報《じょうほう》を取《と》るんだ。」

ありがと、頑張《がんば》るね！

「そんじゃ各《かく》チームは、」

若武《わかたけ》がグルッと全員《ぜんいん》に目《め》を配《くば》った。

「明日《あした》の昼《ひる》までに結果《けっか》を出《だ》せ。昼飯《ひるめし》を食《く》いながら会議《かいぎ》だ。ゼミに出《で》なきゃならないアーヤのために、場所《ばしょ》は金沢《かなざわ》にする。」

わぁ、ありがと！

「必《かなら》ず成果《せいか》を上《あ》げろよ、いいな。」

＊

その夜《よる》は、北陸《ほくりく》の食材《しょくざい》を使《つか》った加賀料理《かがりょうり》を心《こころ》ゆくまで堪能《たんのう》し、準備《じゅんび》された部屋《へや》に敷《し》かれたフワフワの絹《きぬ》の布団《ふとん》で眠《ねむ》った。

私《わたし》の部屋《へや》には付書院《つけしょいん》があったので、眠《ねむ》る前《まえ》にそこで事件《じけん》ノートを開《ひら》き、明日《あした》の自分《じぶん》の任務《にんむ》を確《かく》認《にん》する事《こと》も忘《わす》れなかった。

謎《なぞ》1、恵斗《けいと》の言《い》い残《のこ》した〈たぶんマジ〉の意味《いみ》は何《なに》か、謎《なぞ》2、恵斗《けいと》の電話《でんわ》はなぜ途中《とちゅう》で切《き》れたのか、謎《なぞ》3、恵斗《けいと》は何《なに》を見《み》せようとしていたのか、謎《なぞ》7、学校《がっこう》では誰《だれ》が、どういう理由《りゆう》で恵斗《けいと》に嫉妬《しっと》していたのか、恵斗《けいと》がいなくなった時間《じかん》に、その人物《じんぶつ》のアリバイはあるのか。

これら4つの謎《なぞ》を突《つ》き止《と》めるために、恵斗君《けいとくん》を知《し》っている受講生《じゅこうせい》に接近《せっきん》し、情報《じょうほう》を取《と》るのが明日《あした》の仕事《しごと》。

今回《こんかい》もまた1人《ひとり》きりでの調査《ちょうさ》で、かなり不安《ふあん》かも。

うまくいくといいなぁ。

揺《ゆ》れる気持《きも》ちを抱《かか》えつつ、取《と》りあえずグッスリ眠《ねむ》って翌朝《よくあさ》、朝食《ちょうしょく》も早々《そうそう》に、私《わたし》は駅《えき》に向《む》かった。

車《くるま》で送《おく》り迎《むか》えしてくれる事《こと》になっていたんだけれど、今回《こんかい》の目的《もくてき》は、恵斗君《けいとくん》を知《し》っている受講《じゅこう》生《せい》に接近《せっきん》する事《こと》。

それには電車《でんしゃ》で行《い》った方《ほう》が出会《であ》える可能性《かのうせい》が大《おお》きいと思《おも》ったんだ。

電車賃《でんしゃちん》はかかるけど、しかたない。

朝《あさ》の駅《えき》は通勤《つうきん》や通学《つうがく》の人《ひと》たちで混《こ》んでいたけれど、私《わたし》がいつも使《つか》っている新玉駅《しんたまえき》ほどじゃなかった。

金沢行《かなざわい》きの電車《でんしゃ》に乗《の》ろうとしていると、後《うし》ろの方《ほう》で女子《じょし》の集団《しゅうだん》がキャッキャと騒《さわ》いでいた。

振《ふ》り返《かえ》って見《み》ると、胸《むね》に付《つ》いている校章《こうしょう》は、交差《こうさ》した枝《えだ》と松葉《まつば》で、その上《うえ》に「松枝中《まつがえちゅう》」の文《も》字《じ》。

お、恵斗君《けいとくん》の中学《ちゅうがく》だ。

もしかして何《なに》か情報《じょうほう》をキャッチできるかも知《し》れない。

私《わたし》は素知《そし》らぬ顔《かお》でその女子《じょし》の後方《こうほう》に回《まわ》り、後《うし》ろに続《つづ》いて電車《でんしゃ》に乗《の》り込《こ》んだ。

席《せき》は空《あ》いていたけれど、その子《こ》たちは座《すわ》らず、ドアの近《ちか》くに立《た》つ。

それで私《わたし》は、そこに近《ちか》い席《せき》に座《すわ》って耳《みみ》を澄《す》ませた。

胸《むね》がドキドキしてしまった。

部活《ぶかつ》のグチとか、担任《たんにん》の噂《うわさ》とか、色々話《いろいろはな》していたけれど、恵斗君《けいとくん》に関《かん》する事《こと》は何《なに》もなく、私《わたし》はちょっとガッカリ。

人気者《にんきもの》が行方不明《ゆくえふめい》になってるっていうのに、誰《だれ》も気《き》にしてないのかなぁ。

クラスや学年《がくねん》が違《ちが》ってて、恵斗君《けいとくん》を知《し》らないとか？

そう思《おも》っていたその時《とき》っ！

「あの噂《うわさ》、聞《き》いた？　ほら、マジ、」

そこまで言《い》った女子《じょし》を、皆《みな》があわてて止《と》める。

「シッ！」

その後《あと》は、秘密《ひみつ》めいたヒソヒソ声《ごえ》になってしまって、もう何《なに》も聞《き》き取《と》れなかった。

でも私《わたし》は思《おも》ったんだ、今誰《いまだれ》かが言《い》った「マジ」は、もしかして恵斗君《けいとくん》が言《い》い残《のこ》した「たぶんマジ」と同《おな》じかも知《し》れないって。

それで話《はなし》を聞《き》こうと必死《ひっし》になった。

耳《みみ》をダンボさんのように大《おお》きくし、体《からだ》もできるだけすり寄《よ》せ、でも目《め》が合《あ》うとマズいから首《くび》をひねってソッポを向《む》いて、ものすごく辛《つら》い体勢《たいせい》で頑張《がんば》ったんだ。

でも結局《けっきょく》、何《なに》も聞《き》き取《と》れないまま金沢《かなざわ》に着《つ》いてしまった。

ううっ、惜《お》しい、惜《お》しすぎる！

「私《わたし》たち、ゼミなんだ。歴史博物館《れきしはくぶつかん》の２階《かい》。」

おおっ、私《わたし》と同《おな》じ。

「じゃね！」

駅《えき》で２つに分《わ》かれた女子《じょし》の集団《しゅうだん》は、その片方《かたほう》が歴史博物館《れきしはくぶつかん》行《い》きのバス停《てい》に向《む》かう。

この街《まち》の観光《かんこう》の中心地《ちゅうしんち》でもあり、多《おお》くの人《ひと》たちがそちらに流《なが》れていくので、私《わたし》も中《なか》に紛《まぎ》れてバスに乗《の》り込《こ》んだ。

「次《つぎ》は出羽町《でわまち》です。お降《お》りの方《かた》はボタンを押《お》してお知《し》らせください。」

石川県立歴史博物館《いしかわけんりつれきしはくぶつかん》は、そのバス停《てい》から徒歩《とほ》５分《ふん》。

秀明《しゅうめい》ゼミの案内板《あんないばん》が出《で》ていて、女子《じょし》たちはそのまま２階《かい》へ。

私《わたし》も後《あと》を追《お》う。

広《ひろ》い会議室《かいぎしつ》が教室《きょうしつ》になっていて、女子集団《じょししゅうだん》は長机《ながづくえ》の端《はし》の方《ほう》に並《なら》んで座《すわ》った。

私《わたし》は、そのすぐ後《うし》ろに着席《ちゃくせき》。

授業《じゅぎょう》が始《はじ》まると話《はなし》ができなくなるから、その前《まえ》に情報《じょうほう》を取《と》らなくちゃ。

そう思《おも》いながら机《つくえ》の上《うえ》にテキストやペンケースを出《だ》し、耳《みみ》を澄《す》ませていたけれど、価値《かち》のありそうな情報《じょうほう》は入《はい》ってこなかった。

それで思《おも》い切《き》って声《こえ》をかける事《こと》にしたんだ。

でも、わざとらしくならないようにしないとマズいよね。

その方法《ほうほう》をあれこれと考《かんが》えていて、消《け》しゴムを落《お》とそうと思《おも》いついた。

それをきっかけにして話《はなし》ができるように、消《け》しゴムの上《うえ》に、新玉秀明《しんたましゅうめい》ゼミ立花《たちばな》、と書《か》くと、それを前列《ぜんれつ》にいる女子《じょし》の足元《あしもと》に転《ころ》がしたんだ。

「あ！」

声《こえ》を上《あ》げると、女子全員《じょしぜんいん》が振《ふ》り返《かえ》り、私《わたし》の視線《しせん》を追《お》って自分《じぶん》の足元《あしもと》を見《み》た。

「すみません、落《お》としちゃって。」

消《け》しゴムを拾《ひろ》った女子《じょし》は、書《か》かれた字《じ》を見《み》ながら私《わたし》の机《つくえ》の上《うえ》に置《お》く。

「新玉《しんたま》って、この辺《へん》じゃないよね。何県《なにけん》？」

説明《せつめい》すると、驚《おどろ》いたようだった。

「東京越《とうきょうこ》えて来《き》たんだ。なんでこんな遠《とお》くのゼミに参加《さんか》する気《き》になったの？」

私《わたし》は、ここぞとばかりに声《こえ》に力《ちから》を入《い》れる。

「クラスメートの七鬼君《なな き くん》が敦賀《つるが》に行《い》くっていうから、友《とも》だちと一緒《いっしょ》に観光《かんこう》に来《き》たんです。ゼミは、そのついでに。」

女子《じょし》たちは顔《かお》を見合《みあ》わせた。

「七鬼《なき》って、お館様《やかたさま》の事《こと》だよね。」

「そういえば昨日《きのう》、お館《やかた》に明《あ》かりが点《つ》いてたって誰《だれ》かが言《い》ってたよ。」

「へえ、今《いま》、来《き》てるんだ。」

全員《ぜんいん》で一気《いっき》にこっちに向《む》き直《なお》り、身《み》を乗《の》り出《だ》す。

「七鬼《なき》の若様《わかさま》って、去年《きょねん》のお練《ね》り祭《まつ》りの時《とき》に見《み》かけたけど、すっごいイケメンだよね。」

「いつもあんなにカッコいいの？」

いいえ、いつもはまるっきり天然《てんねん》、と言《い》いそうになり、あわてて呑《の》み込《こ》んだ。

「ま、まぁね。」

女子《じょし》たちは次々《つぎつぎ》と溜《た》め息《いき》をつく。

「いいなぁ、同《おな》じクラスって。」

「メッチャ羨《うらや》ましい！」

その場《ば》の雰囲気《ふんいき》が和《やわ》らいだのを感《かん》じ、私《わたし》はすぐさま情報収集《じょうほうしゅうしゅう》に入《はい》る。

「でも今《いま》はイライラしてるみたいです。友《とも》だちの鷹羽恵斗君《たかはけいとくん》が行方不明《ゆくえふめい》だとか。あなたたちと同《おな》じ松枝中学《まつがえちゅうがく》だから知《し》ってますよね、鷹羽君《たかはくん》の事《こと》。」

1人《ひとり》が首《くび》を傾《かし》げた。

「誰《だれ》？」

「さぁ・・・」

え・・・知《し》らないの？

琴音《ことね》さんの話《はなし》じゃ、成績《せいせき》がよく明《あか》るくてスポーツもできる人気者《にんきもの》って事《こと》だったけど。

「あ、気比金崎神社《けひかなさきじんじゃ》の息子《むすこ》じゃない？」

1人《ひとり》がそう言《い》い出《だ》し、皆《みな》が、そう言《い》われてみればそうだと言《い》いたげな顔付《かおつ》きになった。

「ああ今年《ことし》のお練《ね》りで、『社参《しゃさん》』やった子《こ》ね。」

「そっか。てんで忘《わす》れてたよ。目立《めだ》たないし、存在感薄《そんざいかんうす》いしさぁ。」

え・・・琴音《ことね》さんから聞《き》いていた話《はなし》と違《ちが》う。

どっちが本当《ほんとう》？

私《わたし》は、食《く》い入《い》るように女子《じょし》たちを見回《みまわ》した。

「鷹羽恵斗君《たかはけいとくん》って、成績《せいせき》がよく明《あか》るくてスポーツもできる人気者《にんきもの》で、同級生《どうきゅうせい》から嫉妬《しっと》されてるんじゃないんですか？」

女子《じょし》たちは目《め》をパチクリ、しばらくしてドッと笑《わら》い崩《くず》れた。

「真逆《まぎゃく》だって！」

「そうそう、嫉妬《しっと》どころか、誰《だれ》も問題《もんだい》にもしないくらい地味《じみ》な子《こ》だよ。」

がぁ〜ん！

となると、謎《なぞ》7、学校《がっこう》では誰《だれ》が、どういう理由《りゆう》で恵斗《けいと》に嫉妬《しっと》していたのか、恵斗《けいと》がいなくなった時間《じかん》に、その人物《じんぶつ》のアリバイはあるのか、については根拠《こんきょ》となる事実《じじつ》がなく、この謎自体《なぞじたい》が成立《せいりつ》しない事《こと》になる。

この複数《ふくすう》の女子《じょし》が、とっさに口裏《くちうら》を合《あ》わせて話《はな》しているとは考《かんが》えにくいから、琴音《ことね》さんが嘘《うそ》をついたって事《こと》になるんだけど。

「何《なに》、盛《も》り上《あ》がってんの？」

脇《わき》の通路《つうろ》を通《とお》りかかった男子《だんし》が足《あし》を止《と》め、女子《じょし》の1人《ひとり》が答《こた》えた。

「気比金崎神社《けひかなさきじんじゃ》の息子《むすこ》が、成績《せいせき》がよく明《あか》るくてスポーツもできる人気者《にんきもの》で、同級生《どうきゅうせい》から嫉妬《しっと》されてるって噂《うわさ》が流《なが》れてるんだって。」

男子《だんし》は一瞬固《いっしゅんかた》まり、しばらくしてボソッとひと言《こと》。

「どーせSNS《エスエヌエス》情報《じょうほう》だろ。ホント信用《しんよう》できねーよな、ネット。鷹羽《たかは》が人気者《にんきもの》なら、俺《おれ》なんか超人《ちょうにん》気者《きもの》じゃね？」

女子《じょし》たちは笑《わら》い出《だ》し、アレコレとからかい始《はじ》める。

今通《いまとお》りかかって話《はなし》を聞《き》いたばかりの男子《だんし》まで同《おな》じ事《こと》を言《い》っているとなると、やはり鷹羽恵斗《たかはけいと》は地味《じみ》な子《こ》だったと考《かんが》えるのが正《ただ》しいようだった。

琴音《ことね》さんは、なぜそんな嘘《うそ》をついたんだろう。

私《わたし》は事件《じけん》ノートにそれを書《か》き込《こ》みながら、この際《さい》、さっきの電車《でんしゃ》の中《なか》で一瞬《いっしゅん》聞《き》いた「マジ、」についてもはっきりさせたいと思《おも》った。

どう切《き》り出《だ》せば答《こた》えてもらえるのかを考《かんが》えながら、女子《じょし》たちの様子《ようす》をうかがう。

「じゃな。」

そう言《い》って立《た》ち去《さ》る男子《だんし》の背中《せなか》を見《み》ながら、女子《じょし》の1人《ひとり》がつぶやいた。

「あの子《こ》、確《たし》か仲間《なかま》だよ。」

「そうみたいね。マジ、」

私《わたし》の耳《みみ》は、ビクッと拡大《かくだい》っ！

心臓《しんぞう》をドキンドキンさせながら、目《め》を伏《ふ》せ、ノートに見入《みい》っているふりを装《よそお》った。

「シッ！」

誰《だれ》かがストップをかける。

「ヤバいって。」

それ以降《いこう》は声《こえ》が小《ちい》さくなってしまって何《なに》も聞《き》こえなかった。
ああ・・・。
やがて講師《こうし》の先生《せんせい》が入《はい》ってきて、授業《じゅぎょう》が始《はじ》まる。
私《わたし》の胸《むね》には、２つの疑問《ぎもん》。
琴音《ことね》さんはなぜ、嘘《うそ》をついたのか。
そして マジとは、一体《いったい》、なんなのか。

20　生存率《せいぞんりつ》の低下《ていか》

ゼミの間中《あいだじゅう》ずっと、私《わたし》はその事《こと》を考《かんが》えていた。

講師《こうし》の先生《せんせい》の話《はなし》は、ちゃんと聞《き》いてメモも取《と》っていたけれど、頭《あたま》の中心《ちゅうしん》に浮《う》かんでいたのは琴《こと》音《ね》さんの顔《かお》と、マジ、の2文字《ふたもじ》。

思《おも》い出《だ》してみれば、琴音《ことね》さんの嘘《うそ》は恵斗君《けいとくん》が人気者《にんきもの》だって事《こと》だけじゃなかった。

1人《ひとり》で出《で》ていく所《ところ》を見《み》た、とも言《い》ったんだ。

それについて上杉君《うえすぎくん》の意見《いけん》は、琴音《ことね》さんは何《なに》かを隠《かく》すためにそう言《い》わなければならなかった、という事《こと》だった。

そして、その何《なに》かというのは、今回《こんかい》の事件《じけん》につながるものだと。

恵斗君《けいとくん》が嫉妬《しっと》されていたという嘘《うそ》も、同《おな》じ理由《りゆう》から生《う》まれたのかも知《し》れない。

琴音《ことね》さんについては今頃《いまごろ》、若武《わかたけ》のチームが調査《ちょうさ》しているはず。

きっと何《なに》か新《あたら》しい情報《じょうほう》を見《み》つけてくるだろう。

そう思《おも》って、私《わたし》はすごく期待《きたい》していた。

それなのに・・・それなのにぃっ！

金沢《かなざわ》にやってきたKZ《カッズ》メンバーと顔《かお》を合《あ》わせ、ランチを食《た》べに和食屋《わしょくや》さんに入《はい》って、これまでの流《なが》れについて私《わたし》がノートを読《よ》み上《あ》げ終《お》わるなり、若武《わかたけ》はこう言《い》ったんだ。

「最初《さいしょ》に断《ことわ》っておくが、琴音《ことね》調査《ちょうさ》チームの俺《おれ》たちには、報告《ほうこく》できるような成果《せいか》は何《なに》もないっ！」

えーい、偉《えら》そうに言《い》うなっ！

「母親《ははおや》の買《か》った物《もの》を持《も》っていって、これ預《あず》かってんだ、どうする？　って持《も》ちかけたんだけど、琴音《ことね》は全《まった》く無関心《むかんしん》。あ、そう、じゃ受《う》け取《と》っとくから、これで会話《かいわ》は終了《しゅうりょう》だ。おまけに、もう用《よう》事《じ》は済《す》んだんでしょう、サッサと帰《かえ》れば、って追《お》い出《だ》された。」

あーあ。

「やっぱ黒木《くろき》でないと、女《おんな》の心《こころ》には入《はい》り込《こ》めん。俺《おれ》からは以上《いじょう》だ。じゃ次《つぎ》、滝調査《たきちょうさ》チーム、報告《ほうこく》を。」

小塚君《こづかくん》と忍《しのぶ》、黒木君《くろきくん》の3人《にん》は顔《かお》を見合《みあ》わせ、しばし黙《だま》っていたけれど、やがて黒木君《くろきくん》が溜《た》め息《いき》をついて言《い》った。

「滝《たき》の周辺《しゅうへん》と、その背後《はいご》に広《ひろ》がる黒《くろ》アゲハの森《もり》を調査《ちょうさ》した。黒《くろ》アゲハの森《もり》は、滝《たき》の背後《はいご》から本殿《ほんでん》の奥《おく》に広《ひろ》がっていて、その中《なか》には4つの小《ちい》さな神社《じんじゃ》が建《た》っている。だが恵斗《けいと》の姿《すがた》は、どこにもなかった。」

どこにもいないっ!?

「恵斗《けいと》がもし森《もり》に入《はい》っていたとすれば、そこで今朝《けさ》まですごしたはずだから痕跡《こんせき》があるはずだが、それもない。４つの神社《じんじゃ》の中《なか》にも、人《ひと》が入《はい》った形跡《けいせき》は見当《みあ》たらなかった。琴音《ことね》調査《ちょうさ》チーム同《どう》様《よう》、俺《おれ》たちの調査《ちょうさ》も不発《ふはつ》。」

つまり、２チーム共《とも》に結果《けっか》を出《だ》せなかったんだ。

私《わたし》は、ちょっと青《あお》ざめた。

そんな事《こと》は、かつてなかったから。

「だから俺《おれ》が言《い》ってたでしょ。」

翼《たすく》が、それ見《み》た事《こと》かと言《い》いたげに口《くち》を開《ひら》く。

「恵斗《けいと》は消《き》えたんだって。」

若武《わかたけ》は頷《うなず》くような、頷《うなず》かないような微妙《びみょう》な反応《はんのう》をしながら私《わたし》の方《ほう》を見《み》た。

「アーヤ、」

はいっ!?

「調査《ちょうさ》は行《い》き詰《づ》まりつつある。ここを打開《だかい》できるのは、もうおまえだけだ。」

私《わたし》は自分《じぶん》の肩《かた》に、全責任《ぜんせきにん》がグィ〜ンとのしかかってくるのを感《かん》じた。

「報告《ほうこく》してくれ。」

急《いそ》いで事件《じけん》ノートをめくり、メモしてきた事《こと》を発表《はっぴょう》する。

恵斗君《けいとくん》は人気者《にんきもの》ではなく目立《めだ》たない存在《そんざい》であり、琴音《ことね》さんの話《はなし》は嘘《うそ》だった事《こと》、恵斗君《けいとくん》と同《おな》じ松枝中学《まつがえちゅうがく》の女子生徒《じょしせいと》たちが、マジ、という会話《かいわ》をしていた事《こと》、それに関《かん》してはどうも仲間《なかま》がいるらしい。しかし詳細《しょうさい》は不明《ふめい》である事《こと》。

「琴音《ことね》が嘘《うそ》をついている事《こと》は、織《お》り込《こ》み済《ず》みだ。けど・・・」

若武《わかたけ》が考《かんが》え込《こ》みながらつぶやく。

「なんでだ？　嘘《うそ》をつくのが趣味《しゅみ》なのか。」

上杉君《うえすぎくん》が、チッと舌《した》を鳴《な》らした。

「違《ちげ》えーだろ。」

そう言《い》いながら腕《うで》を組《く》み、天井《てんじょう》を見上《みあ》げる。

「最初《さいしょ》の作《つく》り話《ばなし》は、恵斗《けいと》が1人《ひとり》で出《で》ていった、って事《こと》。次《つぎ》は、恵斗《けいと》が人気者《にんきもの》で皆《みんな》の嫉妬《しっと》を買《か》っていたって事《こと》。この2つに共通《きょうつう》するものは、なんだ。」

私《わたし》は首《くび》を傾《かし》げ、小塚君《こづかくん》と目《め》を合《あ》わせた。

「なんだろ？」

「さぁ・・・」

上杉君《うえすぎくん》は静《しず》かに視線《しせん》を下《お》ろし、目《め》の前《まえ》の空間《くうかん》を凝視《ぎょうし》してそのまま沈黙《ちんもく》、凍《こお》り付《つ》いたように動《うご》かなくなった。

ただ目《め》の中《なか》の光《ひかり》だけが、冴《さ》え冴《ざ》えとしたきらめきを放《はな》っている。

「おいフリーズしてるぞ。」

「いつ、現世《げんせ》に戻《もど》ってくんだ？」

「未定《みてい》でしょ、やっぱ。」

「待《ま》つしかないね。」

皆《みな》の注目《ちゅうもく》を一身《いっしん》に集《あつ》めながら上杉君《うえすぎくん》は、なお不動《ふどう》。

「上杉《うえすぎ》、いい加減《かげん》にしろよ。」

気《き》の短《みじか》い若武《わかたけ》がそう言《い》ったとたん、ふっと視線《しせん》を揺《ゆ》らした。

「おっ、動《うご》いた。」

「生還《せいかん》だ。」

私《わたし》はホッとしながら上杉君《うえすぎくん》の薄《うす》い唇《くちびる》を見《み》つめ、そこから出《で》てくる言葉《ことば》を待《ま》った。

「琴音《ことね》はたぶん、恵斗《けいと》が行方不明《ゆくえふめい》になった事情《じじょう》を知《し》ってるんだ。」

えっ⁉

「もちろん誰《だれ》が関《かか》わっているのかも、知《し》っている。」

ゴックン！

「だからその人物《じんぶつ》を隠《かく》すために、虚偽《きょぎ》の発言《はつげん》をした。恵斗《けいと》が1人《ひとり》で出《で》ていったとか、嫉妬《しっと》されていたとか言《い》って、俺《おれ》たちの目《め》をそらそうとしたんだ。こちらの質問《しつもん》に短《みじか》くしか答《こた》えないのも、拒絶《きょぜつ》するような態度《たいど》を取《と》っているのも、情報《じょうほう》をもらすまいとガードを固《かた》めているからだ。」

なぁるほど！

私《わたし》は深々《ふかぶか》と納得《なっとく》し、事件《じけん》ノートの謎《なぞ》7の下《した》に、根拠《こんきょ》なしと書《か》き込《こ》んだ。

これで謎《なぞ》7は消滅《しょうめつ》だった。

残《のこ》っているのは、謎《なぞ》1、恵斗《けいと》の言《い》い残《のこ》した〈たぶんマジ〉の意味《いみ》は何《なに》か、謎《なぞ》2、恵斗《けいと》の電話《でんわ》はなぜ途中《とちゅう》で切《き》れたのか、謎《なぞ》3、恵斗《けいと》は何《なに》を見《み》せようとしていたのか、謎《なぞ》4、恵斗《けいと》は今《いま》どこにいるのか、謎《なぞ》5、琴音《ことね》は何《なに》を隠《かく》しているのか、そしてその理由《りゆう》は何《なに》か、謎《なぞ》8、恵斗《けいと》の父《ちち》で宮司《ぐうじ》だった勝一《かついち》は、本当《ほんとう》に事故死《じこし》なのか、以上《いじょう》の6つ。

「じゃ、」

翼《たすく》がふっと不敵《ふてき》な笑《え》みを浮《う》かべる。

「琴音《ことね》を締《し》め上《あ》げようぜ。」

出《で》たぁ、ブラック翼《たすく》！

「まぁ待《ま》てよ。」

黒木君《くろきくん》が両腕《りょううで》を体《からだ》の後方《こうほう》の畳《たたみ》につき、そこに体重《たいじゅう》を移動《いどう》させて長《なが》い脚《あし》を前《まえ》に放《ほう》り出《だ》す。

「琴音《ことね》が黒幕《くろまく》だとすれば、マジ、についても知《し》ってるんじゃないのか。恵斗《けいと》の電話《でんわ》はそこで切《き》れて、本人《ほんにん》が行方不明《ゆくえふめい》になってるんだからさ。」

あ、そうだ。

「両方《りょうほう》まとめて片付《かたづ》けよう。」

若武《わかたけ》が両腕《りょううで》の袖《そで》をめくり、やる気満々《きまんまん》の様子《ようす》で身《み》を乗《の》り出《だ》す。

「アーヤ、」

えっ？

「松枝中学《まつがえちゅうがく》の生徒《せいと》が言《い》ってたっていう、マジ、のとこをも1回《かい》、詳《くわ》しく話《はな》せ。」

それで私《わたし》は、電車《でんしゃ》の中《なか》と教室《きょうしつ》で聞《き》いた2回《かい》のマジ、について、その通《とお》りに報告《ほうこく》した。

「つまり、マジ、は噂《うわさ》になっているヤバい案件《あんけん》で、それに関《かか》わっているのは1人《ひとり》ではなく集団《しゅうだん》だって事《こと》だよな。」

その通《とお》りです！

「あのさ、」

そう言《い》いながら上杉君《うえすぎくん》が、冷《ひ》ややかなその目《め》を瞬《まばた》かせる。

「恵斗《けいと》も、マジ、って口《くち》にしてたんだろ。だったら、その仲間《なかま》に入《はい》ってる可能性《かのうせい》、あるんじゃね？」

私《わたし》たちは虚《きょ》を突《つ》かれ、あたりの空気《くうき》が一気《いっき》にシーンとした。

それは、今《いま》まで誰《だれ》も考《かんが》えてもみなかった事《こと》だった。

私《わたし》たちはずっと、恵斗君《けいとくん》は被害者《ひがいしゃ》だとばかり思《おも》ってきたから。

それが仲間《なかま》だったなんて・・・。

目《め》の前《まえ》に突然《とつぜん》、新《あたら》しい世界《せかい》が出現《しゅつげん》したような気《き》がした。

「これって、仲間内《なかまうち》の抗争《こうそう》だったのかもな。」

上杉君《うえすぎくん》がそう言《い》った瞬間《しゅんかん》、忍《しのぶ》が突《つ》っ立《た》った。

「恵斗《けいと》は、俺《おれ》の友《とも》だちだ。しかも神《かみ》の子《こ》だぞ。ヤバい仲間《なかま》に入《はい》るような人間《にんげん》じゃないっ！　謝《あやま》れっ!!」

息《いき》も荒《あら》く言《い》い放《はな》った忍《しのぶ》の肩《かた》を、黒木君《くろきくん》が抱《だ》き寄《よ》せる。

「落《お》ち着《つ》けよ。事件《じけん》を片付《かたづ》ければ、それもはっきりするさ。」

忍《しのぶ》は憤然《ふんぜん》としたまま腰《こし》を下《お》ろし、上杉君《うえすぎくん》と目《め》が合《あ》うと、あからさまに、ふんっ！　と顔《かお》をそむけた。

若武《わかたけ》が呆《あき》れたようにつぶやく。

「ガキみたいな態度《たいど》、取《と》るなよ。」

それで私《わたし》は思《おも》ってしまった、いつも自分《じぶん》がどーゆー態度《たいど》を取《と》っているのか、思《おも》い出《だ》したらどうなのって。

「さてっと、やっぱ琴音《ことね》を徹底的《てっていてき》にマークだな。」

若武《わかたけ》はちょっと考《かんが》える様子《ようす》を見《み》せたものの、例《れい》によってすぐさま結論《けつろん》に至《いた》ったらしく、全員《ぜんいん》を見回《みまわ》す。

「俺《おれ》と黒木《くろき》は、琴音《ことね》のバイト先《さき》を当《あ》たって様子《ようす》を聞《き》き出《だ》す。」

え・・・どこでバイトしてるかわかってないんだけど。

「芸妓《げいぎ》してんだろ。金沢芸妓《かなざわげいぎ》はお茶屋《ちゃや》って所《ところ》に所属《しょぞく》してるんだ。そこで着替《きが》えたり、待機《たいき》したりしている。この金沢《かなざわ》に、お茶屋《ちゃや》は14軒《けん》しかないんだ。片《かた》っ端当《ぱしあ》たりゃすぐわかる。」

そっか。

「上杉《うえすぎ》と小塚《こづか》は、もう一度黒《いちどくろ》アゲハの森《もり》を調査《ちょうさ》だ。どんな些細《ささい》な事《こと》も見逃《みのが》すな。美門《みかど》は恵斗《けいと》の家《いえ》に行《い》き、再度匂《さいどにお》いのチェック、および家《いえ》に出入《ではい》りしてる関係者《かんけいしゃ》の聞《き》き込《こ》み。アーヤは、マジが何《なに》を意味《いみ》しているのかを探《さぐ》る。マジはそれだけで成立《せいりつ》する単独《たんどく》の言葉《ことば》なのか、それとも略語《りゃくご》で後《うし》ろに言葉《ことば》が続《つづ》くのか。マジの付《つ》く名詞《めいし》や動詞《どうし》、副詞《ふくし》なんかを全部列挙《ぜんぶれっきょ》して、その中《なか》からこの事件《じけん》に関係《かんけい》しそうなものを見《み》つけるんだ。」

私《わたし》は、ものすごぉく深《ふか》く、しかも全力《ぜんりょく》で頷《うなず》いた。

マジって言葉《ことば》が気《き》になっていた事《こと》もあるけれど、これが自分《じぶん》の一番得意《いちばんとくい》とする分野《ぶんや》だったから力《ちから》が入《はい》ったんだ。

よし、必《かなら》ず見《み》つけ出《だ》すぞっ！

「七鬼《なきき》はネット内《ない》を捜索《そうさく》。松枝中学《まつがえちゅうがく》のサイト、琴音《ことね》に関《かん》する噂《うわさ》や情報《じょうほう》を収集《しゅうしゅう》する。」

言《い》い終《お》わって若武《わかたけ》は、そのきれいな目《め》に力《ちから》を込《こ》めた。

「恵斗《けいと》がいなくなって今日《きょう》で2日経《ふつかた》つ。行方不明《ゆくえふめい》になった人間《にんげん》の生存率《せいぞんりつ》は、72時間《じかん》を超《こ》えると急《きゅう》激《げき》に下《さ》がるんだ。」

げっ！

「72時間《じかん》は3日間《みっかかん》、各自《かくじ》、夕食《ゆうしょく》までに調査《ちょうさ》を完了《かんりょう》せよ。急《いそ》げ。次《つぎ》の会議《かいぎ》は夕食《ゆうしょく》の時《とき》、七鬼《ななき》の館《やかた》で行《おこな》う。」

皆《みな》はサッと立《た》ち上《あ》がって和食屋《わしょくや》さんを出《で》ていき、私《わたし》も記録《きろく》を付《つ》けていたノートを片付《かたづ》けた。

言葉《ことば》を探《さが》すためには色々《いろいろ》と書《か》き出《だ》す必要《ひつよう》があったから、机《つくえ》のある所《ところ》で作業《さぎょう》したいと思《おも》い、ゼミの教室《きょうしつ》に戻《もど》る事《こと》にしたんだ。

「アーヤ、」

声《こえ》をかけられて振《ふ》り向《む》くと、翼《たすく》が出入《でい》り口《ぐち》の脇《わき》に立《た》っていた。

「ちょっと付《つ》き合《あ》ってくれよ。」

はぁ・・・。

「勝二《かつじ》や満智子《まちこ》と面識《めんしき》があるでしょ。俺《おれ》を連《つ》れていって、2人《ふたり》に紹介《しょうかい》してくれないか。田原家《たはらけ》を探《さぐ》りたいんだ。」

え・・・翼《たすく》の任務《にんむ》は恵斗《けいと》の家《いえ》、つまり鷹羽家《たかはけ》で匂《にお》いを再《さい》チェックする事《こと》だったはず。

それが、なぜ田原家《たはらけ》に？

「前《まえ》の調査《ちょうさ》で恵斗《けいと》の家《いえ》に行《い》って嗅《か》ぎ回《まわ》ってた時《とき》、ドアや壁《かべ》から妙《みょう》な臭《にお》いがした。」

妙《みょう》な臭《にお》い？

「今《いま》まで嗅《か》いだ事《こと》のない臭《にお》いだ。正体《しょうたい》は不明《ふめい》。さっき琴音《ことね》と接触《せっしょく》した時《とき》も、わずかだけど同《おな》じ臭《にお》いがしてた。琴音《ことね》の手《て》からだ。」

ふむ。

「考《かんが》えられるのは、鷹羽家《たかはけ》にその臭《にお》いを出《だ》す物《もの》があって、琴音《ことね》が鷹羽家《たかはけ》からそれを持《も》ち出《だ》して手《て》に臭《にお》いが付《つ》いたか、あるいはその逆《ぎゃく》だ。田原家《たはらけ》に臭《にお》いの元《もと》があり、琴音《ことね》が鷹羽家《たかはけ》に持《も》っていった。」

どっちなんだろ。

「臭《にお》いの元《もと》が鷹羽家《たかはけ》にあるとしたら、俺《おれ》が嗅《か》ぎ回《まわ》った時《とき》に見《み》つけてるはずだ。だが、それらしいものは見《み》かけなかった。だからたぶん田原家《たはらけ》にある。」

そっか。

「今回《こんかい》の事件《じけん》とは無関係《むかんけい》かも知《し》れないけど、なんか気《き》になって落《お》ち着《つ》かない。臭《にお》いの正体《しょうたい》をはっきりさせたいんだ。アーヤも忙《いそが》しいとは思《おも》うけど、ちょっとだけ俺《おれ》に時間《じかん》をくれよ。」

私《わたし》は、即《そく》オッケイしたかった。

臭《にお》いを嗅《か》ぎ分《わ》けるってすごく微妙《びみょう》な作業《さぎょう》だろうから、翼《たすく》の気《き》持《も》ちを安定《あんてい》させておいた方《ほう》がいいと思《おも》ったんだ。

でも私《わたし》には午後《ごご》のゼミがある、どうしよう・・・。

えっと、こういう事《こと》は確《たし》か、前《まえ》にも何度《なんど》かあった。

その時《とき》は黒木君《くろきくん》に頼《たの》んで、知《し》り合《あ》いの大人《おとな》に、保護者《ほごしゃ》を装《よそお》って欠席《けっせき》の電話《でんわ》をかけてもらったんだ。

「黒木君《くろきくん》に頼《たの》んでほしい事《こと》があるんだけど。」

翼《たすく》に詳《くわ》しい話《はなし》をし、メールを打《う》ってもらう。

黒木君《くろきくん》からは、すぐ了解《りょうかい》の返事《へんじ》があり、私《わたし》は胸《むね》をなで下《お》ろした。

「じゃ駅《えき》に行《い》こ。」

翼《たすく》と一緒《いっしょ》に電車《でんしゃ》に乗《の》り、敦賀《つるが》に向《む》かう。

七鬼家《なきけ》が車《くるま》を回《まわ》してくれる事《こと》になっていたけれど、それはゼミのためで、今回《こんかい》の移動《いどう》はイレギュラーだったから、頼《たの》めなかった。

軽《かる》くなっていくお財布《さいふ》を悲《かな》しく思《おも》いながら、私《わたし》は電車《でんしゃ》の中《なか》でノートを開《ひら》き、マジから始《はじ》まる言葉《ことば》を思《おも》いつく限《かぎ》り並《なら》べてみた。

マジは、まず単独《たんどく》で、本当《ほんとう》とか本気《ほんき》、真剣《しんけん》っていう意味《いみ》があって、皆《みな》がよく使《つか》っている。

その他《ほか》には、交《ま》じる、呪《まじな》い、真面目《まじめ》、マジック、間仕切《まじき》り、マジシャン、魔術《まじゅつ》、魔女《まじょ》、えっとそれから・・・。

「魔神《まじん》ってのもあるぜ。」

翼《たすく》がそう言《い》い、スマートフォンを出《だ》して貸《か》してくれた。

「辞書代《じしょが》わりに使《つか》えるから。」

わぁ、うれしっ！

私《わたし》はそれを駆使《くし》、マジの付《つ》く言葉《ことば》を全部《ぜんぶ》拾《ひろ》い出《だ》した。

私《わたし》が思《おも》い付《つ》いたものの他《ほか》には、まじまじ、マジョリカ、瞬《まじろ》ぐ、くらいだった。

この中《なか》で、今回《こんかい》の事件《じけん》に関係《かんけい》しそうな言葉《ことば》って・・・う～ん、なんだろ。

これ、結構難《けっこうむずか》しいな。

考《かんが》え込《こ》んでいるうちに、まだ結論《けつろん》が出《で》ていないというのに列車《れっしゃ》は敦賀《つるが》に着《つ》いてしまった、シクシクシク。

「貸《か》してくれて、ありがと。」

お礼《れい》を言《い》って翼《たすく》にスマートフォンを返《かえ》すと、翼《たすく》はマジマジとこちらを見《み》つめていて、やがて言《い》った。

「アーヤって、横顔《よこがお》きれいだね。」

え・・・見《み》てたんだ。

「見惚《みと》れてたよ・・・」

翼《たすく》みたいな美少年《びしょうねん》からそんな事《こと》を言《い》われて、私《わたし》は・・・ポッ！

翼《たすく》も自分《じぶん》の言葉《ことば》にテレたみたいで、横《よこ》を向《む》く。

私《わたし》たちはそのまま、ずうっと黙《だま》ったままだった。

21 水槽《すいそう》の中《なか》

「やぁいらっしゃい。」

田原家《たはらけ》の玄関《げんかん》に現《あらわ》れた勝二《かつじ》さんは、前《まえ》と同《おな》じく人《ひと》のよさそうな笑《え》みを浮《う》かべていた。

「何《なに》か？」

翼《たすく》が、さも真面目《まじめ》な中学生《ちゅうがくせい》のような顔《かお》で説明《せつめい》する。

「僕《ぼく》は、七鬼忍君《なながきしのぶくん》のクラスメートで美門翼《みかどたすく》と言《い》います。歴史《れきし》に興味《きょうみ》があって、全国《ぜんこく》の社家《しゃけ》の方々《かたがた》が代々《だいだい》お住《す》まいになっている家屋敷《いえやしき》を調《しら》べているところです。この敦賀《つるが》では昨日《きのう》、気比金崎神社《けひかなさきじんじゃ》の神官《しんかん》が住《す》んできた本棟《ほんとう》の方《ほう》に伺《うかが》いました。今日《きょう》はこちらを見《み》せていただきたくて。」

この時《とき》、私《わたし》は思《おも》ったんだ、嘘《うそ》を並《なら》べ立《た》てて恥《は》じる様子《ようす》もないこれは、きっとブラック翼《たすく》に違《ちが》いないって。

「あ、そうなの。じゃ入《はい》って見《み》て構《かま》わないよ。狭《せま》いとこだけど、どうぞどうぞ。」

いい人《ひと》だなぁ、優《やさ》しいし、翼《たすく》よりずっと善人《ぜんにん》だよね。

「失礼《しつれい》します。」

翼《たすく》は玄関《げんかん》から廊下《ろうか》に上《あ》がりながら私《わたし》を振《ふ》り返《かえ》った。

「僕《ぼく》は建物内部《たてものないぶ》を見《み》て見取《みと》り図《ず》を作《つく》るから、立花《たちばな》は話《はなし》を聞《き》いておいて。」

わっ、いきなり、それっ!?

話《はなし》を聞《き》くって、何《なに》を聞《き》くのよ。

あわてふためく私《わたし》の耳《みみ》に、翼《たすく》はそっと唇《くちびる》を寄《よ》せ、声《こえ》をひそめてひと言《こと》。

「俺《おれ》が自由《じゆう》に嗅《か》ぎ回《まわ》れるように、引《ひ》き留《と》めておいてくれればいいだけだって。」

あ、そうなの。

「じゃ立花《たちばな》さん、お茶《ちゃ》でも飲《の》みながらゆっくり話《はな》そう。」

そう言《い》ってダイニングに入《はい》っていく勝二《かつじ》さんの後《うし》ろに私《わたし》は続《つづ》いた。

「今《いま》、お茶《ちゃ》を入《い》れるからね。」

いつも悪《わる》いなぁ。

「何《なに》が聞《き》きたいの?」

私《わたし》は時間《じかん》を稼《かせ》ごうとして記憶《きおく》をたどり、昨日敦賀駅《きのうつるがえき》に到着《とうちゃく》した時《とき》に聞《き》いた話《はなし》から質問《しつもん》をひねり出《だ》した。

「敦賀《つるが》は、南北朝《なんぼくちょう》の時代《じだい》、戦《たたか》いの舞台《ぶたい》になったんですよね。後醍醐天皇《ごだいごてんのう》と足利尊氏《あしかがたかうじ》が争《あらそ》った時《とき》、気比金崎神社《けひかなさきじんじゃ》は、どちらに味方《みかた》したんですか？」

勝二《かつじ》さんはお茶《ちゃ》を入《い》れる手《て》を止《と》め、真剣《しんけん》な表情《ひょうじょう》で私《わたし》を見《み》た。

「よくぞ聞《き》いてくれた。その話《はなし》は、この土地《とち》の誇《ほこ》りなんだよ。なんてったって、ここに天皇《てんのう》がおいでになって、錦《にしき》の御旗《みはた》が掲《かか》げられたんだからね。」

え・・・天皇《てんのう》って、ここに来《き》たの。

「後醍醐天皇《ごだいごてんのう》は、戦《たたか》いに勝利《しょうり》するために皇位《こうい》を息子《むすこ》の恒良親王《つねよししんのう》に譲《ゆず》って、新田義貞《にったよしさだ》を警護《けいご》に付《つ》け、この敦賀《つるが》に向《む》かわせたんだ。」

じゃ恒良親王《つねよししんのう》って、ここに来《き》た時《とき》は天皇《てんのう》だったんだね。

それでわかった、まだ10代《だい》だった恒良親王《つねよししんのう》が殺《ころ》された理由《りゆう》。

足利尊氏《あしかがたかうじ》は自分《じぶん》の力《ちから》で動《うご》かせる天皇《てんのう》を立《た》てたかったから、後醍醐天皇《ごだいごてんのう》から帝位《ていい》を譲《ゆず》られた恒良《つねよし》親王《しんのう》を生《い》かしておく訳《わけ》にはいかなかったんだ。

「気比金崎神社《けひかなさきじんじゃ》は、当時広大《とうじこうだい》な社領《しゃりょう》を有《ゆう》して権勢《けんせい》を誇《ほこ》り、3方《ぽう》を海《うみ》に囲《かこ》まれ難攻不落《なんこうふらく》と言《い》われた金崎城《かねがさきじょう》も所有《しょゆう》していた。」

神社《じんじゃ》なのに豪族《ごうぞく》みたいだったんだね。

「その宮司《ぐうじ》だった僕《ぼく》の先祖《せんぞ》の鷹羽《たかは》は、天皇《てんのう》を守《まも》ろうと神旗《しんき》を掲《かか》げ、尊氏側《たかうじがわ》と戦《たたか》ったんだ。」

神《かみ》に仕《つか》える宮司《ぐうじ》が戦《たたか》うのかぁ・・・。

「戦《たたか》いの最中《さいちゅう》には、黒《くろ》アゲハの森《もり》から飛《と》び立《た》った大量《たいりょう》の黒《くろ》アゲハが金崎城《かねがさきじょう》を守《まも》るように取《と》り巻《ま》いて、敵軍《てきぐん》を驚《おどろ》かせたと伝《つた》えられている。」

おお、さすが神使《しんし》、黒《くろ》アゲハ！

「ところが武運拙《ぶうんつたな》く、新田義貞《にったよしさだ》が城《しろ》を出《で》た隙《すき》に攻《せ》められ、火《ひ》を放《はな》たれて、義貞《よしさだ》の息子《むすこ》や尊良親王《たかよししんのう》は自刃《じじん》、鷹羽直系《たかはちょっけい》の一族《いちぞく》も、子供《こども》も含《ふく》めて全員《ぜんいん》が戦死《せんし》、社領《しゃりょう》は縮小《しゅくしょう》された。」

あぁ悲惨《ひさん》だなぁ。

「これは気比金崎神社《けひかなさきじんじゃ》に伝《つた》えられている話《はなし》だけど、１３７０年《ねん》ごろに完成《かんせい》した太平記《たいへいき》にも、同様《どうよう》の内容《ないよう》が載《の》っている。もっとも太平記《たいへいき》は軍記物語《ぐんきものがたり》だから、ノンフィクションじゃないんだけどね。」

私《わたし》はすっかり感心《かんしん》しながらつぶやいた。

「詳《くわ》しいんですねぇ。」

勝二《かつじ》さんはうれしそうな笑《え》みを浮《う》かべる。

「僕《ぼく》は歴史《れきし》が好《す》きで、本当《ほんとう》は社会科《しゃかいか》の教師《きょうし》になりたかったんだ。でも兄《あに》が、おまえなんかなれっこない、大人《おとな》しく私《わたし》の手伝《てつだ》いでもしていろ、って言《い》い張《は》って、大学《だいがく》に行《い》くのにも反対《はんたい》したし、自《じ》由《ゆう》にもさせてくれなかったからさ。その頃《ころ》、父《ちち》は認知症《にんちしょう》を患《わずら》っていて、鷹羽家《たかはけ》の事《こと》は全部《ぜんぶ》、兄《あに》が取《と》り仕切《しき》っていたんだ。」

それで自分《じぶん》の将来《しょうらい》に絶望《ぜつぼう》してしまったのかぁ。

ゲームに逃《に》げたくなる気持《きも》ち、わかるな。

「妹《いもうと》の満智子《まちこ》も、絵《え》が好《す》きでデザイナーになりたかったみたいだけど、やっぱり兄《あに》が、なれっこない、大人《おとな》しく結婚《けっこん》でもしろって言《い》って認《みと》めてくれなかった。結婚相手《けっこんあいて》も兄《あに》が探《さが》してきて、強《ごう》引《いん》に話《はなし》を進《すす》めたんだ。結局《けっきょく》うまくいかなくて離婚《りこん》したんだけどね。」

上杉君《うえすぎくん》によれば、依存症《いぞんしょう》は、劣等感《れっとうかん》や自己肯定感《じここうていかん》の低《ひく》さ、それにストレスなんかが原因《げんいん》になるという事《こと》だった。

勝二《かつじ》さんや満智子《まちこ》さんが、勝一《かついち》さんから劣等感《れっとうかん》を植《う》え付《つ》けられ、自己肯定感《じここうていかん》を持《も》てなかったり、ストレスを抱《かか》えていたとしたら、兄妹《きょうだい》そろって依存症《いぞんしょう》になるのも当然《とうぜん》かも知《し》れない。

勝一《かついち》さんは、田原家《たはらけ》にも部屋《へや》を持《も》っててその生活《せいかつ》を管理《かんり》していたみたいだし。

勝一《かついち》さんが死《し》んでも、勝二《かつじ》さんや満智子《まちこ》さんは、まだそこから解放《かいほう》されてないんだろうな、きっと。

「兄《にい》さんと結婚《けっこん》した典子《のりこ》さんなんか、同《おな》じ家《いえ》の中《なか》で毎日毎晩《まいにちまいばん》顔《かお》を突《つ》き合《あ》わせて色《いろ》んな命令《めいれい》を受《う》けてさ、ついに鬱病《うつびょう》になっちゃったんだよ。」

あ、心療内科《しんりょうないか》に通《かよ》ってるって、それだったんだ。

原因《げんいん》は、夫《おっと》そのものだったんだね、かわいそうに。

「ま、それだけの影響力《えいきょうりょく》を持《も》ってた兄《あに》も、すごいっちゃあすごいけどね。」

のんびりとそう言《い》う勝二《かつじ》さんを見《み》ながら、その時《とき》、私《わたし》の心《こころ》に浮《う》かんだのは謎《なぞ》の8。

恵斗《けいと》の父《ちち》で宮司《ぐうじ》だった勝一《かついち》は、本当《ほんとう》に事故死《じこし》なのか。

ストレスを募《つの》らせた勝二《かつじ》さんか満智子《まちこ》さんか典子《のりこ》さん、あるいはその3人《にん》が協力《きょうりょく》して勝一《かついち》さんを殺《ころ》した、って、アリ？

「僕《ぼく》も、もし教師《きょうし》になってたら、それなりの責任《せきにん》を持《も》たなきゃならないから、今《いま》の方《ほう》が気楽《きらく》でいいって考《かんが》える事《こと》にしてるんだ。」

笑《わら》いながら勝二《かつじ》さんはお茶《ちゃ》を入《い》れ、私《わたし》の前《まえ》に出《だ》した。

「どうぞ。」

私《わたし》も愛想笑《あいそわら》いを浮《う》かべてお礼《れい》を言《い》ったけれど、心《こころ》は恐《おそ》ろしい考《かんが》えにとらわれたままだった。

勝一《かついち》さんが死《し》んだのは、確《たし》か、神社《じんじゃ》の石段《いしだん》から転《ころ》げ落《お》ちたから。

呼《よ》び出《だ》しておいて、隙《すき》を見《み》て突《つ》き落《お》とすとか、後《あと》をつけて行《い》って石段《いしだん》の上《うえ》を通《とお》りかかった時《とき》に後《うし》ろから押《お》すとか、なんとでもできそう・・・。

勝二《かつじ》さんも満智子《まちこ》さんも、そんな事《こと》をするような人《ひと》には見《み》えないし、寝付《ねつ》いているという典子《のりこ》さんにはとてもできないだろうけど、長年溜《ながねんた》まったストレスが一気《いっき》に噴《ふ》き出《だ》したら、人間《にんげん》は変貌《へんぼう》するかも。

あれこれと考《かんが》えながら私《わたし》がお茶《ちゃ》を頂《いただ》いていた、その時《とき》っ！

ガラッと玄関《げんかん》の戸《と》が開《あ》く音《おと》がし、続《つづ》いて足音《あしおと》が廊下《ろうか》を通《とお》り過《す》ぎた。

「あ、宏君《ひろしくん》、お帰《かえ》り。」

勝二《かつじ》さんが声《こえ》をかけるのを聞《き》いて、私《わたし》はあせって立《た》ち上《あ》がる。

マズい、アチコチ歩《ある》き回《まわ》って臭《にお》いを調《しら》べてる翼《たすく》とハチ合《あ》わせするっ！

「あ、あの、宏《ひろし》さんっ！」

そう言《い》いながら私《わたし》は廊下《ろうか》に飛《と》び出《だ》した。

ところが、もう宏《ひろし》さんの姿《すがた》はなく、後《あと》の祭《まつ》りっ！

「てめぇっ！」

直後《ちょくご》に響《ひび》き渡《わた》るは、宏《ひろし》さんの怒声《どせい》。

「俺《おれ》の部屋《へや》で何《なに》やってんだよっ!?」

ああ遅《おそ》かった・・・。

「出《で》てけよ。おら、出《で》てけってんだよ！」

青《あお》ざめて立《た》ち尽《つ》くしている私《わたし》の脇《わき》を勝二《かつじ》さんが通《とお》り過《す》ぎ、怒鳴《どな》り声《ごえ》が轟《とどろ》く部屋《へや》に入《はい》っていく。

「僕《ぼく》が許可《きょか》したんだよ。社家《しゃけ》の家《いえ》を調《しら》べて、見取《みと》り図《ず》を作《つく》るって言《い》うから。」

部屋《へや》の中《なか》の罵声《ばせい》は収《おさ》まらない。

「だからって俺《おれ》の部屋《へや》に、知《し》らんヤツ入《い》れるんじゃねーっ！」

「はいはい、ごめんね。じゃ美門君《みかどくん》、もういいだろ。出《で》てくれないか。」

やがて翼《たすく》が部屋《へや》から姿《すがた》を見《み》せた。

ホッとしている私《わたし》の前《まえ》を通《とお》り過《す》ぎ、玄関《げんかん》に向《む》かう。

私《わたし》は急《いそ》いで勝二《かつじ》さんにお礼《れい》を言《い》い、翼《たすく》の後《あと》を追《お》いかけた。

「どうだった？」

追《お》いついて聞《き》いてみる。

「臭《にお》いの元《もと》は、見《み》つかった？」

翼《たすく》は、その目《め》に凜《りん》とした光《ひかり》を浮《う》かべた。

「恵斗《けいと》の家《いえ》や、琴音《ことね》の手《て》から臭《にお》っていたのと同《おな》じ臭《にお》いが、宏《ひろし》の部屋《へや》に充満《じゅうまん》してた。」

やったっ！

「あいつ、何《なに》か培養《ばいよう》してるんだ。」

培養《ばいよう》？

「机《つくえ》の上《うえ》に、遮光《しゃこう》フィルムを貼《は》った水槽《すいそう》があった。蓋《ふた》を取《と》って中《なか》を見《み》たら、正体不明《しょうたいふめい》のものが入《はい》っていた。」

ゾクッ！

「小塚《こづか》に見《み》てもらえばわかるだろうと思《おも》って、一部《いちぶ》を採《と》ってきたんだ。もっともこれ自体《じたい》は臭《にお》いの元《もと》じゃない。臭《にお》ってるのはもっと別《べつ》のものだ。でも、それを捜《さが》してる時間《じかん》がなくってさ。」

そう言《い》いながらポケットから、畳《たた》んだハンカチを出《だ》す。

そっと広《ひろ》げると、中《なか》にはドロッとしたゼリーみたいなものが入《はい》っていた。

その中《なか》に、焦《こ》げ茶色《ちゃいろ》の糸《いと》が交《ま》じっている。

なんだろ、これ。

「採《と》ってきたっていっても、」

翼《たすく》は、ニヤッと笑《わら》って付《つ》け加《くわ》えた。

「借《か》りただけだぜ。後《あと》でちゃんと返《かえ》す。」

よし、いい子《こ》、いい子《こ》。

「時間取《じかんと》らせてごめん。」

そう言《い》いながら翼《たすく》は、大切《たいせつ》そうに畳《たた》んだハンカチをポケットに入《い》れた。

「アーヤにも任務《にんむ》があったのに。」

気《き》にしているようだったから、私《わたし》は笑《わら》ってみせた。

「大丈夫《だいじょうぶ》。それよりさっきの時間稼《じかんかせ》ぎ、不充分《ふじゅうぶん》でごめんね。もっと宏《ひろし》さんを足止《あしど》めしていれば、臭《にお》いの元《もと》を発見《はっけん》できたかも知《し》れないのに。」

翼《たすく》が首《くび》を横《よこ》に振《ふ》ったその時《とき》、ポケットでスマートフォンが鳴《な》り出《だ》した。

「若武《わかたけ》だ。なんだろ。」

翼《たすく》は通話《つうわ》のアイコンを押《お》す。

とたん、若武《わかたけ》の大声《おおごえ》が飛《と》び出《だ》してきた。

「きさま、何《なに》やってんだっ！　俺《おれ》たちはアーヤのゼミに配慮《はいりょ》してわざわざ金沢《かなざわ》で会議《かいぎ》をしたんだぞ。それなのにアーヤにゼミ休《やす》ませて、敦賀《つるが》まで連《つ》れてくなんて独断専行《どくだんせんこう》にもほどがある。リーダーの許可《きょか》も取《と》らずに勝手《かって》な事《こと》すんじゃねーっ!!　そもそもおまえはだな、」

翼《たすく》はすかさず電話《でんわ》を切《き》り、私《わたし》を見《み》てニッコリ、天使《てんし》の微笑《ほほえ》み。

「俺《おれ》は小塚《こづか》に採取物《さいしゅぶつ》を渡《わた》して、自分《じぶん》の任務《にんむ》に戻《もど》るよ。じゃね。」

何事《なにごと》もなかったかのように平然《へいぜん》とそう言《い》ったけれど、私《わたし》は、いきなり電話《でんわ》を切《き》られた若武《わかたけ》がどれほど怒《いか》り狂《くる》っているかと思《おも》うと、背筋《せすじ》がゾクゾクした。

「あの、」

こちらに背《せ》を向《む》けて歩《ある》き出《だ》した翼《たすく》を呼《よ》び止《と》める。

「若武《わかたけ》に、謝《あやま》っておいた方《ほう》がいいんじゃない？」

翼《たすく》は振《ふ》り向《む》き、クスッと笑《わら》った。

「放《ほ》っとけばいいよ。あいつ、俺《おれ》とアーヤが一緒《いっしょ》に行動《こうどう》してる事《こと》にヤイてるだけだから。」

え・・・そうなの？

「メール打《う》っとこうかなぁ、電車《でんしゃ》の中《なか》で見《み》たアーヤの横顔《よこがお》はメッチャ可愛《かわい》かったって。」

やめてよぉ、火《ひ》に油《あぶら》を注《そそ》ぐようなマネ。

「大丈夫《だいじょうぶ》、若武《わかたけ》の機嫌《きげん》なんか、すぐ直《なお》る。あいつは単純《たんじゅん》バカだからさ。」

その口調《くちょう》に、私《わたし》はなんだかムッとした。

「若武《わかたけ》は単純《たんじゅん》かも知《し》れないけど、バカじゃないよ。情熱《じょうねつ》の持《も》ち主《ぬし》で、いつも一生懸命《いっしょうけんめい》なんだから。」

翼《たすく》はふっと顔《かお》を陰《かげ》らせる。

「もしかして若武《わかたけ》の事《こと》、好《す》きなの？」

そういう話《はなし》じゃないでしょうがっ！

なんですぐ、そっちに話《はなし》を持《も》ってきたがるのよっ!!

私《わたし》はますます腹《はら》が立《た》ってきて、つい言《い》ってしまった。

「そう思《おも》うんだったら、勝手《かって》に思《おも》ってればいいんじゃない？」

22 マジ、で悩《なや》む

あんな事《こと》、言《い》わなければよかった。

きちんと否定《ひてい》しておくだけで充分《じゅうぶん》だったのに、ついムカついて・・・。

反省《はんせい》しながら私《わたし》は、1人《ひとり》で忍《しのぶ》の館《やかた》に向《む》かった。

恵斗君《けいとくん》が言《い》い残《のこ》し、松枝中学《まつがえちゅうがく》の生徒《せいと》たちの話《はなし》にも出《で》ていた、マジとは、一体何《いったいなに》を意味《いみ》しているのか。

本当《ほんとう》って意味《いみ》のマジか、交《ま》じる、呪《まじな》い、真面目《まじめ》、マジック、間仕切《まじき》り、マジシャン、魔術《まじゅつ》、魔《ま》女《じょ》、魔神《まじん》、まじまじ、マジョリカ、瞬《まじろ》ぐ、なのか。

歩《ある》きながらノートを開《ひら》き、それら13語《ご》をにらんで、恵斗君《けいとくん》が行方不明《ゆくえふめい》となったこの事件《じけん》と照《て》らし合《あ》わせつつ頭《あたま》をひねる。

そのうちに思《おも》いついたのは、それを言《い》おうとしたために恵斗君《けいとくん》は口《くち》をふさがれたのではないかという事《こと》だった。

だとすれば、マジの後《うし》ろに付《つ》いていたのは、それを聞《き》けばなんらかの悪事《あくじ》か、それに関《かか》わる人《じん》物《ぶつ》が明《あき》らかになるような言葉《ことば》のはず。

となると、これは単独《たんどく》のマジではないし、交《ま》じるとか、呪《まじな》い、真面目《まじめ》、間仕切《まじき》り、まじまじ、瞬《まじろ》ぐ、なんかでもない。

これらを除《のぞ》くと残《のこ》るのは、マジック、マジシャン、魔術《まじゅつ》、魔女《まじょ》、魔神《まじん》、マジョリカで、これらの後《うし》ろに何《なに》か別《べつ》の言葉《ことば》が続《つづ》いて、固有名詞《こゆうめいし》を作《つく》るのではないかと思《おも》われた。

例《たと》えば、マジック金沢《かなざわ》とか、マジョリカ敦賀《つるが》とか、そういう場所《ばしょ》があるとか、そう呼《よ》ばれている人物《じんぶつ》がいるとか。

それを知《し》られたくないために、そこで恵斗君《けいとくん》に電話《でんわ》を切《き》らせ、どこかに連《つ》れ去《さ》った。

うむ、我《われ》ながら説得力《せっとくりょく》がある気《き》がする。

では、この6つの言葉《ことば》の中《なか》から最《もっと》も怪《あや》しい1つを選《えら》び出《だ》す事《こと》はできるのだろうか。

考《かん》え込《こ》みながら、その先《さき》を思《おも》いつかないまま、私《わたし》は忍《しのぶ》の館《やかた》に着《つ》いてしまった。

もう夕方《ゆうがた》で、あたりは暗《くら》くなり始《はじ》めていた。

「お帰《かえ》りなさいませ。夕食《ゆうしょく》は昨日《きのう》と同《おな》じ『金砂子《きんすなご》の間《ま》』でございます。」

玄関《げんかん》で待《ま》っていた女性《じょせい》が「金砂子《きんすなご》の間《ま》」まで案内《あんない》してくれ、そこには小塚君《こづかくん》を除《のぞ》く全員《ぜんいん》がそろっていた。

若武《わかたけ》、上杉君《うえすぎくん》、黒木君《くろきくん》、翼《たすく》は、自分《じぶん》のお膳《ぜん》の前《まえ》に座《すわ》っていて、忍《しのぶ》だけが立《た》ったまま電話台《でんわだい》に載《の》せたノートパソコンと向《む》き合《あ》い、何《なに》やら作業《さぎょう》をしている。

「小塚《こづか》は、別《べつ》の部屋《へや》で、借《か》りた器具《きぐ》を使《つか》って分析中《ぶんせきちゅう》だ。そのうち来《く》ると思《おも》うから、KZ《カッズ》セブン会《かい》議《ぎ》を始《はじ》めるぞ。まず美門《みかど》、おまえの行動《こうどう》を糾弾《きゅうだん》する。」

やっぱりきたか。

「おまえの使命《しめい》は、恵斗《けいと》の家《いえ》の匂《にお》いをチェックする事《こと》だったはずだ。」

若武《わかたけ》って、いったん食《く》いつくと、なかなか引《ひ》き下《さ》がらないからなぁ。

私《わたし》は心配《しんぱい》しながら翼《たすく》の方《ほう》を見《み》た。

けれど翼《たすく》は、まるっきり平気《へいき》な顔《かお》だった。

「俺《おれ》、ちゃんとその通《とお》りにしてたけど。」

若武《わかたけ》は、握《にぎ》った拳《こぶし》でお膳《ぜん》の縁《ふち》を叩《たた》く。

「アーヤを連《つ》れ回《まわ》してただろっ！　どこが使命通《しめいどお》りなんだ。」

すると翼《たすく》は、クルッと向《む》きを変《か》え、私《わたし》の方《ほう》を見《み》た。

「事件《じけん》ノートに、俺《おれ》の役目《やくめ》って、どう書《か》いてあんの？」

私《わたし》は急《いそ》いでノートを開《ひら》く。

「えっと、恵斗《けいと》の家《いえ》に行《い》き、再度《さいど》匂《にお》いのチェック、および家《いえ》に出入《ではい》りしてる関係者《かんけいしゃ》の聞《き》き込《こ》み、以上《いじょう》。」

それを聞《き》いて翼《たすく》は、再《ふたた》び若武《わかたけ》に視線《しせん》を戻《もど》した。

「勝二《かつじ》や満智子《まちこ》は、恵斗《けいと》の家《いえ》に出入《ではい》りしている関係者《かんけいしゃ》だ。その聞《き》き込《こ》みをするために田原家《たはらけ》に行《い》く必要《ひつよう》があった。これのどこが悪《わる》いんでしょ。」

うむ、悪《わる》くない。

「アーヤを連《つ》れてく必要《ひつよう》ないだろ、っってんだよ。」

ブスッとしている若武《わかたけ》に、翼《たすく》は軽《かる》く頭《かぶり》を振《ふ》る。

「俺《おれ》は勝二《かつじ》や満智子《まちこ》と面識《めんしき》がなく、入《はい》り込《こ》むためにはアーヤの紹介《しょうかい》が必要《ひつよう》だった。前回《ぜんかい》の調査《ちょうさ》で、恵斗《けいと》の部屋《へや》のあちこちに妙《みょう》な臭《にお》いが付《つ》いていたんだ。琴音《ことね》の手《て》にもだ。これが何《なに》を意味《いみ》するのかわからなかったが、今回《こんかい》の調査《ちょうさ》のおかげで、有力《ゆうりょく》な証拠《しょうこ》が手《て》に入《はい》った。」

そう言《い》いながら突《つ》き刺《さ》すような目《め》で若武《わかたけ》を見《み》すえる。

「今《いま》に小塚《こづか》が分析結果《ぶんせきけっか》を出《だ》してくる。それを聞《き》いたら、若武《わかたけ》、俺《おれ》に跪《ひざまず》いて謝《あやま》りたくなるぜ。」

自信満々《じしんまんまん》だった。
・・・って事《こと》は、翼《たすく》には、あのゼリーみたいなものがなんなのか、見当《けんとう》がついているんだ。

「ほざけ、チビ。」

若武《わかたけ》は鼻《はな》で笑《わら》う。

「小塚《こづか》が戻《もど》ったら、跪《ひざまず》いて謝《あやま》るのはおまえの方《ほう》だ。」

2人《ふたり》は一瞬《いっしゅん》にらみ合《あ》い、同時《どうじ》にプイと横《よこ》を向《む》く。

私《わたし》は、翼《たすく》にささやいた。

「小塚君《こづかくん》が分析《ぶんせき》してるものの正体《しょうたい》って、なんなの？」

翼《たすく》は、あっさり首《くび》を横《よこ》に振《ふ》る。

「さぁ知《し》らない。」

え・・・知《し》りもしないのに、その自信《じしん》はどこから？

もしかして今《いま》の翼《たすく》は、ブラック翼《たすく》？

「宏《ひろし》の激怒《げきど》のボルテージから見《み》て、相当《そうとう》ヤバいものに間違《まちが》いないと踏《ふ》んでるだけだよ。」

ああ、そうなのか。

「ふん、おまえはその程度《ていど》の男《おとこ》だ。」

若武《わかたけ》の攻撃《こうげき》に翼《たすく》が反応《はんのう》し、2人《ふたり》が再《ふたた》び戦闘態勢《せんとうたいせい》に入《はい》ったので、黒木君《くろきくん》がしかたなさそうに笑《わら》いながら報告《ほうこく》した。

「俺《おれ》と若武《わかたけ》で、琴音《ことね》のバイト先《さき》を割《わ》り出《だ》したよ。けど、そこの女将《おかみ》が海千山千《うみせんやません》で、何《なに》を聞《き》いても、のらりくらりとはぐらかされた。」

あ、失敗《しっぱい》したんだ。

「さすが古都金沢《ことかなざわ》のお茶屋《ちゃや》だ。妙《みょう》に感心《かんしん》した。」

翼《たすく》とにらみ合《あ》っていた若武《わかたけ》が、言《い》わずにいられないというようにこちらを向《む》く。

「いやぁ、大《たい》したクソババアだった。」

それ、ほめてないけど・・・。

「七鬼《なき》、おまえの方《ほう》は？」

黒木君《くろきくん》に聞《き》かれて、忍《しのぶ》はパソコンの画面《がめん》を凝視《ぎょうし》したままで答《こた》えた。

「まだ現在進行形《げんざいしんこうけい》で調査中《ちょうさちゅう》。」

黒木君《くろきくん》は、隣《となり》にいた上杉君《うえすぎくん》に目《め》をやる。

「おまえは？」

上杉君《うえすぎくん》はホッと息《いき》をついた。

「小塚《こづか》と一緒《いっしょ》に、黒《くろ》アゲハの森《もり》を隅《すみ》から隅《すみ》まで調《しら》べた。恵斗《けいと》はどこにもいなかった。」

やっぱりそうか。

「だから俺《おれ》が言《い》ってるだろ。」

翼《たすく》が、若武《わかたけ》とにらみ合《あ》ったままで声《こえ》を上《あ》げる。

「恵斗《けいと》は鷹羽家《たかはけ》から出《で》てないって！」

若武《わかたけ》も、翼《たすく》をハッシと見《み》すえたまま、私《わたし》の名前《なまえ》を呼《よ》んだ。

「次《つぎ》、おまえだ、マジについて何《なに》かわかったか？」

なんか話《はな》しにくいな、この状態《じょうたい》。

そう思《おも》いながら私《わたし》が、自分《じぶん》の調査《ちょうさ》を報告《ほうこく》しようとしたその時《とき》、

「遅《おそ》くなってごめん。」

襖《ふすま》を開《あ》けて小塚君《こづかくん》が姿《すがた》を現《あらわ》した。

ああこれで若武《わかたけ》と翼《たすく》のにらみ合《あ》いに決着《けっちゃく》がつく。

私《わたし》は、現状《げんじょう》を変《か》えてくれる救世主《きゅうせいしゅ》のような小塚君《こづかくん》をじっと見《み》つめた。

突然《とつぜん》、熱《あつ》い視線《しせん》を浴《あ》びた小塚君《こづかくん》は、キョトン。

「え・・・何《なに》、どうかしたの？」

若武《わかたけ》が、面白《おもしろ》くなさそうな顔《かお》で言《い》い放《はな》つ。

「サッサと結果《けっか》を言《い》え。」

小塚君《こづかくん》はあわてて手《て》に持《も》っていた黒《くろ》いファイルを開《ひら》き、立《た》ったままで目《め》を通《とお》した。

私《わたし》も急《いそ》いで事件《じけん》ノートを開《ひら》き、記述《きじゅつ》の体勢《たいせい》に入《はい》る。

「分析《ぶんせき》したところ、あのドロッとしたものは寒天《かんてん》だった。」

寒天《かんてん》って、天草《てんぐさ》の煮汁《にじる》から作《つく》る食材《しょくざい》だよね。

ゼリーとか、プリンなんかを作《つく》る時《とき》に使《つか》うんだ。

「寒天《かんてん》は、よく細菌培養基《さいきんばいようき》として使《つか》われている。」

あ・・お菓子《かし》だけじゃないのね、恥《は》ず・・・。

「採取《さいしゅ》したその寒天《かんてん》の中《なか》には、キノコの菌糸《きんし》があった。」

瞬間《しゅんかん》、上杉君《うえすぎくん》が今《いま》まで見《み》えなかったものを発見《はっけん》したかのような声《こえ》を上《あ》げた。

「マジって、それだったのか。」

え、どーゆー事《こと》？

「どうも、そうだったみたいだね。」

黒木君《くろきくん》が頷《うなず》く。

「でも仲間《なかま》がいるって噂《うわさ》なんだろ。」

そう言《い》いながら忍《しのぶ》に目《め》を向《む》けた。

「松枝中学《まつがえちゅうがく》の裏《うら》サイト、探《さぐ》れよ。」

忍《しのぶ》は、すぐさまノートパソコンのキーを打《う》つ手《て》を速《はや》める。

「それ、ずっとやってたんだけどさ、結構《けっこう》セキュリティきつくて、はね返《かえ》されてたんだ。よし、今度《こんど》こそブチ抜《ぬ》いてやる。」

闘志満々《とうしまんまん》でつぶやきながら、手慣《てな》れた手《て》つきでキーを操《あやつ》った。

「マジって、」

若武《わかたけ》がクチャッと前髪《まえがみ》を掻《か》き上《あ》げる。

「それだったのかぁ。そりゃ相当《そうとう》ヤバいよな。」

うっ、皆《みんな》がマジをわかってる！

「俺《おれ》の調査《ちょうさ》のおかげでしょ。」

翼《たすく》がコホンと咳払《せきばら》いした。

「若武《わかたけ》、謝罪《しゃざい》は？」

若武《わかたけ》はしかたなさそうに立《た》ち上《あ》がり、畳《たたみ》に両手両膝《りょうてりょうひざ》をつく。

「美門調査員《みかどちょうさいん》、君《きみ》の調査《ちょうさ》に敬意《けいい》を表《ひょう》する。大変《たいへん》、申《もう》し訳《わけ》なかった。」

私《わたし》は息《いき》を呑《の》んだ。

どうやらわかってないのは私《わたし》だけ。

だって寒天《かんてん》とキノコの菌糸《きんし》ってだけじゃ、なんの事《こと》だかチンプンカンプン。

ああ誰《だれ》か教《おし》えてっ！

「アーヤ、シャープの芯《しん》、バキバキすんな。」

だって私《わたし》1人《ひとり》だけわからないいんだもの、シクシクシク。

「小塚《こづか》、不貞腐《ふてくさ》れてる立花《たちばな》に説明《せつめい》してやれよ。」

上杉君《うえすぎくん》に言《い》われて小塚君《こづかくん》は、再《ふたた》びファイルに視線《しせん》を落《お》とした。

「寒天《かんてん》の中《なか》の菌糸《きんし》を分析《ぶんせき》した。このキノコは、たぶんアイゾメヒカゲタケだと思《おも》う。」

そんなの、私《わたし》、知《し》らない、食《た》べた事《こと》ないもん、ふん。

「サンプルがなくて比《くら》べられないから確定《かくてい》できないけど、おそらく間違《まちが》いないよ。ハラタケ目《もく》オキナタケ科《か》ヒカゲタケ属《ぞく》で、サイロシビンを含《ふく》む。別名《べつめい》マジックマッシュルーム、マジだよ。」

わっ、出《で》たっ、マジっ！

こんな所《ところ》でそれが出現《しゅつげん》するとは思《おも》ってもみず、私《わたし》は目《め》が真《ま》ん丸《まる》。

マジって、マジックの頭部分《あたまぶぶん》だったのか。

ああ私《わたし》も、近《ちか》いとこまでは考《かんが》えてたんだけどな、絞《しぼ》り込《こ》めなかったんだ。

「幻覚作用《げんかくさよう》があり、所持《しょじ》、譲渡《じょうと》、栽培《さいばい》が禁止《きんし》されている。」

くやしく思《おも》いながら私《わたし》は、事件《じけん》ノートの謎《なぞ》1、恵斗《けいと》の言《い》い残《のこ》した〈たぶんマジ〉の意味《いみ》は何《なに》か、の下欄《からん》に、マジックマッシュルームと書《か》き入《い》れた。

「マジックマッシュルームは、法《ほう》の規制対象《きせいたいしょう》だ。」

若武《わかたけ》が法律《ほうりつ》の知識《ちしき》を振《ふ》り回《まわ》す。

「麻薬《まやく》、麻薬原料植物《まやくげんりょうしょくぶつ》、向精神薬及《こうせいしんやくおよ》び麻薬向精神薬原料《まやくこうせいしんやくげんりょう》を指定《してい》する政令《せいれい》の第《だい》２条《じょう》。」

忍《しのぶ》がパソコンの前《まえ》からこちらを振《ふ》り向《む》いた。

「ヒットしたぜ。」

達成感《たっせいかん》に満《み》ち、意気揚々《いきようよう》とした声《こえ》だった。

「松枝中学《まつがえちゅうがく》に、『マジックマッシュルーム闇《やみ》の集《つど》い』って裏《うら》サイトがあった。テスト勉強《べんきょう》の時《とき》に使《つか》うと眠《ねむ》くならないとか、ハイになってストレスから解放《かいほう》されるって投稿《とうこう》が多《おお》いから、仲間内《なかまうち》で服用《ふくよう》が流行《はや》ってるんだろう。売《う》られてるのは、マジックマッシュルームの冷凍品《れいとうひん》と粉末《ふんまつ》の２種《しゅ》で、売《う》り手《て》はこのサイトの管理者《かんりしゃ》、登録名《とうろくめい》はヒロだ。」

それ、宏《ひろし》のヒロじゃない？

「田原宏《たはらひろし》は、」

翼《たすく》が、今日《きょう》の自分《じぶん》の調査《ちょうさ》を思《おも》い出《だ》すような目付《めつ》きになる。

「寒天《かんてん》で菌糸《きんし》を培養《ばいよう》し、マジックマッシュルームを育《そだ》ててネットで仲間《なかま》に売《う》ってるんだ。部屋《へや》の中《なか》に充満《じゅうまん》してた臭《にお》いは、おそらくアイゾメヒカゲタケの臭《にお》いだと思《おも》う。確《たし》かめられなかったけど。」

小塚君《こづかくん》が感心《かんしん》したように首《くび》を横《よこ》に振《ふ》った。

「このキノコって無臭《むしゅう》なんだよ。それに気《き》づくなんて、美門《みかど》、すごいね。」

私《わたし》がもっと時間《じかん》を稼《かせ》いでたら、確《たし》かめられたんだよね、ごめん。

「じゃ、まとめるぞ。」

若武《わかたけ》が勢《いきお》いよく言《い》い、姿勢《しせい》を正《ただ》して全員《ぜんいん》を見回《みまわ》した。

「まず琴音《ことね》に関《かん》してだ。さっき美門《みかど》が、恵斗《けいと》の部屋《へや》のあちこちに妙《みょう》な臭《にお》いが付《つ》いていた、琴音《ことね》の手《て》にもだ、と言《い》っていたが、そこに今《いま》の報告《ほうこく》を合《あ》わせて考《かんが》えると、こうなる。兄宏《あにひろし》のマジックマッシュルーム栽培《さいばい》とネット販売《はんばい》を知《し》った琴音《ことね》は不安《ふあん》を抱《かか》えたが、誰《だれ》にも話《はな》せなかった。やがて従弟《いとこ》の恵斗《けいと》になら相談《そうだん》しても大丈夫《だいじょうぶ》だろうと考《かんが》え、兄《あに》の部屋《へや》からマジックマッシュルームを持《も》ち出《だ》し、恵斗《けいと》の家《いえ》に行《い》った。相談《そうだん》を受《う》けた恵斗《けいと》は、それを七鬼《ななき》に見《み》せ、助言《じょげん》を求《もと》めるつもりだった。」

ん、きっとそうだよ。

「で、それを聞《き》いていた誰《だれ》かが、阻《そ》止《し》しようとして恵《けい》斗《と》に電《でん》話《わ》を切《き》らせた。」

私《わたし》はセッセセッセと記《き》録《ろく》を取《と》りつつ、謎《なぞ》2、恵《けい》斗《と》の電《でん》話《わ》はなぜ途《と》中《ちゅう》で切《き》れたのか、の所《ところ》に、マジックマッシュルームの存《そん》在《ざい》を知《し》られたくなかった誰《だれ》かが阻《そ》止《し》したためと書《か》き込《こ》んだ。

謎《なぞ》3、恵《けい》斗《と》は何《なに》を見《み》せようとしていたのか、の所《ところ》には、マジックマッシュルームと書《か》き入《い》れる。

でも誰《だれ》かというのは、誰《だれ》？

23　行方《ゆくえ》を知《し》る2人《ふたり》

答《こた》えを求《もと》めて私《わたし》は顔《かお》を上《あ》げ、若武《わかたけ》を見《み》た。

若武《わかたけ》は、そうくるに違《ちが》いないと思《おも》っていたらしく、得意《とくい》げな笑《え》みを浮《う》かべる。

「誰《だれ》かというのは、宏《ひろし》で決《き》まりだ。栽培《さいばい》と販売《はんばい》をしていた張本人《ちょうほんにん》だし、恵斗《けいと》とは従兄弟《いとこ》で、鷹羽《たかは》家《け》にも自由《じゆう》に出入《ではい》りできる立場《たちば》だから、電話《でんわ》の立《た》ち聞《ぎ》きも可能《かのう》だ。」

確《たし》かに、それだけの条件《じょうけん》がそろうのは宏《ひろし》さんしかいないかも。

「琴音《ことね》が隠《かく》していたのは、宏《ひろし》の違法栽培《いほうさいばい》と販売《はんばい》だ。兄《あに》をかばってるんだ。」

上杉君《うえすぎくん》が一瞬《いっしゅん》、かすかに首《くび》を横《よこ》に振《ふ》る。

「それだけじゃねーだろ。」

え？

「俺《おれ》が前《まえ》に言《い》ったじゃないか。」

射《い》るような視線《しせん》をいきなり私《わたし》に向《む》けた。

え・・・。

私《わたし》はあわてて事件《じけん》ノートをめくる。

えっと、確《たし》かどっかに書《か》いたような気《き》がするけど・・・。

バサバサとノートを引《ひ》っくり返《かえ》していると、上杉君《うえすぎくん》はイラッとしたらしく、私《わたし》が探《さが》し当《あ》てる前《まえ》にサッサと話《はな》しを進《すす》めた。

「琴音《ことね》は、宏《ひろし》が恵斗《けいと》に電話《でんわ》を切《き》らせ、どこかに連《つ》れ出《だ》すのを見《み》てたんだ。」

その時《とき》になってようやく、そのページを見《み》つける事《こと》ができた。

それは発言者《はつげんしゃ》、上杉君《うえすぎくん》と記《しる》されている部分《ぶぶん》で、琴音《ことね》はたぶん恵斗《けいと》が行方不明《ゆくえふめい》になった事情《じじょう》を知《し》ってる、もちろん誰《だれ》が関《かか》わっているのかも、その人物《じんぶつ》を隠《かく》すために虚偽《きょぎ》の発言《はつげん》をした、と書《か》いてあった。

「だから恵斗《けいと》が1人《ひとり》で出《で》ていったとか、同級生《どうきゅうせい》に嫉妬《しっと》されていたとか言《い》って、宏《ひろし》から俺《おれ》たちの注《ちゅう》意《い》をそらそうとしたんだ。何度《なんど》も言《い》わせんな。」

私《わたし》は上杉君《うえすぎくん》に向《む》かって深々《ふかぶか》と頭《あたま》を下《さ》げ、謝罪《しゃざい》の気持《きも》ちを表《あらわ》してから、謎《なぞ》5、琴音《ことね》は何《なに》を隠《かく》しているのか、そしてその理由《りゆう》は何《なに》か、の下《した》に、この事件《じけん》の全貌《ぜんぼう》を知《し》っていて、その犯人《はんにん》である兄《あに》をかばっている、と書《か》いた。

「動機《どうき》は?」

黒木君《くろきくん》が片方《かたほう》の足首《あしくび》を持《も》ち上《あ》げ、もう一方《いっぽう》の膝《ひざ》の上《うえ》に乗《の》せる。

「宏《ひろし》の犯行《はんこう》だとすれば、幻覚作用《げんかくさよう》のあるキノコを売《う》りさばいていた目的《もくてき》はなんだ。」

私《わたし》はメモを取《と》るのも忘《わす》れ、思《おも》わず見入《みい》ってしまった。

だって脚《あし》が長《なが》くなかったら、絶対《ぜったい》カッコがつかない事《こと》だもの、うらやましい。

「きっと何《なに》か、」

小塚君《こづかくん》がちょっと悲《かな》しそうにつぶやいた。

「金銭《きんせん》が必要《ひつよう》な事情《じじょう》を抱《かか》えてたんだよ。妹《いもうと》の琴音《ことね》も、バイトしてるだろ。それ見《み》てて兄《あに》として力《ちから》を貸《か》さずにいられなかったとか。」

たぶん母親《ははおや》や伯父《おじ》が作《つく》った借金《しゃっきん》を返《かえ》そうとしてたんだ。

私《わたし》も、もし借金《しゃっきん》を作《つく》ってしまう母親《ははおや》の元《もと》に生《う》まれていたら、同《おな》じようにしたかも知《し》れない。

宏《ひろし》さんには恐《こわ》いイメージしかなかったけれど、ちょっとは同情《どうじょう》するかも。

「謎《なぞ》がスルスル解《と》けてくな。」

翼《たすく》は、自分《じぶん》の手柄《てがら》を誇《ほこ》るような顔《かお》をしていた。

まぁそれも当然《とうぜん》かな。

今回《こんかい》の翼《たすく》の活躍《かつやく》には、ホント頭《あたま》が下《さ》がるもの。

「後《あと》いくつ残《のこ》ってるの？」

翼《たすく》に聞《き》かれて、私《わたし》はノートに視線《しせん》を走《はし》らせた。

「残《のこ》ってるのは、謎《なぞ》４、恵斗《けいと》は今《いま》どこにいるのか、謎《なぞ》８、恵斗《けいと》の父《ちち》で宮司《ぐうじ》だった勝一《かついち》は、本当《ほんとう》に事故死《じこし》なのか、以上《いじょう》の２つだけです。」

若武《わかたけ》がニヤッと笑《わら》う。

「恵斗《けいと》の行方《ゆくえ》は、宏《ひろし》と琴音《ことね》が知《し》ってるぜ。」

そうだった、謎《なぞ》４はもう解《と》けたも同然《どうぜん》だね。

「とにかく早《はや》く恵斗《けいと》を助《たす》けないと。」

忍《しのぶ》がパソコンを閉《と》じ、こちらに歩《ある》いてきて自分《じぶん》のお膳《ぜん》の前《まえ》にドッカと座《すわ》った。

「即《そく》、２人《ふたり》に居場所《いばしょ》を吐《は》かせよう。」

翼《たすく》が、軽《かる》く眉《まゆ》を上《あ》げる。

「２人《ふたり》？　１人《ひとり》で充分《じゅうぶん》でしょ。俺《おれ》、宏《ひろし》と会《あ》ったけど、あいつは相当手《そうとうて》ごわいぜ。琴音《ことね》の方《ほう》が弱《よわ》くて手玉《てだま》に取《と》りやすい。琴音《ことね》を攻《せ》めよう。」

弱《よわ》い方《ほう》をねらうって・・・翼《たすく》、今《いま》ブラック出《だ》してるよね。

「よし、ここは黒木《くろき》、おまえに任《まか》せる。」

若武《わかたけ》がようやくリーダーらしさを取《と》り戻《もど》し、采配《さいはい》を振《ふ》った。

「琴音《ことね》を攻略《こうりゃく》して聞《き》き出《だ》すんだ。」

黒木君《くろきくん》はスッと立《た》ち上《あ》がり、ひと言《こと》も言《い》わず身《み》をひるがえして出《で》ていった。

そのスラリとした後《うし》ろ姿《すがた》を見送《みおく》って、上杉君《うえすぎくん》がつぶやく。

「自信満々《じしんまんまん》だ。あいつ・・・自己評価《じこひょうか》、高《たか》い系《けい》だな。」

他人《たにん》からの評価《ひょうか》も高《たか》いと思《おも》うよ、黒木君《くろきくん》なら。

「じゃ俺《おれ》たちは、最後《さいご》の謎《なぞ》に挑《いど》もう。」

その時《とき》、夕食《ゆうしょく》を運《はこ》ぶ女性《じょせい》たちが入《はい》ってきたので、私《わたし》たちの話《はなし》はいったん中断《ちゅうだん》。

美味《おい》しそうな匂《にお》いや料理《りょうり》の説明《せつめい》にすっかり心《こころ》を奪《うば》われていて、会議《かいぎ》が再開《さいかい》したのは、30分《ぷん》ほども経《た》ってからだった。

「最後《さいご》の謎《なぞ》とは、謎《なぞ》8、恵斗《けいと》の父《ちち》で宮司《ぐうじ》だった勝一《かついち》は、本当《ほんとう》に事故死《じこし》なのか、だ。これは今《いま》までほとんど棚上《たなあ》げ状態《じょうたい》に置《お》かれていた謎《なぞ》だ。それでなんの手《て》がかりも集《あつ》まってないんだが、」

私《わたし》は思《おも》わず、

「はいっ！」

と手《て》を挙《あ》げ、若武《わかたけ》の言葉《ことば》をさえぎった。

今《いま》まで自分《じぶん》が関係《かんけい》のない事《こと》に踏《ふ》み込《こ》んでいると思《おも》ってきたけれど、ここでそれが役《やく》に立《た》つかも知《し》れないと感《かん》じてうれしくて、すっごく力《ちから》が入《はい》ったんだ。

「私《わたし》が、とても重要《じゅうよう》な手《て》がかりを持《も》っています。」

上杉君《うえすぎくん》が、ボソッと吐《は》き捨《す》てる。

「こいつも、自己評価高《じこひょうかたか》いっぽいな。」

え、そうかな。

そんなでもないと思《おも》うけど・・・。

「アーヤ、話《はなし》の途中《とちゅう》で黙《だま》り込《こ》むな。サッサと続《つづ》けるんだ。」

それで私《わたし》は、勝一《かついち》さんの弟勝二《おとうとかつじ》さんと、妹満智子《いもうとまちこ》さんが依存症《いぞんしょう》で、妻《つま》の典子《のりこ》さんは鬱状態《うつじょうたい》である事《こと》を話《はな》した。

「そうだったのか。」

若武《わかたけ》は深刻《しんこく》な表情《ひょうじょう》になる。

「妻《つま》や弟《おとうと》妹《いもうと》、合計《ごうけい》3人《にん》もがそんな状態《じょうたい》だなんて・・・これ、普通《ふつう》じゃないな。」

上杉君《うえすぎくん》がなんでもなさそうにサラッと答《こた》えた。

「最初《さいしょ》に琴音《ことね》が言《い》ってただろ、宮司《ぐうじ》の勝一《かついち》はプライドが高《たか》く、家族《かぞく》や親族《しんぞく》にも厳《きび》しく当《あ》たっていたって。おそらく勝一氏《かついちし》は、妻《つま》や弟妹《おとうといもうと》を自分《じぶん》の支配下《しはいか》に置《お》いていたんだ。それで3人《にん》は鬱屈《うっくつ》を抱《かか》え、そのストレスで依存症《いぞんしょう》や鬱《うつ》を発症《はっしょう》したのさ。」

私《わたし》は、妻《つま》の典子《のりこ》さんが以前《いぜん》から心療内科《しんりょうないか》に通《かよ》っていたと聞《き》いた時《とき》の上杉君《うえすぎくん》の、水晶《すいしょう》みたいな輝《かがや》きを浮《う》かべた目《め》を思《おも》い出《だ》した。

見《み》えないものを見通《みとお》そうとするかのように鋭《するど》い眼差《まなざし》だった。

きっと上杉君《うえすぎくん》はあの時《とき》、勝一《かついち》さんがこれまで振《ふ》りまいてきた歪《ゆが》みに気《き》が付《つ》き、その影響《えいきょう》がどこまで広《ひろ》がっているのかを推理《すいり》しようとしていたんだ。

「わかった！」

若武《わかたけ》がパチンと指《ゆび》を鳴《な》らす。

「じゃその恨《うら》みが爆発《ばくはつ》して、3人《にん》の内《うち》の誰《だれ》か1人《ひとり》か、あるいは2人《ふたり》か、もしくは3人《にん》が共同《きょうどう》で、勝一氏《かついちし》を殺害《さつがい》したんだ。」

上杉君《うえすぎくん》が冷凍光線《れいとうこうせん》のような視線《しせん》を若武《わかたけ》に走《はし》らせる。

「ショート男《おとこ》。」

は？

私《わたし》が呆気《あっけ》にとられていると、翼《たすく》がからかうように笑《わら》った。

「アーヤ、わかんないの？　言語《げんご》はアーヤの専門分野《せんもんぶんや》でしょ。」

そうだった、これは人《ひと》には聞《き》けない！

私《わたし》はあわてて自分《じぶん》の知識《ちしき》を総動員《そうどういん》し、アレコレと考《かんが》えをめぐらせた。

ショートという言葉《ことば》には、主《おも》に３つの意味《いみ》がある。

一番多《いちばんおお》く使《つか》われるのは、短《みじか》いって意味《いみ》。

２つ目《め》は、野球《やきゅう》のポジションの遊撃手《ゆうげきしゅ》を指《さ》す時《とき》。

そして３つ目《め》は、電気回路《でんきかいろ》の２点《てん》の間《あいだ》に大《おお》きな電流《でんりゅう》が流《なが》れる事《こと》、これは短絡《たんらく》ともいう。

あ、短絡《たんらく》には、物事《ものごと》を単純《たんじゅん》に、安易《あんい》に結《むす》び付《つ》けてしまうって意味《いみ》もある。

上杉君《うえすぎくん》が言《い》おうとしたのは、きっと若武《わかたけ》の考《かんが》え方《かた》が単純《たんじゅん》すぎるって事《こと》なんだ。

「わかった。」

私《わたし》がニッコリすると、上杉君《うえすぎくん》はガクリと首《くび》を垂《た》れた。

「メッチャ遅《おせ》え。」

ごめん。

「僕《ぼく》も、そこはそんなに安直《あんちょく》に結《むす》び付《つ》けない方《ほう》がいいと思《おも》うよ。まず証拠《しょうこ》を捜《さが》す事《こと》だよ。」

小塚君《こづかくん》の言葉《ことば》に、私《わたし》は赤面《せきめん》、ポッ。

だって私《わたし》もさっきまで、若武《わかたけ》と同《おな》じように考《かんが》えていたんだもの。

「勝一氏《かついちし》は確《たし》か、神社《じんじゃ》の石段《いしだん》から落《お》ちて死《し》んだんだったよな。」

問《と》いかける若武《わかたけ》を無視《むし》して上杉君《うえすぎくん》は、スマートフォンで何《なに》やら検索《けんさく》していたけれど、やがて視線《しせん》を上《あ》げた。

「新聞《しんぶん》によれば、勝一氏《かついちし》が死《し》んだ現場《げんば》には複数《ふくすう》の目撃者《もくげきしゃ》がいる。」

目撃者《もくげきしゃ》？

「その日《ひ》は神社《じんじゃ》で例祭《れいさい》があり、宮司《ぐうじ》の勝一氏《かついちし》は氏子代表《うじこだいひょう》や関係者《かんけいしゃ》と飲食《いんしょく》していた。それが終《お》わり、帰《かえ》っていく人々《ひとびと》を送《おく》って石段《いしだん》まで行《い》った時《とき》に、足《あし》を滑《すべ》らせたらしい。一緒《いっしょ》にいた数人《すうにん》の目《め》の前《まえ》でだ。」

それじゃ事故《じこ》としか考《かんが》えられないよね。

「で、警察《けいさつ》でも、なんの問題《もんだい》もなく事故死《じこし》として処理《しょり》したみたいだ。」

そりゃ目撃者《もくげきしゃ》が数人《すうにん》もいたら、そうなるよ。

私《わたし》は事件《じけん》ノートを開《ひら》き、謎《なぞ》8、恵斗《けいと》の父《ちち》で宮司《ぐうじ》だった勝一《かついち》は、本当《ほんとう》に事故死《じこし》なのか、の所《ところ》に、目撃者複数《もくげきしゃふくすう》あり、事故死《じこし》と書《か》き入《い》れた。

「あ！」

若武《わかたけ》が短《みじか》く叫《さけ》んで、ポケットからスマートフォンを取《と》り出《だ》す。

「黒木《くろき》からメールだ。」

皆《みな》が一瞬《いっしゅん》、緊張《きんちょう》し、いっせいに若武《わかたけ》に目《め》を向《む》けた。

「なんだって？」

「うまくいったのか？」

若武《わかたけ》は画面《がめん》に視線《しせん》を落《お》とし、しばらく黙《だま》っていたけれど、やがて顔《かお》を上《あ》げた。

「琴音《ことね》は、自分《じぶん》がその現場《げんば》にいた事《こと》を認《みと》めたって。」

やったっ！

「兄《あに》、宏《ひろし》の違法栽培《いほうさいばい》および販売《はんばい》に気《き》が付《つ》いた琴音《ことね》は、アイゾメヒカゲタケを持《も》ち出《だ》して恵斗《けいと》に相《そう》談《だん》に行《い》った。」

そこまで読《よ》み上《あ》げた若武《わかたけ》は、得意《とくい》げに私《わたし》たちを見回《みまわ》した。

「ほら、俺《おれ》の言《い》った通《とお》りだろ。」

はいはい、サッサと次《つぎ》にいって。

「恵斗《けいと》に打《う》ち明《あ》けると、恵斗《けいと》が友人《ゆうじん》に電話《でんわ》をかけて相談《そうだん》してみると言《い》ったらしい。」

あ、忍《しのぶ》に電話《でんわ》がきたのは、その時《とき》だね。

「その電話《でんわ》をかけている途中《とちゅう》で宏《ひろし》が駆《か》け付《つ》けてきて、強引《ごういん》に電話《でんわ》を切《き》り、琴音《ことね》に出《で》ていくように言《い》った。宏《ひろし》が激怒《げきど》しているのを見《み》た恵斗《けいと》が、2人《ふたり》きりで話《はな》して説得《せっとく》するからと言《い》ったので琴音《ことね》は鷹羽家《たかはけ》を出《で》た。」

出《で》ちゃったんだ・・・。

「それ以降《いこう》の事《こと》はわからないそうだ。」

う〜ん、もうちょっといてくれればすべてがわかったのに、惜《お》しいっ！

小塚君《こづかくん》が残念《ざんねん》そうな息《いき》をついた。

「琴音《ことね》がその場《ば》にいたら、こんな事《こと》にならなかったかも知《し》れないのにね。」

翼《たすく》が、とんでもないというように首《くび》を横《よこ》に振《ふ》る。

「宏《ひろし》は激怒《げきど》してたんだぜ。その場《ば》で刃物《はもの》を持《も》ち出《だ》したかも知《し》れない。そしたら死体《したい》が2つだ。」

ゾクッ！

「とにかく琴音《ことね》からは何《なに》も引《ひ》き出《だ》せなかった、黒木《くろき》のメールは以上《いじょう》だ、くっそ！」

残念《ざんねん》そうに言《い》った若武《わかたけ》に、上杉君《うえすぎくん》が軽蔑《けいべつ》の視線《しせん》を投《な》げる。

「恵斗《けいと》の居所《いどころ》を知《し》ってるのは、琴音《ことね》だけかよ。」

若武《わかたけ》はハッとしたように背筋《せすじ》を伸《の》ばす。

「そうだ、張本人《ちょうほんにん》の宏《ひろし》がいるじゃん。」

そう言《い》うなり猛然《もうぜん》とスマートフォンのキーをタップし、耳《みみ》に当《あ》てた。

「もしもし黒木《くろき》、すぐ宏《ひろし》を当《あ》たれ！　人《ひと》が必要《ひつよう》なら、誰《だれ》かをそっちにやるから。」

息《いき》が荒《あら》くなるほど一気《いっき》に言《い》って、しばし沈黙《ちんもく》、やがてガックリと肩《かた》を落《お》とす。

「そっか、わかった。」

電話《でんわ》を切《き》った若武《わかたけ》に、皆《みな》の視線《しせん》が集中《しゅうちゅう》する。

「どうした？」

「何《なに》があった⁉」

若武《わかたけ》は、ションボリと顔《かお》を上《あ》げた。

「琴音《ことね》の聞《き》き取《と》りを終《お》えた後《あと》、黒木《くろき》は宏《ひろし》に会《あ》うつもりで、琴音《ことね》に、兄《あに》が今《いま》どこにいるのかを聞《き》いたそうだ。ところが、」

何《なに》、どーしたの、早《はや》く言《い》えっ！

「ついさっき小松《こまつ》に向《む》かったって言《い》われたらしい。」

小松《こまつ》？

「空港《くうこう》だ。」

げっ！

「休《やす》みだから、しばらく日本《にほん》を離《はな》れて遊《あそ》んでくるって言《い》ってたって。」

24 黒《くろ》アゲハ

「戻《もど》ってくるのを待《ま》ってたら、いつになるかわからんな。」

眉根《まゆね》を寄《よ》せる若武《わかたけ》の前《まえ》で、忍《しのぶ》がギリッと奥歯《おくば》を噛《か》む。

「恵斗《けいと》が行方不明《ゆくえふめい》になって明日《あした》で72時間《じかん》だ。生存《せいぞん》が難《むずか》しくなる。待《ま》てるもんか。」

でも、どうすればいいの!?

「琴音《ことね》が何《なに》も知《し》らず、宏《ひろし》からも聞《き》けないとなったら、」

小塚君《こづかくん》が溜《た》め息《いき》をついた。

「僕《ぼく》たちで、もっと捜《さが》すしかないよ。」

それを聞《き》いて、翼《たすく》がムッとしたように小塚君《こづかくん》に向《む》き直《なお》った。

「ノー天気《てんき》な事言《ことい》ってんなよ。これ以上《いじょう》、どこを捜《さが》すんだ。」

ん、確《たし》かにそれは言《い》えるかも。

「恵斗《けいと》は鷹羽家《たかはけ》から外《そと》に出《で》ていないって俺《おれ》が言《い》っただろ。ところが鷹羽家《たかはけ》の中《なか》にはいないんだ。おまえらが捜《さが》した黒《くろ》アゲハの森《もり》にもいなかった。消《き》えたとしか考《かんが》えられんだろーが。消《き》えたものをどうやって捜《さが》すんだ。」

食《く》ってかかられて、小塚君《こづかくん》は震《ふる》え上《あ》がる。

「美門《みかど》、イラつくなって。」

上杉君《うえすぎくん》が翼《たすく》の肩《かた》をつかんで引《ひ》き寄《よ》せた。

「それよりさ、今《いま》、宏《ひろし》はいないんだぜ。宏《ひろし》の部屋《へや》、調《しら》べられるじゃないか。アイゾメヒカゲタケの栽培《さいばい》を確認《かくにん》してこいよ。気《き》になってるんだろ？」

翼《たすく》はふっと表情《ひょうじょう》をゆるめ、若武《わかたけ》を見《み》た。

「俺《おれ》、行《い》ってもいい？」

若武《わかたけ》は、お手上《てあ》げだと言《い》わんばかりの顔《かお》で、クシャクシャッと前髪《まえがみ》を掻《か》き上《あ》げる。

「ああいいぞ。どうせ調査《ちょうさ》は行《い》き詰《づ》まりだ。打《う》つ手《て》がない。ここで顔《かお》を突《つ》き合《あ》わせてるだけなら、いてもいなくても同《おな》じだ。」

あーあ、不貞腐《ふてくさ》れてる。

「俺《おれ》も、抜《ぬ》けていいか？」

そう言《い》ったのは忍《しのぶ》だった。

「も1回《かい》、祈禱《きとう》する。今度《こんど》は特別祈願《とくべつきがん》だ。」

若武《わかたけ》は叫《さけ》ぶように答《こた》える。

「ああ祈禱《きとう》でも祈願《きがん》でも、なんでも勝手《かって》にしろ。」

そうは言《い》いつつ内心《ないしん》、忍《しのぶ》と翼《たすく》がここに留《とど》まって自分《じぶん》の指揮下《しきか》で行動《こうどう》してくれる事《こと》を期待《きたい》していたらしく、サッサと出《で》ていく2人《ふたり》を見《み》てうめくようにつぶやいた。

「ちきしょうっ！」

お膳《ぜん》の前《まえ》に座《すわ》り直《なお》し、一気《いっき》に夕飯《ゆうはん》を搔《か》き込《こ》み始《はじ》める。

「ヤケ食《ぐ》いかよ。」

呆《あき》れたように言《い》った上杉君《うえすぎくん》を、ギロッとにらんだ。

「うるさい。おまえも早《はや》く食《く》っちまえ。このまま寝《ね》るんじゃ面白《おもしろ》くないから、残《のこ》ったメンバーで恵斗《けいと》を捜《さが》しに行《い》く。もう暗《くら》いからライトを借《か》りよう。」

それで私《わたし》は小塚君《こづかくん》と目配《めくば》せし合《あ》い、急《いそ》いで食《た》べ始《はじ》めたんだ。

あーあ、ゆっくり味《あじ》わいたいのになぁ。

「さてと、出《で》かけるぞ。」

早《はや》っ！

私《わたし》はあわてて残《のこ》りの料理《りょうり》を口《くち》に押《お》し込《こ》んだ。

小塚君《こづかくん》は急《いそ》いで汁物《しるもの》を呑《の》み込《こ》もうとし、派手《はで》にむせ返《かえ》る。

「不器用《ぶきよう》なヤツ。」

言《い》い捨《す》てて上杉君《うえすぎくん》が立《た》ち上《あ》がり、若武《わかたけ》に続《つづ》いて出《で》ていった。

「小塚君《こづかくん》、大丈夫《だいじょうぶ》？　ここにいてもいいよ。」

私《わたし》が声《こえ》をかけると、小塚君《こづかくん》は胸《むね》を叩《たた》いてなんとか喉《のど》のつまりを解消《かいしょう》し、いく度《ど》も息《いき》を呑《の》み込《こ》んで呼吸《こきゅう》を整《ととの》え、腰《こし》を上《あ》げた。

「大丈夫《だいじょうぶ》。行《い》こう。」

玄関《げんかん》では、若武《わかたけ》と上杉君《うえすぎくん》が借《か》りたライトを点検《てんけん》していた。

「まず黒《くろ》アゲハの森《もり》を2方向《ほうこう》から捜《さが》す。俺《おれ》と上杉《うえすぎ》は、本殿《ほんでん》の奥《おく》から。小塚《こづか》とアーヤは、滝《たき》の方《ほう》から。」

差《さ》し出《だ》されたライトは大《おお》きく、懐中電灯《かいちゅうでんとう》よりずっと頼《たの》もしかった。

「何《なに》かあったらスマホに連絡《れんらく》しろ。じゃな。」

立《た》ち去《さ》る2人《ふたり》を追《お》って、私《わたし》は小塚君《こづかくん》と一緒《いっしょ》に気比金崎神社《けひかなさきじんじゃ》の鳥居《とりい》を目指《めざ》す。

その向《む》こうに深々《ふかぶか》とした黒《くろ》アゲハの森《もり》が広《ひろ》がっていた。

空《そら》には、大《おお》きな満月《まんげつ》が出《で》ている。

「夜見《よるみ》ると、かなり不気味《ぶきみ》な森《もり》だね。満月《まんげつ》が静《しず》かすぎて余計《よけい》に鬼気迫《ききせま》る感《かん》じ。」

小塚君《こづかくん》に言《い》われて、私《わたし》はコクコクと頷《うなず》いた。

樹《き》々の影《かげ》が深《ふか》く、何《なに》かがひそんでいるように思《おも》えてきてライトを握《にぎ》りしめる。

小塚君《こづかくん》がこちらを見《み》た。

「地面《じめん》には木《き》の根《ね》がボコボコ出《で》てて、躓《つまず》きやすいよ。手《て》、つなごうか。」

差《さ》し出《だ》された手《て》は、まるで神様《かみさま》が送《おく》ってくれた助《たす》け舟《ぶね》みたいだった。

「ありがと！」

私《わたし》は、それを握《にぎ》りしめる。

「じゃ行《い》こう。僕《ぼく》が上《うえ》を照《て》らすから、アーヤは足元《あしもと》を。」

私《わたし》はライトを下《した》に向《む》けながら、もし恵斗君《けいとくん》が足元《あしもと》に倒《たお》れていたら、それは死体《したい》かも知《し》れないと考《かんが》えてぞっとした。

私《わたし》のライトは、それをまともに照《て》らす事《こと》になるんだ。

あまりにも恐《こわ》すぎて私《わたし》は、ライトの方向《ほうこう》を交換《こうかん》してほしいな、と言《い》おうとした。

けれどよく考《かんが》えたら、死体《したい》は転《ころ》がっているとは限《かぎ》らない、上《うえ》からぶら下《さ》がっている事《こと》だってあるんだ。

ああ、どっちも恐《こわ》いっ！

どうか、そんな事《こと》になりませんように!!

心《こころ》で祈《いの》りながら足《あし》を進《すす》めていたその時《とき》、いきなり何《なに》かが響《ひび》き渡《わた》り、私《わたし》はドキッ！

思《おも》わず立《た》ちすくむと、小塚君《こづかくん》が手《て》を放《はな》した。

「あ、ごめん、僕《ぼく》のスマホの着信音《ちゃくしんおん》だよ。」

ああ〜ぁ、恐怖度《きょうふど》マックスだった・・・。

「美門《みかど》から、メンバーに一斉《いっせい》メールだ。読《よ》むよ。」

どうぞ。

「宏《ひろし》の部屋《へや》は、きれいに片付《かたづ》けられている。水槽《すいそう》の中《なか》はカラで、内側《うちがわ》は洗《あら》ってあるし、部屋《へや》からはもうなんの臭《にお》いもしていない。トイレの中《なか》をのぞき込《こ》んだら、わずかに寒天《かんてん》の臭《にお》いがした。どうも捨《す》てたらしい。すべてを処理《しょり》して空港《くうこう》に向《む》かったんだ。」

逃亡《とうぼう》だぁ！

「どんな証拠《しょうこ》もうない、以上《いじょう》。」

私《わたし》は絶望的《ぜつぼうてき》な気持《きも》ちになった。

だって、宏《ひろし》さんがマジックマッシュルームを栽培《さいばい》し、売《う》っていた事《こと》は立証《りっしょう》できなくなってしまった。

おまけにもう誰《だれ》からも恵斗君《けいとくん》の行方《ゆくえ》を聞《き》く事《こと》ができない。

「先手《せんて》を打《う》たれたね。」

メールを読《よ》み終《お》えた小塚君《こづかくん》は、困《こま》ったような顔《かお》になった。

「もう宏《ひろし》の線《せん》からは、何《なに》も出《で》てこないよ。」

私《わたし》は、頭《あたま》を抱《かか》え込《こ》みたいような気分《きぶん》だった。

私《わたし》たち、ホントにこの事件《じけん》、解決《かいけつ》できるんだろうか。

「あ、なんかざわついてる。」

耳《みみ》を澄《す》ませば、確《たし》かに空気《くうき》が激《はげ》しく動《うご》いていた。

なんの音《おと》もしていないのに、震《ふる》えるような振動《しんどう》が伝《つた》わってくる。

「あっちからだ、行《い》ってみよう！」

小塚君《こづかくん》が差《さ》し出《だ》した手《て》をつかんで、私《わたし》は一緒《いっしょ》に歩《ある》き出《だ》した。

樹々《きぎ》の間《あいだ》にできている小道《こみち》を縫《ぬ》うように歩《ある》き、曲《ま》がり角《かど》をいくつも曲《ま》がる。

空気《くうき》の流《なが》れはドンドン激《はげ》しくなってきて、やがてなんとも言《い》えない音《おと》が聞《き》こえ始《はじ》めた。

団扇《うちわ》や扇子《せんす》で空気《くうき》を打《う》っているような、音《おと》というよりおびただしい気配《けはい》という感《かん》じだった。

一体何《いったいなに》が、こんなに騒《さわ》いでいるんだろう。

「あれ、見《み》てっ！」

小塚君《こづかくん》が空《そら》に向《む》かってライトを上《あ》げる。

その光《ひかり》の輪《わ》が、キラキラとまばゆく輝《かがや》くものを照《て》らし出《だ》した。

「すごい！」

私《わたし》は見惚《みと》れながらつぶやいた。

「でも何《なに》？」

小塚君《こづかくん》は、うっとりしたような口調《くちょう》になる。

「黒《くろ》アゲハの大群《たいぐん》だ・・・」

よく見《み》れば、何百《なんびゃく》、何千《なんぜん》もの黒《くろ》アゲハが満月《まんげつ》を浮《う》かべた空《そら》を横切《よこぎ》って飛《と》んでいくところだった。

黒《くろ》い羽《はね》は闇《やみ》に溶《と》け込《こ》み、そこから零《こぼ》れ落《お》ちる鱗粉《りんぷん》がライトの光《ひかり》を浴《あ》びてきらめいている。

月光《げっこう》の中《なか》を飛《と》んでいくその様子《ようす》は美《うつく》しく、同時《どうじ》に妖《あや》しくもあった。

「黒《くろ》アゲハは夜行性《やこうせい》じゃないよ。なんでこんな時間《じかん》に、どうしてこんなにたくさん集《あつ》まってるんだろ。」

そう言《い》いながらその行方《ゆくえ》を追《お》っていた小塚君《こづかくん》が、わかったというようにつぶやいた。

「七鬼《ななき》の館《やかた》を目指《めざ》してるんだ。」

群《む》れになった黒《くろ》アゲハの先頭《せんとう》は、夜空《よぞら》に虹《にじ》のようなアーチを描《えが》きながら忍《しのぶ》のいる館《やかた》に向《む》かっていく。

「きっと七鬼《ななき》が、祈禱《きとう》で呼《よ》び寄《よ》せてるんだ。」

小塚君《こづかくん》は体《からだ》を反転《はんてん》させ、その大群《たいぐん》が湧《わ》き出《だ》している樹々《きぎ》の方《ほう》に目《め》をやった。

「あの群《む》れがどこからやってくるのか確《たし》かめよう。」

さっさと歩《ある》き出《だ》す小塚君《こづかくん》の後《あと》を、私《わたし》は慌《あわ》てて追《お》いかけた。

細《ほそ》い道《みち》をドンドン進《すす》み、それを曲《ま》がったそのとたんっ！

「あ！」

私《わたし》も小塚君《こづかくん》も、その場《ば》に立《た》ち尽《つ》くしてしまった。

そこにはすごい数《かず》の黒《くろ》アゲハが寄《よ》り集《あつ》まり、天《てん》に向《む》かって柱《はしら》を作《つく》るかのように飛《と》び交《か》っていたんだ。

「七鬼《ななき》が祈禱《きとう》で黒《くろ》アゲハに何《なに》か命《めい》じたんじゃないかな。」

小塚君《こづかくん》は、ツカツカと黒《くろ》アゲハの柱《はしら》へと近寄《ちかよ》っていく。

すると黒《くろ》アゲハは、まるで道《みち》を譲《ゆず》るように左右《さゆう》に分《わ》かれ、自分《じぶん》たちの群《む》れの中《なか》に小塚君《こづかくん》を通《とお》したんだ。

小塚君《こづかくん》の姿《すがた》は次第《しだい》に黒《くろ》アゲハに包《つつ》み込《こ》まれ、見《み》えなくなる。

やがてはすっかり群《む》れの中《なか》に呑《の》み込《こ》まれてしまった。

黒《くろ》アゲハは、何事《なにごと》もなかったかのように再《ふたた》び飛《と》び交《か》い始《はじ》める。

私《わたし》は息《いき》を呑《の》み、ただ見《み》つめているばかり。

これ・・・どうなるの⁉

「アーヤっ！」

小塚君《こづかくん》の叫《さけ》びが聞《き》こえた。

「来《き》てっ！」

恐《おそ》ろしかったけれど、でもここで私《わたし》が行《い》かなかったら、誰《だれ》が小塚君《こづかくん》を助《たす》けるの？

ここには私《わたし》しかいないんだもの、私《わたし》がやるしかない！

「今行《いまい》くっ‼」

決死《けっし》の覚悟《かくご》を固《かた》め、私《わたし》は黒《くろ》アゲハの群《む》れに突進《とっしん》した。

私《わたし》が近《ちか》づくと、黒《くろ》アゲハはさっきのように道《みち》を空《あ》ける。

驚《おどろ》きながらその中《なか》に入《はい》っていくと、小塚君《こづかくん》が地面《じめん》にしゃがみこんでいるのが見《み》えた。

あ、よかった、生《い》きてる！

「アーヤ、これ見《み》て。」

そう言《い》いながらこちらに土《つち》を差《さ》し出《だ》す。

「このあたりだけ、周《まわ》りとは違《ちが》う草《くさ》が生《は》えてるんだ。土《つち》の質《しつ》が違《ちが》うのかも知《し》れない。」

そう言《い》いながら靴《くつ》の踵《かかと》でトントンと地面《じめん》を叩《たた》いていて、その内《うち》にハッとしたように顔《かお》を上《あ》げた。

「やっぱり！　アーヤ、草《くさ》をむしるのを手伝《てつだ》って。」

何《なに》が何《なん》だかわからなかったけれど、言《い》われるがままに私《わたし》は草《くさ》をむしった。

草《くさ》は比較的簡単《ひかくてきかんたん》に取《と》れてきて、その下《した》から、なんとっ！　鉄板《てっぱん》が現《あらわ》れたんだ。

「これ、持《も》ち上《あ》げてみよう。」

下《した》に何《なに》があるんだろ、ドキドキドッキン。

「そっち持《も》って。」

2人《ふたり》で鉄板《てっぱん》を持《も》ち上《あ》げると、その下《した》から現《あらわ》れたのは、下方《かほう》に続《つづ》く石段《いしだん》だった。

「下《お》りてみよう。滑《すべ》りそうだから気《き》を付《つ》けてね。」

ライトで照《て》らしながら、慎重《しんちょう》に下《お》りる。

石段《いしだん》の終点《しゅうてん》にあったのは、人《ひと》の背丈《せたけ》くらいの横穴《よこあな》で、左右《さゆう》に伸《の》びていた。

小塚君《こづかくん》がその壁《かべ》にライトを向《む》ける。

「相当古《そうとうふる》いね。地層《ちそう》とコケ、ノミの跡《あと》の様子《ようす》からして、なん百年《びゃくねん》も前《まえ》に掘《ほ》った地下道《ちかどう》だ。」

え・・・なんで、ここにそんなものが？

「南北朝《なんぼくちょう》の戦《たたか》いの時《とき》、逃走路《とうそうろ》として使《つか》ったのかも知《し》れない。そうだとすればこの地下道《ちかどう》の片側《かたがわ》は金崎城《かねがさきじょう》か気比金崎神社本殿《けひかなさきじんじゃほんでん》に通《つう》じているはずだ。その反対側《はんたいがわ》は、たぶん海岸《かいがん》の洞窟近《どうくつちか》くだ。金崎《かねがさき》城《じょう》や気比金崎神社《けひかなさきじんじゃ》で戦《たたか》っていた恒良親王《つねよししんのう》は、敗色《はいしょく》が濃《こ》くなると側近《そっきん》と共《とも》に姿《すがた》を消《け》したと言《い》われている。捕《つか》まったのは海岸《かいがん》の洞窟《どうくつ》だ。」

そこから船《ふね》で逃《に》げて、再起《さいき》を図《はか》ろうとしたんだね。

でも敢無《あえな》く捕《つか》まって、京都《きょうと》に送《おく》られて毒殺《どくさつ》されたんだ、かわいそうに。

「あ！」

小塚君《こづかくん》が、ヒクッと頬《ほお》を引《ひ》きつらせる。

「今《いま》、この先《さき》でなんか動《うご》いた。」

ぎゃんっ！

「僕《ぼく》、見《み》てくる。アーヤ、ここにいていいよ。」

私《わたし》はキッパリ首《くび》を横《よこ》に振《ふ》った。

「2人《ふたり》で行《い》こう！」

だって小塚君《こづかくん》だけを行《い》かせられないもの。

私《わたし》は、万《まん》が一《いち》の事《こと》があったら小塚君《こづかくん》と運命《うんめい》を共《とも》にしようと腹《はら》をくくり、その手《て》を握《にぎ》りしめて
2人《ふたり》で穴《あな》の中《なか》を進《すす》んだ。

「ほら、あそこ。」

小塚君《こづかくん》のライトが、前方《ぜんぽう》に見《み》えるこんもりとしたものを照《て》らし出《だ》す。

私《わたし》も自分《じぶん》のライトを向《む》けた。

するとそれがゆっくりと動《うご》き始《はじ》め、次第《しだい》に盛《も》り上《あ》がっていって、やがて、かすれた声《こえ》がした。

「誰《だれ》？　七鬼《ななき》？」

忍《しのぶ》を知《し》ってるんだ！

私《わたし》は息《いき》を呑《の》みながら言《い》った。

「私《わたし》たちは七鬼忍《ななきしのぶ》の友《とも》だちです。あなたは誰《だれ》ですか？」

ライトの先《さき》で、体《からだ》を起《お》こした影《かげ》が震《ふる》えるように動《うご》く。

「僕《ぼく》は鷹羽恵斗《たかはけいと》だ。」

私《わたし》は思《おも》わず小塚君《こづかくん》の手《て》を握《にぎ》り締《し》めた。

「見《み》つけたっ！」

「しかも生《い》きてる、やったね！」

私《わたし》たちは歓喜《かんき》し、恵斗君《けいとくん》に走《はし》り寄《よ》る。

近付《ちかづ》いてよく見《み》れば、恵斗君《けいとくん》は、松枝中学《まつがえちゅうがく》の女子《じょし》が教室《きょうしつ》で言《い》っていたように、平凡《へいぼん》な感《かん》じのする男《おとこ》の子《こ》だった。

「恵斗君《けいとくん》なんだね？」

小塚君《こづかくん》の声《こえ》を聞《き》きながら私《わたし》は、どこからか水《みず》の音《おと》が聞《き》こえてきている事《こと》に気《き》が付《つ》いた。

きっとこの上《うえ》あたりに、滝《たき》があるんだ。

「ここを教《おし》えてくれたのは、黒《くろ》アゲハだよ。」

小塚君《こづかくん》は、さっき見《み》た輝《かがや》くような黒《くろ》アゲハの大群《たいぐん》を思《おも》い出《だ》したらしく、感激《かんげき》した口調《くちょう》で言《い》った。

「七鬼《ななき》のいる館《やかた》の方《ほう》に向《む》かってたから、知《し》らせに行《い》ったんだと思《おも》う。七鬼《ななき》は、君《きみ》を見《み》つけるために祈禱《きとう》をしてるんだ。」

恵斗君《けいとくん》はかすかな笑《え》みを浮《う》かべる。

「黒《くろ》アゲハは、この神社《じんじゃ》の神使《しんし》だ。神社《じんじゃ》や宮司《ぐうじ》の子孫《しそん》の僕《ぼく》を守《まも》ってくれてるんだよ。僕《ぼく》、ここから動《うご》けなかったから、黒《くろ》アゲハに七鬼《なき》への連絡《れんらく》を頼《たの》んだんだ。あまり力《ちから》が出《で》なくて、飛《と》ばせたかどうかわからないけれど。」

ああ「かがやき」に飛《と》び込《こ》んできた黒《くろ》アゲハは、やっぱり恵斗君《けいとくん》からだったんだね。

「1羽《わ》が飛《と》んできて、忍《しのぶ》が会話《かいわ》しようとしてたよ。」

私《わたし》がそう言《い》うと、恵斗君《けいとくん》はうれしそうな顔《かお》になった。

「七鬼《なき》も、黒《くろ》アゲハに聞《き》けば僕《ぼく》の行方《ゆくえ》を教《おし》えてくれるに違《ちが》いないって思《おも》ったんだよ。」

直後《ちょくご》、大《おお》きな足音《あしおと》が起《お》こる。

私《わたし》たちが息《いき》を呑《の》んでいると、すごい速《はや》さで近付《ちかづ》いてきて、穴《あな》の向《む》こうの暗《くら》がりから忍《しのぶ》の声《こえ》がした。

「恵斗《けいと》、そこにいるのか、恵斗《けいと》っ!?」

小塚君《こづかくん》がライトを暗《くら》がりに向《む》ける。

「いるよ。」

突然《とつぜん》、光《ひかり》を当《あ》てられた忍《しのぶ》は、とっさに身構《みがま》えた。

長《なが》い髪《かみ》を乱《みだ》し、菫色《すみれいろ》の目《め》に激《はげ》しいきらめきを宿《やど》したその様子《ようす》は、今《いま》にも飛《と》びかかろうとしている野獣《やじゅう》のようだった。

「僕《ぼく》とアーヤも一緒《いっしょ》だからね。」

忍《しのぶ》の顔《かお》から殺気《さっき》が消《き》える。

肩《かた》で荒々《あらあら》しい息《いき》を繰《く》り返《かえ》しながらこちらに近《ちか》づいてくるその顔《かお》や腕《うで》には、新《あたら》しい火傷《やけど》の跡《あと》がいっぱいっ！

ああ痛々《いたいた》しい・・・。

「恵斗《けいと》、遅《おそ》くなって悪《わる》かったな。」

恵斗君《けいとくん》の前《まえ》に片膝《かたひざ》をつき、両手《りょうて》で肩《かた》をつかむ。

「大丈夫《だいじょうぶ》か!?」

恵斗君《けいとくん》はコクリと頷《うなず》いた。

「足首《あしくび》を捻挫《ねんざ》してるけど、大《たい》した事《こと》ない。きっと七鬼《なながき》が来《き》てくれるって信《しん》じてた。ずっと待《ま》ってたんだよ。」

忍《しのぶ》は優《やさ》しい笑《え》みを浮《う》かべ、腕《うで》を伸《の》ばして恵斗君《けいとくん》を抱《だ》きしめた。

「無事《ぶじ》でよかった！」

忍《しのぶ》の大《おお》きな胸《むね》の中《なか》に、小《ちい》さな恵斗君《けいとくん》が抱《だ》きしめられ、ホッとしたように微笑《ほほえ》んでいるのを見《み》て、私《わたし》は胸《むね》がジ〜ンとした。

行方《ゆくえ》のわからなくなった子供《こども》と、それを捜《さが》していた親《おや》が、ようやく出会《であ》えたかのような雰囲気《ふんいき》を感《かん》じたんだ。

忍《しのぶ》は男子《だんし》だけれど、一見女《いっけんおんな》の子《こ》みたいだから、お父《とう》さんのようでも、またお母《かあ》さんのようでもあった。

「よかったね。」

私《わたし》は、小塚君《こづかくん》と顔《かお》を見合《みあ》わせた。

「ん、無事《ぶじ》で何《なに》よりだよ。」

忍《しのぶ》が、ふっと恵斗君《けいとくん》から身《み》を離《はな》す。

「なんだってこんな事《こと》になったんだ？」

恵斗君《けいとくん》は、ちょっと舌打《したう》ちした。

「僕《ぼく》んちに、琴音《ことね》ちゃんがマジックマッシュルームを持《も》って相談《そうだん》に来《き》たんだ。宏《ひろし》さんがこれを栽《さい》培《ばい》して売《う》ってるって。それで僕《ぼく》も困《こま》って、七鬼《ななき》に電話《でんわ》してるとこに宏《ひろし》さんが乗《の》り込《こ》んできて、電《でん》話《わ》を切《き》られた。」

やっぱり！

「宏《ひろし》さんは、琴音《ことね》ちゃんを追《お》い出《だ》して、僕《ぼく》を地下室《ちかしつ》に連《つ》れ込《こ》んだんだ。僕《ぼく》んちの地下室《ちかしつ》は、この地下道《ちかどう》に通《つう》じてるんだよ。南北朝《なんぼくちょう》の戦《たたか》いの時《とき》、先祖《せんぞ》の宮司《ぐうじ》が掘《ほ》ったんだ。」

地下道《ちかどう》の出入《でい》り口《ぐち》って、鷹羽家《たかはけ》にもあったのか。

「宏《ひろし》さんは僕《ぼく》をここに入《い》れて、地下室《ちかしつ》の扉《とびら》に鍵《かぎ》をかけようとした。それを追《お》いかけて争《あらそ》ってる時《とき》、僕《ぼく》は階段《かいだん》から滑《すべ》って、捻挫《ねんざ》して歩《ある》けなくなったんだ。声《こえ》を上《あ》げても、ここじゃ誰《だれ》にも届《とど》かない。しかたないから、できるだけ体力《たいりょく》を使《つか》わないように横《よこ》になって、黒《くろ》アゲハに念《ねん》を送《おく》ったんだ、七鬼《なきき》を呼《よ》んでくれって。」

黒《くろ》アゲハは、それに応《こた》えたんだね。

さすが神使《しんし》の黒《くろ》アゲハ、昆虫《こんちゅう》なのに偉《えら》いなぁ。

でも今《いま》の話《はなし》によると、恵斗君《けいとくん》は家《いえ》の地下《ちか》からここに連《つ》れてこられたって事《こと》になるよね。

つまり家《いえ》から外《そと》には出《で》てない。

じゃ私《わたし》が半信半疑《はんしんはんぎ》だった翼《たすく》の主張《しゅちょう》は、正《ただ》しかったんだ。

う〜む、恐《おそ》るべし嗅覚《きゅうかく》!!

「小塚《こづか》、救急車《きゅうきゅうしゃ》を呼《よ》んで。」

忍《しのぶ》が両腕《りょううで》の中《なか》に恵斗君《けいとくん》を抱《だ》き上《あ》げる。

「病院《びょういん》で検査《けんさ》、治療《ちりょう》してもらう。」

小塚君《こづかくん》はポケットからスマートフォンを出《だ》そうとし、それが鳴《な》っている事《こと》に気《き》づいて、急《いそ》いで耳《みみ》に当《あ》てた。

「僕《ぼく》だよ。え・・・そうなの。わかった。ここにいるのはアーヤと七鬼《ななき》だよ。伝《つた》えとくから。」

電話《でんわ》を切《き》りながら複雑《ふくざつ》な表情《ひょうじょう》でこちらを見《み》る。

「黒木《くろき》からだ。琴音《ことね》さんから電話《でんわ》をもらったみたい。」

え・・・今《いま》になって何《なに》を言《い》ってきたんだろ。

「宏《ひろし》が空港《くうこう》から琴音《ことね》さんにメールを打《う》ってきたんだって。これからアメリカに行《い》く。もう日本《にほん》には戻《もど》らない、最後《さいご》に本当《ほんとう》の事《こと》を話《はな》しておく。」

本当《ほんとう》の事《こと》って？

「勝一伯父《かついちおじ》さんを殺《ころ》したのは自分《じぶん》だ。」

わっ！

「母《かあ》さんと勝二伯父《かつじおじ》さんを、よろしく頼《たの》む、って。」

海外《かいがい》に逃《に》げたんだっ！

25　安《やす》らかに眠《ねむ》れ

私《わたし》たちが地上《ちじょう》に出《で》て、近《ちか》づいてくる救急車《きゅうきゅうしゃ》のサイレンを聞《き》いていると、その音《おと》を聞《き》きつけた若《わか》武《たけ》と上杉君《うえすぎくん》が駆《か》けつけてきた。

「どーした、何《なに》があったっ⁉」

小塚君《こづかくん》が事情《じじょう》を説明《せつめい》している間《あいだ》に救急車《きゅうきゅうしゃ》が到着《とうちゃく》し、忍《しのぶ》が恵斗君《けいとくん》を運《はこ》び込《こ》む。

「どなたか付《つ》き添《そ》い願《ねが》います。」

救急隊員《きゅうきゅうたいいん》に言《い》われて、上杉君《うえすぎくん》が忍《しのぶ》の肩《かた》をつかんだ。

「付《つ》いてって、ついでに診《み》てもらえ。火傷《やけど》の手当《てあ》ても必要《ひつよう》だし、第一《だいいち》、目《め》が泳《およ》いでる。脚《あし》もヨレってるぜ。」

長《なが》い間《あいだ》、祈禱《きとう》してたからなぁ。

忍《しのぶ》は救急隊員《きゅうきゅうたいいん》に向《む》かって片手《かたて》を挙《あ》げながら、こちらを振《ふ》り返《かえ》った。

「じゃ、後《あと》は頼《たの》んだ。」

傷《きず》ついた頰《ほお》に精悍《せいかん》な笑《え》みを浮《う》かべ、救急車《きゅうきゅうしゃ》に乗《の》り込《こ》んでいく。

自分《じぶん》の任務《にんむ》を終《お》えた達成感《たっせいかん》のにじむ後《うし》ろ姿《すがた》は、とてもカッコよかった。昇《のぼ》ってくる朝日《あさひ》に向《む》かって走《はし》り出《だ》す救急車《きゅうきゅうしゃ》を見《み》ながら、小塚君《こづかくん》が不思議《ふしぎ》そうに目《め》をパチパチさせる。

「殺《ころ》したって、どういう事《こと》だろ。勝一氏《かついちし》は自分《じぶん》で石段《いしだん》から落《お》ちたんだろ、目撃者《もくげきしゃ》だって複数《ふくすう》いるんだし。」

そうだよねぇ。

私《わたし》はノートを開《ひら》き、すでに事故死《じこし》と書《か》き込《こ》んでしまった謎《なぞ》8を見《み》つめた。

氏子代表《うじこだいひょう》や神社関係者《じんじゃかんけいしゃ》の目《め》の前《まえ》で石段《いしだん》から落《お》ちて死《し》んだとなったら、どうしたって事故死《じこし》だよ、他《ほか》に考《かんが》えられない。

「罪《つみ》を懺悔《ざんげ》する気《き》なら、もっと完璧《かんぺき》にやってくれりゃいいのに。動機《どうき》と方法《ほうほう》、全部言《ぜんぶい》えってんだよ。」

ブツブツ不満《ふまん》を並《なら》べる若武《わかたけ》に、上杉君《うえすぎくん》がシラッとした視線《しせん》を投《な》げる。

「そんなもん、簡単《かんたん》に想像《そうぞう》がつくだろうが。」

えっ、想像《そうぞう》つくのっ⁉

「私《わたし》には・・・無理《むり》。」

そう言《い》った私《わたし》に、小塚君《こづかくん》が頷《うなず》く。

「僕《ぼく》にも無理《むり》。たぶん若武《わかたけ》も全然《ぜんぜん》ダメだ。」

若武《わかたけ》は一瞬《いっしゅん》、くやしげに顔《かお》をゆがめた。

でも本当《ほんとう》に無理《むり》だったらしく、しかたなさそうに上杉君《うえすぎくん》を見《み》る。

「ちなみに、おまえの想像《そうぞう》ってどんなの？」

KZ《カッズ》リーダーとして、教《おし》えてくれとは言《い》えなかったらしい。

「宏《ひろし》の起《お》こした事件《じけん》の中心《ちゅうしん》にあるのは、マジックマッシュルームだ。」

ふむ。

「その栽培《さいばい》と販売《はんばい》を始《はじ》めたのは、母《はは》や伯父《おじ》の借金《しゃっきん》を返済《へんさい》し、妹《いもうと》を助《たす》けるためだろう。同時《どうじ》に母《はは》や伯父《おじ》を支配《しはい》し、自分《じぶん》たちにそんな負担《ふたん》を強《し》いている勝一《かついち》に対《たい》しての恨《うら》みや憎悪《ぞうお》もあり、このままではいつまで経《た》っても同《おな》じ事《こと》の繰《く》り返《かえ》しで未来《みらい》が見《み》えないとも思《おも》っていたに違《ちが》いない。」

それはそうだろうなぁ。

「田原家《たはらけ》に出入《ではい》りするうちに勝一《かついち》が、マジックマッシュルームの栽培《さいばい》に気《き》づき、宏《ひろし》と口論《こうろん》になっていた可能性《かのうせい》もある。」

う〜む、ありそう。

「秘密《ひみつ》を知《し》られ、勝一《かついち》の存在《そんざい》がますます重《おも》くなった宏《ひろし》は殺害《さつがい》を決意《けつい》、例祭《れいさい》で出《だ》された料理《りょうり》か飲《の》み物《もの》にマジックマッシュルームの粉末《ふんまつ》を入《い》れた。」

あっ、そうか。

「マジックマッシュルームは、中枢神経《ちゅうすうしんけい》に作用《さよう》するサイロシビンを含《ふく》んでいる。飲食後《いんしょくご》、ほぼ20分弱《ぷんじゃく》から1時間《じかん》で大脳《だいのう》がマヒを起《お》こし、幻覚作用《げんかくさよう》が出《で》てそれが5～6時間続《じかんつづ》く。自分《じぶん》が鳥《とり》になって大空《おおぞら》を飛《と》んでいるとか、万能《ばんのう》の力《ちから》を得《え》て海《うみ》の上《うえ》を歩《ある》いているとかの幻覚《げんかく》を見《み》た勝一《かついち》が、石段《いしだん》から足《あし》を踏《ふ》み外《はず》しても、あるいは飛《と》び降《お》りてもおかしくない。」

それ、事故死《じこし》に見《み》せかけて殺《ころ》すには最適《さいてき》の方法《ほうほう》かも。

「上杉《うえすぎ》、立派《りっぱ》な推理《すいり》だね。やっぱ天才《てんさい》だ。」

ん、異存《いぞん》はない！

感嘆《かんたん》した私《わたし》たちが、崇《あが》めるような視線《しせん》を上杉君《うえすぎくん》に注《そそ》いでいたので、若武《わかたけ》は面白《おもしろ》くなかったらしく、無理矢理《むりやり》に自分《じぶん》の出番《でばん》を作《つく》ろうとして言《い》い張《は》った。

「マジックマッシュルームは、麻薬《まやく》、麻薬原料植物《まやくげんりょうしょくぶつ》、向精神薬及《こうせいしんやくおよ》び麻薬向精神薬原料《まやくこうせいしんやくげんりょう》を指定《してい》する政令《せいれい》の第《だい》2条《じょう》で規制対象《きせいたいしょう》だ。許可《きょか》なく栽培《さいばい》、譲《ゆず》り渡《わた》し、所持《しょじ》する事《こと》が禁止《きんし》されている。」

はいはい。

「問題《もんだい》は、証拠《しょうこ》だね。」

振《ふ》り向《む》くと、黒木君《くろきくん》がこちらにやってくるところだった。

後《うし》ろに翼《たすく》が続《つづ》いている。

「琴音《ことね》には、自宅《じたく》で待機《たいき》してもらってるよ。これから聞《き》きたい事《こと》が出《で》てくるかも知《し》れないからさ。」

わぁ行《い》き届《とど》いた配慮《はいりょ》、さすがに大人《おとな》の貫禄《かんろく》。

「証拠《しょうこ》は、簡単《かんたん》に揃《そろ》うさ。」

上杉君《うえすぎくん》は事《こと》もなげだった。

「勝一《かついち》の葬儀《そうぎ》はこれからだ。遺体《いたい》は冷凍保存《れいとうほぞん》してあるはず。司法解剖《しほうかいぼう》すれば、なんらかの痕跡《こんせき》が出《で》てくるに決《き》まっている。恵斗《けいと》を監禁《かんきん》してる事《こと》もあるし、琴音《ことね》に自白《じはく》メールを送《おく》ってるから、警《けい》察《さつ》も動《うご》けるだろう。逮捕《たいほ》は可能《かのう》だ。」

おお、やった！

「じゃすぐ警察《けいさつ》に連絡《れんらく》しよう！」

私《わたし》がそう言《い》うと、若武《わかたけ》がキッパリと首《くび》を横《よこ》に振《ふ》る。

「警察《けいさつ》じゃない、テレビだ。情報《じょうほう》をテレビに売《う》るんだっ！」

そっちかぁ・・・。

「俺《おれ》が生出演《なましゅつえん》して、すべての事情《じじょう》を話《はな》す。世間《せけん》は、突然現《とつぜんあらわ》れた天才中学生《てんさいちゅうがくせい》に驚嘆《きょうたん》するんだ。」

いつものパターンに、私《わたし》たちはゲンナリ。

黒木君《くろきくん》がクスクス笑《わら》う。

「若武先生《わかたけせんせい》、残念《ざんねん》だが、宏《ひろし》は現場《げんば》を片付《かたづ》けて国外《こくがい》に出《で》た。となると、決定的《けっていてき》な証拠《しょうこ》は勝一《かついち》の司法《しほう》解剖《かいぼう》からしか出《で》てこない。そこに持《も》ち込《こ》むには警察《けいさつ》の力《ちから》がいるんだ。」

若武《わかたけ》はアゼンとし、見事《みごと》に砕《くだ》けていく自分《じぶん》の夢《ゆめ》を見《み》つめていた。

その様子《ようす》があまりにも哀《あわ》れだったので、私《わたし》たちは笑《わら》うに笑《わら》えず、とても微妙《びみょう》な顔《かお》をしていた。

やがて若武《わかたけ》が唇《くちびる》を噛《か》み、くたっとその場《ば》に座《すわ》り込《こ》む。

「またかよ・・・」

情《なさ》けなさの極《きわ》みのようなその顔《かお》に、私《わたし》たちの緊張《きんちょう》もゆるみ、皆《みな》の口《くち》からドッと笑《わら》いがもれた。

「若武《わかたけ》さぁ、テレビ出演《しゅつえん》に自分《じぶん》の存在意義《そんざいいぎ》を見出《みいだ》そうとするの、いい加減《かげん》やめれば？」

翼《たすく》の言葉《ことば》に、皆《みな》がいっせいに頷《うなず》く。

「テレビに出《で》て目立《めだ》たなくても、若武《わかたけ》には若武《わかたけ》のいい所《ところ》があるんだから、今《いま》のままでいいんじゃない？」

私《わたし》がそう言《い》うと、上杉君《うえすぎくん》が眉《まゆ》を上《あ》げた。

「若武《わかたけ》のいいとこって、どこだよ。」

皆《みな》がまたドッと笑《わら》い、若武《わかたけ》1人《ひとり》がムクれ上《あ》がる。

あーあ、いっそうひどくなっちゃった。

「上杉君《うえすぎくん》も言《い》い過《す》ぎだよ。」

私《わたし》がにらむと、上杉君《うえすぎくん》は悪戯《いたずら》っぽい笑《え》みを浮《う》かべた。

「マジックマッシュルームに含《ふく》まれるサイロシビンには、鬱病《うつびょう》を治《なお》す効果《こうか》がある。アメリカのジョンズ・ホプキンス大学《だいがく》の研究者《けんきゅうしゃ》たちが発表《はっぴょう》したんだ。」

え、そうなの。

「宏《ひろし》も、初《はじ》めは伯母《おば》の典子《のりこ》の病気《びょうき》を治《なお》してやりたくて栽培《さいばい》に手《て》を出《だ》したのかもな。」

私《わたし》は、病気《びょうき》や依存症《いぞんしょう》の大人《おとな》に囲《かこ》まれてあがいていたに違《ちが》いない宏《ひろし》さんの気持《きも》ちに思《おも》いをはせた。

それが犯罪《はんざい》に行《い》きついてしまったと考《かんが》えると、なんだかかわいそうだった。

「勝二《かつじ》さんや満智子《まちこ》さんの依存症《いぞんしょう》は、これからどうなるの？」

上杉君《うえすぎくん》は、透明《とうめい》な感《かん》じのするその視線《しせん》を鷹羽家《たかはけ》の方《ほう》に向《む》ける。

「主《おも》な原因《げんいん》を作《つく》った勝一氏《かついちし》が死《し》んでるから、治《なお》る可能性《かのうせい》はあるよ。」

ほっ！

「ただそのまま放置《ほうち》しといて自然治癒《しぜんちゆ》するほど、依存症《いぞんしょう》は甘《あま》くない。脳《のう》の病気《びょうき》だからな。依存症《いぞんしょう》回復施設《かいふくしせつ》に入《はい》って集団《しゅうだん》プログラムの中《なか》で自分《じぶん》の現実《げんじつ》と向《む》き合《あ》ったり、自己肯定感《じここうていかん》を高《たか》めたり、仲《なか》間《ま》とのつながりを作《つく》っていけば、心理的《しんりてき》に安定《あんてい》してくる。それで徐々《じょじょ》に回復《かいふく》できるんじゃないかな。」

そうなんだ。

「家族《かぞく》の存在《そんざい》も大事《だいじ》だから、宏《ひろし》が海外逃亡《かいがいとうぼう》した今《いま》、琴音《ことね》がキーパーソンだ。黒木《くろき》、彼女《かのじょ》と親《した》しくなったんだろ。よく話《はな》して、力《ちから》になってやれよ。」

了解《りょうかい》したというように片目《かため》をつぶる黒木君《くろきくん》を見《み》ながら、私《わたし》は翼《たすく》に謝《あやま》らなくちゃならない事《こと》があったのを思《おも》い出《だ》し、そばまで歩《あゆ》み寄《よ》った。

「恵斗君《けいとくん》は、確《たし》かに家《いえ》から外《そと》に出《で》ていなかったよ。翼《たすく》が正《ただ》しかったんだ。ごめんね。」

翼《たすく》は澄《す》んだその目《め》に、ジワッと涙《なみだ》をにじませた。

「別《べつ》に・・・いいよ。」

そう言《い》いながら涙《なみだ》をこぼす。

「泣《な》かないで。」

私《わたし》は指《ゆび》を伸《の》ばし、その涙《なみだ》をぬぐった。

サファイアみたいに、きれいな雫《しずく》だった。

さすが美少年《びしょうねん》、流《なが》す涙《なみだ》も宝石並《ほうせきな》みに美《うつく》しい！

「そこ、見《み》つめ合《あ》ってるんじゃないっ！」

若武《わかたけ》のがなり声《ごえ》が聞《き》こえ、それに重《かさ》ねるように小塚君《こづかくん》が言《い》った。

「ね、見《み》て！」

地面《じめん》を指差《ゆびさ》している。

「黒《くろ》アゲハだ。」

見《み》れば、昨夜《さくや》、忍《しのぶ》の館《やかた》に向《む》かっていた大群《たいぐん》が、道路《どうろ》のあちらこちらに折《お》り重《かさ》なって落《お》ちていた。

まるで黒《くろ》い花《はな》びらが散《ち》っているかのようだった。

「神使《しんし》としての使命《しめい》を果《は》たし終《お》えて、天《てん》に帰《かえ》っていったんだ。」

私《わたし》は胸《むね》を打《う》たれ、喉《のど》の奥《おく》が熱《あつ》くなった。

蝶《ちょう》は好《す》きじゃなかったけれど、でも私《わたし》たちを導《みちび》いてくれたんだよね。

そのために死《し》んでしまった蝶《ちょう》たちに敬意《けいい》を払《はら》い、哀悼《あいとう》を捧《ささ》げたかった。

「森《もり》に、墓《はか》を作《つく》ろうぜ。」

翼《たすく》が言《い》い出《だ》し、私《わたし》は大《おお》きく頷《うなず》いた。

それがいいよ、そうしよう！

「じゃ皆《みんな》で、蝶《ちょう》を集《あつ》めよう。ほら若武《わかたけ》、不貞腐《ふてくさ》れていないで、やって！」

私《わたし》が声《こえ》をかけると、若武《わかたけ》はしかたなさそうに立《た》ち上《あ》がった。

「小塚《こづか》、いつも持《も》ってるビニール袋《ぶくろ》出《だ》せよ。その中《なか》に入《い》れよう。」

上杉君《うえすぎくん》が、人指《ひとさ》し指《ゆび》と親指《おやゆび》で恐《おそ》る恐《おそ》る黒《くろ》アゲハを摘《つま》み上《あ》げる。

「なんか・・・不気味《ぶきみ》だな。俺《おれ》、柔《やわ》らかい昆虫《こんちゅう》って苦手《にがて》。カブトとかダンゴムシとか硬《かた》い方《ほう》が好《す》きだ。」

そう言《い》いながら私《わたし》を見《み》た。

「俺《おれ》も、七鬼《なな き》に謝《あやま》んなくちゃいけないかな。」

え？

「これが、」

指先《ゆびさき》で摘《つ》まんでいた黒《くろ》アゲハを目《め》の前《まえ》まで持《も》ち上《あ》げる。

「ほんとに恵斗《けいと》の居場所《いばしょ》を教《おし》えたんなら、七鬼《ななき》の祈禱《きとう》が結果《けっか》を出《だ》したって事《こと》だからさ。」

いつもの鉄壁《てっぺき》の自信《じしん》を、多少《たしょう》揺《ゆ》るがせているかに見《み》える上杉君《うえすぎくん》は、とても人間的《にんげんてき》な感《かん》じがし、それはそれで魅力的《みりょくてき》だった。

「なんだ、上杉《うえすぎ》、その手《て》つきは。アゲハの死体《したい》が恐《こわ》いのか。ふん軟弱者《なんじゃくもの》。俺《おれ》なんか無敵《むてき》だ。柔《やわ》らかかろうと硬《かた》かろうと、生《い》きていようと死《し》んでいようと、なんでもどーんと来《こ》いだっ！」

「ああ若武《わかたけ》、そんなにグシャッと詰《つ》め込《こ》んじゃダメだよ。優《やさ》しくね。」

「どっちみち土《つち》に埋《う》めるんだろ。同《おな》じじゃないか。」

「若武《わかたけ》にセンシティブな行動《こうどう》を期待《きたい》してもムダだよ。」

「そうだ、こいつには神経《しんけい》が1本《ぽん》しかない。」

「いや、1本《ぽん》もないよ、きっと。」

「何《なに》をぉ！　も1回《かい》言《い》ってみろ！」

私《わたし》は事件《じけん》ノートを広《ひろ》げ、その上《うえ》に黒《くろ》アゲハを拾《ひろ》い集《あつ》めた。

恵斗君《けいとくん》の行方《ゆくえ》を教《おし》えてくれて、ありがとう！

安《やす》らかに眠《ねむ》ってね!!


〈完《かん》〉

あとがき

皆様《みなさま》、いつも読《よ》んでくださって、ありがとう！

この事件《じけん》ノートシリーズは、KZ《カッズ》、KZS《カッズエス》、G《ジェニ》、KZD《カッズディー》、KZU《カッズユー》の、5つの物語《ものがたり》に分《わ》かれて、同時《どうじ》に進行《しんこう》しています。

これらの違《ちが》いをひと言《こと》でいうと、彩《あや》を中心《ちゅうしん》にした中《ちゅう》1時代《じだい》のサスペンス物語《ものがたり》がKZ《カッズ》、その中《なか》で読《よ》みやすく短《みじか》い話《はなし》ばかりを集《あつ》めたのがKZS《カッズエス》、彩《あや》の妹《いもうと》が主人公《しゅじんこう》になっている天才《てんさい》たちのミステリーがG《ジェニ》、中学高学年《ちゅうがくこうがくねん》になったKZ《カッズ》メンバーの心《こころ》の深層《しんそう》を追求《ついきゅう》しているのがKZD《カッズディー》、高校生《こうこうせい》になったKZ《カッズ》メンバーの恋《こい》や活動《かつどう》、その心理《しんり》と現実《げんじつ》を描写《びょうしゃ》しているのがKZU《カッズユー》です。

本屋《ほんや》さんでは、KZ《カッズ》とKZS《カッズエス》、G《ジェニ》は青《あお》い鳥文庫《とりぶんこ》の棚《たな》にありますが、KZD《カッズディー》とKZU《カッズユー》は、一般文《いっぱんぶん》芸書《げいしょ》の棚《たな》に置《お》かれています。

またこれらに共通《きょうつう》した特徴《とくちょう》は、そのつど新《あたら》しい事件《じけん》を扱《あつか》い、謎《なぞ》を解決《かいけつ》して終《お》わるので、どこからでも読《よ》めることです。

冊数《さっすう》も多《おお》くなってきたので、ここでご紹介《しょうかい》しますね。

《青《あお》い鳥文庫《とりぶんこ》の棚《たな》にある作品《さくひん》》 ※タイトルの一部《いちぶ》を省略《しょうりゃく》しています。

KZ《カッズ》

「消《き》えた自転車《じてんしゃ》」人間《にんげん》とは思《おも》えない怪力《かいりき》で壊《こわ》されたチェーン。若武《わかたけ》の自転車《じてんしゃ》はどこへ!?

「切《き》られたページ」図書館《としょかん》の、貸《か》し出《だ》されたことのない本《ほん》のページが切《き》り取《と》られた。なぜ!?

「キーホルダー」謎《なぞ》の少年《しょうねん》が落《お》としたキーホルダーの中《なか》には、とんでもない物《もの》が!

「卵《たまご》ハンバーグ」あのハンバーグには、何《なに》かある! 大騒《おおさわ》ぎする若武《わかたけ》と初登場《はつとうじょう》の砂原《すなはら》。

「緑《みどり》の桜《さくら》」1人暮《ひとりぐ》らしの老婦人《ろうふじん》が消《き》えたと言《い》う黒木《くろき》。KZ《カッズ》はその家《いえ》の調査《ちょうさ》を始《はじ》めるが・・・。

「シンデレラ特急《とっきゅう》」KZ《カッズ》初《はつ》の海外遠征《かいがいえんせい》。フランス人《じん》の少女《しょうじょ》に雇《やと》われて有名《ゆうめい》な芸術家《げいじゅつか》の家《いえ》へ!

「シンデレラの城《しろ》」謎《なぞ》の事故死《じこし》に遭遇《そうぐう》するKZ《カッズ》。ピンチに次《つ》ぐピンチで、この先《さき》どうなる!?

「クリスマス」不可解《ふかかい》で恐《おそ》ろしい事件《じけん》に見舞《みま》われる砂原《すなはら》。ピュアな心《こころ》は、ついに折《お》れるのか!?

「裏庭《うらにわ》」学校《がっこう》の裏庭《うらにわ》で、いったい何《なに》が起《お》こったのか。彩《あや》を励《はげ》ます上杉《うえすぎ》のKZ《カッズ》脱退宣言《だったいせんげん》の意味《いみ》は?

「初恋《はつこい》 若武編《わかたけへん》」若武《わかたけ》の初恋《はつこい》の相手《あいて》は、彩《あや》のライバル! 純粋《じゅんすい》な恋《こい》が、いつの間《ま》にか大事件《だいじけん》に。

「天使《てんし》が」スイスに渡《わた》った上杉《うえすぎ》。そこで出会《であ》った1人《ひとり》の少女《しょうじょ》は、国際《こくさい》テロの関係者《かんけいしゃ》!?

「バレンタイン」誰《だれ》にチョコを渡《わた》すか悩《なや》む彩《あや》。そんな時《とき》、不良《ふりょう》グループの中《なか》に砂原《すなはら》の姿《すがた》を発見《はっけん》。

「ハート虫《むし》」事件《じけん》がない探偵《たんてい》チームＫＺ《カッズ》は方向転換《ほうこうてんかん》。それが怪事件《かいじけん》の発端《ほったん》に。翼《たすく》、登場《とうじょう》!

「お姫《ひめ》さまドレス」密《ひそ》かに進行《しんこう》していく恐怖《きょうふ》の事態《じたい》。それは捨《す》て猫《ねこ》から始《はじ》まった。

「青《あお》いダイヤが」小塚《こづか》に大《おお》きな影響《えいきょう》を与《あた》えた美青年《びせいねん》早川《はやかわ》。燕《つばめ》とダイヤ盗難《とうなん》に絡《から》む事件《じけん》の行方《ゆくえ》は。

「赤《あか》い仮面《かめん》」翼《たすく》が襲撃《しゅうげき》される。それが砂原《すなはら》に繋《つな》がるＫＺ最大《カッズさいだい》の事件《じけん》に発展《はってん》するとは!

「黄金《おうごん》の雨《あめ》」彩《あや》が翼《たすく》と急接近《きゅうせっきん》。あせるＫＺ《カッズ》メンバーが遭遇《そうぐう》したのは、黄金《おうごん》の雨《あめ》?

「七夕姫《たなばたひめ》」妖怪《ようかい》が住《す》むという噂《うわさ》の屋敷《やしき》を調査《ちょうさ》するＫＺ《カッズ》。そのフンから始《はじ》まる驚《おどろ》きの事件《じけん》とは。

「消《き》えた美少女《びしょうじょ》」ＫＺ名簿《カッズめいぼ》を調《しら》べる謎《なぞ》の少女《しょうじょ》。それを知《し》った上杉《うえすぎ》の動揺《どうよう》。2人《ふたり》の関係《かんけい》は!?

「妖怪《ようかい》パソコン」上杉《うえすぎ》のパソコンにウィルスが侵入《しんにゅう》。ＫＺ《カッズ》は泊《と》まりこみで格闘《かくとう》する。七鬼《ななき》登場《とうじょう》。

「本格《ほんかく》ハロウィン」ハロウィンパーティを企画《きかく》したＫＺ《カッズ》が出合《であ》った事件《じけん》とは。感涙《かんるい》の1冊《さつ》。

「アイドル王子《おうじ》」ＫＺ《カッズ》がアイドルデビューすることに？　芸能界《げいのうかい》を舞台《ぶたい》に事件《じけん》が発生《はっせい》。

「学校《がっこう》の都市《とし》伝説《でんせつ》」学校《がっこう》に伝《つた》わる都市《とし》伝説《でんせつ》の真相《しんそう》を探《さぐ》るうちに、いつの間《ま》にやら大事件《だいじけん》に！

「危《あぶ》ない誕生日《たんじょうび》ブルー」忍《しのぶ》がサッカーゴールの下敷《したじ》きに。これは事故《じこ》か事件《じけん》か。

「コンビニ仮面《かめん》」いつも同《おな》じ場所《ばしょ》に停《と》まっている車《くるま》。中《なか》には、マニキュアを塗《ぬ》る不審《ふしん》な男《おとこ》が。

「ブラック教室《きょうしつ》」担任《たんにん》の教師《きょうし》が次々《つぎつぎ》倒《たお》れるブラック教室《きょうしつ》。その真相《しんそう》は⁉　謎《なぞ》また謎《なぞ》の1冊《さつ》。

「恋《こい》する図書館《としょかん》」図書館《としょかん》の本《ほん》が大量《たいりょう》に盗《ぬす》まれる。その調査中《ちょうさちゅう》に若武《わかたけ》が倒《たお》れる緊急事態《きんきゅうじたい》に！

「消《き》えた黒猫《くろねこ》」忍《しのぶ》の家《いえ》に伝《つた》わる戦国時代《せんごくじだい》の姫《ひめ》の伝説《でんせつ》と、黒猫《くろねこ》の謎《なぞ》。KZ《カッズ》初《はつ》の合宿《がっしゅく》で事件《じけん》が。

「学校《がっこう》の影《かげ》ボス」いつの間《ま》にか現《あらわ》れた学校《がっこう》の支配者《しはいしゃ》『影《かげ》ボス』。標的《ひょうてき》にされた彩《あや》に、KZ《カッズ》は⁉

「校門《こうもん》の白魔女《しろまじょ》」若武《わかたけ》はフンを踏《ふ》んづけ大激怒《だいげきど》。ペットの飼《か》い主《ぬし》を探《さぐ》るうち子供《こども》が消《き》える事件《じけん》が。

「呪《のろ》われた恋話《こいばな》」恋《こい》が叶《かな》う伝説《でんせつ》の橋《はし》に呼《よ》び出《だ》された七鬼《ななき》。それを見《み》に行《い》った彩《あや》に、突然《とつぜん》・・・。

「ブラック保健室《ほけんしつ》」寝《ね》ると死《し》ぬベッドのある保健室《ほけんしつ》に運《はこ》ばれた若武《わかたけ》。漂《ただよ》う奇妙《きみょう》な香《かお》りの正体《しょうたい》は⁉

「初恋《はつこい》　砂原編《すなはらへん》」正体不明《しょうたいふめい》の人物《じんぶつ》から贈《おく》られた薔薇《ばら》。伝説《でんせつ》の騎士団《きしだん》にまつわる幻《まぼろし》の薔薇《ばら》なのか⁉

「カレンダー吸血鬼《きゅうけつき》」待《ま》ち合《あ》わせ場所《ばしょ》には3枚《まい》の栞《しおり》が落《お》ちていた。やがて火災《かさい》が発生《はっせい》！

「シンデレラ階段《かいだん》」小説《しょうせつ》が選考《せんこう》に落《お》ちた彩《あや》。そこに父親《ちちおや》が謎《なぞ》の自殺《じさつ》をした転校生《てんこうせい》が現《あらわ》れて。

「地獄《じごく》の金星《きんせい》ボスママ」若武《わかたけ》が倒《たお》れ、リーダー不在《ふざい》のKZ《カッズ》、警察《けいさつ》に連行《れんこう》された黒木《くろき》はどうなる⁉

「つぶやく死霊《しりょう》」彩《あや》は忍《しのぶ》と恋結《こいむす》び神社《じんじゃ》へ。意外《いがい》にいい雰囲気《ふんいき》になる中《なか》、死者《ししゃ》のメールが届《とど》き出《だ》す。

「君《きみ》にキュンキュン♡《ピンクのハート》」エース悠飛《ゆうひ》から告白《こくはく》された彩《あや》。川《かわ》が真《ま》っ赤《か》に染《そ》まる怪奇事件《かいきじけん》にKZ《カッズ》は。

「モテる男女《だんじょ》ランキング」ゴミ屋敷《やしき》に漂《ただよ》う強烈《きょうれつ》な妖気《ようき》。奇妙《きみょう》な祭壇《さいだん》の意味《いみ》は？　そして突然帰国《とつぜんきこく》した砂原《すなはら》の目的《もくてき》は⁉

「美少年《びしょうねん》カフェ」彩《あや》は美少年《びしょうねん》がキャストを務《つと》めるカフェに誘《さそ》われ、足《あし》を踏《ふ》み入《い》れる。折《おり》も折《おり》、踏《ふみ》切《きり》で大事故《だいじこ》が！

「イケメン深海魚《しんかいぎょ》」野球部《やきゅうぶ》に入部《にゅうぶ》し、即《そく》、退部《たいぶ》した美貌《びぼう》のエースの謎《なぞ》。怪《あや》しい空《あ》き家《や》から聞《き》こえるうめき声《ごえ》の正体《しょうたい》は⁉

KZS《カッズエス》

「ヤバイ親友《しんゆう》」５分《ふん》で読《よ》める学校《がっこう》の怪談《かいだん》、切《き》られた絵巻物《えまきもの》、願《ねが》いが叶《かな》う腕輪《うでわ》、の３篇《ぺん》を収録《しゅうろく》。

「心霊《しんれい》スポット」マンガ家《か》のアパートは心霊《しんれい》スポット！　幽霊《ゆうれい》の謎《なぞ》を解《と》こうとしたKZ《カッズ》は犠牲《ぎせい》に。

G《ジェニ》

「クリスマスケーキ」彩《あや》の妹《いもうと》で超天然《ちょうてんねん》の奈子《なこ》が、天才《てんさい》たちとケーキを作《つく》りつつ、事件《じけん》を解決《かいけつ》！

「星形《ほしがた》クッキー」送別会《そうべつかい》に使《つか》う星形《ほしがた》クッキーを作《つく》るよう命《めい》じられたその時《とき》、新《あら》たな事件《じけん》が。

「5月《がつ》ドーナツ」今度《こんど》の使命《しめい》はドーナツ作《づく》り。そんな折《おり》、奈子《なこ》はコンビニで謎《なぞ》の少年《しょうねん》と出会《であ》う。

《一般文芸書《いっぱんぶんげいしょ》の棚《たな》にある作品《さくひん》》

KZD《カッズディー》

「青《あお》い真珠《しんじゅ》は知《し》っている」伊勢志摩《いせしま》で起《お》こった怪事件《かいじけん》。消《き》えた真珠《しんじゅ》の謎《なぞ》に挑《いど》む小塚《こづか》とKZ《カッズ》。

「桜坂《さくらざか》は罪《つみ》をかかえる」北海道《ほっかいどう》に姿《すがた》を消《け》した若武《わかたけ》。その行方《ゆくえ》を追《お》う上杉《うえすぎ》たちがたどり着《つ》く真実《しんじつ》。

「いつの日《ひ》か伝説《でんせつ》になる」古都《こと》長岡京《ながおかきょう》に伝《つた》わる呪《のろ》いと犯罪《はんざい》。明《あき》らかになる黒木《くろき》の過去《かこ》とは。

「断層《だんそう》の森《もり》で見《み》る夢《ゆめ》は」数学《すうがく》トップの座《ざ》を失《うしな》った上杉《うえすぎ》が、南《みなみ》アルプス山中《さんちゅう》で発見《はっけん》した白骨《はっこつ》の謎《なぞ》。

KZU《カッズユー》

「失楽園《しつらくえん》のイヴ」失楽園《しつらくえん》というのは、作家《さっか》ミルトンが旧約聖書《きゅうやくせいしょ》「創世記《そうせいき》」から題材《だいざい》をとって書《か》いた詩《し》のタイトルです。そしてイヴというのは、人類最初《じんるいさいしょ》の女性《じょせい》の名前《なまえ》。ある企《たくら》みを持《も》って上杉《うえすぎ》たちの高校《こうこう》にやってきたイヴというニックネームの女性《じょせい》。彼女《かのじょ》にまつわる怪《あや》しい噂《うわさ》と、上杉《うえすぎ》の恋《こい》を描《えが》きました。常《つね》に冷静《れいせい》な上杉《うえすぎ》が、これほど心《こころ》を乱《みだ》されるとは・・・書《か》いている私《わたし》にとっても予定《よてい》外《がい》の展開《てんかい》となっていき、我《われ》ながらビックリでした。

「**密室《みっしつ》を開《あ》ける手《て》**」人間《にんげん》にとって、過去《かこ》というのは閉《と》ざされた部屋《へや》のようなもの。年《とし》を重《かさ》ねるとともに増《ふ》えていきます。その中《なか》には、恐《おそ》ろしい秘密《ひみつ》が隠《かく》されている事《こと》も。この密室《みっしつ》を開《あ》け、人《ひと》の心《こころ》を癒《い》やすことはできるのでしょうか。《密室《みっしつ》を開《あ》ける手《て》とは、愛《あい》の別名《べつめい》である》というのが、この小説《しょうせつ》のテーマです。長崎《ながさき》を舞台《ぶたい》に、家族《かぞく》の思《おも》いがけない謎《なぞ》を追《お》う上杉《うえすぎ》、その目覚《めざ》めと家族愛《かぞくあい》を書《か》きました。

あ、表紙《ひょうし》の写真《しゃしん》とサインは、私《わたし》の父《ちち》の大学時代《だいがくじだい》のものです。第二次世界大戦中《だいにじせかいたいせんちゅう》、大学生《だいがくせい》も徴兵《ちょうへい》されたのですが、父《ちち》は理系《りけい》だったために対象《たいしょう》にならず、東大《とうだい》の研究所《けんきゅうじょ》にいました。とてもシャイな人《ひと》だったので、もし今《いま》、生《い》きていたら写真《しゃしん》を使《つか》うことなど許《ゆる》してくれなかったと思《おも》いますが・・・父《ちち》の人生《じんせい》を、上杉《うえすぎ》の祖父《そふ》のモデルとして使《つか》ったので、写真《しゃしん》も入《い》れたくて・・・ごめんね、お父様《とうさま》。

「**数学者《すうがくしゃ》の夏《なつ》**」高《こう》2になった上杉《うえすぎ》が、全力《ぜんりょく》をかけて取《と》り組《く》む数学《すうがく》の難題《なんだい》「リーマン予想《よそう》」。集中《しゅうちゅう》するために1人《ひとり》になれる環境《かんきょう》を求《もと》めた上杉《うえすぎ》は、思《おも》いもかけず彩《あや》と再会《さいかい》することに。紆余曲折《うよきょくせつ》する恋《こい》心《ごころ》をベースに、成長《せいちょう》していく上杉《うえすぎ》をめぐり、現代日本《げんだいにほん》に横《よこ》たわる問題《もんだい》を取《と》り上《あ》げました。

「死《し》にふさわしい罪《つみ》」彩《あや》にフラれた上杉《うえすぎ》は、伯父《おじ》の別荘《べっそう》のある鵯越《ひよどりごえ》へ。そこで待《ま》っていたのは、平家落人伝説《へいけおちゅうどでんせつ》と、足《あし》を踏《ふ》み入《い》れたら二度《にど》と出《で》てこられないという血色《ちいろ》の沼《ぬま》だった。別荘《べっそう》の隣《となり》の洋館《ようかん》には、トリカブトを育《そだ》てる少女《しょうじょ》マンガ家《か》と、その姪《めい》の気象予報士《きしょうよほうし》、そして1年前《ねんまえ》に不可解《ふかかい》な失踪《しっそう》をしたという青年《せいねん》が。数学的思考《すうがくてきしこう》で謎《なぞ》を解《と》きつつ、愛《あい》の本質《ほんしつ》に迫《せま》る上杉《うえすぎ》を書《か》きました。翼《たすく》も登場《とうじょう》。素晴《すば》らしい知識《ちしき》を披露《ひろう》し、彩《あや》への気持《きも》ちを語《かた》ってくれます。

「君《きみ》が残《のこ》した贈《おく》りもの」数学《すうがく》の未解決問題《みかいけつもんだい》「リーマン予想《よそう》」の証明《しょうめい》に熱《ねつ》を上《あ》げる上杉《うえすぎ》。高《こう》2の冬《ふゆ》を迎《むか》え、まだ進路《しんろ》が決《き》まらない中《なか》で、悠飛《ゆうひ》からボールを渡《わた》される夢《ゆめ》を見《み》る。それをきっかけに、大《おお》きく変化《へんか》していく人生《じんせい》と、彩《あや》への想《おも》い。岐路《きろ》に立《た》つ上杉《うえすぎ》の成長《せいちょう》と、悠飛《ゆうひ》への友情《ゆうじょう》を書《か》きました。

ぜひ全巻読破《ぜんかんどくは》にチャレンジしてみてください。
読《よ》み終《お》えた時《とき》には、きっとKZ《カッズ》のエキスパートです！

ご意見《いけん》ご感想《かんそう》など、たくさんお寄《よ》せくださいませ。

また今後《こんご》、読《よ》みたい話《はなし》なども教《おし》えていただければうれしいです、どうぞよろしく！

＊

藤本《ふじもと》ひとみです。


私《わたし》は、金沢《かなざわ》と敦賀《つるが》が大好《だいす》き、その文化《ぶんか》に魅了《みりょう》されています。

もう何度《なんど》も足《あし》を運《はこ》びましたが、先日《せんじつ》はついに、料亭《りょうてい》のお座敷《ざしき》に芸妓《げいぎ》さんを呼《よ》び、舞《まい》を披露《ひろう》してもらいました。

何《なに》を隠《かく》そう私《わたし》は、実《じつ》は日本舞踊《にほんぶよう》を習《なら》っていた事《こと》がある！

というと皆《みな》に驚《おどろ》かれるのですが、私《わたし》は決《けっ》して、空手《からて》や護身術《ごしんじゅつ》などという武芸《ぶげい》だけに没頭《ぼっとう》していた訳《わけ》ではありません。

ちゃんと淑《しと》やかな趣味《しゅみ》も身《み》に付《つ》けたいと努力《どりょく》してきたのです、トォ～ントントン。

その日《ひ》は、金沢芸妓《かなざわげいぎ》の舞《まい》を堪能《たんのう》して帰路《きろ》に就《つ》きました。

旅《たび》を終《お》わって自宅《じたく》に戻《もど》ってからは、金沢市史編《かなざわししへん》さん委員会《いいんかい》が編集《へんしゅう》している「金沢市史《かなざわしし》」を購入《こうにゅう》、今《いま》はそれを見《み》て楽《たの》しんでいる毎日《まいにち》です。

敦賀《つるが》の港《みなと》も大好《だいす》き！

敦賀市立博物館《つるがしりつはくぶつかん》では、戦前《せんぜん》に敦賀港《つるがこう》からウラジオストックに渡《わた》り、そこからハバロフスク経由《けいゆ》のシベリア鉄道《てつどう》でベルリンまで行《い》くという16日間《にちかん》のチケットの復元版《ふくげんばん》をもらい、大切《たいせつ》にしています。

ああまた行《い》きたい、次《つぎ》に行《い》けるのはいつだろう。

早《はや》く行《い》きたいなぁ、トントン！

＊

住滝良《すみたきりょう》です。

結婚《けっこん》すると、色々《いろいろ》と忙《いそが》しくなるかと思《おも》っていました。

でも実際《じっさい》は、とても暇《ひま》。
ゆとりがあり、持《も》てあましています。
なぜなら夫《おっと》が、色々《いろいろ》とやってくれるからです、デレデレ。
ああ結婚《けっこん》してよかった！
と思《おも》える今《いま》が、一体《いったい》いつまで続《つづ》くのか・・・とっても不安《ふあん》です。

次作《じさく》は、2025年《ねん》4月発売《がつはつばい》の青《あお》い鳥文庫版《とりぶんこばん》
『KZ《カッズ》' Deep《ディープ》 File《ファイル》　青《あお》い真珠《しんじゅ》は知《し》っている』
（藤本《ふじもと》ひとみ・作《さく》）です。どうぞお楽《たの》しみに！

＊原作者紹介

藤本《ふじもと》ひとみ

　長野県生まれ。西洋史への深い造詣と綿密な取材に基づく歴史小説で脚光をあびる。フランス政府観光局親善大使をつとめ、現在AF（フランス観光開発機構）名誉委員。著作に、『皇妃エリザベート』『シャネル』『アンジェリク　緋色の旗』『ハプスブルクの宝剣』『幕末銃姫伝』など多数。青い鳥文庫の作品では『三銃士』『マリー・アントワネット物語』（上・中・下巻）がある。

＊著者紹介

住滝《すみたき》 良《りょう》

　千葉県生まれ。大学では心理学を専攻。ゲームとまんがを愛する東京都在住の小説家。性格はポジティブで楽天的。趣味は、日本中の神社や寺の御朱印集め。

＊画家紹介

駒形《こまがた》

　大阪府在住。京都の造形大学を卒業後、フリーのイラストレーターとなる。おもなさし絵の作品に「動物と話せる少女リリアーネ」シリーズ（Gakken）がある。

この物語《ものがたり》はフィクションです。KZ《カッズ》メンバーが、子《こ》どもには好《この》ましくない行動《こうどう》に出《で》ることがありますが、読者《どくしゃ》のみなさんは、けっしてまねしないでくださいね。（編集部《へんしゅうぶ》）

この作品は書き下ろしです。

読者のみなさまからのお便りをお待ちしています。
下のあて先まで送ってくださいね。
いただいたお便りは、編集部から著者へおわたしいたします。
〒112-8001 東京都文京区音羽2-12-21 講談社 青い鳥文庫編集部

講談社 青い鳥文庫

探偵《たんてい》チームKZ《カッズ》事件《じけん》ノート
かがやきの黒《くろ》アゲハは知《し》っている
藤本《ふじもと》ひとみ 原作
住滝《すみたき》 良《りょう》 文

2025年3月15日 第1刷発行

(定価はカバーに表示してあります。)

発行者 安永尚人
発行所 株式会社講談社
東京都文京区音羽2-12-21 郵便番号112-8001
電話 編集 (03) 5395-3536
販売 (03) 5395-3625
業務 (03) 5395-3615

N.D.C.913 376p 18cm

装 丁 久住和代
印 刷 TOPPANクロレ株式会社
製 本 TOPPANクロレ株式会社
本文データ制作 講談社デジタル製作

KODANSHA

ISBN978-4-06-538672-9

応援《おうえん》ありがとう！

探偵《たんてい》チーム KZ《カッズ》 事件《じけん》ノート

藤本《ふじもと》ひとみ／原作《げんさく》
住滝《すみたき》 良《りょう》／文《ぶん》
駒形《こまがた》／絵《え》

2011年3月刊行

消《き》えた自転車《じてんしゃ》は知《し》っている

第一印象《だいいちいんしょう》は最悪《さいあく》！なエリート男子《だんし》４人《にん》と探偵《たんてい》チーム結成《けっせい》！

本格《ほんかく》ミステリーはここから始《はじ》まった！

2011年4月刊行

切《き》られたページは知《し》っている

だれも借《か》りてないはずの図書《としょ》室《しつ》の本《ほん》からページが消《き》えた!?

キーホルダーは知《し》っている

なぞの少年《しょうねん》が落《お》とした鍵《かぎ》にかくされた秘密《ひみつ》とは!?

2011年5月刊行

2011年11月刊行

卵《たまご》ハンバーグは知《し》っている

給食《きゅうしょく》を食《た》べた若武《わかたけ》がひどい目《め》に！あのハンバーグに何《なに》が？

砂原《すなはら》、初登場《はつとうじょう》です!!

緑《みどり》の桜《さくら》は知《し》っている

ひとり暮《ぐ》らしの老婦人《ろうふじん》が行方《ゆくえ》不明《ふめい》に!?　失踪《しっそう》か？　事件《じけん》か!?

2012年3月刊行

洋館《ようかん》に隠《かく》された恐《おそ》るべき秘密《ひみつ》！

シンデレラ特急《とっきゅう》は知《し》っている

ＫＺ《カッズ》がついに海外《かいがい》へ!!　リーダー若武《わかたけ》の目標《もくひょう》は超《ちょう》・世界基準《せかいきじゅん》！

ＫＺ《カッズ》初《はつ》の海外編《かいがいへん》！

2012年7月刊行

砂原《すなはら》ファンは
見逃《みのが》せない１冊《さつ》！

2012年8月刊行

シンデレラの城《しろ》は知《し》っている

ＫＺ《カッズ》、最大《さいだい》のピンチ!!　おちいった罠《わな》から脱出《だっしゅつ》できるか!?

2012年11月刊行

クリスマスは知《し》っている

若武《わかたけ》がついに「解散《かいさん》」を宣言《せんげん》！
ＫＺ最後《カッズさいご》の事件《じけん》になるか!?

2013年3月刊行

裏庭《うらにわ》は知《し》っている

若武《わかたけ》に掃除《そうじ》サボりのヌレギヌが！
そこへ上杉《うえすぎ》の数学《すうがく》１位転落《いてんらく》!?

2013年7月刊行

初恋《はつこい》は知《し》っている　若武編《わかたけへん》

「ついに初恋《はつこい》だぜ！　すごいだろ。」若武《わかたけ》、堂々《どうどう》の告白《こくはく》！

若武《わかたけ》の恋《こい》バナがとんでもないことに！

2013年11月刊行

天使《てんし》が知《し》っている

「天使《てんし》」に秘《ひ》められたメッセージとは!?　この事件《じけん》は過去最大級《かこさいだいきゅう》！

2013年12月刊行

バレンタインは知《し》っている

砂原《すなはら》と再会《さいかい》！　心《こころ》ときめくバレンタインは大事件《だいじけん》の予感《よかん》！

2014年3月刊行

ハート虫《むし》は知《し》っている

転校生《てんこうせい》はパーフェクトな美少年《びしょうねん》！　そして、若武《わかたけ》のライバル!?

最大《さいだい》のピンチ！
どうする、若武《わかたけ》!?

2014年7月刊行

お姫《ひめ》さまドレスは知《し》っている

若武《わかたけ》、ＫＺ除名《カッズじょめい》!?　そして美門翼《みかどたすく》にも危機《きき》が……。

超《ちょう》・強力《きょうりょく》な
新《しん》キャラ登場《とうじょう》！

KZ《カッズ》に雇《やと》い主《ぬし》が
みつかる!?

青《あお》いダイヤが知《し》っている

高級《こうきゅう》ダイヤの盗難《とうなん》事件《じけん》発生《はっせい》！
若武《わかたけ》にセカンド・ラヴ到来《とうらい》か!?

男《おとこ》の子《こ》たちの
友情《ゆうじょう》とは!?

2014年10月刊行

赤《あか》い仮面《かめん》は知《し》っている

砂原《すなはら》が13歳《さい》で社長《CEO》に！　KZ《カッズ》最大《さいだい》の10億円黒《おくえんくろ》ルビー事件《じけん》ぼっ発《ぱつ》！

2014年12月刊行

黄金《おうごん》の雨《あめ》は知《し》っている

上杉《うえすぎ》が女《おんな》の子《こ》を誘《さそ》う!?　その意外《いがい》な真相《しんそう》とは!?

彩《あや》の宣言《せんげん》、
上杉《うえすぎ》の告白《こくはく》！

2015年3月刊行

七夕姫《たなばたひめ》は知《し》っている

屋敷《やしき》に妖怪《ようかい》が住《す》む!?　忍《しの》びこんだKZ《カッズ》メンバーが見《み》たものは。

2015年7月刊行

消《き》えた美少女《びしょうじょ》は知《し》っている

KZ《カッズ》に近《ちか》づく謎《なぞ》の美少女《びしょうじょ》の目的《もくてき》は!?

2015年10月刊行

妖怪《ようかい》パソコンは知《し》っている

不登校《ふとうこう》のクラスメイトは、
妖怪《ようかい》の末裔《まつえい》!?

KZ《カッズ》が分裂《ぶんれつ》、
解散《かいさん》へ!?

2016年3月刊行

本格《ほんかく》ハロウィンは知《し》っている

砂原《すなはら》が極秘帰国《ごくひきこく》!?　彩《あや》が拾《ひろ》ったスマホから思《おも》わぬ事件《じけん》へ！

2016年7月刊行

アイドル王子《おうじ》は知《し》っている

KZ《カッズ》がアイドルに!?
さらに神剣《しんけん》の呪《のろ》いとは。

アイドルが家《うち》に
やってきた！

パーティーで
何《なに》かが起《お》こる!?

2016年12月刊行

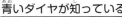

心《こころ》ときめく
新《あら》たな出会《であ》い♡

2017年3月刊行

学校《がっこう》の都市伝説《としでんせつ》は知《し》っている

一見《いっけん》、ただの都市伝説《としでんせつ》。
その裏《うら》には!?

2017年7月刊行

危《あぶ》ない誕生日《たんじょうび》ブルーは知《し》っている

KZ《カッズ》メンバーが、次々《つぎつぎ》と負傷《ふしょう》。
疑惑《ぎわく》の目《め》はイケメン新《しん》キャラに。

2017年12月刊行

コンビニ仮面《かめん》は知《し》っている

空《あ》き家《や》を探《さぐ》るKZ《カッズ》の前《まえ》に、
マニキュアを塗《ぬ》った男《おとこ》たちが!?

2018年3月刊行

ブラック教室《きょうしつ》は知《し》っている

彩《あや》の机《つくえ》の上《うえ》に置《お》かれた呪《のろ》いの
藁人形《わらにんぎょう》。事件《じけん》の予感《よかん》が――。

聞《き》こえてきた
のは砂原《すなはら》の声《こえ》?

2018年7月刊行

恋《こい》する図書館《としょかん》は知《し》っている

相次《あいつ》ぐ図書館《としょかん》での盗難事件《とうなんじけん》。犯人《はんにん》を
絞《しぼ》り込《こ》むが……。事件《じけん》の真相《しんそう》は!?

2018年12月刊行

消《き》えた黒猫《くろねこ》は知《し》っている

城跡《しろあと》に造《つく》られた美術館《びじゅつかん》には、黒《くろ》
猫《ねこ》の伝説《でんせつ》が。KZ《カッズ》は一緒《いっしょ》に房総《ぼうそう》へ。

2019年3月刊行

学校《がっこう》の影《かげ》ボスは知《し》っている

彩《あや》が闇組織《やみそしき》のターゲットに!
学校《がっこう》を牛耳《ぎゅうじ》る影《かげ》ボスの正体《しょうたい》とは!?

今度《こんど》の敵《てき》は、相当《そうとう》デキる!!

2019年7月刊行

校門《こうもん》の白魔女《しろまじょ》は知《し》っている

白魔女事件《しろまじょじけん》の調査《ちょうさ》を若武《わかたけ》に拒否《きょひ》
された彩《あや》は、「裏《うら》KZ《カッズ》」を発足《ほっそく》!

大量《たいりょう》の白骨《はっこつ》、消《き》えた子《こ》どもの謎《なぞ》!?

2019年12月刊行

ＫＺ初《カッズはつ》の短編集《たんぺんしゅう》！
３編収録《べんしゅうろく》！

呪《のろ》われた恋話《こいばな》は知《し》っている

KZ《カッズ》に突《つ》き付《つ》けられた挑戦状《ちょうせんじょう》！　忍《しのぶ》が恋話伝説《こいばなでんせつ》のある橋《はし》に呼《よ》び出《だ》される!?

2020年3月刊行

KZ《カッズ》スケッチブック
ヤバイ親友《しんゆう》は知《し》っている

KZ《カッズ》メンバーと親《した》しい彩《あや》は、ねたまれ、恐怖《きょうふ》の体験《たいけん》を！

保健室《ほけんしつ》のベッドに寝《ね》ると死《し》ぬ!?

2020年7月刊行

ブラック保健室《ほけんしつ》は知《し》っている

KZ《カッズ》 7《セブン》、ついに崩壊《ほうかい》!!　リーダーの若武《わかたけ》がサッカーの試合中《しあいちゅう》に倒《たお》れる!?

2020年12月刊行

初恋《はつこい》は知《し》っている　砂原編《すなはらへん》

再《ふたた》び現《あらわ》れた砂原《すなはら》、宝剣《ほうけん》の謎《なぞ》、KZ《カッズ》を離《はな》れた翼《たすく》のその後《ご》とは！

2021年3月刊行

カレンダー吸血鬼《きゅうけつき》は知《し》っている

姿《すがた》を消《け》した野球部《やきゅうぶ》のエース悠飛《ゆうひ》。待《ま》ち合《あ》わせ場所《ばしょ》に残《のこ》された謎《なぞ》に迫《せま》る！

2021年7月刊行

シンデレラ階段《かいだん》は知《し》っている

小説《しょうせつ》が選考《せんこう》に落《お》ちた彩《あや》。父親《ちちおや》が謎《なぞ》の自殺《じさつ》をした転校生《てんこうせい》が現《あらわ》れて……。

2021年12月刊行

KZ《カッズ》スケッチブック
心霊《しんれい》スポットは知《し》っている

マンガ家《か》のアパートは心霊《しんれい》スポット！
KZ《カッズ》は幽霊《ゆうれい》の謎《なぞ》を解《と》こうとして……。

短編集《たんぺんしゅう》！　霊感《れいかん》のある七鬼《ななき》が見《み》たものとは!?

2022年3月刊行

地獄《じごく》の金星《きんせい》ボスママは知《し》っている

若武《わかたけ》が倒《たお》れ、リーダー不在《ふざい》のKZ《カッズ》。
警察《けいさつ》に連行《れんこう》された黒木《くろき》はどうなる!?

悠飛《ゆうひ》の告白《こくはく》で彩《あや》の心《こころ》は揺《ゆ》れる……。

つぶやく死霊《しりょう》は知《し》っている

死者《ししゃ》から送《おく》られてくるメール。
その裏側《うらがわ》には意外《いがい》な事実《じじつ》が……。

2022年7月刊行

2023年3月刊行

君《きみ》にキュンキュン♡《ピンクのハート》は知《し》っている

野球部《やきゅうぶ》のエース悠飛《ゆうひ》から告白《こくはく》された彩《あや》。
川《かわ》が真《ま》っ赤《か》に染《そ》まる怪奇事件《かいきじけん》にKZ《カッズ》は。

モテる男女《だんじょ》ランキングは知《し》っている

ゴミ屋敷《やしき》に漂《ただよ》う強烈《きょうれつ》な妖気《ようき》と、奇妙《きみょう》な祭壇《さいだん》。砂原《すなはら》の突然《とつぜん》の帰国《きこく》はなぜ？

2023年7月刊行

2024年3月刊行

美少年《びしょうねん》カフェは知《し》っている

彩《あや》が誘《さそ》われたイケメン揃《ぞろ》いのカフェ。
悠飛《ゆうひ》が踏切事故《ふみきりじこ》に巻《ま》き込《こ》まれ……。

イケメン深海魚《しんかいぎょ》は知《し》っている

国宝級《こくほうきゅう》イケメンの野球部退部《やきゅうぶたいぶ》の謎《なぞ》。
怪《あや》しい空《あ》き家《や》から聞《き》こえる声《こえ》の正体《しょうたい》は？

2024年9月刊行

史上最低《しじょうさいてい》のショボい事件《じけん》に隠《かく》された真実《しんじつ》とは!?

2025年3月刊行

かがやきの黒《くろ》アゲハは知《し》っている

金沢《かなざわ》で合宿《がっしゅく》を行《おこな》う事《こと》になったKZ《カッズ》。新幹線《しんかんせん》に現《あらわ》れた一羽《いちわ》の黒《くろ》アゲハが事件《じけん》の扉《とびら》を開《ひら》く。

土地勘《とちかん》のない場所《ばしょ》で謎《なぞ》を解《と》けるのか？

「探偵《たんてい》チームKZ事件《カッズじけん》ノート」は、
まだまだ続《つづ》きます！
これからも応援《おうえん》してね！

「講談社《こうだんしゃ》　青《あお》い鳥文庫《とりぶんこ》」刊行《かんこう》のことば

太陽《たいよう》と水《みず》と土《つち》のめぐみをうけて、葉《は》をしげらせ、花《はな》をさかせ、実《み》をむすんでいる森《もり》。小《こ》鳥《とり》や、けものや、こん虫《ちゅう》たちが、春《はる》・夏《なつ》・秋《あき》・冬《ふゆ》の生活《せいかつ》のリズムに合《あ》わせてくらしている森《もり》。森《もり》には、かぎりない自然《しぜん》の力《ちから》と、いのちのかがやきがあります。

本《ほん》の世界《せかい》も森《もり》と同《おな》じです。そこには、人間《にんげん》の理想《りそう》や知恵《ちえ》、夢《ゆめ》や楽《たの》しさがいっぱいつまっています。

本《ほん》の森《もり》をおとずれると、チルチルとミチルが「青《あお》い鳥《とり》」を追《お》い求《もと》めた旅《たび》で、さまざまな体験《たいけん》を得《え》たように、みなさんも思《おも》いがけないすばらしい世界《せかい》にめぐりあえて、心《こころ》をゆたかにするにちがいありません。

「講談社《こうだんしゃ》　青《あお》い鳥文庫《とりぶんこ》」は、七十年《ねん》の歴史《れきし》を持《も》つ講談社《こうだんしゃ》が、一人《ひとり》でも多《おお》くの人《ひと》のために、すぐれた作品《さくひん》をよりすぐり、安《やす》い定価《ていか》でおおくりする本《ほん》の森《もり》です。その一さつ一さつが、みなさんにとって、青《あお》い鳥《とり》であることをいのって出版《しゅっぱん》していきます。この森《もり》が美《うつく》しいみどりの葉《は》をしげらせ、あざやかな花《はな》を開《ひら》き、明日《あす》をになうみなさんの心《こころ》のふるさととして、大《おお》きく育《そだ》つよう、応援《おうえん》を願《ねが》っています。

昭和《しょうわ》五十五年《ねん》十一月《がつ》

講談社